大脚印——中国野考纪实

谢朝平　罗永斌◎著

中国言实出版社

图书在版编目（CIP）数据

大脚印：中国野考纪实 / 谢朝平，罗永斌著 . --
北京：中国言实出版社，2021.7
ISBN 978-7-5171-3745-0

Ⅰ . ①大… Ⅱ . ①谢… ②罗… Ⅲ . ①报告文学—中
国—当代 Ⅳ . ① I25

中国版本图书馆 CIP 数据核字（2021）第 088953 号

出 版 人　王昕朋
责任编辑　王战星
责任校对　代青霞

出版发行　**中国言实出版社**
　　　地　　址：北京市朝阳区北苑路 180 号加利大厦 5 号楼 105 室
　　　邮　　编：100101
　　　编辑部：北京市海淀区花园路 6 号院 B 座 6 层
　　　邮　　编：100088
　　　电　　话：64924853（总编室）　64924716（发行部）
　　　网　　址：www.zgyscbs.cn
　　　E-mail：zgyscbs@263.net
经　　销　新华书店
印　　刷　北京盛通印刷股份有限公司
版　　次　2021 年 9 月第 1 版　　2021 年 9 月第 1 次印刷
规　　格　710 毫米 ×1000 毫米　1/16　19.5 印张
字　　数　294 千字
定　　价　49.50 元　　ISBN 978-7-5171-3745-0

序

"我是谁?"的最神秘而壮丽的书写

我以为,没有比人类自己对自己的起源和生命的演化过程更重要的探究了,这门学问足够让所有现代文明黯然失色。因为人类越来越害怕"明天是不是我们就要从地球上消失"的问题。

现在的地球上,人最自以为是、最耀武扬威,可以用各种手段征服其他生物,甚至自然界,但人类其实内心也很恐惧一件事,那就是仍然在地球上繁衍的猩猩们,因为它们是人类的"近亲"。美国生理学教授贾雷德·戴蒙德所写的《第三种黑猩猩》一书在检点人类历史、回顾人性发展、强调环境保护理念之后告诉我们:人类与黑猩猩只有1.6%的遗传差异,相同的基因高达98.4%。也就是说,人与猩猩基本上就是同族的"一家亲"。我们与猩猩之间仅有的一点点差异,使得当年"我们的"人类的先祖们从非洲等地出发,一路血雨腥风地灭绝动物、仇杀外族,从而能够踏上复活节岛的顶端,占据欧洲、美洲、亚洲,占据世界的每一个角落,最终成为地球的主宰者。

其实,戴蒙德的书给我们提出了现在中国人也经常说的"我是谁""我来自何处""我将去哪里"这样一些极其神秘而壮阔的问题。

人类弄明白了"我是谁"吗?似乎从来就没有弄明白。确实是没有。因为没有弄明白,所以出现了"上帝和神创造人类"等各种谬论。认真的科学家想弄明白这个人类最重要的话题,所以有了达尔文的《物种起源》。这位人类进化论学者在160多年前就推出了"物竞天择""适者生存""遗传变异"等一大堆影响巨大的观点,并告诉我们:形形色色的生物都不是上帝创造的,人是在遗传、变异、生存斗争和自然选择中,经过数百万年的进化,才成为了整个生物链条上最高级的物种。从此人类才有所了解和认识到原来"我是从何而来"的部分真实信息。

根据达尔文先生的观点，有人推算：约 1500 万至 2000 万年前，巨猿、山猿与人类的腊玛古猿分道扬镳，成为森林古猿亚科中的另一个演化支系；长臂猿也早在 2000 万至 3000 万年前就与森林古猿的祖先分了家。这样算来，现存猿类与现存人类之间至少有一个长达 1500 万至 2000 万年的缺环。

这中间到底发生了什么，全世界都不知道。

然而，中国一位名叫贾兰坡的著名古人类学家则提出了一个骇世的观点："从猿到人"演化的缺环上，站着的极有可能是神农架等地的野人。

野人？！野人是不是就是"我"？就是"我们"？这让人类吓了一大跳。

那么到底现在还有没有与我们"同宗同族"的野人呢？

谁能寻找和探究出这个问题的答案，将是世界级最高端的科学成就！

《大脚印》就是这样一部探究这一问题的报告文学作品，它不是虚构小说，是纯粹的真人真事，是一部人类起源的现实版探秘报告。它讲述的是同尼安德特人或亚洲早期智人有着惊人相似的野人，是一个同外星飞碟、百慕大三角区、尼斯湖水怪价值一样的世界四大自然之谜。但这个人类自身的"谜"比其他自然界的谜却要重要许多，因为它是与我们密切相关的神秘之事！

"寻找野人"，注定是一个具有主题性、目的性、连贯性和统一性，以及神秘性、现实性、科学性相连通的宏大叙事。科学界简称它为"野考"。这种野考带有高度的神秘性，因为它考察和探秘的过程中确实出现了许多你想象不到的事情，那些无法描述的"惊悚之剧"也时常发生，而且就发生在中国的神农架，发生在中国的喜马拉雅山，以及俄罗斯的西伯利亚和世界其他地方……

《大脚印》是一部报告文学作品。作者谢朝平明确地告诉所有读者：他的作品和叙述不是虚构，而是真人真事，因此这给广大读者更大的"吊胃口"。现在一些所谓的非虚构，其实除了作者内心的一些感受是真实的之外，其余基本都是虚构的内容。标明"报告文学"就不一样了：你必须向上帝和读者发誓——"我这是真实的"。为这，谢朝平到神农架、房县等地体验和采访了两个多月。两个多月不算多，但能在那个神秘的地方待两个多月，本身就足够真实了！关键是，作者为了写好这部作品，还对中科院、武汉大学、北京自然博物馆、湖北省博物馆和省文物考古研究所、湖北省社科联、湖北电台等单位的26位野考参与者进行了认真采访，并在神农架林区档案馆查阅了大量野考历史档案，然后以国家组织的三次野考和民间多次自发的野考经过为轴线，用报告文学的文体，为我们全景式地展现了科学家和野人迷们用几十年的时间在神农架等地寻找野人的那些艰难、曲折、神秘而又时常令人惊喜的野考岁月。

这一定是部独特而又有味道的作品！

果不其然！作品初始，作者就用数人围猎一个野人却被其"后发制人"的惊险场面给读者留下强烈的悬念，展开了全书内容……后来发生的每一幕都惊心动魄、跌宕起伏——

比如野考陷入山穷水尽时，中科院黄万波研究员的现场考证又使其峰回路转；

比如中科院科学家袁振新在密林中近在咫尺地跟踪野人非常危险，让人随着他蹑手蹑脚的步伐而胆战心惊，有一种透不过气的窒息感觉；

比如对殷洪发、朱国强等人与野人狭路相逢时殊死搏斗场景的描写，让人能如临其境地看到野人发起攻击时那狰狞凶狠的模样，甚至野人身上那股浓烈的腥膻气味也扑面而来……

"一个国民党县长的野考报告"印证了野考从来就很艰难、危险，天门垭"6.29"等目击事件成了野考队证明自己观点的旁证；"龙洞沟的枪声"暴露了野考方法的错误，"败走铁炉沟"则宣告了1977年"大搜捕"式野考的失败；而那个无野派教授公开叫阵，试图"狙击"野考发起人的悬河之辩，两个女人"挤"进野考队的故事，还有黑熊、毒蛇、蚂蟥、马蜂袭击野考队员时的险象环生，更是令人目不暇接、神经紧绷。

总之，你能想象到的惊险此处有，你想象不到的神秘此处有，你无法想象的事情这里也有……

当然，寻找野人也并非全都是惊险和恐怖，还有古老、神奇和飞禽走兽带来的感官刺激——

风光绮丽且充满原始蛮荒意味的神农架里，3700多种恐龙时代的古老植物在无声地宣告：这里是世界上最大也是最后的一座生物避难所。而那株历经宋、元、明、清、民国到如今的"千年杉王"则是当之无愧的植物活化石。

那里的白乌鸦颠覆了"天下乌鸦一般黑"的说法；白熊、白鹿等30多种神秘的白色动物让人们有理由相信：它们也和野人一样是神农架恐龙时代之后的古老居民；独角兽、驴头狼、类虎怪兽、棺材兽、鸡冠蛇、九头鸟等珍奇未知动物则无不说明，在这片古老的原始森林里，什么不可思议的奇迹都可能发生。

随着科学家们野考的脚步，无数大山的精灵也会十分自然地闯入你的视野：好色的野人、赖在野考队不走的小熊、戏弄山民的猴子、智取锦鸡的狐狸等动物的做派让人忍俊不禁。为掩护猴群逃命挺身而出与恶狼搏斗的猴王、中枪后为保护自己的家族而跪在枪手面前不停作揖的母金丝猴、为救主人而奋不顾身冲向野人的那头黑牛无不令人肃然起敬。而将屎尿撒在蹲守科学家头上的猫头鹰、差点拱倒野考队员藏身之树的野猪等飞禽走兽的出现，不仅使枯燥的野考生活变得丰富多彩，同时也使野考的报告更加摄人心魄……

不能再讲了，讲多了就会影响读者赶紧看全书内容的情绪了。但有一句特别重要的话必须讲：《大脚印》的作者我并不熟悉，但看了全书就如见了一位文坛老友。他的叙事和讲故事的能力，超乎了我的想象，呈现的是一位老手和高手的水平。我喜欢结识这样的文友，也因此愿意把这部优秀而独特的作品推荐给广大读者。

寻找野人，其实就是寻找我们自己；寻找人类的起源和演化史，就是为了弄明白"我是谁"。只有知道"我是谁"后，人类才能知道今天应该做些什么和未来应该朝向何方。

感谢作者，你让我们作了一次极其有意思的"生命闪回"，还获得了许多人类学知识。

何建明

2019 年仲秋于北京

（本文作者系中国作协副主席、中国报告文学学会会长、茅盾文学院院长）

目 录

小 引 "人类的近亲"

　　无尾。40厘米左右的大脚，身高2—3米。佝偻着腰双脚直立行走。浑身披棕红色或黑红色体毛，像猿人那样长发飘飘……

　　这就是前些年全世界都在传说的野人形象。

　　在中国，野人似乎不仅仅只是一种传说。数千年来，它闻名遐迩、家喻户晓，早就是我们熟悉的陌生"人"；它不断与人类不期而遇，但又总是扑朔迷离，若隐若现；它想了解与它模样相似的人类，却又像是作祟祸人的鬼魅一样见不得人，只是猫在某个角落里偷偷摸摸地窥视人类，一有风吹草动就如惊猿脱兔般地逃跑躲藏——它太善于躲藏，躲藏得人类难以发现，躲藏得很多人都认为它只是一个传说、一个远古的记忆、一个吓唬小孩的谎言；最终，它躲成了世界四大自然之谜，躲得它源远流长的"人生轨迹"只留下惊鸿一瞥，被简略地记录在浩如烟海的方志典籍里。

　　《山海经》说它是"长发、善笑、健走、浑身有毛、高达六尺的赣巨人"；战国的屈原在《山鬼》一诗中说它活动在与湖北神农架毗邻的"于山"（巫山山脉）；明代李时珍在《本草纲目》里总结出了它多毛、善笑、体格灵巧、善攫妇女等特点；《左传》《易林》《博物志》《宋史》及祖冲之的《述异记》等史志中也都有关于野人的记载。清朝同治年间的《郧阳府志》《房县志》更是言之凿凿地说："房山高险幽远，四面石洞如房，多毛人，长丈余，遍体生毛，时出啮人鸡犬，拒者必遭攫搏，以枪炮击之，铅子落地不能伤……"

　　"毛人"的形象不仅被文字记录，还被古人雕刻成像。1977年，在房县红塔公社高碑大队出土的西汉古墓中，一个伴葬的铜制摇钱树上就刻有浑身长毛的野人。

　　一位参与那次古墓发掘的科考工作者说，这是房县存在野人的一个旁证。

　　但是，并不是所有人都认可关于野人前世今生的那些旁证。近几十年来，在肯定和质疑的不同声音中，中科院院士、数十个科研单位和大学的科学家、教授、学者及无数关注野人的人渐渐形成了有野派和无野派。他们为那个已经传说了数千年的野人吵吵嚷嚷，争论不休。可争来争去，又谁也说服不了谁。

互相不服的原因很简单——在没有抓到实体的野人之前，他们对野人的判断有点像盲人摸象："摸"了一阵没有"摸"着什么或者根本不屑于去"摸"的"盲人"，凭着自己的学问和推理就断定这个世界上不可能有也绝对没有野人。而另一些"盲人"，在大山里"摸"到一些脚印、毛发、睡窝或那么几个目击事件后便说，这就是野人了。

于是，关于野人，他们有了很多的说法。

比较流行的一种说法是："人猿相揖别"后，残存的类人猿没能赶上继续进化的这趟车，却又奇迹般地与那支不断进化的队伍齐头并进，一直走到了今天，例如"尼安德特人"的后代。

已故中科院古人类学家贾兰坡院士则认为，达尔文"从猿到人"的人类进化推论缺了一个环节，那个缺少的环节极有可能就是神农架等地的野人。

生物学、动物学、人类学等领域的一些专家赞同这种判断，说："在缺失的那个环节上，可能存在一种介于人和猿之间的直立高等灵长类奇异动物，即比猿高等些、比人低等些的野人……"

有人甚至称野人是"人类的近亲"。

可是，无野派不认可这门"近亲"。在神农架找了18年野人的张金星在微博上说："为人类的这个'近亲'，我苦心智，劳筋骨，饿体肤，饱受贫困之苦。然并卵，没抓到野人，却找来了一片骂声。"——"网络大虾"骂，"打酱油的"骂，连那些刚学会上网的"菜鸟"都骂他"蛋白质"（笨蛋＋白痴＋神经质）。

还有人幽默地问："老张，你魔怔了吧？野人是你的近亲，咱家可没有这样的亲戚！"

在无野派们看来，神农架、喜马拉雅山及西伯利亚那些原始蛮荒的土地上，只蕴藏着混沌与迷离，只有远古的传说而不会有野人的历史。

中科院动物研究所研究员冯祚建把吐槽的话说得更满："神农架绝对没有

野人。"他认为，野人问题"不存在学术的争论，这是科学与伪科学的问题。从科学的角度来看，说野人的故事就如同说鬼的故事差不多"。

冯还强调：说神农架有野人不排除人为起哄的可能！

中科院的另一位研究员汪松也说：野人的传说是彻头彻尾的谎言。说有野人的那些人对自然界缺乏常识，对人类学一无所知，整个野考的宣传都是胡闹……

自称探索派的中国人类学家周国兴研究员经历了从"有野"到"半信半疑"再到否定野人的野人考察（下称"野考"）历程。在他的定义中，野人是野化了的人。"狼孩""猴孩""豹孩""熊孩"才是野人。

周研究员还举了个例子：1797年，法国大革命时代，猎人在阿威龙地区的森林里找到一个年约17岁的男孩，他是自小被遗弃在森林里长大的，被找到时已变成了"野兽般的孩子"。这个"野兽孩子"经过20多年的"驯化"，才"失尽了他的动物行为"……

相比之下，周研究员应该算是一个温和并很务实的无野派或者说是一个不很彻底的无野派。他曾发表文章说："世界上可能存在一种所谓野人的奇异动物，它们是巨猿后代的可能性较大……残留在喜马拉雅山区南坡的，成为今日的雪人；残留在秦岭地区南坡的，就成了鄂西北的奇异动物。"

2012年，即使在自称是探索派其实已是无野派时，他还是不赞成坐而论道，对神农架的野人一否了之，认为，"有一些（野人）目击事件还有待澄清和探讨"。

可是，周国兴"有待澄清和探讨"的那些野人目击事件很快就被遗传学理论彻底否定。

据说，DNA大型遗传学研究得出了这样的结论：20万年前，人类起源于非洲。7万年前，一场严重的旱灾使非洲的人口只剩下2000多人。6万年前，人类走出非洲，在世界各地繁衍出了很多很多人并占领了很多很多地方。

DNA研究者们特别强调，地球上如今的六七十亿人大多是由7万年前的2000多个"非洲祖先"繁衍出来的。其中，97%的欧洲人全部来自于远古的7个母系先祖。40%的中国人是3个超级先祖的子孙……

大多数中国人都不太熟悉欧洲那7个母系先祖，但他们对"元谋人""北京人""蓝田人""巫山人""建始人"却耳熟能详。这些"人"与"3个超级先祖"又是什么关系?

DNA研究者说,统统没有关系——现代人类5万年前才从非洲到达东亚,那时,20万年至170万年前的北京人、元谋人等古人类早已灭绝。

据此,周国兴要"澄清和探讨"的意见在DNA研究的结论里自然也就成了无稽之谈。无野派们诘问:古人类灭绝后,类人猿没有了,远古的野人又来自哪里?即使有残存的古猿,怎么又沾上了一个"人"字?

这种DNA结论产生的逻辑推理虽然正确得貌似不可反驳,但古人类学家和考古学家们并不认可。很多人都觉得"母系先祖"和"超级先祖"太玄乎太不靠谱,他们深信不疑地认为:野人就是从远古走来的类人猿,正因为野人无尾并长着人的模样还和人一样直立行走,它的名字中才会有一个"人",正因为它全身是毛、没有语言、不会制造工具和使用火,所以才是野人。

在文字表述时,有野派们甚至不对野人二字加引号。他们觉得,同老鹰燕雀和豺狼虎豹等飞禽走兽的名字是约定俗成的一样,是否能找到都不影响它叫野人——即使它只是一个传说一个谎言也不影响它叫野人,用不着给它加上引号——玉皇大帝就只是一个传说,谁在写他时加过引号?(笔者也认同这一观点,故通篇都未给野人加引号。)

有野派们坚持认为,与外星飞碟、百慕大三角区、尼斯湖水怪的价值一样,野人是20世纪四大自然之谜的重大发现之一。这种发现不是一些以权威者自居的人凭一个DNA结论加一番逻辑推理就能否定的。

有野派代表人物王善才曾在多个场合讲:如果研究一个已在人类视野中活跃了数千年的物种都是在"说鬼",都是"缺乏自然常识和胡闹",那么,爱因斯坦、牛顿、爱迪生等近代科学的奠基人和当代比较前沿的科学家们研究四、五维空间乃至于十一维空间,研究人类之外的多重宇宙和外星人,他们是不是更"缺乏自然常识"?还有,他们还研究人的肉体生命死亡后,凭借"量子讯息"(灵魂)生死轮回这种奇事怪事是不是更直接地在"说鬼"?

这位集考古和野考等身份于一身的研究员认为:大千世界无奇不有。神秘莫测的北纬30度线,百慕大三角区那片恐怖的海域,公元前2560年的埃及金字塔里那能让人纷纷离奇死亡的咒语,还有那些存在于世界各地的"再生人"听起来都有点像天方夜谭，都是一些我们暂时还不理解却又不能将其科学否定的事情。但是，王善才强调，其他国家的科学家们早就在探索那些"天方夜谭"了。

英国的科考队员曾经把尼斯湖水反反复复地搜了个遍也没有找到水怪，但那里的科学家和老百姓没有人阻止更没有人骂科考队员。对此，王善才感慨不已：在中国探索神农架野人这一千古之谜，为什么就会遭到阻挠就会被人斥为"迷信""伪科学"和"胡闹"？

屡遭阻挠和斥责，王善才还是坚信：野人肯定存在！

2019年以来，与神农架毗邻的保康县不断有野人的消息传出。2月，野考队员还在那里调查了"野人吓傻猎人"的事情。

这样的消息证实了王善才那"野人肯定存在"的断定。于是，那些"皈依"野人的有野派们仍以教徒般的虔诚行进在艰难悲苦的"朝圣"路上，为那个素昧平生的"人类近亲"和也许"仅仅只是一个远古的传说"，在神农架里寻寻觅觅。

如今，徘徊于生命边缘的他们把日子寻找得一穷二白，把自己寻找得更加衰老。但，即使是魂飘野考路，他们也仍以十年饮冰、难凉热血的坚毅顽强地表达着一种生命向另一种生命的致敬……

迦叶尊者说：一念成魔，一念成佛。"朝圣者"们却一念成痴。

对野人，他们痴情难改，声称要"找它到地老天荒"。

最终，他们也许真能与那个神秘的"人类近亲"相逢于山林；也可能会像那个逐日的夸父一样带着遗憾渴死在寻找野人的路上；还可能会在神农架大山里孤独地凝聚成永不消散的精魂，成为野人迷们最后的图腾。

不管是什么样的结局，他们的坚韧与执着，他们的百折不挠，都代表着中国野考工作者最后的勇敢和骨气，都会使寻找野人的故事变得更加厚重和悲壮，都会在中国野考史上留下深深的刻痕……

第一章 "山鬼"

深夜，一个怀孕的"山鬼"突然闯入了神农架林区6位党政干部的梦乡。"野人部长"十万火急地电告北京。中科院来人密林跟踪，搜集脚印、毛发，调查目击证人，探寻神农架野人的前世今生……

持续40多年的野考从此拉开了序幕。

第一节　夜半惊魂

1

那天凌晨，5名党政官员和1名司机与那个怀孕的野人遭遇纯属偶然。

本来，在计划的时间内，这6人根本就没有打算要去那个"惊魂"的地方。然而，阴差阳错、鬼使神差，他们还是在一个没有计划的时间里去了没有打算去的神农架大山中。

那天是1976年5月13日，湖北省郧阳地区（1994年改为十堰市）的"农业学大寨会议"进入最后一天。下午，会议闭幕前，驾驶员蔡新志跟参会的林区领导们商量：从郧阳到林区所在地松柏镇240多千米，路况又不好，晚上是不是就住在郧阳，明天一早再走？领导们同意了蔡新志的建议。

如果真是这样，那么，之后那40多年的野考和野考中的所有故事就都不会发生了。但是，冥冥之中似乎一切都已安排，仿佛一切都要不可避免地发生——于是，会议刚结束，引发神农架40多年野考的那个电话从林区首府松柏镇打到了郧阳地委办公室。打电话的人让接电话的王秘书转告在郧阳开会的神农架林区党委副书记任忾有：快点回去，他女儿病了。

平时把女儿视为掌上明珠的副书记得知这一消息后立刻归心似箭。因这次开会区里只派了一辆车，所以，任忾有叮叮咚咚地敲开几个参会者住宿的房间，要大家同乘这辆车一起回松柏镇。

6点，当晚春的夕阳染红郧阳市郊的牛头山时，任忾有等6人挤上那辆已劳碌奔波了5年的BJ212型"帆布篷"吉普车，一路颠簸着冲进了秦巴山区的暮色之中。

大山一座连着一座，像一层层翻滚着的绿色波浪连绵不断。崎岖的盘山公路巨蟒一样在崇山峻岭中绕来绕去，弯弯曲曲地伸向南边那被称作"华中屋脊"的神农架林区。

"帆布篷"在"巨蟒"身上不断爬坡、拐弯，再爬坡、再拐弯。刚气喘吁吁地爬上一个山顶，突然又悄无声息地沿着蜿蜒的山道沉入茫茫谷底，然后再嘶鸣着爬坡拐弯，向上爬升，把无数奇峰怪石慢慢甩在身后，在越来越浓的夜色中迎来重峦叠嶂的群山轮廓。

14日凌晨1点半，"帆布篷"终于"绕"进了神农架林区的椿树垭。

在神农架林区，海拔3000米以上的山峰有6座。海拔只有1783米的椿树垭虽然不能与其同日而语，但由于它处在一个相对独立的山峰之下，也算是一个"一览众山小"的制高点。白天，来往车辆和行人至此垭口，如果不是那种云雾缭绕的"仙境"天气，便能清楚地看到这里苍山似海，莽莽起伏，沟壑纵横，大山峡谷飞流直下等恢宏的景象。但任忻有一行路过此地时，风高月黑，夜色正浓，什么也看不见，只有不倦的山风扫荡着山中的树木荒草，打着凄厉的响哨划过垭口奔向远方，似在倾诉大山里不可言喻的寂寞和悲凉，又似在欢送"帆布篷"里这些匆忙的夜行人。

吉普车内，除驾驶员蔡新志外，其他5人早被群山这个大摇篮摇进了梦乡。大家鼾声此起彼伏，睡得东倒西歪。

瞌睡也能传染人——车里的鼾声引得蔡新志哈欠不断。但转过垭口全是下坡，弯急崖险，蔡新志不敢让哈欠老在张嘴闭眼间影响自己的驾驶，就憋着。憋得眼泪汪汪时，他一边搓脸驱赶疲惫，一边打开车窗，让山风清醒自己的头脑。他在心里盘算：用不着着急忙慌地赶路了，此处距离松柏镇只有60多千米路程，两小时内到家完全没有问题。想着，蔡新志挂上挡，轻踩刹车，放缓速度让车滑行。

"帆布篷"滑行时的沙沙声完全被呼呼的山风声掩没，若不是强烈的车灯不时扫过山林的树梢，谁也不会发现它的存在。

2

转过一个弯道，蔡新志惊诧得睁大了双眼：100米开外的车灯中，一个2米左右的长发飘逸者正佝偻着身子步履匆匆地迎面走来！

最初的那一瞬间，蔡新志的感觉是遇上了人。但他马上就觉得奇怪，"这荒山野岭又是半夜三更怎会有人？"再一看，他更加觉得不大对劲，"人怎么不穿衣服？还满身红毛！"

　　蔡新志换挡减速，睁大眼观察这个奇怪的红"毛人"。显然，那"毛人"被对面突如其来的庞然大物惊呆了，特别是被强烈的灯光罩住后，它不知所措地站住，想看清眼前这个不知为何物的不速之客。但强光刺得它睁不开眼。在本能地用"手"遮住灯光时，它似乎意识到，正快速冲过来的这个庞然大物已对自己形成致命的威胁。

　　它开始逃跑。

　　但逃跑很不成功。已被车灯刺得分不清东南西北的它刚刚条件反射地向旁边挪动了两步，就被脚下的一块石头绊了一个趔趄，差点摔倒在地。努力站稳后，它六神无主地倒退几步，然后本能地转过身背对着车灯。也许是刚摆脱强光的照射，它的视觉出现了"盲点"，眼前一片漆黑。这种情形使它惊恐不已又不敢轻举妄动，只好转过身无奈地愣在那里。

　　车越滑越近。短短的几秒钟内，蔡新志终于准确判断：不是人！是一个什么动物！

　　瞬间，一种不可名状的恐怖笼罩了平时喜好打猎的蔡新志，"动物？有像人的动物！"他的思维旋风一样扫过脑海的每个角落，搜索着几十年来打猎时见到过的所有动物，但记忆的库房里找不到眼前这个"毛人"的信息！

人们印象中的野人

　　这样的"搜索"结果使蔡新志更加瘆得慌，他不由自主地猛踩刹车并惊叫起来："呃！呃！醒醒！快醒醒！你们看那是个什么东西！"

　　吉普车"吱"的一声怪叫，在距那"东西"十多米的地方停下。车里所有的人都被刹车惯性的震动和蔡新志的叫声惊醒，睡眼惺忪地朝前望去。

这一望，车里的人都被眼前这个满身红毛的"毛人"惊得目瞪口呆——几秒钟后，才有人回过神来："天哪！什么东西！"

"人吧？"林区财贸政治部主任佘传勤揉揉眼问。

林区"革命委员会"（"文化大革命"时的地方政府，下简称革委会。"文化大革命"下简称"文革"）副主任舒家国反驳："瞎说，哪有这个样子的人！"

"不是人还能是什么？"

不知是谁嚷道："大青猴！"

林区党委办公室秘书陈连生马上否定："不对！我在武汉动物园见过大青猴，大青猴有尾巴，你们看，它屁股圆滚滚的，哪有尾巴？"

似乎是为了让车里的人"验明正身"，那个"屁股圆滚滚的"的"毛人"转身向前跑了几步，车灯正好照射到它一扭一扭的屁股上。这下，众人看得更真切，"没有尾巴！"

"真的没有尾巴！"

"没有尾巴就肯定不是大青猴！"

有人补充说："还有，大青猴也没有这么高大！"

"毛人"跑几步又回过头时，陈连生还发现了一个问题："你们看，它的眼睛和我们人的眼睛差不多，不像一般动物那样被亮光照射就反光。"

农业局局长周忠义不解地问："眼睛不反光就跟人相似了，但它又不是人，那它是啥怪物？"

"是呀，神农架没有棕熊，也没有猩猩，那这是个啥怪物？"副驾驶室上的副书记任忻有紧张而茫然地重复着农业局局长的问题。

没有人能回答任副书记的问题。佘传勤是部队下来的，会打猎，蔡新志、舒家国在神农架更是远近闻名的猎手，豺狼虎豹什么都见过，可就是没有见过眼前这种"怪物"。

回答不出任副书记问题的蔡新志不停地轰着油门，他急不可耐得有些跃跃欲试了。这个平日里一有空就扛着枪到山里打猎的小伙子生怕大家无谓的讨论会失去猎获"怪物"的机会。但他也知道，在神农架里，一只毒蜂一条小蛇都可以置人于死地，像眼前这个比人还高大壮实的"怪物"真不知它有多么厉害。但蔡新志预感到，要车内这几个赤手空拳的人去猎获那"怪物"肯定没有胜算，必须先把它撞死或者是撞伤，使其丧失反抗能力，才能将其猎获。想着，他高声道："管它是啥怪物，先撞翻再说！"说着，也不管大家同意不同意，更没有考虑也许会撞得大家人仰马翻，便一边提醒车内的人坐稳抓好，一边按着喇叭猛踩油门向"怪物"冲去。

吉普车马达的吼叫声和着刺耳的喇叭声惊得"怪物"浑身一颤，它回过头，见亮着两道光柱的庞然大物朝自己冲来，吓得上肢一扬，"嗷"的一声大叫，然后笨拙地躲到了路旁。

吉普车扑了空，"吱"的一声刹住。蔡新志迅速挂挡后退，然后向左猛打方向再次朝"怪物"冲去。"怪物"连滚带爬地跳下路旁的水沟，再次躲过了吉普车的攻击。蔡新志无计可施，只好在距"怪物"三四米的地方刹车。

车还未停稳，四道车门几乎同时打开，挤在车内的6人鱼贯而出。

1976年5月14日在神农架遭遇野人的4位目击者

事情发生得太突然，毫无思想准备的几个人被这个突然闯入自己梦乡的"怪物"搞得惊恐万状，手足无措。下车后，一伙人虚张声势地摩拳擦掌，咋咋呼呼，却一时又不知应该怎么做也不敢怎么做——大家不仅畏惧眼前这"怪物"壮实高大且满脸凶相的模样，更害怕刚受到吉普车攻击的"怪物"后发制人，伤害了自己。一伙人都惊惶不安地盯着它的一举一动，做好随时逃散的准备。

但大家很快就发现，那个被罩在车灯中的"怪物"并非他们想象的那么可怕，它一边向后退缩，一边惶恐地东张西望，瑟瑟发抖的躯体使得它身上的毛发也随之急剧地晃动！

原来，它比人更加恐惧慌乱！

"怪物"的畏惧恢复了大家的自信，也找回了他们战胜"怪物"的勇气与胆魄。在这种自信和勇气的鼓舞下,几个也许并不具备战斗力的领导纷纷进入了勇斗"怪物"的临战状态:他们有的握拳踢腿跃跃欲试,有的弯腰蹲步做着要拼死一搏的样子,有的激动得原地打转,想寻找一件可以攻击"怪物"的武器或者是找一根能捆绑它的绳子。但转悠了一阵,什么也没有找到,他们便捡块石头握在手中。有人还把一根很细小的荆条高高扬起……

当时,有人也曾想到,先围住"怪物",再调动民兵前来捉拿。但这个念头仅仅只是一闪即逝——在几百几千米连鬼都见不到一个的神农架大山里,"通信基本靠吼,交通基本靠走,治安基本靠狗",这半夜三更的,到哪里去调动民兵?又怎么去通知民兵?即使派蔡新志开车回松柏镇能调来民兵,那也是远水难解近渴——"怪物"会乖乖地待在那里等着民兵前来逮它?

事实上,那"怪物"从一开始就没有打算给谁任何机会。也许是为了防止被眼前那些脚慌手乱的不速之客一拥而上逮住,它圆睁双目,边龇牙咧嘴地示威边慢慢地向水沟旁的草坪退避。退却中,沟里的石头绊得它一个趔趄差点摔倒,受到惊吓的"怪物"立即动作剧烈地张牙舞爪,喉咙里还发出低沉却令人惊悚的吼声,吓得蔡新志等人纷纷后退。"怪物"趁机摇晃着笨拙的身子,侧步跨上水沟,然后躺下,匍匐在草坪上警惕地提防着公路上的人。那架势似乎是在告诉对方:不要惹我,否则,拼个你死我活!

围猎者们不敢再轻举妄动了,隔着水沟与之僵持。

从部队转业到林区的财贸政治部主任佘传勤想打破这笼罩在惊慌混乱气氛中的僵持局面。见"怪物"背后是一面很难攀爬的陡坡,他断定这家伙无法从坡上逃脱,于是,在部队曾研究过战场战术的佘传勤以军人的镇定和冷静指挥大家散开,从三面呈扇形慢慢围了过去。

在实施包围的过程中,佘传勤紧张得后背直冒冷汗。对这个从未见过的"怪物",虽不知其底细,但从那双不下40厘米的大脚和近2米的个头上可知,这"怪物"肯定孔武有力,不是轻易就能将它扳倒或俘获的。它那又是龇牙咧嘴又是张牙舞爪的举动,不仅是在彰显自己的野性和凶狠,更是在告诉眼前这些蠢蠢欲动的人,它绝对不会做个束手就擒的善辈。佘传勤担心,与其动起手来,我们几个说不准会被它很轻松地就搞得头破血流!

佘传勤可不愿自己的同事们为这个来历不明的家伙付出那么惨重的代价。

于是，在包围圈缩小到距其两三米的地方，佘传勤挥手吆喝大家站住。他想先稳住阵脚，对"怪物"围而不攻，静观其变再伺机行事。

近距离内，"定格"在车灯强光里的"怪物"形象更加清楚：虽然趴着，但还是可以看出它的腰身有些佝偻，背部有一溜深枣色的毛，软绒绒的脸毛呈麻色，脚毛则是与上身毛色反差不大的棕红色。长达三四十厘米的臂毛被夜风吹得不停翻飞。事后，副主任舒家国说："我从小打猎，但从没有见过这种棕红毛发的动物。"他承认："当时，正是它那身黑红的毛发和粗壮的四肢令人望而生畏，所以我们才不敢大胆动它。"

当时，更令舒家国等人瞠目结舌的是：这家伙像人！

的确，如果找个理发师剃掉它脸上那些毛茸茸的"胡须"，再把那一头齐肩的乱发捯饬一下，就会显露出一张"马脸"——是大家经常能在人群里看到的那种上宽下窄的"马脸"。还有那高且浓黑的眉骨，深凹的眼睛，比人大许多的双耳，有些塌陷的鼻梁下那两个人类常见的"冲天鼻孔"和略为突出的嘴唇，以及胸脯上吊着的那对与人奶无二的巨大乳房，如孕妇高高地腆起的肚皮等生理特征同现代人简直就没有两样！

"山鬼！"农业局局长周忠义惊叫了起来。

"山鬼"是神农架人对野人的称呼。出生于武汉的陈连生仍按城里的叫法判断说："错不了，的确是个野人！"

蔡新志附和道："是野人！还是个母的……"

高举着荆条的舒家国问："它怀孕了？肚皮鼓起那么高！"

"是怀孕了，难怪笨拙拙的！"

……

同事们七嘴八舌的议论使副书记任忻有突然想起郧阳行署办公室前不久转发的一期简报说：在神农架林区、房县的一些公社（注：1958年，全国都成立了人民公社，下设大队、生产队。生产队的人叫社员。1985年，人民公社改为行政乡，下设村、组，社员改称为村民）发现有野人活动，当地社员因害怕而不敢出工，学生不敢上学，山里单家独户的社员成天关门插锁，足不出户……

这次在地区开会时，行署领导还特意问任忻有："老任，听说神农架经常闹野人，野人是什么样子？"

任忻有凭着自己平时下乡从生产队社员处听来的情况答道：据见过野人的社员讲，野人长相像人，但没有人那么讲究，吃生食，不穿衣服，浑身是毛，披头散发，样子很恐怖。更可怕的是，它们双脚行走，登山如履平地，力气很大，古书上说它"遇人必撕裂之"。很多社员都说，与其相遇，它会抓住人的双手欢喜若狂地大笑不止，直笑得喘不上气昏死过去它仍不撒手。这样反复三次就会将人吃掉。

见行署领导听得一惊一乍，任忻有说：其实，野人也是可以防范的。平时下乡，我常见社员们出门有带上竹筒的习惯。他们说，把竹筒两头掏空戴在胳膊上，一旦遇上野人，把套有竹筒的手伸出让野人抓住，待其笑昏死后悄悄将手取出即可逃命……

行署领导打着哈哈要任忻有今后下乡时也准备两个竹筒，好去与野人进行"生死握手"。没想到，今日不期而遇，一直被传得神乎其神的"山鬼"眼下不但没有能欣喜若狂地与自己"生死握手"并笑得昏死过去，反倒成了被困的瓮中之鳖，趴在那里瑟瑟发抖！

有些暗自得意的任忻有准备和大家商量如何尽快把这个倒霉的野人制服。但就在此刻，情况却发生了意想不到的变化——也许是车灯的强光长时间的照射使野人感到不适，或者是一群人叽叽喳喳的吵闹惹得它不高兴了，野人突然发威，一声号叫从草地上蹦了起来，趁围猎者们吓得纷纷后退的瞬间，它快速转身，像百米冲刺的运动员一样弓起左腿，蹬着右腿，挥舞着两只粗壮的上肢快速冲向身后的陡坡。

向陡坡冲刺的野人没有想到，它的行动把自己的"软肋"暴露给了它身后的围猎者——后来，余传勤在接受中央电视台记者采访时说："当时，我就站在路沟边，再跨上一步，抓住它的后腿一拽就能把它拖下来！"

其实，不用余传勤动手那野人也冲不上去。

陡坡是一段约75度的红色风化石——当地人称其为红石谷子。这红石谷子质地十分松散，表面的风化层寸草不生，全是豌豆大小的颗粒，一碰就会哗哗滚落。在陡坡上方四五米高的地方才有些茅草杂木，若有谁想从此处攀登上去，那简直就是"难于上青天"。但不知是野人慌不择路，还是过高估计了自己的攀爬能力，它竟然错误地把这严重风化的陡坡选作了突围的方向。

这个错误的选择导致了它最初的两次突围都以失败告终——刚冲进陡坡底部，那红石谷子就哗哗地滚落，使它的大脚板好像踏上了无数顺坡而下的滚珠，哧溜溜地直往下滑。它不肯停下，仍挥舞着上肢，摇晃着拙笨的身子往上冲。但刚冲了几步就重重跌倒，哧的一声滚到了草坪上。

野人不死心，爬起来短暂停留几秒后再次奋力朝陡坡上冲去。这次，它四肢并用地往上爬，边爬还边嗯嗯地哼着给自己使劲。

不过，仍然是白费劲，爬到半坡时，它就有些力不从心了，好不容易伸手抓住了上方的茅草，却不料，那些根系很浅的茅草难以承受它的体重，被连根拔起。失去重心的野人身子往后一仰，又摇晃着双手哧溜哧溜地滑到了草坪上，没有站稳，砰的一声被摔得四仰八叉。在它倒地的同时，一股浓烈的腥膻气味随着它扬起的尘土扑向了路沟边的佘传勤等人。

这时，不知是谁哆嗦着叫喊了起来："上！上！快上！"

有人高声应和着喊："上！按住它！快按呀！"

"快！快按住它的腿！"

6人咋咋呼呼地一拥而上，最先扑过去的佘传勤使劲摁住了野人的腿。接着冲上去的是农业局局长周忠义。不想，就在那一瞬间，野人一脚把佘传勤蹬开，呼地一下翻身而起，张牙舞爪地嗷嗷号叫着对围猎者们进行反击。一伙人吓得哇哇大叫，四散逃开。

也许是两次攀爬陡坡耗费了太多体力，或者是因陷入重围难以脱身而感到惊惶焦急，野人喘着粗气，浑身颤抖得更加厉害了。为应对可能发生的下一轮攻击，它蹲下身子，警惕地盯着眼前这群跃跃欲试的围猎者。

面对严防死守的野人，佘传勤和他的同事们既不敢轻举妄动，又不甘就此撤出这次千载难逢的狩猎，没有了主意的一伙人面面相觑，不知所措。

围猎者和野人再次陷入僵持。

那次野人目击事件发生36年后的一天，在武汉的一家茶楼里，本书作者听神农架党办原秘书陈连生讲述他已经给很多人重复过很多次的野人与人对峙的故事。他的"对峙故事"虽然已经在数以百计的记者笔下生花，但他绘声绘色的讲述依旧能让作者触摸到几十年前那个令人惊悚的现场。

陈连生说："当时，现场的气氛十分紧张。强烈的车灯像舞台上的追光灯一样死死锁定了野人，我们在'追光灯'边缘的黑暗中气势汹汹地吆喝着并夸张地辅以拳打脚踢的动作，佘传勤他们还故意跑到车前晃来晃去，把被车灯拉长了数倍的身影'晃'到野人面前，吓得它边嗷嗷地沉声叫着边以蹲坐的姿势蹭着地皮快速后退。当退到身后的陡坡前无路可去时，它大叫一声猛地站了起来。那一瞬间，我注意到了它圆睁的眼睛里那复杂的神情！"

陈连生首先注意到的是野人眼神里的恐惧不安。心理学家认为，人类最古老最强烈的情感就是恐惧。陈连生有些奇怪：难道它也有这样的"情感"？

从野人的肢体语言里，陈连生找到了肯定的答案：它颤抖的躯体和慌不择路的举动完全无法掩饰它的这种"情感"，危机降临时，它内心世界的怯惧与惊惶更是无以复加。它眼神里的愤怒则像是质问僵持在四周的围猎者："干吗呀？我又没有招惹你们！都是过路的，你们这些人为什么这么不友好？为什么要跟我过不去？"

志在必得的围猎者们没有谁理会它的那些困惑与恐惧。野人把无助而绝望的目光慢慢转向夜空，似乎想从茫茫夜色中寻找到摆脱困境的出路。

后来，陈连生伤感地回忆说："它那飘忽、无助的眼神使我心中猛然一紧，怜悯之情油然而生……"

野人趁围猎者们受惊后退的机会冲下了草坪。当一伙人回过神再次围过去时，它已腆着大肚皮笨拙而飞快地顺着水沟而下。跑到一片杂木林前，它慌张地回头看了一眼身后的追击者，突然向左一拐，一头扎进了黑漆漆的森林里。接着，林子里传来一阵折断灌木和踩踏枯枝的噼里啪啦声……

不敢追进森林的6个人站在路边发呆。响声远了，大家才如梦初醒般地激动起来。

"跑了，跑尿了！"有人惋惜不已，"可惜，没有抓住！"

"太可惜了！"有人捶胸顿足。

研究过战场战术的佘传勤对大家的攻击方式很不满意："刚才的整法不对头嘛！这样整分散了力量。"

有人不服："那佘主任你说应该怎么办？"

还没等佘传勤回答，陈连生等人就七嘴八舌地抢着说：当时，应该一个人按住它的头，一个人卡住它的脖子，两个人抓住它的手，两个人拖住它的腿，这样，就可以抓个活的！

有人还补充说：然后，或者将它打昏，或者用绳子把它捆住拖到车上。运回区里，就一切都好办了……

这的确是一个不错的捕捉方案。只是可惜，那个可供执行的对象早跑远了。

一念之差，人和那个也许是"人类近亲"的野人失之交臂，空令纸上谈兵的几个人在黑夜中追悔莫及！

后来，国内著名的人类学家周国兴研究员在谈到这次遭遇时曾叹息说：人与人形奇异动物近在咫尺、唾手可获的情况下竟被其逃脱。否则，早就一举揭谜了！

对此，周国兴非常困惑："莫非我们的科学只善于发展宇宙飞船和微生物学，而一种庞大的人猿和我们同居在一个拥挤的星球上，我们却不能找到它？"

第二节　来自"野人部长"的急电

3

按照驾驶员蔡新志计算，到家的时间最迟也应该是 14 日凌晨 4 点左右，但后来，他的"帆布篷"驶入区委大院时，林区做早操的喇叭已经响了。先是播放乐曲《东方红》，接着是《大海航行靠舵手》。

用如此多的文字铺陈这个细节，是想说明，中国野考史上与野人相距最近、对峙时间较长、目击者行政职务最高的这次目击事件在野人逃跑后是怎样把一个棘手的难题留给了任忻有等林区领导。他们先是在现场和野人逃窜的林子里借着手电微弱的光亮"打扫战场"，寻找野人留下的蛛丝马迹，然后用很长的时间待在寒意袭人的路边，商量给野人一个什么"名分"和如何处理这次目击事件的"后事"——这事说不说？给谁说？说时把握一个怎样的尺度?

一伙人七嘴八舌了好一阵也没有拿捏好这个尺度。

陈连生提议:既然有如此多的难言之隐,那就干脆什么也不讲,就当什么都没有看见。

舒家国说:"可我们毕竟看见了呀!怎么能隐瞒组织呢?"

陈连生也不想隐瞒组织,解释说:"我是说要装作什么都没有看见……"

大家被逗乐了:"你是说,要用掩耳盗铃的办法隐瞒组织?"

看来,此事回避不得,还非说不可。

可是,怎么说?

这本是一个非常简单的问题,但在1976年的背景里,简单的问题却容易变成对待组织和人民的原则问题,更是一个复杂棘手的政治问题。神农架林区的5名党政官员和一个驾驶员瞻前顾后地把一个简单的问题想得复杂后,也同样有些手足无措了。在那个黑咕隆咚的深夜里,在椿树垭不远处的公路旁,他们犹豫纠结、顾虑重重。

他们最犯难的是怎么介绍在椿树垭遭遇到的"那个家伙"。说它是"怪物"还是说它是野人?或者说它是其他什么……

有人建议:就说我们在椿树垭遇上了"怪物"。但任忻有马上予以否定:不行!这样说,别人会指责我们在宣扬迷信。

又有人建议:干脆说遇到的是野人。但大家都认为,这样说更不行,肯定会被认定为造谣惑众。

"那就说遇到了奇异动物,只是那家伙跟传说中的野人相貌相似,有点'撞脸',其实同野人无关。"

但这样说又有谁会相信呢?别人肯定会问,你6个大男人还制服不了一个动物?让它跑了还杜撰个什么奇异动物来忽悠人,还别有用心地强调它与野人无关,是不是想耍此地无银三百两的鬼把戏来提高你神农架林区的知名度……

不管是哪种情况,性质都同样恶劣,后果当然也都非常严重。这种性质和后果的严重性以至于让任忻有、舒家国等人觉得:自己摊上了一个天大的事!

他们不愿这个"天大"的目击事件落人口实，出现什么后果。于是，商议对策，防患于未然的现场讨论一直持续到凌晨4点多钟。

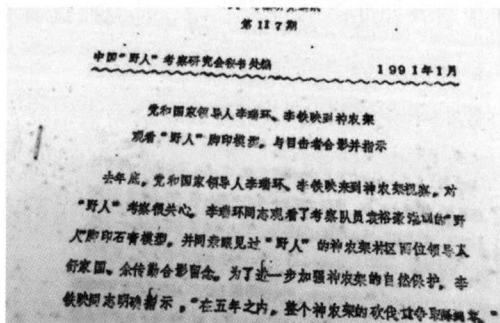

野考简报

现在看来，任忻有这些林区干部当时的谨小慎微完全是用虚拟的风险惊吓自己。从后来的情况看，中央领导都能正确看待并支持野考工作。

那晚，商量来商量去，最后，大家作出了几条后来被装入林区政府档案的决定：

（1）对待这件事，现场所有目击者都要本着说老实话，办老实事，做老实人的"三老"精神，不得对外随便讲晚上的事情，更不得添油加醋地传播这件事。

（2）鉴于6人中谁也没有见过野人的实际情况，不能把晚上所见的"怪物"称之为野人，就说是见到了奇异动物。

（3）将见到奇异动物的事同时上报郧阳地委和中国科学院，让上边派人来调查处理此事。

（4）将此事通报给人民日报、新华社等新闻单位，希望通过媒体的渠道引起中央重视神农架的奇异动物情况。

（5）……

根据以上决定，当天上午，这次"奇异动物"目击者之一的党委办秘书陈连生起草的第一份电报是这样向中科院报告的——

昨晚（5月14日）凌晨1点半左右，我区革委会6位干部发现一奇异动物，其特点是：

（1）浑身毛发呈黑红色。奇异动物逃跑后，驾驶员蔡新志等人在现场捡到了 20 多根五寸左右的毛发，这些毛发根部白色，中部红色，尾部黑麻色。

（2）奇异动物的腿又粗又长，脚是软掌，走路无声，屁股肥大，行动迟缓。

（3）眼睛像人眼，夜间无反光。脸长，上宽下窄，很像马脑壳，鼻子在嘴的上方，嘴略突出，耳较人的大些，额有毛垂下。

（4）目击者称，奇异动物无尾，两米左右，体重估计在 200 斤以上……

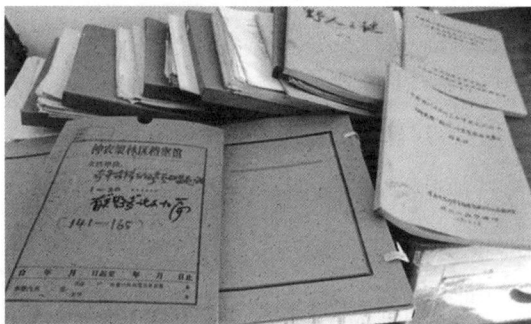

存于神农架林区档案馆的部分野考档案材料

在给省委宣传部和人民日报、新华社等媒体的电报中，陈连生对这次野人目击事件阐述得更加详尽，对被目击对象的认定，陈连生在电报的最后竟然还突破了当晚那个决定的第二款，说着说着就忍不住将其称为野人：

"昨晚，我们一行 6 个人乘坐吉普车从郧阳开会回来，车至房县和神农架林区交界处的椿树垭，发现一个奇异动物。它非猴、非熊，是一个从未见过的动物。

"它站在公路旁注视着我们，在强烈的车灯光照射下，能看清奇异动物全身毛发棕红，细软。四肢粗大，大腿有饭碗粗，小腿细，前肢较后肢短。

"它行动迟缓，走路无声，肚皮高高隆起，似怀孕状。屁股肥大，无尾。眼睛对着车灯无反光。当我们开车向它冲去时，它机警地闪在路旁。我们 6人下车包围它，一阵围捕和僵持后，它向林中逃窜。我们一致怀疑它是传说中的野人……"

4

当天，根据任忻有等领导的安排，陈连生在向郧阳地委上报"奇异动物"目击事件时，把电话直接打给了郧阳地委宣传部副部长李建。他之所以要这样做，是因为在当时整个郧阳地区的领导层中，只有李建在悄悄关注大山里的野人，要避免或减少汇报野人目击事件的风险，他们觉得只有李建最值得信赖。

对于后来成为中国野人考察研究会执行主席兼秘书长的李建，人们对他的评价似乎并没有一种统一的尺度。

湖北电视台一位采访过他的记者说：看上去，李建体格魁梧结实，精力充沛，要不是那副度数极高的眼镜，这个身高 1.72 米的知识型领导倒很像是个拳击家——当然，他壮实的体魄并不影响他学者的风度和为人忠厚的性格特征，他与很多人打交道都能一见如故。

曾担任过野考队政委的原十堰军分区政治部副主任孟庆宝评价："李建也许是一个'不务正业'的宣传部长，但他是一个非常称职的野人迷。"

从事野考近 20 年的上海静安区进修学院原讲师李孜与李建交往时则干脆称他"野人部长"的雅号。

事实上，李建"野人部长"的身份远比他的党内职务更具影响力和凝聚力，不少野考追随者对"野人部长"趋之若鹜。他麾下的追随者多时达 1200 余众。

只可惜，历史给予"野人部长"的时间只有 72 年，1995 年 11 月 23 日，李建去世。追随者们自然要通过唁电、悼词回忆一番"野人部长"在野考岁月里经历的那些风风雨雨，也自然会为"野人部长"去世后的"野考大业"产生种种顾虑和担忧。一位追随者走进李建的灵堂时不由悲从中来，一声长叹，挥笔在挽联上写道：郧阳古猿留白骨，神农山鬼何处寻；李翁已乘黄鹤去，野考何人报佳音？

给其盖棺定论的湖北省社会科学院也从另一角度认可了李建"野人部长"的身份——该院的悼词说："李建同志是神农架野人考察的最早的倡导者、组织者、领导者之一……"

组织对李建也有"记忆"。

在神农架林区的档案馆里，一份已经斑驳发黄的档案材料说：

> 李建，原名何士通。祖籍广东省中山市人，1923年6月9日出生。1943年在北平师范大学历史系学习，其父何澄一系康有为、梁启超的入门弟子和秘书。因受父亲进步思想影响，1944年6月，李建在北平师范大学历史系就读时参加了晋察冀中央局城工部领导下的北平地下党组织，历任北师大地下党支部宣传委员、晋察冀中央局土改队队员、任鹿县二区区委委员。1948年南下湖北，从事江汉区党委领导下的《江汉日报》编辑、记者工作。1949年，在新华社湖北分社和湖北日报社工作。"文革"中，因与一"历史反革命"同名等原因，李建被批斗，并于1970年下放荆州市天门县劳动，1973年平反后分配到郧阳地委任宣传部任副部长。

5

神农架林区档案馆的"野人材料卷"中，保留着一份李建回忆自己最早接触野人考察的自述：

"1974年，到郧阳后，我被分到房县蹲点搞"农业学大寨运动"。这期间，一件小事无意间诱发了我对野人这个课题长达20多年的探索……"

那件小事发生在山里修公路的工地上。

社员们告诉李建：房县桥上公社和回龙公社都发现了野人，桥上公社一个叫殷洪发的革委会副主任和野人打了一架。回龙公社一个放牛的朱姓饲养员遇到野人还开了枪。这两个野人目击事件发生后，山里很多社员都不敢出门干活了。

第一次听到这种事情，李建觉得很惊奇，但他不相信真有什么东西能把那么多社员吓得不敢出门，就问："那野人啥模样，那么吓人？"社员们告诉他，野人两条腿走路，头发很长，模样和人一样，只是不穿衣服而已。听过社员们的描述，凭着自己过去在学校掌握的动物知识，李建说，什么野人哟，那是狒狒，你们可千万不要听信谣言，影响了"抓革命促生产"。

不想，李建的这次说教很快就被"打脸"。没过两天，那次同去修路工地的房县文化馆干部孙希清不远数十里跑到李建蹲点的高枧公社，说：李部长你搞错了，我回去查资料发现，社员们遇到的不是狒狒，而真的是野人。因为，狒狒有尾巴，社员们看到的野人没尾巴；狒狒四条腿走路，社员们看到的野人是两条腿走路……

后来，李建写文章承认："孙希清提醒了我。我当时只从狒狒头发长和老乡们说的野人头发长一致来考虑，对其他方面没考虑。如狒狒只产于非洲，亚洲及中国不是产地，它怎么会在房县的山中出现？"

为搞清那个有别于狒狒的野人，李建开始沉浸在地区图书馆浩瀚的书海之中。他这才发现，"从猿到人进化"的链条中有一个"缺环"，有人认为，这个"缺环"上站着的就是那个像猿又像人的野人。这种野人不仅国内有，当时的苏联、欧洲、美洲等很多地方也都有，并且这些地方都在热火朝天地野考……

一路磕磕碰碰才走到郧阳地委宣传部副部长职位上的李建之前对生活对很多事情一直都很淡定。当知道了野人的前世今生，特别是知道世界上很多地方都在找野人后，他再也不冷静淡定了。

他心中甚至涌起了一阵莫名的亢奋。从社员们讲的那个"两条腿走路，头发很长"的野人身上，李建隐隐感到，"从猿到人进化"的链条缺环中，那个像猿又像人的物种正在历史的深处闪动着灵光，若隐若现。它那么微弱，又那么实实在在地存在着；它一惊一乍，躲躲闪闪地回避着人类，却又屡屡试探着进入人类的领地；它不断与自己的人类"近亲"不期而遇，却又总是与其擦肩而过，稍纵即逝……

李建觉得，自己应该去神农架大山里寻找那束微弱的"灵光"，去找到人类进化史上的那个"缺环"，去迎回那些神秘的"人类近亲"！

更让李建冲动的是：当时，世界上很多国家都在寻找这个"近亲"，特别是被称之为"美帝""苏修"的境外敌对势力找得更起劲。他们甚至还在搞人和猿的交配实验，据说，美帝还拍摄到了野人……

这些讯息更让李建热血沸腾，一个声音在他的心底呼喊：立即行动起来，赶在苏修、美帝之前找到"人类的近亲"！绝对不能让建国还不到200年的美帝首先找到野人，真让他们先于中国找到，有 5000 多年文明史的中国脸面往哪里搁？华夏儿女又情何以堪？

那一刻，豪情万丈的李建立下了这样的宏愿：找到野人，重新书写人类进化史，创造中华崭新的文明……

但这种"寻亲"行为在"亲不亲，阶级分"那个时代是不允许的。为了使自己的考察和"寻亲"符合并融入那个时代的需要，李建想了个理由，说，要抓生产，就必须先抓野人，不抓住野人，社员害怕上山，就搞不好生产，就不能贯彻好毛主席"抓革命促生产"的伟大指示。

同时，他以毛主席一贯主张的群众路线作掩护进行自己的野人考察。说要相信群众依靠群众抓野人。这些正确的理由和理论使人不敢挑剔，更不敢指责和反对。在挑剔者们无话可说时，李建趁机跑到桥上公社和回龙公社等地调查野人的事情。

李建的言行虽然正确得无人敢再说三道四，但幽默还是难免的。有人在听了他关于野人的多次演说之后说："他哪里还像党的地委宣传部长，完全就是一个野人部长！"

从此，这个幽默的指责使李建有了个"野人部长"的雅号。

也正是这个雅号，使李建有了更多获得野人信息的机会。神农架林区几名干部遭遇野人后首先想到的就是他，最信任的也是他。

被人信任的李建非常尽责尽职，接到陈连生的报告后，他很快就赶到了神农架。接着，紧锣密鼓地与 6 位目击者座谈，查看现场，寻找有关证据，指示林区下一步如何继续向上反映情况。做完这一切，李建向北京发出了一份长达 884 字的加急电报，详尽地讲述了当晚的目击情况和他对这一事件的调查过程——

人民日报、中国科学院古人类研究所负责同志：
　　5 月 15 日上午，我在房县接到湖北省神农架林区党委办公室陈连生同志的电话，反映林区 6 名领导和司机在 5 月 14 日见到了红毛野人。接电话后，我向在房县蹲点的省委宣传部副部长尤洪涛同志汇报。尤部长非常重视，指示我及时到林区调查了解情况和与林区党委研究如何捕捉。

　　我 5 月 16 日到达林区后，听取了 6 位同志介绍见到红毛野人时的情况，并去现场勘查……根据这 6 人的介绍和我现场了解的情况可知，他们所见到的动物有以下特点……

李建将陈连生在电报中所讲的"无尾、红毛、高约 2 米"等情况归纳成五个特点重复一遍后说："需要强调的是，以前都是一些群众、基层干部反映看到野人，这次，是级别较高的林区领导干部（其中有两人行政级别为副厅级）亲眼所见，这种素质和级别的目击者没有任何集体撒谎的动机，所以，我认为消息是可信的。同时需要说明的是，这几位目击者是在车灯很亮、距离很近的情况下看到的，不存在看错或者没有看清的问题……"

　　"由于这个动物走路很笨，行动迟缓，估计事隔两三天，它不会走很远，如抓紧时机，组织捕捉，估计还可以抓到。故希望上级领导及科研部门能及时派人前来指导捕捉。"

第三节　"悬案"

6

　　发往北京的几封加急电报全都泥牛入海。

　　李建忧心忡忡、愁肠百结——他既担心北京方面对那些加急电报置之不理，也害怕北京真的来人，使任忻有等人这次看到的野人又像两年前那两起野人目击事件那样成为说不清道不明的"悬案"。

　　那"悬案"是李建心中一道无法抹去的阴影。

　　1974 年，在调查桥上公社殷洪发、回龙公社朱国强遭遇野人的经过后，李建于 6 月初写了篇《在人与人猿搏斗中，房县发现活着的人猿》分别寄给了中科院古人类研究所和人民日报等单位。接着，李建又给中科院、新华社、湖北省委宣传部等单位写信，希望"上边"能引起重视，组织力量对神农架的野人进行考察。

7月2日，他终于盼来了中科院那封加上标点才108个字的回信："你给人民日报编辑部的信已转来中科院古脊椎动物与古人类研究所，我们非常感谢你对古生物这门学科的热情关注并向你学习。你反映猩猩（野人）动物的问题，因为我们不熟悉这项业务，将你的信转去北京动物研究所业务组，请他们同你联系。"

北京动物研究所没有人与李建联系。因不知道北京动物研究所的联系方式，李建也无法与该所联系。捧着中科院那封不咸不淡且明显有推辞之意的来信，李建唯有沮丧和发呆。

而此时，他寄给省委宣传部的信也仅仅只是在省里的一些单位按部就班地进行着"程序旅行"。

这封信第一站由省委宣传部转到了省新闻电影制片厂。

电影厂的领导觉得奇怪：野人会站在神农架的某个地方等我们去拍摄电影？这分明是省博物馆工作范围内的事情嘛！于是，电影制片厂把信转给了省博物馆。

收到信后，博物馆副馆长龚凤亭认为，这事也许与古人类学能搭上点边，就打电话找来搞考古研究的王善才，说，郧阳地委宣传部有个叫李建的给北京和省里写信，说房县大山里发现了野人。你去看看，那野人与你的业务有没有关系，有就过问一下，没有就不管它了。

领导安排王善才去神农架"过问"野人之事时，他已是省博物馆文物考古研究所的副研究员。这位出生于1936年的考古学家早年在中科院进修古人类学和旧石器时代考古学时，导师是著名的裴文中院士和贾兰坡院士。此后的几十年间，他主持了好几个历史时期的古遗址、古墓葬考察：在神农架领队主持发掘了高山旧石器遗址犀牛洞，出土了10万年前的近百件旧石器和30多种哺乳动物化石；年逾花甲之时，他还担当湖北清江隔河岩考古队总领队，在长阳苦干15年，终于破译了千古巴人的起源之谜，同时考证解决了千百年来争论不休的三国赤壁的真实地问题；在楚国的中心地区荆州，他还发现了楚国的大批竹简（文书）……

考古之余，王善才勤于笔耕，编著和主编了《清江考古》《考古发现与早期巴人揭秘》等10多部著作。

1974年，李建写给省委宣传部的信转到文物考古研究所后，又把这位考古学家带入了一个新的领域。1981年，在厦门大学召开的第一届中国人类学学会成立大会上，由于他和众多人类学家的呼吁和倡议，中国野人考察研究会在湖北房县成立。在野考搁置了近30年之后，年过古稀的王善才又以一介布衣之身斡旋游说于省府数部门，希望对神农架野人进行一次大规模科学考察，"给长久以来的争论一个交代"。官方同意后，他重集昔日那些破解野人之谜的志同道合者，于2009年又成立了"湖北省野人考察研究会"，王善才担任研究会副会长兼秘书长，开始在神农架里续写野考工作的使命传奇。当然，这些都是后话。

湖北省文物考古研究所王善才研究员

1974年夏，王善才看过馆长转给他的那封信后，当时对野考领域还很陌生的他觉得很奇怪，信中反映的两条腿行走的动物究竟是什么东西？会不会与人类有关？怎样才能揭开它神秘的面纱？百思不得其解的王善才觉得应该先去实地调查，搞清情况。

去房县实地调查需要请示，于是，王善才给馆长写了个报告。报告通过博物馆向省文化厅、省委宣传部、省政府层层上报。出人意料的是，这次，报告的"程序旅行"时间很短。很快，时任湖北省省长的韩宁夫对报告作了批示，然后经省委宣传部、省文化厅、省博物馆层层批转给了王善才。

省长的批示把一个沉甸甸的担子压在了王善才的肩上："同意，请善才同志代表省里考察和与北京联系沟通。"省委宣传部、省文化厅的领导们也在报告上批示:"同意,请王善才同志代表省宣传部(文化厅)考察并与北京联系沟通。"博物馆的领导见到批示不由乐了:"王善才,你已代表三个部门了,干脆来个四个代表——也代表我们博物馆去考察和与北京联系沟通吧……"

重任在身,王善才不敢懈怠,很快赶到房县,在那里认识了与之合作数年后又与其分道扬镳的李建。

后来,王善才在一篇文章中回忆说:"我到房县找到当时在房县农村宣传农业学大寨的李建,邀他一起调查了见过野人的一些目击者。回到武汉后,我写作并打印了100份《野人调查报告》寄送给全国各地有关部门和大学。署名是我和李建两人,出于尊重,我把李建的名字放在了第一作者的位置上。"

《野人调查报告》反响不错。王善才在文中举例说:"华东师大的刘民壮1976年7月写成的长篇论文《关于野人之谜的综述》就参考了《野人调查报告》。"

王善才在这篇回忆文章中还提到他与李建的第一次合作,"在房县与李建汇合后,我们直奔桥上公社清溪沟大队去找当时已在房县家喻户晓的殷洪发……"

殷洪发出现在面前时,王善才断定:这是一个老实巴交的农民。才40多岁,殷洪发的背就有些佝偻,脸和手以及暴露在外的所有皮肤,似乎都被浓浓的酱油颜色侵染过一样。一双总是流露出怯怯目光的眼睛暴露了他是一个有社交恐惧症的人。在清溪沟大队,殷洪发虽然有"革委会副主任"这样一个在农村已算很大的头衔,但他很少走出过自己所在的大队,没有见过什么世面,更没有接触过"上边"的人,听说王善才是省城武汉来的,殷洪发连忙热情而拘谨地让座,然后双手捧着几匹自己种的土烟献上。客人不会抽被他视为宝贝的那种土烟,他便显得惴惴不安,不知所措。客人解释、安抚半天,他才畏畏缩缩地找个半尺高的小木凳端坐在客人对面,把双手放在膝盖上,像幼儿园的乖孩子一样望着王善才。

殷洪发的样子让王善才觉得很不自在,忙呼他官衔:"随便点,殷主任!"然后很随意地同其聊些柴米油盐酱醋茶之类的家常。殷洪发渐渐放松,拿出别在腰间的烟杆往铜烟嘴里装烟丝时，王善才这才趁机同他聊了几句考察野人对研究人类起源的意义，接着把话题引向他看到野人的事情。

但殷洪发只是吧嗒吧嗒地抽烟，并不怎么接茬，王善才问急了，他才会看似毕恭毕敬实则有些心不在焉地应付两句。

这个山里的汉子对山外的事情知之甚少，到公社开会时即使听说点什么也是听而不闻，漠不关心。他一贯奉行多一事不如少一事的处事原则，所以，王善才一提到与野人打架的事，他马上惊惶不安，变得无比纠结。他既想用自己的处事原则去应付王善才这个"省里来的干部"，又考虑到自己大小也是个领导，在涉及"人类起源"这种重大问题上隐瞒组织，特别是隐瞒王善才这样的"省干部"是否合适。当然，他更担心不隐瞒这件事今后会给自己招来麻烦——要知道，眼下，全国上下都正在狠抓阶级斗争，在王善才这个"省干部"面前讲已被认定属于"阶级敌人造谣"的那个野人，谁能担保不会给自己摊上事儿？

瞻前顾后、患得患失的殷洪发更加犹豫不决，座谈了很久，他都只是吞吞吐吐地用些不着边际的只言片语去支吾搪塞王善才的问话。

已访问过殷洪发的李建猜出了他的心思，便反复给其解释意图，让其放心，并保证今后绝对不会对他进行"阶级斗争"，殷洪发这才将信将疑地撤出了警惕的防线。

他先从另一间屋里拿出把镰刀，十分得意地说："这就是我和野人搏斗时使用的家伙！"

王善才对殷洪发与野人搏斗时使用的镰刀很感兴趣，拿在手上东看西看，还问了很多问题。这就更加激发了殷洪发的倾诉欲望，他再次飞快地进另一间屋里拿出些毛发递给王善才。见王疑惑地看着自己，他解释说："省领导，这是野人的！"王善才问："是野人的什么？"他激动地回答："是野人的头发！是我从那野人头上拽下来的！"

显然，那些毛发使殷洪发的讲述慢慢进入了状态，他在鞋底上磕掉烟斗里的烟丝，把话题转到了几个月前发生的事情上。他的讲述虽因太过激动而显得有些颠三倒四、不得要领，但人与野人那场惊心动魄的搏斗还是"情景再现"般地展示在了王善才的眼前。

7

1974年5月1日,生产队放假,殷洪发不愿闲着,便带着镰刀进山了。他准备到青龙寨砍葛藤编猪圈上的墙,再顺便拣些野香菇到乡场上去卖。

被称为青龙寨的地方其实是一个连绵数千米的山脊在尽头突然孤峰凸起的大山包。据说,因这大山包长得有些独特,又与那数千米的山脊相连,远望有"龙抬头"之状,加之那山脊、那"龙抬头"的山包都在清溪沟旁边,当地人就以象形造字的方法把连绵的山脊叫青龙山,把大山包叫青龙寨——至于为什么不把有"龙抬头"之状的山包叫"青龙头"而叫青龙寨就不得而知了。

这青龙寨离清溪沟大队住户最近的地方也有一个多小时的路程,平时,偏远苍凉的青龙寨除了有点鸟鸣风响之声外,便基本上都处于静默的状态。这天,殷洪发去青龙寨后,叽叽喳喳的鸟儿被惊飞了,能把树林吹得哗哗作响的山风也停息了,山坡上只有他砍葛藤时单调的"嚓嚓"声。

正砍着,殷洪发忽然听到山坡下有响动。以为生产队的其他社员也砍葛藤来了,便头也不回地问:"哪一个?"

没有人应答。

殷洪发开起了玩笑:"怎么不开腔?是哪个给我做伴来了吗?"

仍没有人吭声。殷洪发觉得奇怪,就停下手中的活,顺着响声往下看。这一看,他不由大惊失色:10余米外,一个白麻色的"家伙"正佝偻着身子向自己走来!这个身高1.8米左右、全身裸露、长发遮脸的家伙走路像个智障人一样摇头晃脑,在地势不平和障碍物太多的杂木林里,一路磕磕碰碰,跟跟跄跄,胸前的两个大乳房也随着它跌跌撞撞的步伐东摇西晃。但它似乎一点也没有绕道或退回的打算,仍用虽然有些拙笨却非常有力的上肢在沿途密密匝匝的葛藤杂木中撕扯出前行的道路。然后,毫不费劲地跨上那道一米多高的坎子,迫不及待地朝它既定的目标逼近。也许是太过急躁,几棵挡道的小树竟被它一折两段……

看到这样的情景,殷洪发意识到来者不善。

在神农架长大的殷洪发十多岁就敢独自进山打猎,他曾搏杀过凶暴的黑熊，曾孤身伏击过豹子，曾钻进山洞打死过一头近300斤的野猪。与这些猛兽的无数次较量练就了殷洪发一身胆气，故，当那个白麻色的"家伙"突然出现在眼前时，他虽也有些惊恐，但并没有像常人那样被吓得屁滚尿流，而是在紧握镰刀备战的同时迅速判断这个来历不明者的身份。"这家伙是人？是兽？是怪物？或者是其他啥东西？"

那一瞬间，殷洪发的判断失去了基准：说它是野兽，可它长一副人的模样，还两只脚走路；说它是人，可它又一丝不挂，满身是毛，还披头散发，一点也没有人最起码的生活习性和作派；说它是怪物更不可能，哪有像人一样的怪物？

不是人不是兽也不是怪物，它莫非是……

短暂的纳闷和筛选后涌入脑海的那个答案使殷洪发猛然明白了过来：这家伙就是老人们经常说起的野人！

一种莫名的恐惧立即笼罩了殷洪发，这个身经百战的猎人再也无法淡定了，他浑身颤抖，双腿发软，浑身的汗毛也都像刺猬一样竖了起来。他哭一样地号叫了声"我的个妈吧！"然后连滚带爬地退到一棵大树后躲了起来。

殷洪发告诉访问他的王善才："我以为躲起来它就看不见我，就会顺山岭小路朝相反方向走去。"

"结果呢？"已被殷洪发讲述的情景深深吸引的王善才惊恐地问。

"结果……结果！"殷洪发骂了句脏话，眼中露出了惊惶的目光。王善才知道，这位大队革委会副主任对几个月前发生的事情还心有余悸。

能不心有余悸吗？当时，躲在树后的殷洪发听到响声越来越近，就从树后探头往外看，只见那野人已经目标明确地跟了过来！殷洪发更加紧张得喘不过气来。他想过赶紧逃跑，但他断定，自己肯定跑不过野人那粗壮有力的长腿。更重要的是，自己双腿发软，浑身筛糠一样发抖打战，已经没有了奔跑的力量。

不敢贸然逃跑的殷洪发急中生智："先上树去避避吧——看它那肥滚滚的样子，也许不会爬树！"想着，殷洪发迅速抱住树往上蹿。但刚爬了不到两米，野人就把一双毛茸茸的手伸到了眼前，殷洪发吓得大叫一声掉下树来，前胸也被树干划伤。

走投无路，殷洪发只好在树后与野人捉起了迷藏：野人的手伸到左边，他就躲到右边，野人从右边来抓，他就往左边躲。这样的"游戏"反复几次后，野人急了，一边"啧啧啧啧"地怪叫着，一边猛扑上前把树抱住——它本想连同殷洪发一起抱住，但殷洪发往后跌坐在地，又躲了过去。

见"猎物"跌倒，野人快步绕过大树想上前摁住殷洪发，吓得殷洪发连忙扬手去挡，这一扬手，他才发现自己手里握着镰刀。那一瞬间，殷洪发明白：眼下，不拼命就只有送命了。于是，他猛地从地上爬起，左手一把揪住野人的长发，右手挥刀朝野人的左臂狠狠砍了下去。

但那野人居然毫发无损，无事一样！殷洪发觉得奇怪：这么锋利的镰刀怎么没能把它砍伤？是这家伙有刀枪不入的功夫，还是我的劲不够大？

想着，殷洪发又扬起镰刀猛砍几下。仍不见那野人受伤流血，慌乱中，殷洪发往手上一看，才发现原来是自己拿反了镰刀，把刀口朝上，砍到野人身上的是刀背！

殷洪发（左）向野考队员张金星讲述自己与野人搏斗的情景

刀背虽没有能把野人砍伤，却也砸痛了它并使其产生了畏惧，野人"哇哇哇"地怪叫起来。在殷洪发挥起翻转过来的刀口再次砍下前，它用力把头一摆，挣脱了被殷洪发揪住的头发，蹿上山坡狂奔而去。被揪下的30多根头发留在了殷洪发的手上。

在神农架山区，有野人毛发可以治病的说法。当时，虽然受到极度惊吓，但殷洪发还是有意地把从野人头上拽下来的毛发塞进了衣兜。

殷洪发告诉王善才:"我记得很清楚,那野人逃跑时,曾两次回头张望,样子十分惊惶。"而吓得快要瘫倒的殷洪发也不敢轻举妄动,他喘着粗气倚在树干上,直到野人逃得看不到了,才疯了一样往山下跑。跑出森林,能看到生产队的人时,他不由一下瘫倒在地,躺了半天,又才挣扎着爬起来,捡根木棍拄着回家。

由于惊吓过度,殷洪发高烧不退,在床上昏睡了四天……

8

访问殷洪发后,李建又带王善才去访问曾与野人夺过枪的朱国强。

李建告诉王善才,前不久,他访问完殷洪发刚回到房县,县委宣传部就告诉他,回龙公社有个叫朱国强的社员也见到了野人,在同野人搏斗时还开了一枪。于是,他又去回龙公社访问了朱国强。

带着王善才再次去回龙公社 19 大队时,李建发现朱国强还没有完全摆脱与野人搏斗后的心理阴影:面部表情木讷,目光呆滞。当得知王善才是来了解他和野人的事情时,眼神里立刻闪现出一丝无法掩盖的惊悚和慌乱。

王善才没有留意到朱国强的表情,他首先注意到的是这个矮个子农民的装束:30 来岁的人白布包帕缠头并一袭老式长衫裹身,腰里扎根带子,带子上吊根竹竿烟斗。这样的打扮虽让人觉得有些未老先衰,但也让王善才感觉到了一种土生土长的憨厚纯朴。

这个憨厚的农民与殷洪发略有区别的是,朱国强在大队、生产队都没有职权,他的职业是回龙公社 19 大队的饲养员 —— 专门给生产队放牛。

没有职权的朱国强也没有殷洪发那么多的顾忌,王善才刚说明来意,他不假思索地就把前不久已经给李建讲过的事又重复了一遍。

"1974 年 6 月 16 日上午,我到龙洞沟放牛。前两天,生产队长告诫我,最近到处都在闹野人,放牛时你要注意安全。我也是读过几年书的人,很讲科学,不相信有什么野人。但上山时,还是背上了家里的那杆猎枪。我想,即使没有野人,碰上豺狼虎豹防身还是有用的。

"我赶着 4 头牛朝山里走,过了大崖口,里边的山势越来越偏僻险峻,更可怕的是,大崖口里边那条很长的山沟里树木遮天蔽日,常有凶狠的大动物出没。我怕遇到狼，就把牛往回赶。

"可是，那头黑牛不听指挥，跑在前面怎么也赶不回来。这家伙平时性子烈得很，动不动就跟其他牛打架。有次，牛群在山里遇上几条恶狼攻击，它又踢又顶，一条狼被它用角挑起来扔得老远。狼逃跑时它还死命地去追。它的这种凶狠劲头连我都怕它几分。这天，它在前边带着其他几条牛往沟里跑，我也不敢强行阻拦，只好任由它们到沟里去吃草，自己就坐在进沟不远处的一块石头上打瞌睡。

正睡得迷迷糊糊，一阵急促的牛铃声把我惊醒。睁眼一看，是那头黑牛跑回来了。它鼻孔里不停地嗤嗤地喘着粗气，同时，还一边狂躁不安地用前蹄刨地，一边紧张地回头张望。我正感到奇怪，突然发现它的身后不远处有一个满身棕色毛发的人样牲口追了过来！我的第一反应是：那家伙莫非就是队长所说的野人？"

被惊吓得睡意全无的朱国强心里叫苦不迭："我的个娘！队长说要提防野人我还不相信，还真来了！"

野人的模样着实有些吓人：一张"马脸"和整个裸体上下几乎都长满了几公分长的毛发，那些棕红色的毛发被从山口吹来的凉风卷得纷纷向后乱飞。额头垂下的长发被吹开后，野人原先遮掩在头发里那突出的颧骨，扁塌的鼻子和深眼窝里的红眼圈眼睛暴露无遗，样子十分狰狞。事后，朱国强逢人便说"野人那狰狞的样子有点像鬼！"不过，当时，更使他毛骨悚然的是野人那张几乎跟"马脸"一样宽大嘴，见到那张大嘴时，他立即无来由地觉得：这家伙完全可以毫不费劲地将人的脖子咬断！

这个恐怖的念头一浮现，朱国强不敢继续再往下想，抓起枪蹦下石头就往沟外逃。却不料，那条往沟外逃的黑牛一下从他身边蹿过去挡住了路。再回头看时，野人也已追到了四五步开外，无路可逃的朱国强忙端枪对着野人大声嚷嚷，想虚张声势把它吓走。可是，那野人不但没被吓走，反而猛地蹿上前一把抓住枪管。朱国强不敢放开这杆也许可以救命的猎枪，使出吃奶的力气与其争夺，夺了几次，那野人都稳稳地抓住枪管丝毫不动。朱国强又用力朝前猛推，野人照样岿然不动。

"我急了，把枪使劲朝前一推再猛地往后一拽，枪口拽过野人身子时我扣动了扳机，枪'砰'地响了，射出的铁砂从野人的腋下打在它背后的岩石上冒出了一团白烟。"

枪响之后，野人的模样深深印刻在了朱国强的记忆里："它身子一震，嘴张得很大，以至于把本就不大的眼睛挤成了一条长缝。脸也拉得老长，变得更加恐怖难看！"

那恐怖的模样让朱国强更加慌了，但他明白：在这荒山野岭，现在只有自己救自己了。于是，就在枪响后的瞬间，他再次用力猛地把枪往前一推，这回，被枪声惊吓得还没有回过神的野人被推倒了。野人倒下时也把猎枪另一端的朱国强带倒在地。二"人"倒在地上都紧紧抓住猎枪不放，都暗暗鼓着劲僵持着……

僵持的局面很快就被打破，在力量上占有绝对优势的野人倒地几秒钟后就爬了起来，提着枪龇牙咧嘴地扑向已被摔得无法起身的对手。朱国强眼前一黑，心想，完了，这回没救了！

危机时刻，奇迹出现了：那个平时不听指挥、性情暴躁、爱用角顶人顶同类顶恶狼的黑牛突然从朱国强背后窜出，喘着粗气，把头一低，扬着犀利的双角直向野人扑去。野人大惊，忙下意识地用枪去挡，那黑牛一扬头，牛角把猎枪撞得"哐当"一声，野人被顶得趔趄着直倒退。刚站稳，那黑牛又低着头冲了过去，吓得野人丢下枪就跑。那黑牛不依不饶地拼命追赶，野人"啊，啊，啊"地鬼哭狼嚎着朝山坡上逃跑。追了一阵，黑牛被拉开了距离，只好停下。见黑牛没有继续追，野人又回头朝朱国强张望，但见那黑牛虎视眈眈地站在那里，这才有些于心不甘地离去。

这时，朱国强突然发现胳膊和胸前都有血迹，以为自己受了伤，一摸，又没有伤痕，就估计是刚才那一枪的铁砂打着了野人的什么地方。害怕受伤的野人会来报复，朱国强赶紧捡起枪一路狂奔下山。见到生产队的人了，仍不敢放慢逃命的脚步。几个碾米的女社员没有察觉到朱国强那满脸的惊恐，七嘴八舌地开玩笑问：

"朱国强，慌张个啥，撞着鬼了？"

"看你那样，莫不是蜘蛛精要抢你去成亲！"

"跟蜘蛛精成亲是好事嘛，要不要我们给你老婆说说让她成全你？"

惊魂未定的朱国强急得直摇手。几个妇女大笑："哦，不需要我们给你老婆说啊？那你自己回去跟她商量吧。"

有人从朱国强摇头摆手的举动中意识到了这个神色惊慌的饲养员遭遇的可能不会是"跟蜘蛛精成亲"之类的好事，想起山里刚才的那声枪响，有人问："朱国强，莫不是开枪打着什么大东西了？急急慌慌的是去找人抬猎物吧？"

大山里打着猎物后有"见者有份"的习俗，几个想分猎物的妇女停止了叽叽喳喳的玩笑等着朱国强的答复。终于找到插话机会朱国强这才语无伦次地说："野人，野人！没有猎物，我差点没命了！"

慌慌张张回到家里，朱国强仍唠唠叨叨地对家人说："好险呀，差点就不能和你们见面了！"

当天下午，队长派人打着锣上山把朱国强放的那4头牛找了回来。

听到这一情节时，王善才不解地问："找牛打锣干啥？"

"野人怕打锣。"朱国强解释说，"打锣可以把它吓跑。"

王善才问："跟你夺枪的野人长得啥模样？"

朱国强描述说，是雄性，6尺（两米）左右，一身毛棕红，胸前的颜色浅点，嘴唇比人的突出，鼻子塌，两个眼圈红红的，胳膊比腿短，样子像鬼。

见他的表述言不达意，王善才拿出大猩猩、黑猩猩、长臂猿、猕猴、熊等动物的图片问："其中有没有像你见过的那种野人？"

朱国强从中选出了三张，都是猩猩的。

9

核实这两个野人目击事件后，王善才觉得，殷洪发、朱国强看到野人的事实应该没有问题，于是，迅速回到武汉，马不停蹄地赶到北京中科院去汇报。

1974年正是"文革"后期，中科院古脊椎动物与古人类研究所的业务领导大多都还戴着"反动学术权威"的高帽在牛棚里接受审查批斗。没有被审查的人不懂野人和野人的价值，自然不会有什么兴趣。管事的人对王善才说："我们研究所是研究古生物化石和古人类化石的，你反映的野人是个现代活体，不归我们管，属动物研究所管的事，你去找他们吧。"

找到动物研究所，那里的人也不感兴趣。对王善才要他们到房县调查的邀请，那些人说自己当不了家，如果实在想动物研究所去人，就找他们的领导谈。

据王善才回忆，他找到刚审查过关的所领导"磨"了很久，那位所领导才勉强同意研究一下再派人去房县看看。

后来，李建在一篇文章中说，这期间，他也多次找动物研究所领导沟通联系。加之当年6月，接到他关于"房县发现人与猿搏斗"的情况反映后，新华社派湖北分社记者胡烈斌前去房县考察，并将此事刊登在本社的《内参》上。殷洪发、朱国强与野人遭遇的情况引起中央有关领导重视，批示"请中科院速派人实地考察，了解真相"。时任中科院生物学部副主任的过兴先连夜召开紧急会议，决定动员部里一切可以利用的力量参与科研工作，并委派汪松、冯祚健、全国强三位助理研究员赴房县调查。

调查结束7个多月后的1975年3月25日，冯祚建、汪松等3人关于房县野人目击事件的调查报告终于形成——报告对殷洪发、朱国强所说的"野人"作出了否定的结论。

冯祚建等人的报告认为，动物的本能是遇到野兽会主动出击，灵长类更会保护自己。而这两起目击事件中，野人的共同点都是被动地站在人的面前。对朱国强与野人抢枪—放枪—逃跑—野人不追这一过程，冯、汪更是觉得"不可思议"并认为有三点无法解释：

一是如果怪物是食草或杂食动物，为什么冒险去接近异类？二是如果这个怪物是食肉类动物，扑向异类的目的当然是猎杀对方，但它却直奔猎枪而去，并和朱国强反复争夺，朱逃脱后也不追赶，其目的何在？三是包括人在内的绝大多数动物，都不可能在突如其来的巨大声响下毫无反应，但这怪物却能在枪响之后仍然若无其事。这些举动都不符合动物行为学的理论和野生动物的基本行为规律……

对冯祚建等人"无法解释"的那三个问题，朱国强觉得"怪得很，枪响后，我明明看到野人身子一震，嘴张得很大，可不知道冯祚建他们为什么偏要说野人若无其事……"

对收集的野人毛发，冯祚建说，"经切片扫描与有蹄类动物毛发一致，是一种当地常见的猎羚的毛"——事隔26年后的2000年，冯祚建再次向媒体披露：专家又去访问殷洪发时，殷承认，几十年前与野人搏斗的事情，是他不想让孩子乱跑，吓唬小孩编出来的故事。

那时已在房县野人洞旅游区经常挥着镰刀给游客讲自己和野人英勇搏斗故事的殷洪发却坚决否定了这一说法，他经常当着游客脱掉衣服，用气愤得发抖的手指着当年与野人搏斗从树上掉下时划伤的伤痕问："这伤疤也是编出来的吗？"

不过，实事求是地说，对于此事，冯、殷二人皆是口说无凭，究竟是谁在"造谣"和"胡说八道"还真不好说。但对冯祚建等人的"猎羚毛"之说，编辑于1977年的一份野考材料倒是有过这样一段记载：殷洪发所取回的毛发，在交北京动物研究所鉴定前，有人怀疑可能在几经转手过程中已非殷洪发原先获得的毛发标本。

而一直对"殷洪发所交毛发是猎羚毛"的结论有异议的李建在调查报告形成不久便提出："猎羚羊等非灵长类动物的毛有皮部薄，髓部很粗的特点。而冯祚建、汪松他们的显微照片说明殷洪发所交毛皮部厚，髓部很窄，是灵长类动物毛发的特点。汪松他们由于未掌握毛发的不同特征，不能正确分析自己的显微照片，作出了相反判断，硬说不同特征的毛发的显微照片是相同的动物。"

"猎羚毛"的事虽成悬案，但那些躺在档案馆已"沉睡"了40多年的文字却告诉后来者：1974年那阵，还没有殷洪发为了不让孩子乱跑，编出故事吓唬小孩的说法。汪松、冯祚建与李建、王善才等人在神农架野考中争论得面红耳赤的是另外一些问题。

中科院动物研究所冯祚健研究员

首先是在表述这次调查的时间和调查对象上有很大差异。

调查小组汪松、冯祚建等人公布的《关于湖北房县发现野人情况的调查》（下称《调查》）记载："……我们于1974年7月24日到8月16日，前往湖北房县对发现野人（类人猿）一事进行了了解。"

照此计算，汪松一行在房县调查的时间应是24天。

在调查对象和方法上，《调查》说："我们访问了当事人殷洪发和朱国强，观察了桥上区殷洪发与野人搏斗的现场及野人窝，收集了部分野人毛发。另外，对当地猎人、群众和各级干部进行了访问座谈，对外贸和收购部门历年收购野生动物皮张的情况进行了了解，并结合已有文献资料，汇集了房县一带野生动物的种类及分布概况。回所后，对实物——各种野人毛进行了生物制片和显微镜、电子显微镜的观察，作了比较鉴定……"

而李建在1974年9月上旬给人民日报和湖北省委宣传部等单位的信中都提到：8月1日到8月7日，中科院动物研究所以汪松为组长的三同志在房县调查了桥上、回龙公社各一起人与猿搏斗的情况。

李建所说的调查时间加上路途往返满打满算也只有8天。二者的说法相差16天。李建质疑：他们为什么把调查时间多说16天？明明只有8天嘛！

"这8天也没有完全工作。"李建说，"由于连日下雨，只在最后天晴那天，汪松等人才上山看了一下，第二天就返到县城，第三天到了郧阳地区，第四天回北京，他们没到房县林区调查。"

王善才也证实："那次，汪松等3人是经武汉去的房县，我因事未能陪他们，打电话让李建接待。后来，李建告诉我，由于一直下雨，汪松他们只好天天在桥上公社下棋，最后那天，雨停了，他们到山上去问了问殷洪发，用望远镜朝山里望了一会儿就走了。"

如此看来，《调查》所说"观察搏斗现场及野人窝，与当地猎人、群众和各级干部座谈，对收购部门历年收购野生动物皮张情况进行了解……"等调查工作都似乎存疑——王善才说：在那样的大山里，殷洪发、朱国强的住处都不通车，一天内靠步行能见到这二人时间就已很紧张了，更别说去办其他事情。

其次，关于调查方法和态度也有两种不同说法。从《调查》反映的情况看，调查小组找了当事人与有关人面谈，看了现场，还与各级干部座谈……

其态度和方法应该是无可非议的。

但李建却在给省委宣传部和人民日报的信中说，汪松等三同志来房县就对我说：我们所里的人都不愿意来，说这世界上不可能有野人，到神农架调查是白跑。

后来，李建在一篇文章中这样回忆当时的情景：汪松与目击者殷洪发访谈时如同审判，先入为主地认为他们见到的所谓野人只能是四脚行走的苏门羚。而且找来一张苏门羚的皮，用警告的口气对付殷洪发。殷十分生气，一再说明自己看到的不是苏门羚，不是四条腿行走，是两只脚走路。可汪松说："动物都是四条腿走路，哪有两条腿走路的动物？你没有看清楚吧？"殷很肯定地强调自己看清楚了那动物是两只脚走路。汪松说："殷洪发，你们如果撒谎，是要负责的！"

对朱国强开枪之事，李建的文章记载：可能是受当时时代背景的影响，调查者没有敢说根正苗红的朱国强造谣，而是说，朱国强不会造谣，但当时他在山上打瞌睡，可能是做噩梦，蒙了，才说了开枪的情节。

对这两种说法，李建认为：汪松不能没有调查就认为不可能有野人；不能认为外国人的书中没有，中国就不可能有；不能认为群众连两条腿走路还是四条腿走路都区别不了……

对开枪之事，李建说了两个证据：一个是朱国强带枪跑回时，由于惊慌，掉了一个零件，后来又到事发地找到了；再一个是当天生产队有人听到了山上的枪声，时间、地点吻合。如果是朱国强做梦放枪，是不会有枪声的，山下的社员也不可能听到那梦里的枪声。

对野人毛褪色问题，也有不同说法。汪松等人的《调查》说：毛的鉴定结果未能证明"红毛野人"的迹象。经形态鉴定，所谓红毛野人的短红毛系不完整的动物毛，缺毛尖、毛根部分，从显微结构观察，接近家山羊的白毛，肯定不是猿猴类的毛；又因未见到红的色素颗粒，故推断其鲜红色非原来所有，可能是人工染色所致……

李建反唇相讥：大红毛是在山里的树枝中或雪地上拾到的。很难设想，有什么人会把毛染红丢到山野的冰天雪地里让别人去捡。更值得注意的是，反映见到红毛野人的人愈来愈多，不能设想，一个活着的野人能让人用红色染它。

对野人毛染色的事情，王善才也讲到过一个细节：后来，汪松出差到广州路过武汉时住在武昌饭店，我去拜访了他。他说新华社记者胡烈斌交给他的红毛，他怀疑是染的色。我说你怀疑，那就作褪色处理啊。汪说作了，但那色褪不下来。我说既然褪不下来，那你还怀疑什么？汪松说，除了鸟外，兽毛没有大红色的。从来就没有听说过世界上有长红毛的哺乳动物，怎么会有什么红毛野人呢？

中科院动物研究所汪松研究员

王善才不认同汪松的说法：神农架里我们不知道和无法想象的事情太多了，那里的白乌鸦颠覆了'天下乌鸦一般黑'的说法；那里的白熊等30多种神秘的白色动物让人们有理由相信它们就是神农架恐龙时代的古老居民；那里的独角兽、驴头狼、类虎怪兽、棺材兽、鸡冠蛇、九头鸟等珍奇未知动物无不说明，在那片古老的原始森林里，什么不可思议的奇迹都可能发生！

汪松摆着手打断了王善才的话，不容置疑地说："老王，别说红毛野人，如果你能发现一只长红毛的小老鼠，那在世界上也都是一项重大发现！"

对汪松等人关于殷洪发提供的毛是苏门羚毛的鉴定，李建始终不服，后来，他把那些"苏门羚毛"交给北京、上海、武汉等科研单位鉴定。结果是：殷洪发所交毛发有灵长类动物特征，明显不同于苏门羚毛。

据王善才回忆，汪松也不服李建的不服，声称他们对殷洪发、朱国强与野人的所谓搏斗都认真调查了，可以证实是假的。王善才说："'文革'前后的那些年，对汪松等人的《调查》和李建等人的质疑也没有谁去核实，于是，对殷、朱野人目击事件，有野和无野双方一直各执一词，真假难辨。"

造成这种真假难辨结果的另一个原因是：后来，李建把那些"苏门羚毛"

送到北京、上海、武汉等科研单位鉴定后，只是在野考会的简报上作了通报，未通过媒体或科研单位向外公布那些毛发有灵长类动物的特征而并非什么苏门羚毛。于是，房县野人"红毛染色"和"苏门羚毛"成了一个几十年来一直说不清道不明的悬案。汪松等人草就的那份《调查》寄到郧阳后，当初本来就反对野考的领导指示："专家的鉴定已对野人进行了否定，此事不要再提！全地区都要迅速结束一切关于野人的谣言！"

但是，领导的指示没能得到很好贯彻。1976年5月，神农架6名林区党政干部目击野人后，立刻又"谣言"四起。"谣言"的传播者李建还不断向中科院隔空喊话：我国的大熊猫是外国人发现的，巨猿是外国人发现的，但愿中国野人不靠外国人发现！

没有回应。

李建继续呼吁：科学家最可悲的是不承认事实。中科院的领导们，实事求是地揭开神农架的野人之谜吧！

仍没有回应！

第四节 中科院来人

10

当时，中科院实在不好回应。

不相信神农架有野人吧，但野人已无数次把它们的毛发、粪便、脚印暴露在光天化日之下，形形色色的目击者更是言之凿凿地把他们看见野人的事情讲述得惊心动魄，让人不得不信。相信吧，汪松等人去房县后已作出了完全否定野人的报告，再去回应或再介入此事，如果搞错了，其后果和影响都将非常严重。

在这方面，中科院是有教训的。

1961年，从云南西双版纳孟拉县传来三条消息：一是一个爱打猎的小学教师谢恩光煞有其事地说，1961年1月底，他夜里在勐腊与勐棒之间的原始森林中打猎时遇着一对野人母子，相距甚近。因恐惧，他不敢放枪，只好仓皇离开森林。云南思茅地区文教局将此事向省文化局层层上报至省府和国务院。

二是孟拉县有农民看到有野人在村子边怪叫，并举着双手在月光下跳舞。

三是修建勐腊至勐棒的公路时，一个架桥队的队长和一名手下在狩猎中发现了两个野人，一个被他们开枪打伤逃脱，另一个被打死。

这些事件的目击者所讲之事的时间、地点、经过等情况都有鼻子有眼，谁听了都会信以为真。特别是谢恩光的那份材料更让人无法不信。

首先，此人是教师，为人师表者，肯定不会撒谎，更不会撒谎欺骗国务院和中科院。

其次，1961年，勐腊县人委会那份《关于发现野人的初步情况报告》的上报材料中，谢恩光的证言附件，用的是第一人称，材料中绘声绘色地描述了他碰到野人的整个过程，他把目击野人的时间、地点，目击时树林里的光线甚至氛围，野人的模样、颜色、高矮、走路的姿态，自己见到野人时想开枪又害怕打不准反被野人所伤的恐惧心理都写得活灵活现。让人觉得，不信这样的目击事件，也许就会错过找到野人的千载良机。

还有，更重要的是，谢恩光的这份目击报告是通过县文教局签了意见盖着公章层层上报交到国务院的——可以不信个人，但作为多级组织，是万万不可不相信的。

从云南西双版纳的环境看，也的确具备野人存在的条件。那时，西双版纳山区基本都是人迹罕至的原始森林，森林里重峦叠嶂，水源植被丰富，如果真有野人，遍地野果竹笋和数量众多的动物将是其取之不尽的天然"粮仓"。而森林里到处密布的山洞，则是野人天然的栖身之所。

相比之下，森林边缘地带的山民却处在非常恶劣的生存环境里。那时，西双版纳还保留着刀耕火种的生产方式，山民们年年都用放火烧荒的方法获得播种的土地。在烧过的荒地里，山民们只需用刀插个小孔，放进些种子，就可以不除草不施肥，只等秋天再来收获了。

第二年，山民们又烧更远的山坡，结果，耕种的土地离家越来越远。后来，传说附近的山里出现了要吃人的野人后，山民们再也不敢到远处种地了，当地的生产受到了严重影响。

情况汇报到国务院后，国务院把查清此事的任务交给了中科院古脊椎动物与古人类研究所、北京动物研究所和昆明动物研究所等单位。

这次考察队的队长是曾在蓝田公王岭和陈家窝、周口店等考古时作出过重大贡献的中科院人类学家、古人类学家吴汝康。队员中有一个后来在发现湖北郧西直立人、山西丁村智人化石等科考中起过重要作用，并因此成为中科院院士的吴新智。

2012年，80多岁的吴新智院士在接受本书作者采访时说：他们去西双版纳的考察队里有动物学专家，有人类学专家，有枪手，还有一个当地曾当过土司的政协委员向导。

据吴新智讲，在那个"唱歌只有自己能听懂"的向导带领下，他们8名考察队员背着米盐油醋和锅碗瓢盆在西双版纳的密林中钻了好几个月。几月中，他们学会了在荒林里用长刀开路，学会了用竹筒烧水煮饭，学会了用竹子和芭蕉叶盖房。这期间，他们看到了不少野象、黑熊脚印和在林间荡来荡去的长臂猿，但就是没有发现过野人的蛛丝马迹。

后来，吴新智等人从长臂猿老爱举着前肢的习惯中突然想道：乡亲们在月光下看到怪叫着跳舞的野人会不会就是这家伙！

于是，枪手抓了两只长臂猿，背到孟拉县政府招待所门口让赶集的山民辨认。山民们见后"指证"：在月光下跳舞的就是它！

不过，那次领队的野考队长吴汝康院士回忆此事的说法却与吴新智院士略有不同："也有目击者说他们看见的不是长臂猿。故'野人在村子边怪叫，边举着双手在月光下跳舞'这事没有定论。"

为了使西双版纳的野考有一个基本一致的说法，吴汝康、吴新智等人又去问自称打猎时看到过野人的教师谢恩光。

谢老师变话了，说自己在打猎时只见到过熊，没有见到野人……

后来，谢恩光还在《新观察》上撰文说，是他的学生隔着墙听错了话，将他所说的傣话"咪"（熊）误听为傣话"批"（野人、鬼），因而产生了看到野人的误传。还说，教育局上报的材料不是他写的。更令他感到委屈的是："我怎么莫名其妙地就成了野人目击证人？"

而那个据说是打死过野人的架桥队队长因施工地点变化，吴新智等人费尽周折也没能找到，于是只好作罢……

据吴新智讲，西双版纳的野人风波后，中科院又曾多次接到西藏雪人、神农架野人的报告，花费不少人力物力，结果大多是竹篮打水，无功而返。所以，自汪松等人作出神农架不存在野人的结论后，林区6名干部目击野人的事情李建再怎么向中科院喊话，有关部门都非常谨慎，一概不予回应。

李建不惜血本发出的那些长篇幅加急电报杳无音讯时，他只能在焦急中等待。等了十多天，李建沉不住气了，在电话里对王善才说：老王，你和中科院的人熟悉，问问吧！

王善才把电话打到中科院一个关系不错的人那里打探消息，不想那人一接电话便哈哈大笑："野人？善才同志，又是狼来了吧！"

有求于人，王善才忍受着对方的热嘲冷讽，耐着性子问了半天，对方才告诉他，领导对林区6名干部看到野人的事情持怀疑态度，根本不相信有什么野人。

王善才仍接二连三地给中科院有关部门打电话。与此同时，李建也多次联系与自己有一面之交的古人类研究所所长吴汝康。后来，中科院有关部门被王、李二人"缠"得不得不表态："既然你们说得这样有把握，就派人到神农架看看吧。"

11

后来，中科院"到神农架看看"的是古人类研究所的黄万波、张振标。为了加强力量，还聘请北京动物园的陈效一加入了考察小组。

考察小组的成立——特别是黄万波的出现，已走进死胡同的中国野考出现了转机。

黄万波退休时的身份是中国科学院古脊椎动物与古人类所研究员，重庆龙骨坡巫山古人类研究所所长。他的科研业绩是发现了古人类"巫山人""蓝田人""和县人"。

在学术上，黄万波首次提出并不断证实长江三峡是东亚人类的发源地。他认为：大约在300万年前，长江三峡地区就出现了一种有思维能力的高等灵长类动物，它们在演化的长河中迈过了猿类的门槛，来到了文明世界，这就是最初的"东亚型"人——巫山人。

黄万波研究员

黄万波在考古领域里取得的科研成就使他荣获了中科院首届竺可桢科学奖，自然科学一、三等奖，裴文中科学奖等奖项。

1976年6月15日带队去神农架调查林区6名干部遭遇野人事件时，黄万波还没有那些名声斐然的成就。

到林区半个月后的7月2日，黄万波到房县找到了李建。就在那天晚上的11点，房县桥上公社给李建打电话，说群力大队一个叫陈光福的人在枸树弯垭口发现了野人，望能组织搜捕。

事发突然，为了把握先机，李建、黄万波会同县武装部长王明全很快赶到桥上公社，组织100多民兵到陈光福看见野人的群力大队，于凌晨两点把据说是有野人的那个山头包围了起来，准备天亮再实施捕捉。

围山之后，黄万波、李建这才正式询问目击者陈光福。

"野人肯定在山上！"一见面陈光福就激动地告诉黄万波等人，"我断定它在山上睡觉！"

黄万波不明白陈光福那没头没脑的"断定"，让他先从怎么发现野人讲起。陈这才说，下午7点半左右，他从县里的药材厂回家，走到枸树弯垭口，感到很累，便坐下抽烟休息。这时，隔着几棵树，他突然发现山坡下七八米远的路上有一个毛茸茸的东西在晃动。

"仔细一看，我吓得差点蹦了起来——那是一个黑红色的毛人！"黄万波注意到，讲这话时，陈光福打了一个寒战。他判断：陈光福见到的"毛人"样子一定很狰狞。便问："那毛人的模样是不是很吓人？"

陈光福说："光看脸上还不吓人，它的脸像人又有点像猴。大嘴巴，比人的嘴巴突出些，鼻子有点塌，大耳朵，长头发。个子至少1.9米，它的那东西（生殖器）又粗又长。特别是它身上全长满红毛，胳膊上的毛老长，乍一看，吓得我的心咚咚直跳！"

担心是其把熊或猴误认成了野人，黄万波问：你见过熊和猴吗？

"猴没见过。至于熊嘛，不仅见过，我还打死过三只！"

黄万波拿出猴子和猩猩的图片，陈光福一下拿过猩猩的图片惊诧地问："你怎么有它的照片？我看到的就是它！"细看一阵后，陈光福又补充说："不过，我见到的那个头发要长些，毛是黑红色的。不知道你们城里人把它叫什么，我们乡下叫它野人。"

对于野人的去向，陈光福再次强调："它肯定还在这山上睡觉，因为它没有发现我，当时，我在坡上，野人在坡下，中间有树木挡着。那会儿，野人也正在东张西望。要不是由于我太紧张脚一滑，弄出了响声，那家伙绝不会被惊跑……"

事后，黄万波等人才醒悟到：陈光福那发现野人的讲述和野人"肯定还在山上睡觉"的判断存在着明显的矛盾和漏洞——他脚一滑，弄出响声已把"那家伙"惊跑了，极其敏感的"那家伙"怎么还会在山上睡觉！

但对这么个极其简单的问题，急切想捕捉到野人的黄万波、李建没有想到，在现场指挥民兵围山的县武装部长王明全没有想到，参加围捕的一百多号民兵更没有想到。当时，大家都被陈光福那"野人肯定还在山上睡觉"的判断所误导，极度亢奋的所有人都以为，只等天亮，那野人就会插翅难逃，束手就擒！

一直这样兴奋地想着，到后来，黄万波、李建等人不禁困倦异常，便在树林里小睡。天亮时，民兵连长突然跑来着急地报告说："快醒醒，野人逃跑了！"

黄万波一听便急了，"跑了！民兵不是包围着的吗？"

"那么大一个山头，100多个民兵包围，每个人之间的距离有100多米，哪能围得住！"

李建仍不相信，"不可能吧！你怎么知道它跑了？"

民兵连长解释说："刚才，天微亮时，见你们还没醒，怕久了出问题，我们就开始搜山。大家把山上像梳头一样梳了几遍也没有看见野人的影子。"

黄万波等人赶紧往山上跑。找很久只发现了一个踩得很深的大脚印……

黄万波沮丧不已。更令他懊恼的是考察组"后院起火"。

刚回到驻地，陈效一就指责黄万波等人在桥上公社的围捕是捕风捉影，并据此推断林区6名干部看到的也可能是只马熊或其他什么动物。黄万波提醒陈效一：神农架没有马熊，只有黑狗熊和白熊。马熊有尾巴，而6名干部都说这个动物没有尾巴。

对野人爬坡时四肢并用的细节，陈说四脚走路的动物不是野人，是一般动物。

黄万波反问：人爬极陡的山坡时也会手脚并用，难道你认为人也是一般的动物？

后来，对野人问题的讨论发展成了激烈的争吵。争吵的爆发点是因为黄万波整理考察中收集到的那些毛发时，陈效一不屑一顾地说："几根破毛发，有啥用呀！"

黄万波克制了多日的火气终于爆发："你是研究动物的，居然会提出这样的问题！野人毛发，是野人身体的一部分，正如古生物的骨骼、牙齿化石可以作为古生物的证据一样，野人毛发也可以作为野人的证据，而且野人毛发并未石化，其科学鉴定价值更大。"

末了，黄万波告诉陈效一："这些毛发，我会带回去鉴定，如果是狗熊毛，我就再也不跨神农架半步，如果是灵长类毛，我们就要大搞！"

陈效一嗤之以鼻："再怎么鉴定再怎么大搞都没有用。神农架根本就不可能有什么野人！"

黄万波拍案而起："那我们就拭目以待！"

这种愈来愈激烈的争吵使前去陪伴的李建和王善才非常尴尬，他们只有在一旁小心翼翼地劝解，避免争吵影响考察。

1974 年夏，李建（左）和王善才（右）陪同到房县考察野人的陈效一（中）

但李建和王善才担心的事情终于还是发生了。陈效一不愿在神农架进行"毫无意义的考察"，提前回京，然后在多家媒体发表文章宣布：神农架林区的 6 名党政官员和司机所见的野人是马熊。神农架野人不过是一种毫无根据的谣传……

在这样的舆论氛围中，黄万波压力很大，他的脾气也越来越急躁，常和陪同考察的李建、王善才争吵，县里带去的那些见到过野人的目击者也都被他一个一个地予以否认。在这种争论和否认中，黄万波对野人的考察越来越没有信心，他甚至想退出这个充满风险的是非之地……

12

就在李建、王善才以为这次野考又会化为泡影之时，黄万波接见了两个自称看到过野人的小女孩。这次接见虽不到一个小时，考察工作却从此峰回路转。

小女孩是红塔公社双溪三队小学三年级 12 岁的于立华和初中一年级 14 岁的孙正杰。县干部带于、孙二人去时，黄万波让她们坐下谈，可二人畏畏缩缩地站着，不安地用小手绞着衣角，说话也期期艾艾。

从两个小姑娘涨红的脸颊和紧张、慌乱的眼神及端直站立，不停扭绞衣角等肢体语言中，黄万波判断："这是两个没有走出过大山，没有被市井恶习

'污染'过的姑娘！这样的孩子不会撒谎——除非有人强迫她们说假话。"

为了不被干扰或者是调查时不让人影响这两个孩子的诚实，黄万波请所有人都回避，然后再让两个女学生讲她们见到野人的经过。

两个表达能力极差的小姑娘讲述时很不得要领，不但语气、声调没有逻辑重音，还老是东一榔头西一棒。但黄万波却从她们结结巴巴的述说中听到了一个令人拍案称奇的野人目击场面。

1976年5月28日，学校放假，孙正杰约上于立华到大梨花沟的山上捡柴。9点左右，孙正杰忽然听到10多米外传来于立华惊悚压抑的哭声，连忙跑过去问："怎么了？"

当时，惶恐不安的于立华已丧失了表达能力，她一边抹泪一边用颤抖的手指着山下。

顺着同伴手指的方向看去，孙正杰也吓得"哎呀"一声惊叫并条件反射地按着于立华猛地蹲下，见于立华还在"咿咿"地哭泣，又忙用手将她的嘴捂住。过了好一阵，才屏住呼吸慢慢伸长脖子透过树丛空隙朝山下张望：只见20米开外的水沟边，一个像人的"大红毛怪物"带着一个约两尺高的"小红毛怪物"正转过身朝山坡上张望。那"大怪物"至少有两米高，胸前颤悠悠地晃着两个大乳房。它让"小怪物"在身后站住，然后，独自一边朝山坡方向走一边东张西望地观察动静。

"糟糕！一定是刚才自己的叫声惊动了它们！"恐惧一下笼罩了孙正杰，她也像于立华一样瑟瑟发抖了——她明白："大怪物"如果爬到山坡上来发现了自己和于立华，那就肯定活不成了！

孙正杰正准备拽起于立华逃跑时，那"大怪物"却在10多米的地方停住了。它站在那里观察一阵后，大概没有发现什么，便又回到"小怪物"身边，然后朝山沟对面的草坪走去。于立华这才悄声问："孙正杰，这是两个什么人呀？"孙正杰答道："是不是大人们说的野人？"

见野人往山沟对面走，孙、于二人还是不敢马上逃离。两个小姑娘明白，此时逃跑，被野人发现后照样有丧命的危险。于是，二人继续躲在原地观察野人的动向。

接下来发生的事情让孙正杰、于立华觉得有些好笑。于立华告诉询问她们的黄万波:"小野人在前边走,大野人在后边跟着。走到沟边的一块大石头上,小野人不知道怎么通过那条有水的山沟,回过头望着大野人。大野人过去抓起小野人的手臂一甩,将它甩到水沟的那边,然后,自己才跳过去。过了水沟,小野人不知道朝哪个方向走,又抬起头望着大野人,大野人把头朝右一甩,用嘴往山上一嚓,意思是要往右边的山上走……"

讲到这一细节时,于立华也学着野人的样子把嘴嘚起,头往旁边一甩。这一滑稽的动作逗得黄万波差点笑出声来,但他忍着笑问:"大野人嚓嘴甩头后,那小野人明白是什么意思吗?"

"明白呀!"留着小辫子的孙正杰抢着回答说:"大野人示意后,小野人便在前边'呷呷呷'地向山上走。它们走过山梁看不见了,我们才跑回家……"

两个女学生的讲述将黄万波心中野考的希望之火重新点燃。但他并没有表现出心中的欣喜,科学考察需要冷静客观,不允许丝毫的冲动。他依然严肃地询问两个女学生那两个野人各有多高、走路的特征等基本情况,然后,用一种10多岁的孩子极难识别和应付的反证法进行询问:"两个野人都穿什么衣服?"

于立华一愣:"衣服?没有穿衣服呀!"

孙正杰也插话分辩:"是没穿衣服,大小野人肯定都没穿衣服!"

黄万波不听于、孙二人的分辩,他想继续用反证法从她们的回答中找出是否有人在大梨花沟野人目击事件中强迫这两个孩子说假话的蛛丝马迹。"听说你们看到的野人全身都是很短的灰毛?"

于立华捋一下头上的短发,瞥黄万波一眼才答道:"又错了!满身都是很长的毛,红色的!头发老长,把脸都遮住了……"

黄万波点点头,接着又问:"你们看到的大小野人都是四只脚走路吗?"

两个女孩对黄万波诱导提问的方式有些不满了,于立华眉头蹙起,咬咬嘴唇将手插入衣兜,然后垂下眼皮不吭声。孙正杰则双手交叉抱在胸前,低下头一直看着地上。

黄万波想缓解她们的抵触情绪,又问了一些当天气候、光线之类的问题,但于、孙二人一直都那么垂着眼皮,低头看地,爱理不理地支吾着。

两个女学生以如此的态度对待北京来的科学家,怎么说都是件尴尬的事。

但室内出现的尴尬气氛反倒让黄万波暗暗高兴:"她们没有撒谎!"

黄万波知道,说谎者大多会眼神闪烁游离,有的会眼睛先向上看然后向右看,有的会朝特定的方向看,有的会出现左顾右盼等明显的肢体语言特征。

但眼前这两个孩子没有出现这些特征。

相反,黄万波从她们的表情中读到了一种真实的肢体语言:自己用反证法提了几个问题后,二人出现了蹙眉头咬嘴唇等不高兴的表情,她们的视线也从自己身上移开,一个垂下眼皮,一个低头看地,这说明她们内心困惑不安;蹙起眉头、沉默不语,说明她们对提问者那些"无中生有"的"反证"已经不满和不耐烦;将手插入衣兜、咬嘴唇、双手交叉抱在胸前这些肢体语言则是在告诉令她们讨厌的提问者:打住吧,别挖坑了!我们知道你在使诈……

但黄万波没有就此打住,他装作没有发现两个孩子的情绪变化,想继续把她们往"坑"里引。他让两个孩子"不要着急,好好回忆一下,那两个野人是不是一直都是四只脚走路?"

孙正杰白黄万波一眼,然后提高嗓门答道:"你错了,不是四只脚走,大、小野人一直都是两只脚在走路!"

于立华也抬起头,有点生气地问:"当时,你又没有在大梨花沟,怎么说那两个野人是四只脚走路?"

黄万波装作没有听见两个孩子的回答,又换一个话题:"你们见过猴子吗?"

于、孙二人摇头。

野人目击者于立华(左)和孙正杰

黄万波拿出猴子的照片："你们看到的野人是不是这个样子？"

二人又摇头。

黄万波接着拿出一摞有古猿、猩猩、黑熊、大青猴、豹、熊的图片，让于、孙二人辨认她们看到的野人像哪个。两女孩同时伸手去拿那张猩猩的图片。

黄万波放心了，到隔壁房间激动地对等在那里的李建、王善才说：这两个女孩单纯老实，不会说谎，她们的话基本可信，看来，她们的确看到了野人！

<h2 style="text-align:center">13</h2>

使黄万波对神农架野人深信不疑的还有一件事——1976年6月19日，桥上公社群力大队一个叫龚玉兰的女社员被野人追得昏迷了过去。

20天后的7月9日，黄万波一行赶到群力大队访问了时年32岁的龚玉兰。

一见面，黄万波也像访问两个女学生时那样非常注意龚玉兰的肢体语言。他相信，肢体语言这种下意识的举动除了那些训练有素的特工，一般人的下意识举动很少具有欺骗性。

当然，也不排除没有经过训练的一般人照样会撒谎骗人的这种可能，所以黄万波得首先搞清龚玉兰是否属于"这种可能"的范畴。还是老办法，访问时，他注意观察龚玉兰的眼神。

龚玉兰的眼神及肢体语言告诉黄万波：这是一个温厚朴实且心直口快的山区妇女，没有一点"特工"的潜质和胆气。20天过去了，提起与野人的那次遭遇，她立即神色紧张，情绪激动，一脸心有余悸的表情。

从龚玉兰惊惶紊乱的讲述中，黄万波记住了这样的场面：那天，身穿碎花衣服的龚玉兰和她四岁的儿子杨安明走到山垭时，那野人正惬意地在树上蹭痒，发现龚玉兰母子后它没有惊慌，更没有逃跑，而是停止蹭痒，大嘴里发出"呵呵呵"的声音——似乎在笑。龚玉兰说："笑着笑着，它就甩脚甩手地向我走来！"

龚玉兰大惊，惨叫一声拉着儿子便逃。龚玉兰告诉黄万波："那家伙至少有六尺（两米）高，它跑一步至少顶我的两三步还要多。它若要追，我肯定是跑不过它的！"

奇怪的是，"那家伙"不但没有真追，似乎还有些"惜香怜玉"，龚玉兰跑得快，它也跑得快，龚玉兰跑得慢，它就慢条斯理地在后边跟着。跑着跑着，龚玉兰的儿子杨安明跌倒，哇哇大哭。那野人并未落井下石，而是站在几米远的地方手扶树干，看着吓得汗流浃背的龚玉兰"呵呵呵"地傻笑……

黄万波执笔的那份访问笔录详细记下了当时的情景：

黄：你儿子跌倒后，那个家伙停下的地方离你们有多远？

龚：大概有两丈多（7米左右）。

黄：它就静静地停在那里？

龚：它也摇头晃脑地动，还傻笑，还看见它用手抓痒。

黄：你最先看见那家伙在树上擦痒时是两脚站着还是四脚落地？

龚：站着的，站着的，跟人站着擦痒一样（说到这里，龚玉兰站起，用左肩上下作擦痒状，说"就是这样擦的"）。

黄：它追你们时是几条腿跑的？

龚：两条腿，跟人一样跑。步子很大。

黄：你能学一学它是怎样跑的吗？

（龚站起来，如她所说，甩脚甩手走。）

黄：它的毛色如何？

龚：是红黑色。头发很长，手和脚上都有毛。脸很吓人，特别是它的嘴。

黄：嘴为什么特别吓人？

龚：（边说边比画）嘴唇往外突，还翻着，一笑，就露出大板牙，让人害怕！

（黄万波拿出图片给龚玉兰看。看了狗熊图片，她摇头。看了猴子的图片，她说"不是这个！"当看到站立的猩猩图片时，她大声说："就是这种样子，但这个的毛不如我看到的那个长。"）

黄：请你再说一说它是怎样擦痒的。

龚：（站起来，用左肩上下晃了几下）就是这样擦的。

黄：是公的，还是母的？

龚：公的！公的！它的那个（生殖器）我看得可清了，在两腿之间晃来晃去。它那两个眼睛圆圆的，又大又深，看起来让人心慌腿软，害怕得不行……

黄：害怕得心慌腿软了你怎么还跑得动？

龚：（表情惊奇地看黄万波）……

龚玉兰显然是听出了黄万波话中那不相信却又没有说出口的弦外之音，心中不由得有些隐隐不快，回答问题的语气也变得生硬起来："跑不动咋办，要逃命就得拼出老命跑嘛！"

讲这话时，她杏目微闭，眉毛一扬——那"微闭"和"一扬"的时间从开始到结束只有短短的一秒左右，本来很不容易被捕捉，但这个细微的面部表情还是被黄万波观察到了。他认为，龚玉兰突然出现的这种情绪变化是她内心态度的表现，和语言比，这种情绪和表情的突变更加靠谱！

龚玉兰（右四）向野考队员讲述遭遇野人的情况

在随后的访问中，黄万波才知道，当时，龚玉兰为逃命的确是在"拼出老命跑"。队长的妻子证实：事发那天，听到龚玉兰的喊叫声，她开门一看，只见龚玉兰满头大汗，上气不接下气，拉着儿子边往屋里冲边嚷："野人！野人！有野人……"

访问后，龚玉兰领黄万波到了野人目击现场。从地形、地物看，与她所述相符。特别是在野人擦痒的栗树干 1.3 米到 1.8 米的地方，黄万波发现了几十根野人的毛发。

回到北京，唐山大地震不幸发生。躲在大街边的防震棚里，黄万波将采集到的毛发和人、棕熊、猩猩、金丝猴、猕猴的毛发进行对比，觉得自己采集到的毛发很接近人和猩猩的毛发。但人的头发没有绒毛，都是一根根的，所以，黄万波断定，龚玉兰遇上的是一个值得探索的动物。

为了搞得更准确，黄万波请公安部126研究所法医组、中国科学院古脊椎动物与古人类研究所、北京医学院组织胚胎教研室对这些毛发进行联合鉴定。

很快，公安部126研究所法医组等单位的鉴定结果出来了。鉴定书上写道：通过鉴定，得出了一个既否定又肯定的意见。

126研究所法医组等单位在鉴定结论中解释说：所谓否定，即否定了群力6队采集的那种黑红色细毛和灰色绒毛是熊的毛发的说法。

所谓肯定，即肯定了群力6队采集的是一种高级灵长类动物的毛发。

最后的结论：根据目前调查所悉，鄂西北原始森林里的现生灵长目，仅有金丝猴和四川猴，这两种猴均有尾，个体小，根本不能长时间、长距离地直立行走，看起来，它们绝不是目击者叙述的那种灵长目动物。也就是说，还生存着另外一种，是否为当前正在考察的那种奇异动物——野人呢？仅仅根据毛发分析，目前还难于定论，有待今后的进一步考察来证实……

对于这些毛发，后来成为无野派的周国兴研究员曾在《我们在追踪一个事实上并不存在的动物吗》一文中有过这样的记叙："根据龚玉兰指引而在现场获得的毛发，经地质学家黄万波的鉴定与研究，提供了重要信息：所采得的毛发分为两类，一类是细毛，略弯曲，质柔软，色黑，呈圆柱形，少数尖端发黄，一般长50毫米左右，最长的几根达200毫米，从外形上初一看很像人的头发。但是，还有一类绒毛，柔软，呈绳纹状弯曲，浅灰色，一般长30至40毫米，最长的不超过60毫米，细毛根部有底绒，这不是人类头发的特点。

"此外，还做了胶膜印片和组织切片，并跟棕熊、黑熊、金丝猴、猩猩及人的毛发作了对比研究。从胶膜印片和组织切片上，可以看到毛发表面的鳞片结构和皮质、髓腔等内部构造。

经观察，这些奇异动物毛发的表面鳞片呈复瓦状，间隔稀到中等，横纹曲折巨髓腔窄小，这跟熊类的鳞片呈波状排列，间隔密，横纹平缓不大相同，而跟灵长类毛发较为接近。这些初步鉴定至少否定了龚玉兰看到的是熊……"

周国兴认为：疑是奇异动物留下的这些毛发、粪便和脚印，都是有关奇异动物可能存在的间接证据。

公安部126研究所法医组等单位的鉴定结果和周国兴的说法让很多人断定：神农架野人肯定存在。

第五节　密林跟踪

14

当然，对那些鉴定和说法也有不少质疑。不过，黄万波在房县的考察结果还是得到了中科院有关领导的认可。

在黄万波的考察结果出来前，中科院古人类研究所吴汝康所长在听了李建和王善才的介绍后就曾发表过这样的观点：

（1）根据调查的大量材料，我看不大可能是造谣，应该相信群众。

（2）几千年以前，中国大陆是有猩猩活动的，而且有化石证据。近几千年来，由于气候及环境的变化，猩猩在我们中国几乎绝迹了。房县和神农架这一带有原始森林，会不会有这样的可能，即在某种特定的环境和条件下，还有那么一支猩猩没有绝迹，而是慢慢适应和生存了下来。

（3）前几年在巴东、建始等县发现过巨猿的牙齿化石，那是在长江南岸；现在发现野人的地点是在长江北岸的神农架林区和房县一带。从地域上来说，这两个地方很接近，只隔一条长江。若把发现野人之事同长江南岸发现巨猿化石之事联系起来考虑，那就更有意义了。

（4）继续进行调查研究。即使是猩猩，发现它也是我们国家科研的重大成果。因为我国还从来没有发现过猩猩。如果它比猩猩更进步，那就是大家所说的野人，那将会是轰动世界的大事……

正是吴汝康的支持，黄万波才得以成行神农架考察，也正是黄的考察结论，才促成了官方组织野人科考的决策和行动——1976年9月23日，中科院古脊椎动物所与古人类研究所、湖北省政府组织的历史上第一支野人考察队在房县宣布正式成立。

从档案中那份"鄂西北奇异动物科学考察领导小组及成员名单"看，领导小组的档次很高：湖北省委书记兼省长韩宁夫是领导小组的组长，中科院古脊椎动物与古人类研究所革委会主任郝汀任副组长。

1976 年 9 月 23 日，第一支野考队在房县成立

科考本来是科学家们的事情，但神农架林深路险，渺无人烟，更有豺狼虎豹和那个据说是可能会吃人的野人藏于山中，为了派部队保护考察人员的安全，也为了给那些参加考察的专家们配枪防身，所以考察领导小组里还有湖北军区王副司令员这样一位可以派部队可以借枪给非军事人员的部队领导。

野考需要各方协作，于是湖北省委宣传部的尤副部长、省文化局的邢副局长、房县的王副书记也都任了领导小组的副组长。

领导小组有了这些人，野考的很多事都好办多了。比如野考队领到了半自动步枪 20 支、子弹 2000 发；野考队从省革委会行管局借来了一辆日后用于联络和运输的中型吉普车；房县尽可能地给野考队提供了各方面的帮助……

不过，实话实说，领导小组有谁并不那么重要，重要的是看要进山那支野考队里都有谁。1976 年 9 月 23 日，在房县成立的中国第一支野考队里，前文已出现过的李建、王善才、黄万波、张振标、陈效一等人都"榜上有名"，据会议文件记载：李建是办公室副主任，王善才是办公室成员，黄万波等人是考察队负责人，张振标是考察队小队长。

总之，从名单上看，考察队的人员主要来自中科院、北京自然博物馆、北京动物园、北京科学教育电影制片厂、武汉地质学院、房县文化馆、林业局、桥上公社、红塔公社、神农架林区林业局等单位，共27人——但实际上没有那么多，好些人都没有参加，连黄万波也因病也没能全程参加。

还有，这次引发国家介入野考的原因相对突然，考察行动多少有点仓促上马之嫌。之前，中科院又缺乏这种大规模野考的组织经验，加上考察队内部对野考的认识不统一，步调不一致，所以，这次野考不是太成功，只能算是1977年那次大规模野考的一次初步考察，或者说是第二年野考的一次预演和热身。

"预演和热身"的野考虽然小有成效但不很成功。故，作者只能在这次不很成功的野考中选一些精彩的镜头奉献给读者。

首先要介绍的是一个名叫袁振新的野考技术负责人。

最早的那份野考队名单里本来没有这个名字，但黄万波回京治病后，中科院古脊椎动物研究所派袁振新作了替补队员。

出生于江苏省江阴市的袁振新也和黄万波一样，他当时也还只是中科院古脊椎与古人类研究所的一个实习研究员。1960年，他分配到中科院后，师从在国际上很有影响的著名人类学专家裴文中、贾兰坡，在古人类学领域的研究方面颇有建树。

1976年9月，以"替补队员"的身份来到野考队时，有领导认为，考察犀牛、大象、熊猫、巨猿化石很内行的袁振新在森林里也一定很有一套，于是便让他负责野考的技术工作。

袁振新研究员

　　野考技术最重要的一个指标就是要能发现，并且必须要在危机四伏的莽莽大山里能够发现那些一般人所不能发现的蛛丝马迹，进而以此寻找到野人的目标。这样的"技术"对长期从事定点考古发掘的袁振新实在是有点勉为其难。在以前的考古工作中，袁振新最大的特长是标本采集、搬运和研究发掘物，考古中的其他后勤工作他都用不着怎么考虑。但被任命为野考技术负责人后，野考队几十号人包括饮食器具、服装睡袋、自用药品、急救器材、行程安排在内的大小事情他统统都得考虑。

　　不过，这种"考虑"并不意味着什么都要他事必躬亲，在野考队已有一官半职的他完全可以安排其他队员对那些吃喝拉撒之类的事情多操些心。但那个事关野考成败的技术工作呢？总不能在野考技术方面也让别人替自己这个野考技术负责人代劳吧——当时，没有负责过这个技术的他明白：首先自己得有这个技术，同时还必须在野考中利用这个技术有所发现，有所突破——而到房县前，对神农架的地形地貌和生态环境，对野考安全、野考注意事项等诸多深奥的学问，袁振新几乎都是一无所知。只是在那个野考短期培训班上，他才掌握了一些森林方向辨别、宿营地选择、遇险救急等方面的常识。

　　在神秘莫测的神农架里，仅有点野考常识是不行的。

　　野考开始后，在桥上公社的大黑山中跑了好几天，袁振新他们连只野兔也没能看到。后来，他回忆说：大黑山紧靠神农架，那一带山连山、岭连岭，地势落差大，树林高大繁茂，山顶处还有人类无法攀缘的洞穴，地形极其复杂。树林中铺满了干枯的落叶，别说人踩上去声音会很大，就是树叶飘落下来也能听见"簌簌"的声音。"这种环境你怎么去找野人？野人听到有动静早就跑了！"

　　袁振新很奇怪，在这静静的山林里，跟当地人进山，总能碰上熊、豹、野猪之类的"大东西"。而自己和野考队的人进了森林，别说见到野人，就连一只羚羊也极难见到。这是为什么呢？

　　房县桥上公社桥上大队的支书老袁是一位很有名气的猎人，他告诉袁振新：你们进山，背着相机，带着望远镜水壶和武器，一走路就叮叮当当直响，还咋咋呼呼地高声说话，还抽烟刷牙抹护肤膏，这怎么行！你们身上的城市味道太重，在这大山里，野兽对你们身上的那些味道敏感得很，你们一去，听到你们弄出的那些响动，闻到你们身上散发的那些味道，它们早就跑了！

老支书强调说：野人是一种拥有较高智慧的动物，比一般野兽更敏感，它们更知道怎样躲着你们。

袁振新恍然大悟：原来进山也是一个技术含量很高的事情！

在老支书和猎人们指点下，负责野考技术的袁振新很快摸索出了一套静态考察的要领。在地形选择上，袁振新认为山脊最狭窄处那种类似鱼脊、刀背的山梁和峡谷边能上下通行的地方最好，因这种地方是便于观察四周的制高点；在周围植被的选择上，要找那种栗子、橡子、核桃或其他果实较多的地方，因这是包括野人在内的所有动物觅食最集中的地方；同时，要选择附近有泉水、水塘——最好选有盐水塘的地方，因为不管是野人还是野兽，它们都需要喝水，尤其喜欢喝带咸味的盐水……

此外，袁振新要求所有队员，进山不准讲话；大蒜烟酒必须戒掉；进山前不得洗头、洗澡、刷牙，更不能使用香皂和护肤脂。他要求大家，"把自己完全以大山的味道融入森林"。

这样一来，野考队员们在房县大黑山里果然有了很多与野兽不期而遇的机会。在与各类动物的相处中，大家还学会了不少大山里的生存法则。

比如，几个人在密林里行走不能靠得太近。大山里旱蚂蟥特多，它们挂在树枝上，第一人经过时惊动了它们，它们会习惯性地在几秒钟内掉下来落在第二个人身上，然后爬到脖子或脚上咬得你鲜血直流。行进中隔开距离，旱蚂蟥就会犯"经验主义"错误而掉在地上。

林间的草爬子是一种极易传染疾病的家伙，它们的尖嘴一旦叮进你的身体里，千万不能往外扒，只能用手轻轻拍打被叮咬部位的周边，否则它的头部会越扒越往肉里钻。袁振新手下的许多野考队员的身体里如今都还残留着草爬子的头颅之类。

还有就是野猪、熊瞎子带着小崽时千万惹不得。这类动物护犊子，身边有小崽时，它们会认为有危险而跟人拼命，尤其是报复心极强的黑熊。

大队书记老袁告诉过袁振新这样一件事：猎人赵某开枪伤了一头小熊，母熊大怒，咆哮着扑向赵某。常在山里打猎的赵某知道黑熊有个不吃死食的习性，来不及开第二枪的他明白：要躲过此劫，只有装死。于是，在黑熊那钢铁般的利爪撕下他的脸皮并即将撕开他的胸膛之际，赵某仰面倒下，一动不动地躺在地上装死，任凭黑熊怎么号叫着在身上拱咬拍打，他都紧闭双眼，大气不出。黑熊见满脸是血的赵某没有动静，认为已死，折腾一阵便走开了，满身伤痕的赵某这才仓皇逃下山去。谁知他的行踪被嗅觉灵敏的黑熊发现，那母熊又寻着气味跟踪追去，闯入家中将赵某咬得遍体鳞伤……

野考队员识别野人毛发

这种事太令人震撼！为此，袁振新对考察中的开枪之事管得更加严格，还专门抽时间让队员们熟背野考队的《持枪四不准》：

（1）猛兽不主动进攻不准开枪；

（2）没有看清目标不准开枪；

（3）没有考察小组组长或副组长批准不准开枪；

（4）枪口不准对人……

后来，山林中的野兽们不断向进入者显示它们的凶残时，袁振新这才怀疑：野考队员们突然从人类社会进入自然界弱肉强食的丛林社会，那"四不准"的纪律是不是有些太过严苛？

毕竟，丛林社会展现给野考队员们的多是暴力血腥的生存方式。

袁振新见到了太多这样的"生存方式"。一次，他走累了，想到林间的一块石头上去休息一会儿，正在此时，盘旋在空中的一只鹰突然向那块石头俯冲下来，他一看，这才发现一条毒蛇盘在那里晒太阳！袁振新原以为那毒蛇会成为鹰的盘中午餐，谁知鹰抓毒蛇时没有抓住要害，当它叼起猎物起飞时被拼命反抗的毒蛇翻身咬住了喉咙，那鹰疼得一声惨叫，丢下毒蛇跌跌撞撞地飞走……

有时，还能看到一些动物智取猎物的镜头。

一次，袁振新躲在树上观察，突然发现一狐狸在一块空地上卖劲地翻筋斗，一看，原来是不远处有两只锦鸡，狡猾的狐狸是为了吸引它们的注意力好寻机出击。锦鸡果然上当，放松警惕观看狐狸的表演。狐狸翻着筋斗慢慢接近了锦鸡，趁其不备迅速扑过去咬死其中一只，然后又迅疾抓住了另一只准备逃跑的锦鸡。

面对这些凶残狡猾的野兽，袁振新和他的队员们在林中蹲守野人时不得不提防着点了。他们背上水和干粮，选一块视野开阔的空地，爬到树上朝下观察，经常一守就是两三天，连晚上睡觉也不下来。没有人说话也不能说话，更不能抽烟，他们只能坐在树上，眼观茫茫林海，耳听山中鸟叫虫鸣。只能坐在自己的影子里，读风，读月，读云，或拿出军用水壶以水代酒，去"举杯邀明月"……

为了防止夜里睡着后从树上掉下去，袁振新和队员们用绳子把自己绑在树上。在树上绑着自己实际上是一种"作茧自缚"，往往会有自作自受的事情发生。

一天夜里，袁振新正在树上蹲守，一只猫头鹰突然飞过来落在他头顶的树枝上。观察了一会儿，那猫头鹰猛地俯冲下去，抓获一只田鼠又飞回到袁振新的头顶，歇在树枝上大吃大嚼起来。吃饱喝足后，猫头鹰开始拉屎了，袁振新却不能躲闪——他被自己结结实实地绑在树上，一团湿乎乎臭烘烘的东西正好落在他的脑袋上……

就这样，袁振新在树上送走了头顶的猫头鹰，又迎来树下小心翼翼经过的山羊，送走白天又等来夜晚。

但是，日复一日地苦苦守候了两三天，袁振新等来的不是野人而是野猪。

那天，林间突然传来一阵剧烈的响动，如此大的动静让袁振新心中一阵激动，他以为是皇天不负有心人，自己等来了那位"人类的近亲"，忙拿出相机调好焦距对准那个把林子搅得稀里哗啦的家伙。镜头里，从树丛中冒出的却是一头黑乎乎的野猪！袁振新这才发现自己犯了个错误——他只知道野人喜欢到板栗林采食，故特意藏身在这片板栗树较多的林子里守候，但谁知这野猪也喜欢拱吃掉在地上的板栗！

更令袁振新感到恐惧的是，那条 400 斤左右的大野猪显然不仅仅只是为板栗而来，它似乎还发现了与这树林味道不相符的蛛丝马迹，在树下亢奋地转着圈寻找。找一阵后，没有发现什么，它哼哼着跑了。袁振新刚出了口长气，不料，那大野猪很快又哼哼着带来它的一家五口在树下四处拱啃着搜索。

支书老袁曾告诉过袁振新，像这种几百斤大的野猪，只需个把小时就能把直径一尺多大的树拱倒——袁振新藏身的那棵树还没有一尺粗，当时，他真担心自己冒出的冷汗会掉下树去惊动了那群杀气腾腾的野猪。

还好，这群虽然凶狠但毕竟是猪的家伙只顾埋头搜查，却不知道抬头观察一下树上的情况。它们在林子里转悠着胡乱拱啃一阵后没有找到什么便哼哼唧唧地离开了，袁振新这才赶紧下树拖着麻木的双腿逃出密林……

15

袁振新和野考队员们在山林里苦苦等待时，野人却在 100 多千米外的房县安阳公社天子坪出现了。

后来参加 1977 年野考的中科院周国兴在他那篇《何启翠等师生十几人同时看到奇异动物》的调查报告中是这样记录这次野人目击经过的：

1976 年 10 月 18 日下午 3 点左右，房县安阳公社七一大队小学教师何启翠带领三、五年级十几个学生到天子坪的山上捡桐子、挖草药搞"小秋收"。在天子坪下沿，发现一个红黄色的两足行走动物在山坡上的茅草丛中由东往西北方向走去。

当时，一些年龄小的学生吓得跑下了山。何启翠和 13 岁的五年级学生何相全，9 岁的三年级学生柳向云，13 岁的三年级女学生刘志梅、朱彩云没有跑，他们蹲在树后继续观察那个动物的去向。

只见那动物走几步以后，按照逆时针方向在原地向左转了个圈子，同时用胳膊肘抹了一下脸，用手擦了一下头发，四处张望了一阵，然后再向坡上走去。何启翠等人一直看到这个动物在距离其约 100 米的地方翻过坡区不见为止。然后，回校报告了大队干部。

何启翠演示野人行走的路线

野考队接到报告时已是 1976 年 10 月 19 日凌晨 2 点。队领导立即派出三个考察小组前往现场附近的千坪、七里、木瓜，准备迂回穿插，形成合围之势，然后相机围捕野人……

第二考察组的袁振新和另一野考队员小林在接到报告的当天上午就赶到了天子坪。看过现场，考虑到野人没有受到惊吓，不会急于逃跑，它需要采食、休息等等因素，袁振新断定它在一天之内的行程不会超过十里，如果快速追踪，应该能够有所收获。

两个人去追踪一个传说中十分凶狠的野人也许有些冒险，但两人所持的一支手枪和一支半自动步枪应该足以防身。于是，袁振新和小林当机立断地顺着野人离去的方向跟踪而去。

深秋的大山一片金黄，已近成熟的板栗、榛子、松子、山楂果、五味子等等坚果引来不少野兽觅食，山凤、杜鹃等鸟的鸣叫声在寂静空旷的山谷里显得特别悠远。袁振新和小林在鸟声的掩护下快速追击。

追了一段路，碰到一个姓杨的复员军人在山上砍柴。他说，附近的山沟里有很多大脚印。袁振新、小林赶去一量，那些清晰的大脚印长达 38 厘米。小林惊叹："大脚印肯定是那家伙留下的，按这脚印计算，它至少有两米多高！"

顺着脚印观察，让袁振新更加吃惊的是：在离山沟很近的一条路上，还有熊的足迹和它行进时弄出的响动。

为了便于观察，袁、林二人爬到山沟的上方。站在制高点一望，袁振新发现这是一片南北走向的山梁，在山梁的尽头，山中所有的路都集中到了"A"字形顶端处的山口。小林也判断说：咱们到山口那里等着，一定能等到它们！

顺着山梁追了一阵再往下看，袁振新和小林兴奋得一下觉得气都喘不过来：野人在半山腰向前运动！

一路上，它把树木摇得乱晃，还不时"呀呀呀"地号叫，声音瘆人，惊得山里的野兽和鸟儿们四散奔逃。

与此同时，先前看到的那头熊的行踪也暴露给了袁、林二人——它就在野人下方那条靠沟底的路上！

袁、林二人判断：根据野人和熊行进的速度，它们有可能同时会合在"A"字形顶端处的山口。到时，"二位"若是争斗起来，说不准那熊会伤了这位野人宝贝，这是绝对不可以的！

袁、林一商量，决定穿插到野人的后边去跟踪，然后再相机行事，保护野人安全。

为了不惊动野人，二人轻手轻脚地前进。尽管如此，仍被其发现。袁振新觉得这家伙很鬼，人走它也走，人停它也停。小林有点忍不住了，"哗"的一声将子弹上膛，建议冲上去，能抓就抓，不能抓就开枪干掉它。

袁振新阻止说：万万不能开枪！不管打死的是公的还是母的，都会影响一个群体的繁衍。更何况，这次进山考察前，省委书记韩宁夫有"千万不能打死"的指示。

小林只好同意："那就再跟踪一会儿再说吧。"

两人继续小心翼翼地跟着。袁振新觉得那野人离自己已经很近了。后来，他告诉采访的记者："当时，我们之间的距离近到了它踩过的脚印、压倒的草和小树枝还能弹起来这样的程度，估计最近的时候只有20米。但是，因为林子很密，始终不能看见它。当时还能感觉到它跨过一棵枯树的时候，滑了一下，等我们走近，脚印果然有滑行的痕迹。"

袁振新和小林发现，野人滑行时，脚指头把泥土戳出了5个深深的小坑，其力度让人生畏。这"家伙"这样有力，袁、林二人更不敢轻举妄动了。见天色已晚，小林说："既然不准开枪，我们俩肯定对付不了它。干脆不惊动它，我们先回去，明天再多来些人继续跟踪。"袁振新觉得也只能如此。

1976年9月9日，毛泽东同志逝世。在这之后的一个多月里，国内各地一直有不少哀悼或追忆活动。袁、林二人10月19日回到野考队驻地时，正赶上一个为期三天的活动。三天后，当袁振新带着人再次赶到天子坪时，发现当地生产队的人都笼罩在恐怖的乌云中。生产队长说，山上的玉米都该收了，但没人敢去。袁振新一问原因才知道，原来袁、林二人几天前离开后，野人和狗熊在"A"字形顶端处的山口处相遇并恶斗了一场。社员们听见吼声如雷，震得山谷嗡嗡作响，吓得山下两个生产队的人都紧闭家门……

勘查现场时才发现，原来正如袁、林二人几天前担心的那样，黑熊和野人在山口狭路相逢。那地方正好有一片板栗林，大概是为了争夺食物，"二位"互不相让，大打出手。

打架处，草死树倒，遍地狼藉。

事后，人们在想象那场恶斗的惨烈恐怖时，很多人都推定：袁振新跟踪的就是何启翠等师生看到的那个野人。

周国兴没有附和这种看法，他只是在他的调查报告中针对何启翠等人的目击情况作出了这样的结论：我们认为何启翠等人确实是看到了一个两足行走的奇异动物，由于距离约150米远，具体形象没有看清楚，它是向斜侧西北方向翻过山梁而去的，何启翠等师生看到这动物直立行走的距离相当于常人的30步左右。

这份报告还特意指出：这个十分空旷的山地里，草坡上没有大树，当时还是绿草丛生，不可能与红树叶相混。

报告强调：至于看到的是什么动物，只有抓到后才能搞清楚……

几十年过去后，对野人基本上持否定态度的周国兴研究员2012年在接受本书作者采访时还是认为："何启翠等师生目击野人是白天，且多人看到，他们反映的目击情况应该是较为可信的。"

认为何启翠这次目击可信的周国兴却没有把袁振新、小林第二天在密林里长时间、长距离的跟踪联系起来作为有野的旁证，这就给那些喜欢揣摸的人留下了无限的想象空间。

第六节　"野人也好色？"

16

1976年10月，粉碎"四人帮"的消息传到了神农架大山里。接着，北京来了通知：暂停野考，考察队员回原单位参加运动。

散伙之前，存在了一个月零6天的野考队于10月29日在房县开了一个总结会。会后，那份不到2000字的《关于奇异动物（野人）的初步考察工作小结》这样总结了这次野考：

"这次野考是根据伟大领袖和导师毛主席关于'中国对于人类应当有较大贡献'的教导，在沉痛哀悼敬爱的毛主席逝世的日子里开始的。全体考察队员继承毛主席的遗志，化悲痛为力量，从9月到10月近两个月的时间里调查了房县红塔、桥上、安阳三个公社的20个大队，调查面积约300平方千米，调查路线近1000千米。"

谈到"收获"时，小结列举了共发现62个野人、发现了很多野人毛发和粪便、发现了很多大脚印等成绩。

第一支野考队的"全家福"

小结还强调："从史书记载、访问记录和毛发鉴定结果看，野人之谜可追溯至先秦之前……至于谣言，我们认为是有的。但，绝大多数被访者都是贫下中农和革命干部，这些同志不可能是造谣者。"

据此，小结确信，神农架的野人之谜可以排除以下可能：

（1）神农架出现的野人不是阶级敌人搞的鬼。也不是国民党特务或者残存土匪披一张兽皮装扮的。

（2）不是阶级敌人造谣。

（3）不是人们把猴子误说成是野人。

（4）也不是人们把熊当作了野人……

结论：在房县、神农架林区的确存在着一种高等大型的灵长类动物。

……

根据野考队的这个结论，"上边"在这次野考后不久就有了进一步打算：中科院、武汉分院、北京自然博物馆等单位继续收集整理资料，准备1977年再次进入神农架考察。

虽然是要求"中科院、武汉分院、北京自然博物馆等单位继续收集整理资料"，但很多具体工作却都落到了湖北省有关单位。

王善才就是那次接受收集整理资料任务的人员之一。

后来，他在一篇文章中回忆说：考察停止后，我主编了一个《野人考察资料》的小册子。那段时间虽然很忙很累，但整理收集资料时，我常常会沉浸在资料中那些有趣的事情里，很多关于野人的故事令我终生难忘。

最令王善才难忘的是野人表演"模仿秀"。

一份材料说，野考队在神农架寻找野人之前，秦岭地区就有关于野人现身的消息：猎人王守忠在秦岭山中一条小河沟边与一雄性野人相遇。王守忠十分紧张，准备逃走，却被野人截住。惊惶不已的王守忠发现，野人并没有攻击自己的意图，先是"呀！呀！呀！"地怪叫，接着，一会儿学老虎叫，一会儿学鸟叫，把常在秦岭山中活动的很多鸟兽的叫声都轮流学了个遍，还不时加上与声音配套的动作——学狼叫时仰着头朝天吼，学野猪叫时嘴朝地下拱，学鸟叫时摇头晃脑地啾啾作声。绘声绘色地表演了一个多小时，见猎人不能与自己"沟通交流"，野人悻悻而去。一路"啊！啊！啊！"地嚷着，似在表达不满。

爱学老虎叫是野人的一个重要特点。袁振新曾讲过："遇到危险时，野人会发出很大或者像老虎的声音来吓退它的敌人。"他举了个例，"有一次，科考队的于军跟踪一个野人，在距它很近的地方，那家伙突然转过身对着于军发出老虎的号叫声……"

陕西自然资源考察队张纪叔、李贵辉编写的那份《关于太白山区发现野人情况的报告》记载：一个月后，在王守忠与野人相遇的相同地点，翠峰公社农林大队四队林场护林员杨万春又碰上了野人。

杨万春说：今年（1976年）5月的一天下午五六点钟，我去沟底，在离水潭四五百米的三岔路口处，与"毛人"相遇。"毛人"从北面的山梁上往下走，边走边发出"咕喽咕喽"的声音，我开始以为是黑熊或鬃羊，但我很快看到了一个直立行走的"毛人"边"呀！呀！呀！"地叫着边快步朝我走来。我非常害怕，想跑又知道跑不过它，只好站在原地。为了阻止它继续靠近，我硬着头皮夸张地挥拳踢腿并大吼大叫，做些要殊死一搏的动作。"毛人"似乎明白我的意图，在离我一丈多远的地方，它停在了一条水沟边。水沟宽约2米，我和它隔岸站着。

在相互对峙时，"毛人"学雀叫、狗叫、驴叫、豹子叫、小孩叫，不断变换着腔调。我搞不懂它的意图，茫然而心惊胆战地听着，同时也紧张地思考着怎样对付它的攻击。这样相持了约一个小时。最后，我向后退了几步，捡起一块石头向"毛人"胸部砸去，它"呜——呼"地叫了一声，朝东南方向跑去，边跑边"哇！哇！哇"地大叫，还用手拨树枝向坡上爬。爬到半坡上，嘴里还"哦——咳""哦——咳"地乱嚷嚷……

后来，王守忠和杨万春先后把此事报告给了相关部门。野考队知道此事后，分别让两人描述野人的外表，并请人当场画了下来。结果表明，王、杨二人碰见的是同一个野人！

1977年野考时，当时还是华东师大生物系讲师的刘民壮根据王守忠和杨万春模拟野人的叫声结合平时掌握的情况总结出了野人的各种叫声——

"哇！哇！哇！"是挨了打的痛叫；"呀！呀！呀！"是与伙伴打招呼的联络信号；"哈！哈！哈"是用手抓住人后的笑声；"呵！呵！呵"是示好时的笑声；"啊！啊！啊"是奔跑时的呼叫；"哦——咳"是登山时换气的叫声；"呜——呼"是其被激怒时的吼声……

"毛人"边"呀！呀！呀！"地叫着边快步朝杨万春走去，是把他当同类联络了！

刘民壮还从众多的目击事件中掌握了一些野人的肢体语言：遇见人时，它们往往先用手拢一下头发，然后就地转一圈再逃走——这种动作是在招呼同伴：注意了，周围有危险！就地转一圈则是在决定逃跑方向（如何启翠同她的学生见到的那个野人逃离时，先按逆时针方向在原地向左转了个圈子）；两个野人一起时，甩头和用嘴一噘，是给同伴指路（如女学生于立华、孙正杰见到的那一大一小两个野人）；双手做鼓掌状，是表示高兴……

后来，野考队经过调查发现，野人"模仿秀"不仅秦岭山中有，神农架地区野人模仿人类行为的事情也常有发生。

神农架送郎山附近，住着一个孤老太太。老人曾经跟老伴、儿女幸福地生活在一起。老伴去世后，儿女们搬到了山下，剩下她孤独一人。寂寞孤独让老太太悲伤不已，常常在田间劳作时难过地哭泣。

1976年的一天，当地农民跑去告诉野考队的袁振新：一个野人正在老太太的玉米地里哭！后来调查才知道，那天，这个野人偷吃了老太太地里的玉米后并不离开，而是坐在地里模仿老太太哭泣。邻居们以为真是老太太在哭，准备前去劝慰时才发现：老太太正在门口紧张地朝玉米地里张望……

这样的故事也使王善才想起自己在野考中遇到的一些有趣的事情。

进大黑山考察前，王善才听说过很多关于猴子的奇闻：桥上公社杜川大队一个叫八角尖的地方猴子特别多，且很嚣张，专门欺负那些上年纪的人。一次，一个姓刘的老人背玉米棒子回家，被一群猴子"抢劫"一空。平日里，个把上年纪的社员在田里犁地，它们会爬到树上往犁地人头上拉屎撒尿，有时还折些树枝或者摘个果子砸犁地的人……

特别是那些公猴，它们对穿花衣服留长辫的妇女特别"上心"：见到妇女，不但做下流动作，有时还对那些吓得顾头不顾尾的妇女动手动脚。

这些"下流"的家伙却欺软怕硬——更怕穿军装和拿枪的人。1977年野考进山之前，野考队在八角尖搞演习，其中有不少拿枪的战士，那些平日里在妇女老人面前嚣张作恶的猴子们纷纷避而远之，藏得一个不见。三天演习结束后，野考队员前脚走它们后脚出，八角尖又成了它们横行无忌的天下……

17

在那些野考资料中，王善才发现了一个规律：野人也像猴子一样"品质恶劣"。在野考队负责人袁振新的讲述中，野人的智商似乎并不低，它们常躲在山上利于观察的地方往山下张望，如果看见上山的是老人、小孩或者女人，它们不但不跑，还会出来行凶作恶。如果去的是强壮的男人或者是人多，没等对方发现，它们就会逃之夭夭。

对那些穿花衣留长辫的女性，野人也和猴子一样"上心"。整理资料时，王善才发现了至少有八个女性被野人追逐的案例。

1974 年 5 月的一天晚上，月如白昼，桥上公社清溪沟大队一生产队 18 岁的周继英在自己家门口被野人追得跌倒在地，她母亲一把将其拖进屋内才免遭侵害。

时隔一月，该大队一生产队 26 岁的陈传兰又在生产队保管室后的山沟里被一红毛野人追得屁滚尿流……

1976 年 3 月的一天下午，桥上公社红场大队 16 岁的胡秀祥在野人的追逐中跳下悬崖……

一份野考访问记录里还记载着房县楮河峡施明成的老婆吴德兰遭遇野人后致死的事情：

1976 年初的一天，下雪。家里断盐 6 天了，吴德兰带着 16 岁的哑巴儿子施尚贵到麦皮兰供销社卖青滕买盐。天黑时，吴德兰母子都还没有回家。施明成正准备出门寻找，哑巴儿子跌跌撞撞地跑了回来，处于恐惧状态的哑巴流着泪哇啦哇啦地比画着。从儿子焦急的比画中，施明成明白：老婆和儿子在仁和寨的大山里遇上一个红毛人，老婆被那红毛人拖走了！

那一瞬间，骤然而至的恐惧一下笼罩了施明成。他知道，仁和寨那一带全是森林，那条必经的松望峡就有七八里长，四周没有人烟，到处都是山洞，老婆被野人掳走，肯定凶多吉少！

一急之下，施明成忙和哑巴儿子操着棍棒进山去找。结果什么也没有见到。

第二天中午，施明成正急得像热锅里的蚂蚁，一身湿透的吴德兰却自己回来了，一进屋就坐在灶旁烤火。在施明成一再追问下，吴德兰才说，昨天从供销社买盐回来，到松望峡天已快黑了，突然，森林里窜出一个又高又壮的红毛大汉拖住她就跑。施明成问红毛人把她拖到哪里去了，吴德兰只说，拖到森林里去了。再问，就什么也不回答，只是默默流泪。

之后，吴德兰疯了。20天后，她吊死在屋后的那棵核桃树上……

吴德兰等妇女的遭遇使王善才想到一个奇怪的问题：野人也好色？

答案似乎没有什么悬念：不仅雄性野人好色，雌性野人也好色。男野人抓妇女，女野人抓男人已成为大山里一种令人恐惧的规律。

竹溪县瓦沧公社大沟大队一生产队那块保存至今的野人碑给这个"规律"无声地作出了诠释。

始建于春秋时的宁厂盐泉在神农架西南100多千米的四川巫溪县内（现归重庆），自古以来，人们骡驮马载地把巫溪的盐巴运出，再从神农架穿过，经房县、均县、郧阳源源不断地运往中原。这条路线被称为"川鄂古盐道"。

竹溪县瓦沧公社大沟大队一生产队就在川鄂古盐道上。该生产队的地界上有个野人洞，洞口仅高80厘米，宽58厘米，进入洞内拐一个弯，洞道窄得仅可供一人行走。进四五米，洞一下宽阔起来，并往下形成一个深坑。坑有多深，至今无人敢深入考察。数百年前，这个神秘莫测的深洞外就时常发生野人将运盐者掳进洞内的事情。

当地一个叫廖昌秀的老婆婆（时年86岁）于1976年向野考队证实：几十年前，90多岁的王婆婆曾告诉她，清朝乾隆年间，这个洞里有一母野人，经常坐在洞口用爪子梳理头发，遇上单独男性经过，便抓人入洞。

清乾隆五十五年（1790年）冬月，洞口立了这个野人碑。1977年，刘民壮等野考队员曾前去找到了这块尘封了近200年的古碑。拂去碑身上的苔藓，从那些还未完全剥蚀的字迹里可知：清朝渣峪河县官侯某路过此处，得知母野人抢人进洞，残暴伤害，不由"目击心伤"。于是，县令派兵赶走了女野人，又动员144名乡民捐款，于清乾隆五十五年冬月20日修立此碑，以示压制野人，同时警告路过之人要提高警惕，须结伴而行……

第七节 一个国民党县长的野考报告

18

之所以要把一个国民党的县长载入野考的历史，是因为这位国民党县太爷到神农架考察后曾给他的上峰写了篇很有价值的报告。还有就是1976年，他那个至今仍然健在的勤务兵对前去调查的野考队说，他随县长去神农架时，曾用机枪扫射过两个野人。

国民党县长被拉入野考行列的根据，仅此而已。

那位似乎不得不写入中国野考史的国民党县长名叫贾文治。

贾县长出身书香门第，地理、历史知识自然不错。他在《房县县政府呈报初步探察神农架情形》的报告里说，神农架位于秦岭山脉南坡，长江北岸，是大巴山的余脉，地处湖北省西北之隅。

对"西北之隅"的具体地形，贾文治描写道："兴山、房县、巴东三县交界处，有一极广袤之神秘地区，名曰神农架，系尚未开发之处女地，相传已久。又谓此地区古木参天，翼蔽如城，故又名木城。周围约有五百余里。距神农架之四面，亦百余华里方有人烟……"

再往前追溯，神农架还有"熊山"、老君山等20多个名称。"神农架"之名直到清代才正式见诸方志。清光绪十一年（1885年）编纂的《兴山县志》称："老君山其最高处曰神农架，悬崖峭立，林木蒙茸，人迹罕至。"

与贾文治的版本相反，在民间，神农架的来历却有着另外的传说：因远古农业和医药的发明者神农氏在这峰峦层叠，峭壁耸峙的大山里遍尝百草，架梯采药而被命名为神农架。

自古以来，神农架山高路险，人烟稀少，以其原始森林和蛮荒的历史，散发出令人难以抗拒的魅力。有人说，它简直就是远古洪荒时代遗留下来的一份"备忘录"。

"备忘录"里记载：这里处在地球最神秘的北纬30度附近。

大约在17亿年前至2亿年前的远古时代，神农架还是一片汪洋大海。距今 7000 万年前，喜马拉雅造山运动的强大应力促使秦岭巴山和神农架被抬升为多级陆地。屹立于群山之上的神农架成了"华中第一峰"。

在这里，一部可以比肩《荷马史诗》的"汉民族创世史诗"《黑暗传》融汇了混沌、盘古、女娲、伏羲、炎帝神农氏、黄帝轩辕氏等开天辟地的英雄在洪荒时代艰难创世的神话传说。在这里繁衍生息的 3700 多种恐龙时代的古老植物无声地宣告：神农架是世界上最大也是最后的一座生物避难所。"避难所"里存活下来的有除大熊猫之外的"第二国宝"金丝猴，有白熊等 30 多种神秘的白色动物；有驴头狼、独角兽、棺材兽、鸡冠蛇、九头鸟等珍奇未知动物；而那株历经宋、元、明、清、民国漫长岁月的"千年杉王"则当之无愧地成了植物界的"活化石"……

神农架的"千年杉王"

新中国成立后，满山是宝的"生物避难所"被开发。据《神农架志》记载：1956 年 5 月，湖北省林业厅、省木材公司、林业部建设局等单位陆续以神农架韭菜垭为中心，对兴山、房县、巴东三县交界的 4538 平方千米地面进行了实地勘察并编制出了《经营利用方案》。

1962 年 11 月，湖北省委、省人民委员会（省政府）批准成立湖北省开发神农架的兴山、房县两个指挥部。

接着，4000 名筑路大军用 4 年时间修通了从兴山县城关镇至神农架阳日湾的 400 千米公路。

再接着，数千人顺着这条公路从兴山和房县两个方向砍伐神农架，用油锯和猎枪把神农架杀伐得伤痕累累，使其 90% 的森林覆盖率 10 年间锐减至49.9%。植被遭破坏后，一架千古名山不仅红衰翠减，丧失了昔日的秀美，严重的水土流失更斑驳了山中的茂盛，把它变得老态龙钟、日渐衰乏……

为加强神农架保护，1970 年 5 月 28 日，国务院批准将房县、兴山县总面积 3253 平方千米的阳日、松柏、木鱼坪等 24 个公社、两个药材场和一个农场划为神农架林区行政区，1971 年划归宜昌地区管辖。1976 年 5 月，任忻有等人在椿树垭围猎那个野人时，神农架林区刚划归郧阳地区管辖。

<h2 style="text-align:center">19</h2>

20 世纪 40 年代初，国民党的贾文治县长也打算在神农架搞开发。为此，他曾进行过一次大规模的考察。考察结束，他写了一个《神农架探察报告》。这份现存于国家档案馆的报告在"探察之动机"一节写道：

"文治民国三十年九月，调任房县县长，察知房县幅员辽阔，号称千里，而群山高耸，地瘠民贫。推求其故，盖人未尽其力，地未尽其利有以致之。治理之道，非先从事开发地利以养民不为功，此内在之需要也。旋下乡考查。"

在这段相当于"引言"的文字后边，贾文治说出了更深层次的"考察动机"：

"……知于东南深山不毛之地——宋洛河铜矿，日（本）人曾于民国十一年组五富公司，从事大规模开采，并建有洋房二百余间。后虽为匪扰停办，而迄今遗迹犹存。

"又美（国）人著名植物学家威尔逊来我川鄂康各省调查森林十一年，采集标本六万余号，曾来神农架附近之老君山一带探索。于以知我蕴藏之富，外人早已虎视眈眈，无微不至，无远弗届，若我再货弃于地，人将起而图之。此种侵略，实足发我人猛醒！矧（shěn，况且）值此抗建方殷，资源亟待补充之际，果有宝藏当前，而不开发，宁非吾人之耻？此外来之刺激也。

"由此内在之需要与外来之刺激，遂于兴办各种建设之外，将传说已久之神农架，决心探察，已备开发，而揭破种种神话之谜……"

这段文字说了三个意思：一是贾文治的民族自尊心被日本人开矿和美国人对神农架 11 年的考察这种"外来之刺激"深深地伤害。二是贾文治想利用神农架的资源支持前方的抗日战争。三是要"揭破种种神话之谜"。

有人分析：这个"种种神话之谜"固然包括神农架高险幽远、云海起伏、姿态万千的秀丽风光，包括它的历史积淀和诸如神农搭架采药之类的传奇故事，也包括山中的种种矿藏和古木参天的原始森林，更包括山里的奇鸟异兽和那个传说已久的野人……

据《开神农架科考之先的贾文治》等网文载：国民党的贾县长是河北三河县人，1909年出生于一个知识分子家庭，其父为清朝秀才。家父的身教言传和贾文治刺股悬梁的努力使他成了那个时代德才兼备、知行合一的俊杰。因其德才俱佳，贾文治深受"贵人"器重——在山东当数年秘书、县长之后，与其私谊甚笃的湖北省郧阳专署行政区督察专员刘翔又邀贾文治到郧阳任专署主任秘书。

20世纪40年代，郧阳辖内的房县地瘠民贫，绅权操纵县政，地霸横行乡里，盗匪猖獗，民不聊生。又值抗战期间，更是世乱年荒，疮痍满目。值此艰难之时，刘翔把贾文治派到房县当县长。

《房县志》记载：民国30年（1941年）9月，贾文治上任后，提出建设"新房县"。他倡导廉能政治，兴利除弊，安抚民心。严惩擅权干政的劣绅贺禔六、何季周，逮捕青、洪帮首领熊金三、郭琼芳、张介侯等。剿灭了作恶多端，人称"坐山虎"的北乡巨匪刘万庆。一时，绅权收敛，帮匪匿迹，四境肃然。

新中国成立后，贾文治在呼和浩特的奋斗中学当了教员，还任过北京市政协委员。1967年逝世。

对于此人，地方政府修编于20世纪80年代的《房县志》和《神农架志》认为，20世纪40年代"水杉发现过程和由贾文治发起的神农架探察"是"抗战期间湖北的两大科学之谜"。

1939年，贾文治任秘书期间，常听专署文教视察苏元佑谈及神农架的森林资源和野人传说。从那时起，他就有了进神农架探谜之心。任房县县长后，为服务于抗战和地方经济发展，也为了县志和民间盛传的野人，探察神农架的事情很快就被他提上了议事日程。

他先以"县建字156号文"给国民党第六战区司令长官兼湖北省政府主席陈诚写了封信，列举了日本人到此开采铜矿，美国人搞科研等种种"虎视眈眈，无微不至"的威胁后，痛陈"若我再货弃于地，人将起而图之"的危险，请求组团对神农架考察，以备抗战胜利后开发。

陈诚批准后，贾文治担任县长仅月余，便派老冠乡乡长金席儒试探神农架。

这次初探以失败告终，贾文治后来在报告中写道：

神农架周围百数十里无人烟，亦无道路，经 7 日行程，金席儒等人只到达神农架之边缘的阴峪河，未得入内。沿途所查知者，为山高人稀，气候寒冷。因雪大粮绝返回阴峪河一带。只闻兽吼而已……

1942 年 4 月 12 日至 26 日，贾文治又派人用 15 天时间作了进一步调查。这次，调查的人到达了神农架附近的韭菜垭。调查者作了详细的调查笔记并绘制了沿途山势路径等有关地图。

对这次调查，贾文治后来在《神农架探察报告》中记述说：神农架里苦竹成林，杉木齐天，气候寒冽，砭人肌肤，常年落雪；杉木为大，众松次之；药材有细辛、大黄、黄耆、藁本等；动物有野豪、熊、野猪、虎、豹等；并发现一直径 6 寸长之兽类足迹于雪面……

贾文治一句语焉不详的"直径 6 寸长之兽类足迹"被后来者争论得面红耳赤，有人臆测为野人脚印，有人说贾文治不过顺口一说，并不代表什么。而从贾文治说过那个脚印后的行动看，也不排除当时的确有一种什么东西在吸引他亲带人马挺进神农架。

1943 年 9 月 5 日，房县县政府、中央林业实验所和湖北省农业改进所共同组成了神农架探察团，贾文治任团长，中央林业实验所王战、湖北省农业改进所林业组主任魏儒林为副团长。由王战、魏儒林、毛杰、陈哲夫担任森林、药物方面的探察；教授王庆延、鄂北农场场长庄巧生担任农艺、畜牧、工矿、土壤方面的探察。

为考察安全和后勤保障，探察团分设总务、技术、警卫三个组，计 140 人。其中，不仅有 30 人组成的两个警卫班，还组织 15 个经验丰富的猎人组成了一个狩猎班，配挑夫 25 人、号兵 1 人、传达兵 2 名。

武器更不含糊：配有轻机枪 1 挺、冲锋枪 1 支、步枪 30 支、火枪 15 支、手榴弹 15 颗、子弹 2000 发、火药 10 斤、铁砂子 5 斤。为轰吓野兽，探察团还备有鞭炮 50 挂、锣鼓 2 套……

从警卫人员和武器装备情况看，贾文治等人对神农架，对神农架里那些凶猛的野兽，特别是对野人似乎有一种莫名的恐惧心理。

9 月 20 日，探察团从房县县城出发，经范家垭、九道梁、响峪沟、大九湖、朱公坪登上神农顶，后经菜子垭、盘水河、麻湾、杜家川于 10 月 25 日返回，历时 36 天，行程 600 余千米。

回到房县不久，《神农架探察报告》完成。那份 39 页计 3.6 万余字的报告在讲述了探察团的组织、探察行程、探察情形之外，还提出了开发意见。

这份详尽的考察报告除提到一个 6 寸野兽脚印外，对之前早就传得神龙活现的野人却只字未提——按理，不管是否有野人，贾文治在考察报告中都应该有个说法才对。但他对此却讳莫如深，把一个困惑了无数代人的秘密留给了后人。

20

后来，在整理野考资料时，人们还是在卷宗里发现：贾文治其实是看到过野人的——当年曾与贾文治同去神农架的勤务兵张玉金证明了此事。

从卷宗材料看，1976 年 7 月 6 日，野考队的一个考察小组在房县城外3000 米处的红塔公社炳公大队访问了时年 52 岁的农民张玉金。

张玉金说，34 年前的 1942 年，还未满 18 岁的他被抓到房县国民党县中队当了勤务兵。次年，跟随县长贾文治进过神农架。

这位朴实的老农向野考队的调查者讲述他们多年前围捕野人的情况时说："四十年代，县长贾文治骑着一匹黑马，带领百余名保安团和考察人员，从房县出发进过神农架。

"经过黑虎垭，涉水 36 次，至二荒坪进九湖、平阡，沿途杳无人烟，所经之处荆棘丛生，新开辟的路既陡又滑，障碍重重，稍有不慎，就有滚山之虞。"

"在离神农架约 50 里的黄龙山有一户人家，探察队到那里时，这家人告诉我们，后坡有个野兽已叫唤了半天，声音吓人，他不敢去看。贾县长就派我们 30 人带着机枪，上山把那个有野兽叫唤的地方包围起来。"

"我们几个人从侧面绕到山后，乍一看，200多米外的树林里真有两个人影晃动。有人说那是两个人。但有人问，人身上怎么会长毛？还不穿衣服？于是，我们推测：应该是野人，只有野人才会身上长毛还不穿衣服。但隔着200多米，又在树林中，看不十分真切，怕那两个家伙真的是人，所以，我们没敢贸然开枪，只是躲在那里继续观察。看了约半小时也没有看出个子丑寅卯来，只见一个家伙坐在树墩上像重症病人一样耷拉着脑袋，一声赶一声地不停叫唤，那叫声似呻吟又像哀号，凄惨而悲切，很瘆人。另一个家伙焦躁不安地来回走动，还不时用'手'去拍坐着的那个表示安抚。叫唤的那个家伙也很着急地用'手'去拍打站着的那个，还不停抬起头望自己的同伴……"

"从它们的动作和声音里，我们确定那是两个野人而不是人。于是，按事前的商定，以咳声为号，机枪手开火。嗒！嗒！嗒！一串子弹射了过去。突然的枪声把那两个家伙吓得够呛，站着的那个撒腿就逃。我们想追，但它跑得很快，根本追不上……"

访问记录上，对开枪后的情节，张金玉聊得很详细。

问："两个野人都跑了吗？"

张："站着的那个跑了，坐着叫唤的那个没有跑掉。那串机枪子弹射过去后，它一头栽倒，站着的野人大惊，冒着乱枪仓皇逃窜。它开始是两条腿跑，跑了二十多米后，弯下腰用四条腿跑，很快就钻进密林不见了。我们冲过去一看，被打死的野人是个公的，卵子（睾丸）被夹在一个树墩的夹缝中取不出来，所以，它动不了，只有坐在树墩上叫唤。要是早知如此，不开枪还能抓个活的……"

问："那野人是啥模样？"

张："与人一般高，浑身是毛，红黑色，脸上也有绒毛。面容和人差不多，就是嘴有些突出，眼睛大些，往里凹，眉毛长，看上去真有点吓人！"

问："它的耳朵像熊一样吗？"

张："不！不！像人，但大一点，有绒毛。"

问："手和脚是一般长吗？"

张："长短差不多，手指甲厚实，手背上有绒毛，手掌没有毛。脚板有一尺多长，脚趾甲有点弯，呈爪状。手心、脚心都有很厚的臁子。脚心没有毛。"

问："打死的那个野人后是怎么处理的？"

张："后来呀，吃了。当时把打死的野人抬到离那户人家有半里路的地方，就剥皮，皮很薄，不好剥，剥成一块块的，还有毛。用开水烫都烫不掉，就用行军锅煮成汤吃了。"

问："那野人肉你吃了吗？"

答："大部分人吃了，但我没有吃。"

问："你为什么没有吃？"

答："腥味太大，不好吃，所以我没有吃……"

问："内脏、头、皮和骨头怎么处理的？"

答："内脏和头都没要。不知道头、皮和骨头埋在哪里了。记得贾县长带回了一只脚，说是要送给省长……"

贾文治的勤务兵张玉金讲述他们用机枪打死野人的情景

从那份访问记录看，野考队员们对张玉金的讲述深信不疑。为了证明讲述者的可靠，在访问笔录的最后，记录者还特意写了个"按"，强调"张玉金系房县红塔公社社员，贫农，18 岁参加国民党县中队。新中国成立后务农，表现一般，无政治问题……"

从笔录看，这是一个几乎没有什么漏洞的证词，如果不是贾文治的几个儿女出现，张玉金在贾文治的带领下参加围歼野人的故事也许会一直这样不容置疑地流传下去。问题是，2007 年的一天，贾文治的几个儿女突然出现在他们的父亲曾经效力过的房县，并且，还千方百计地找到了他们父亲当年的那个勤务兵张玉金，事情一下就变得复杂了起来。

贾文治的儿子在那次房县之行后写文章回忆说："房县史志办的郭主任告诉我们，张玉金还健在。接着，史志办的洪运玖、陈程同志为我们带路，驱车只十几分钟，便到了城关镇炳公村。村委会主任爽快地放下手中的工作，撑起一把遮阳伞，把我们带到张玉金的家中。"

"初见老人，村委会主任介绍了我们的身世和来意。他竟不假思索地脱口而出，'济雨、济旸！'60年过去了，他竟记得大哥大姐的名字。遗憾的是来的并不是大哥大姐。如果大哥大姐这次来了，那会是一种什么样的场面呀！"

"老人思维敏捷，耳不聋，声音洪亮，也很健谈。"

"当问及神农架探险时，他说，民国三十一年，我跟贾县长去过神农架。贾县长不相信有豺狼虎豹，我们也没看见，只看到过脚印。里面很难走，搭了天桥才能进去。我们县中队去了一个排，30人，当时，我才18岁，刚当兵……"

"我们急切地问：你们看见野人了吗？据说你们还把野人皮扒了，煮着吃，您说不好吃……"

"'没那么回事，没有那么回事！'他极力否定。'没看见野人。我们打了一只黄羊，我们去的目的是看看有没有野人，贾县长不相信有野人，我们带着洋鼓、放枪，吓跑那些野兽……'"

由此，贾文治的儿女们认为：父亲没有见到过野人，更没有用机枪打过野人，神农架根本就没有野人。

张玉金的突然"反水"令曾经调查过他的野考队员们百思不得其解。参加过1976年野考的王善才研究员却认为：张玉金当着贾文治的儿女们否定打死野人的事很好解释——2007年时，野人的事情已闹得沸沸扬扬，谁都知道打死野人犯法。张玉金可能以为他们几十年前打死野人也"犯法"。所以，当贾文治的儿女们重提此事时，他害怕有人清算他"参加国民党县中队"并参与打死野人的那段历史，故要"反水"，以避免麻烦……

第二章　神农架大野考

56 个侦察兵和数十名专家、教授集结神农架后，1977 年那场全世界规模最大，专业最齐，参加人员最多，时间最长却又有点像"剿匪式"的国家大考察开始了。

野考队内各持己见，一直争争吵吵；他们捉拿棕熊，误击金丝猴，偏离野考方向；虽数度与野人擦肩而过却又屡屡错失良机，最终败走铁炉沟……

中国历史上规模空前绝后的百人大考察运行 260 多天后，在希望与失望交织的悲壮气氛中结束。

第八节 "共同的革命目标"和不同的野考心思

21

不管野人迷们对张玉金的话存在多少质疑，也不管无野派们怎么用张玉金和贾文治的儿女们的那场对话去否定野考，一切都已无济于事。1977年的神农架大野考早就"盖棺事定"。

并且，那次大野考开宗明义，从一开始，考察的目标就直接锁定了野人——当然，作为中科院组织的活动，对考察对象的名称也会是很具有中科院特色的——没有把野人叫野人，而是称之为奇异动物。据组织者讲，人们对野人的称呼本身就有歧义，在未找到野人之前，称其为奇异动物既显示严谨的科学态度，也可为野考万一出现意外情况留条退路。

出于这样的考虑，1977年1月20日至22日，在武汉胜利饭店召开的那次野考会议被称之为"鄂西北奇异动物科学考察协作会议"。与会者对这次野考志在必得的决心和信心还来自于这次野考各方面的情况都今非昔比的底气。湖北省委书记韩宁夫在会上说：同1976年考察时的情形比，这次考察领导更重视，经费及装备更有保障，层次也更高。

的确如此，领导对这次野考的重视程度和高规格的领导小组前所未有。湖北省委书记韩宁夫再次亲任鄂西北奇异动物科学考察领导小组组长，中科院古脊椎动物与古人类研究所党委书记吴侬、湖北省军区副司令员汪立进、湖北省革委会副主任马学礼等党政军及科研单位领导担任了副组长。

科考队的领导中还有一个级别很高的人物——武汉军区33700部队的副师长王高升被委任为"鄂西北奇异动物科学考察办公室（考察队）"副主任兼副队长。在他前边虽然还排着一个主任兼队长的房县县委书记王金鼎，但县委书记只是挂了个名，并未参加考察，野考队的办公室主任和队长实际上是这位王副师长。

原43军128师的档案里记载：湖北人王高升任野考队副队长之前的

1976 年 8 月刚从 128 师 383 团团长的职位上提拔为该师副师长。

这是一个爱打硬仗且干什么都会干得很出色的中国军人。野考结束时，湖北省委书记韩宁夫感叹："让一个军人去从事他并不熟悉的野考工作就很难为王副师长了，何况，他统领的那支队伍还是由科技界不同学科的专家、教授、学者，不同层次的野考爱好者，不同水平的内行与外行组成。"

省委书记说："尽管如此，王副师长还是干得很不错！"

干得不错的王高升做什么都爱身先士卒。后来——1979 年，刚走出神农架野考的密林不久，他便以作战副师长的身份去南部边疆带队打仗。

战后，中央军委、广州军区授予了他们部队"战斗英雄"、集体一等功、"英雄炊事班"等荣誉称号……

当然，这些都是王高升后来在战场上的故事，在这里插叙，无非是想告诉读者，这位副师长在战火纷飞的战场上都那么厉害，带人抓野人更不过是小菜一碟。你就等着看他 1977 年是怎么指挥一群科学家和自己的侦察兵对野人进行"大搜捕"的吧。

书归正传，还是继续看 1977 年科考领导小组那份名单。

除王高升是第一次出现在名单中外，神农架林区党委书记马仁学、郧阳地委宣传部副部长李建、神农架林区打豹英雄陈传香也都再次榜上有名。

从后来的情况看，1977 年的考察经费及装备也得到了充分保障。中科院特批 14 万元考察经费，采购对讲机 20 对，购吉普车 2 辆，解放卡车 2 辆，从武汉军区采购旧军装、棉大衣各 120 套，压缩饼干 300 箱，购买羽绒睡袋 100 套。湖北军区则装备了猎取动物的麻醉枪和防身所用的冲锋枪、半自动步枪、手枪等武器，照相机、摄影机、望远镜等设备也配备到了各个野考小组。

更重要的是，这次野考的参加人数、涉及专业、考察地区、考察时间，在世界野人考察、研究史上都是绝无仅有的。

在 1977 年 1 月的那次会议上，省委书记韩宁夫宣布，这次考察的时间初定一年。3 月开始，1978 年 2 月左右结束考察。

省委书记认为"这次的野考队伍是新中国成立以来规模最大的科考队伍"。他告诉与会者，考察队将由 56 名侦察兵和涉及动物学、植物学、人类学、考古学、地质学等专业的 54 名专家、教授组成。参与的考察者涉及北京、上海、陕西、湖北、四川等地的科研单位、大专院校、博物馆、动物园和电影工作者。房县和神农架林区将派出一批熟悉当地情况的干部配合，四川宝兴林业局也会派来猎人和猎犬支持。为了听取各方意见，1 月 20 日的协作会还专门邀请了北京动物研究所当初否定野人存在的汪松。

汪松却并不认为自己同其他与会者有什么"共同的革命目标"。据李建后来回忆：汪松虽与我们"一见如故，热情握手，互致问候"，但在会上重复自己否定野人存在的观点后，他便回北京了。

汪松走了，但这并不影响野考的力量。中科院除派出古脊椎动物与古人类研究所业务处长郑海航和黄万波、袁振新等 9 名业务骨干外，还有赵忠义、李玉同、郑维民等年轻专业人员参加。这样的阵容已使考察队人才济济，武汉大学生物系唐兆子、上海自然博物馆徐永庆、北京自然博物馆杨大伟、周西芹、上海西郊公园何宝庆、北京科影刘允良、陕西自然资源考察队张纪叔、神农架林区吴发林、房县廖明义等几十人的加盟更让人觉得考察队阵容齐整、群贤毕至。

在兵强马壮、人才济济的野考队里，还有当时在中科院供职的周国兴。

那时的周国兴虽还只是一个名不见经传的实习研究员，但后来，他却成了"人类学终身成就奖"获得者——通过对元谋人化石的详尽研究，他将中国历史的开端坚实地推前到了距今 170 万年前。

这个推前了中国历史的人也直接影响过中国野考史。

1962 年，复旦大学毕业后，周国兴成了中科院古脊椎所古人类室的一员。于 1979 年 9 月到北京自然博物馆当了副馆长。

在新的岗位上，周国兴倔强依旧。一次，他在负责名为《人之由来》的人类起源展览时，用一张男女裸体拥抱的图片代表 XY 染色体。这很符合展览主题，但在那时却不被理解，有人要求把照片撤下来。认为既然是自然史就必须尊重"性"的周国兴坚决不同意。于是，展览在开展首日便被强行封闭。不服气的周国兴则干脆将开展仪式变成了记者招待会……

人类学家周国兴研究员

僵持两个月后，周国兴赢了，"人之由来"再次开展。这次，他"放了一张更厉害的——来自大英博物馆的男女性交的照片"。开展之后，人流如潮，好评如潮。

一位领导却提醒说，老周啊，你头上戴着两顶帽子，一是科学家的帽子，科学家可以为了真理奉献一切；但是你头上还有个官帽子。周国兴不假思索地答道，科学家的帽子我绝对不会丢掉，至于官帽子，我是拿在手上的，我愿意戴就戴，不愿意的时候，随时可以抛掉！

从以上这些细节可知：周国兴是个很有个性的人。是个"为了真理可奉献一切"的人。

但有人说，周研究员也是一个只要他认为是真理的事情他就要较真到底的人。初到神农架，他还认为那里野人存在的可能性有 50%，半年后，这个比例被他减至 10%，很快又减至到 5%。最后，他干脆说，野人，仅仅只是一个远古的记忆……

这个结论虽与他文章中的一贯观点有些相悖，但他还是将其作为自己的真理"较真到底"了。

1977 年 3 月 16 日，在认为还有 50% 的野人线索值得进行追索时，对野人半信半疑的周国兴同北京、上海、湖北等地的专家、教授和王高升带来的侦察兵集结于房县县委招待所，担任了 260 多天的神农架野考的资料组组长和第二穿插队队长。

这次野考还来了两个不速之客。一个是任教于华东师范大学的国内著名生态学家、鸟类学家钱国桢教授，另一个是当时还没有多少名气，后来成了野考领军人物之一的刘民壮。

因为当时没有什么名气，刘民壮的出现并没有引起人们注意，而钱国桢的到来则在野考队引起了一阵小小的不安和骚动。

这位当时已过"天命之年"的老教授 1942 年毕业于同济大学生物系，新中国成立后任华东师范大学生物系副主任、博士生导师，中国生态学会第一届常务理事长，国务院学位委员第一、二届评议组成员……

1977 年 3 月 16 日下午，钱国桢刚刚出现在野考队下榻的房县招待所时，有人难免有了许多的担心：野考这种事情其实就是看谁的运气好能碰上野人，如果是我们这些没有成果的年轻人找到野人，是不是也要算在钱国桢的头上？

还有人为中科院打抱不平：这次考察是以古人类研究所为主组织的，经费也是中科院出的，古人类研究所的吴汝康所长没来，华东师大也不应来钱教授。否则，野考揭谜后，科学报告由谁牵头发表？参加科考的人员中，论其学术权威和影响力，当数钱国桢莫属，那样一来，科考报告岂不成了华东师大的成果？

有人沉不住气了，劝告钱国桢：钱教授，你年纪太大了，翻山越岭很危险，出了问题谁负责呀？赶紧回上海吧！

上点年龄的人都难免有些固执，上年龄的知识分子更是如此。对那些夹杂着别样心思的劝告，钱国桢不肯领情。他找王高升副师长申明说，自己除了有野考兴趣外，对其他功名利禄一律不会有非分之想。并强调：过去几十年里，自己一直风里来雨里去地在野外考察，穿林海越深壑，跋山涉水，风餐露宿，早练就了一副硬朗的身体。在茫茫林海里，自己还有过迷路遇险和断粮断水的经历，更经历过遭遇凶狠的野兽和致命的垫枪等危险，若能参加这次考察，会给野考队提供野外考察经验。王高升被老教授的执着感动了，决定把钱国桢留在身边当顾问。

接收钱国桢加入野考队，王副师长很得意。他多次讲，"钱教授德高望重，野外考察经验丰富，是我最得力的顾问！"

对与钱国桢同道而来的刘民壮，王副师长也赞不绝口，"这人也很不错！"

22

"也很不错"的刘民壮那时还只是华东师范大学的一个讲师。

媒体说，刘民壮是一个生前死后都颇有争议的人。

但即使是学术上的反对派对刘民壮的争议也并非全是贬损——批评中仍不乏赞叹和敬重。

刘民壮的上级领导，华东师范大学生物系前副主任李难教授说他是个奇怪的人。譬如，他会给生病的岳父送礼，岳父病好了，他竟会把礼物再要回来；新婚后去买柜子，要求和妻子平分付钱……

李教授却认定刘民壮是自己"见过的最勤奋、最有奉献精神的优秀科学家，他夜以继日地工作，从不弄虚作假，在物质分类学上的研究深度很少有人达到"。

另一个学术上的反对派——上海博物馆人类部主任徐永庆研究员虽不喜欢刘民壮"吃饭时总是抓一个冷馒头，把吃剩下的饭菜和在一起吞下去，出差时把西装揉成一团塞进包里"这样的生活小节，但对他在院子里搭棚摆设的那"两万多个标本，各种实验工具、暗房"却心生羡慕。

尤其是他掌握四国外语，精通中国古汉语，在植物学、动物学、地质学、人类学、考古学等方面都有很深造诣，"在五十年代就研究发表了《山海经，研究中国原始社会的第一部科学著作》这篇'前所未有的论文'"等成果，更令徐永庆这个人类学研究员自愧不如。

人类学家周国兴也认为刘民壮"在野人研究上，他是失败的，是个悲剧人物"。但却赞扬他"为探究野人的事业奉献了一生，这种精神是伟大的"。

而武汉大学那位一提到野人就大光其火，就大骂"神经病""胡说八道"的鸟类专家胡鸿兴教授谈到刘民壮却另是一种语言表述。"听过他讲授《达尔文主义进化论》课程的师生，无不被他的知识渊博，理论与实际的精巧结合以及生动活泼的举例所倾倒。他能弹吉他，能画一手好画，确实多才多艺。"

但刘民壮那套洗得泛白的蓝色中山装，那双显得太土气的解放牌胶鞋和进山时老戴着的那顶草帽常常把人引入以貌取人的误区。

刘民壮（右）、王善才（中）、李建（左）为野考走到了一起，1981年，在厦门大学拍下这张照片不久，他们又分道扬镳了

在网上，刘民壮的一位学生说，如果不是上过刘教授（八十年代初刘民壮被评为副教授）的课，我会将他看成一个老农：身体魁梧，说话中气十足，穿一件旧中山装、一双胶鞋，抽的是自制的烟卷。

另一个女学生附帖说：我也听过刘教授关于野考的课。当时我们开玩笑说："找什么野人呀，看他就行了！"

被圈子里称作"野人部长"的李建对刘民壮的第一印象也是"他像个民工"。几年后，"野人部长"对初见刘民壮时的情景作了这样的回忆，"在房县参加集训时，刘民壮挑着一担行李来了。一头是他的，一头是他的老师钱国桢教授的"。

那一年，刘民壮44岁，李建56岁。这两个相见恨晚的忘年之交因为野人这个"共同的革命目标"走到了一起。野人研究把他们的命运连在了一起并彻底改变了他们的人生轨迹。

要明白李建为什么要把刘民壮这个上海"民工"鼓动到神农架来，得了解他当时所处的困境。

1976年，中科院动物研究所汪松等人对神农架野考的否定使李建这个野考发起者陷入了进退维谷的困境。当时正在房县蹲点的省委宣传部副部长密加凡给李建出主意说："首都学术界一些人太保守，与上海学术界联系吧，他们思想比较解放。"李建茅塞顿开，他将自己和王善才署名的《野人调查报告》寄给了上海自然博物馆的《自然辩证法》杂志社。该杂志社的编辑觉得内容很新奇但又拿不准是否真实，便将稿件转给了华东师范大学生物系给杂志社"帮忙"的刘民壮。

当时，祖籍江苏徐州的刘民壮从华东师范大学毕业后已留校21年，主要讲授达尔文主义和进化论。收到李建、王善才的《野人调查报告》时，因那个年代禁讲生物进化论，他不得不离开讲台去帮《自然辩证法》杂志社编稿。

一篇介绍刘民壮的文章说，"编辑部收到的稿件几乎是清一色的大批判口气，似乎原子、分子也有阶级之分，300万年前的猿人也有敌我之别。刘民壮甚觉无知和荒唐，于是，他消极怠工，经常将那些"无知和荒唐"的稿件束之高阁。有时，甚至连看都不看就将来稿塞进抽屉"。

李建很不幸，他和王善才寄去的稿件在刘民壮那里也遭到了同样的命运。后来，不得不看了，刘民壮才取出来随便翻了翻。不想，这随手一翻却翻开了他后半生的"野人生涯"。

在那篇《我对神农架野人的历史考证》中，刘民壮说："看了那篇《野人调查报告》后，我感到很震惊，在古书《山海经》中所看到的'赣巨人'和《尔雅》中的'狒狒'形象在鄂西北的神农架山区再现了！"

在一种亢奋的情绪中，刘民壮用两个月时间到上海图书馆、华东师范大学图书馆查阅了有关野人的古书30余种，同时查阅了有关巨猿、腊玛古猿、南方古猿、雪人的英文、俄文资料。接着，他一鼓作气写下2.5万字的《关于野人之谜的综述》寄给了李建。

在那篇《关于野人之谜的综述》中，刘民壮的推论是：房县、神农架的野人不是熊，不是猴或猩猩科动物，也不是人，而是比猩猩高级、比人低级的直立古猿的后代。但它又不太像巨猿，很可能是腊玛古猿的后代，特别与粗壮型南方古猿类似……

1977年3月中旬，野考队员们聚集房县交流时，大多数人都同意刘民壮的这种观点。当然，也有人觉得，"抓住一个就知道它是古猿的后代还是腊玛古猿的后代了"。

野考队在房县集训时制定的考察目标是"拍摄一张野人照片，或者力争捕捉一个活的野人"进行科学研究。

这个看似非常简单容易的考察目标激励着所有野考队员认真集训。

在房县集训那短暂的五天里，队员们除熟悉枪械、练习打靶外，更多的是请当地人介绍神农架的地形地貌及气候特点，请猎人传授野外生存技巧。而那些来自于部队、林场等非专业单位的队员则需要花更多的时间去恶补灵长类动物、类人猿与人相似特征之类的知识；请华东师大钱国桢教授给他们讲从猿到人转变的猿人阶段，直立人阶段，化石智人阶段；通过众多图片去熟悉长臂猿、猩猩、黑猩猩；为了让队员们对野人有一个具体的印象，野考队还邀请1976年和十多个学生见到过野人的女教师何启翠给大家描述野人的模样……

那几天，王高升像一个严厉的监工一样在集训班里转来转去，不断操着湖北口音"威胁"队员们，"好好记啊，要考试的，考不及格不准参加野考！"

这种集训氛围使不少野考队员更加按捺不住急于求成的冲动。有人说："野人很难捉，相也很难照，看到了就不能叫它跑掉！"被邀请的阴峪河4生产队猎手杨民生甚至说："我带根绳子，带把枪，万一抓不到，我非把它打死不可，打死了甩这儿，你们随便咋拍照片都可以，到时判刑我都愿意！"

刘民壮在野考会议上发言

刘民壮反对这种"一枪定乾坤"的冲动。他在首期的《科考简报》中写文章反对枪击野人。这期简报引起了湖北省委书记韩宁夫的关注，他给野考队带信叮嘱，"一定要捉活的，宁可让它跑掉，也绝不能打死。为了自卫，万不得已时，可以鸣枪将它吓跑"。

为落实书记的指示，野考队专门制定考察条例，规定，"考察中，必须联系科考实际；坚持学习毛主席著作和每天收听联播节目，每半月开一次民主生活会，开展批评与自我批评；同时，加强考察队员的组织纪律性，见到野人千万不能随便开枪，千万不可以打死！"

第九节　龙洞沟的枪声

23

神农架林区松柏镇东北方向 35 千米处，生长着 7 株簇拥一团的大树。

这七棵树旁有一个凄美的故事：明朝，一位清廉的官员去房县赴任时，暴病身亡于此。他的 7 个女儿千里迢迢赶来奔丧时，每人在此栽了一株珍贵的树木以寄托哀思。天长日久，7 株树长得枝繁叶茂，亭亭玉立。树的附近，衰草萋萋，清廉官员的荒冢依稀可见。这景象似 7 个女儿以屏风的形象站立在坟地近旁，与父亲共度冬夏春秋……

后来，为了纪念这个清廉的官员和他的女儿们，人们把这些树叫七姊妹树。

七姊妹树北边不远处是大岩屋。大岩屋原是国营红花朵林场的所在地，退耕还林时，被撤销的林场人去楼空。1977 年 3 月中旬，野考队经过 5 天集训后，王高升便带着他的野考队员们来到林场安营扎寨。

事过几十年，中科院古脊所研究员黄万波仍能记得当时的情景："野考队的队旗在大岩屋上空高高飘扬。每天，王高升副师长通过电台和对讲机同各个考察点联络，互通信息，然后发出指令，就像战场上指挥战斗一样……"

野考队员练习使用麻醉枪

这个不起眼的指挥部的确充满了战时的氛围：并不宽敞的办公室里，简陋的桌凳，滴滴答答响个不停的电台，对讲机里传来的呼喊，进进出出的野考队员……

一切，都无不显示神农架的这次野考完全是按照军事化标准在进行着。

特别是挂在墙上那张 1∶1000000 的房县及神农架林区地图上，红蓝色铅笔标注了很多也许是军人才能明白的标记。"年过半百还很帅气"（袁振新语）的副师长王高升经常手夹一支香烟，雕塑一样在地图前久久伫立凝思。这种地图前的"雕塑"形象更给这个指挥部增添了几分军营的气息。

王高升所在的 128 师是一支在抗日战争、解放战争中立过很多战功的部队。解放海南岛时，该师的 383 团以 21 艘木船偷渡琼州海峡成功，创造了木船打败敌人军舰的奇迹与神话。战后，被 43 军授予"渡海先锋营""机智顽强连"等光荣称号。

王高升是伴着部队那些功绩与荣耀，从战争年代走过来的军人。几十年的戎马生涯，他热爱部队，热爱部队的荣耀，也热爱与自己长年相伴的地图。他说，地图是军人的舞台。

王高升从来没有离开过这个"舞台"。他在这个"舞台"上惯看风云激荡的战争烽烟，在炮火连天中幻化千军万马的呼啸和呐喊……

眼下——1977 年 3 月下旬的一天，王高升站在他的"舞台"前给自己的队伍开会时，似乎还没有完成角色的转换——早已"暗淡了刀光剑影，远去了鼓角铮鸣"，王高升面前的"舞台"变成了群峰林立，沟壑纵横的莽莽林海。他的"舞台"前，雄姿英发、勇猛刚毅的军人也换成了一群文质彬彬、戴着眼镜的专家、教授。也许，这些"眼镜"并看不懂他的这个"舞台"，但王高升依然以军人的规范动作，用教鞭指点着墙上的地图说："根据 1976 年的调查，分析当地群众的反映，大、小崖屋沟一带常有野人出没。为此，我们要对这一地区重点考察。"

确定考察区域后，王高升开始调兵遣将：野考队实行严格的军事化管理，成立指挥组、政工组、资料组、后勤组。除后勤和一个班的兵力作预备队外，24 名科技人员、42 个侦察兵、20 个当地民兵、10 名房县脱产干部组成一线考察队。

对考察人员的编组，王高升作出了科技人员、地方干部和侦察兵相结合的力量分配，把 96 人分成两个分队、一个侦察小组，一个分片考察组。在分片考察组之下，又分设 7 个小组。

王高升用教鞭指点着墙上的地图对各分队和小组的队长、组长们强调："各位，从今天起，你们就是每个独立作战单位的最高指挥官了，要记住自己的阵地！今后一年内，邓家沟、关门山、天坑垭、崖屋沟、八寨、石板河及八寨以北的 1495 高地都将分别是你们重点考察的阵地……"

袁振新、周国兴、黄万波、徐永庆及武汉大学的唐兆子这些刚从科研单位和学校征调来的知识分子还没来得及适应"最高指挥官"的职务变化，王高升又开始讲考察方案和方法了。"战术上，我们要采取集中兵力，各个突破，中间穿插与坐点打援相结合；对考察点以外地区可能出现野人的情况，要有应急准备，并随时机动作战。"

也不管与会者是否理解自己的这些"战术意图"，王高升就要求"所有参战人员都要团结协力，边战斗，边总结，边提高，争取早日揭开野人之谜，为人类作出贡献……"

满会议室的"眼镜"们对王高升的作战术语一头雾水，有人还举手说："报告队长，不懂！"王高升抱歉地笑笑，"对不起，把大家都当成军人了！"接下来，他用大家都能理解的语言一边用教鞭指着地图一边把方案一一细化。

他说，"遵照毛主席'仗要一仗一仗打，饭要一口一口吃'和'慎重初战'的教导，我们的第一战役要将神农架北部的麻弯、椿树垭与房县的结合部、神农架东南部的武山、马鹿场及神农架主峰周围的原始森林等地区划分为四个考察区，以'蹲点守候，静态观察'的方式逐一进行考察……"

中科院的几人都在考察支队和小组里有了"一官半职"：黄万波、袁振新、周国兴分别担任了路线考察支队第一二分队和穿插支队队长。"野人部长"李建被编入了指挥组，钱国桢担任考察顾问。那时还名不见经传的刘民壮被分到分片考察组第五组当了个"布衣"组员，他的组长是来自武汉大学的唐兆子。

袁振新、周国兴这些长期搞科研的人很不适应突然降临的部队官衔，尤其是要求必须把配发的手枪挂在腰间他们更是不大习惯。袁振新找到王高升说："咱在腰里拴一个地质罗盘还习惯，这枪就免了吧。"

副师长严肃地说："不能免，你是野考队的负责人了，我还要给你们派警卫呢！"

王副师长所给的这种待遇使分队长们顿感责任重大，要为野考鞠躬尽瘁的决心油然而生。

3月下旬，各分队的队长们带着自己的考察组分头进山了。清晨6点多钟，野考队员们就早早起了床，接着，背上七八十斤重的帐篷、被盖、压缩干粮、水等物品，如牛负重般地行进在崎岖的山路上。

24

袁振新那个分队的任务是在梨花沟、清溪沟、大庙、群力等地"蹲点守候，静态观察"。

按照野考队的部署，整个考察过程要求注意一个"静"字，以静态考察为主；突出一个"巧"字，以巧捕为主；强调一个"活"字，要千方百计地活捕、活运、活养……

说起来只是三个字的工作，做起来却是千难万险。方圆3250平方千米的神农架山岭重重叠叠，连绵不断，山间到处是悬崖绝壁，沟壑交错。在这样的大山里考察，凶险之事经常伴随着野考队员。

一天，袁振新到房县大黑山考察时，大雾缠绕在山腰，视线极差，脚下一滑，他掉下了悬崖，幸好一棵树挡了一下，才被一丛杂木挂在了200多米高的半山腰。相机、望远镜和手枪全都滚落到了悬崖下……

在这样的深山老林里守候、穿插，艰苦程度也可想而知。特别是蹲点守候，队员们成天不是在嶙峋苍莽的崇山峻岭中面对着一堆堆冷峻的奇峰怪石，就是待在森林里被密密麻麻的各种树木围困。那些参天古木在宁静的山林里展开着它们茂盛的枝丫，把整个林子遮掩得严严实实，即使是正午，也极难看到太阳。这种阴森森的环境，总是给人一种莫名的恐惧。

开初，队员们并没有把这种恐惧当回事，起风时，大家听林涛怒号，看山摇地动。无风之时则感受山涧的寂静和森林的冷清。尤其是在泉水叮咚，鸟儿鸣叫声中，有时还能听到狼的嚎叫和豺豹等猛兽的长啸。每每此时，一种"群兽交响乐"的刺激会和着一股浪漫之情在野考队员们心中油然而生。

时间久了，新鲜感一过，队员们就觉得一点都不浪漫了。在湿漉漉的地上坐着，既受湿，又不利于观察，遇上黑熊、野猪之类的猛兽还有受伤丢命之虞。

队员们用电台向指挥部汇报野考情况

鉴于此，袁振新要求大家都上树观察。树上不能走动，不能说话，不能抽烟，咳嗽也不行——实在憋不住了，得用棉衣把嘴捂严再轻轻咳上一声。

在树上虽看得远、听得清，但也常听来和看到不少失望：林间灌木摇曳，脚步沉重！袁振新和队员们以为"有戏"了，忙打开相机盖，再拔枪上膛，然后屏住呼吸静静地等着。但等来的不是黑熊就是野猪。一次，第四小组来自武汉大学生物系的高峰等 4 名队员还被一只野山羊折腾了半天。

这种情况多了，大家难免情绪受挫，变得烦躁懈怠起来；又老在树上呆着，也难免犯困。为了预防队员们睡觉掉下树，在 1976 年野考蹲守中积累了不少经验的袁振新要求队员们上树守候时必须带上绳子，一旦犯困，就把自己绑在树干上。

山中的生存艰难还不仅仅如此。1977 年 4 月，房县城郊已经春意盎然，万木复苏。神农架山中的季节却似乎异常迟钝，山峰上依旧是天寒地冻，白雪皑皑。山林里阴冷异常，寒气砭骨。4 月底，一场倒春寒大雪还封锁了整个山林，在树上观察，呼啸的山风打着尖利的响哨夹裹着雪花铺天盖地抽打在脸上，像刀割一样痛楚。长时间待在树上，全身都冻僵了，连跺一下脚取暖都不能够……

更严峻的是，一日三餐也成了大问题。本来，按考察方案，每个队员先自带 5 天的食品，其余由后勤补给。因大雪封山，后勤跟不上，蹲守在麻弯的袁振新把最后一点干粮让给带路的老乡后自己便只有忍受着断粮的煎熬。蹲守之余，他不得不去采些木耳、香菇、竹笋来充饥。运气不错时，袁振新还有幸采到过珍贵的血耳，吃到过李自成当年在神农架尝过的救命草。

这些山珍虽然好吃，却成了他那场重病的营养性诱因：山珍把他吃得面黄肌瘦，四肢乏力。但他仍在山里硬撑着。他总在想，再坚持一下也许就能发现野人了。到后来，神农架林区某办公室主任吴华青跟他急了，"老袁，再不下山我就把你绑下去了！"见同伴如此着急，他极不情愿地说："那就下山检查一下吧。"

下山一检查，袁振新吓了一大跳：肝肿大五指，肝硬化 4 个加号！

25

按照计划，野考队原本准备"利用玉米和各种野果成熟季节，广大群众看秋护秋和上山秋收的有利条件去追踪并围捕野人"。但当 4 月底那场大雪突然降临时，王高升马上捕捉到了大雪给寻找野人踪迹带来的战机，于是，他命令穿插分队和守候分队的队员倾巢出动，想利用这场倒春寒大雪去发现野人。进到山里，队员们才发现这场大雪给考察带来了怎样难以想象的困难。

野考队员雪地追踪

路线考察支队第二分队队长周国兴手下有 19 人，且配有电台，故他们不但要负责小崖屋沟以东地段的蹲守考察，还要负责东至横鱼河，西至小崖屋沟西坡，南至梭子山的穿插任务。

该分队需要穿插的是一片人迹罕至的原始森林，厚厚的积雪不但制约行进速度，死神也随时横在队员们的面前：冰雪覆盖的悬崖刀砍斧削一样陡峭，稍不小心，就可能摔下深渊粉身碎骨。更可怕的是大风刮雪填平了一些沟谷地带，使积雪变得深不可测，这些松散的雪窟窿随时都可能吞噬不熟悉地形的野考队员……

同艰苦的生活条件和恶劣的气候环境相比，更可怕的是笼罩在队员们心头的困惑失望与焦躁不安。1977 年 4 月的考察简报说：半个多月来，科考队除调查洞穴 40 多个，大小山峰 100 多座，召开群众会 28 次外，唯一的收获是数十个关于目击野人的传说。

王高升以军人的坦率直爽拒绝了那些被他称作"天方夜谭"的传说。"少汇报不靠谱的传说！"他挥着手说："眼见为实，我需要货真价实的野人！"

1977 年 5 月 25 日中午，野考队终于遇上了一个货真价实的野人。

群力考察片区第二组组长张纪叔在电话里用浓重的陕西口音向大岩屋指挥部报告说：早上，房县桥上公社群力大队的六年级学生蔡国良在鲁家坡龙洞沟看见一个 1 米多高的小野人！

王高升听后精神一振，兴奋地从藤椅中站起。"快说说那野人的具体情况！"

"据蔡国良讲，那野人两条腿走路，一身麻黄色的毛，没有尾巴，头发很长，叫声'啊啊啊'的，像哑巴一样，很怪……"

这个"很怪"的家伙完全具备野人的特征！王高升马上召集钱国桢、周国兴及到指挥部汇报的其他几个分队负责人开会，通报了群力考察片区报告的情况。一番争论、分析后，大多数人认为：蔡国良报告的线索有一定价值，应立即组织围捕。

关键时刻，王高升不露声色地展示着他卓越不凡的军事指挥才能。半小时内，他发出了事后被大家一致公认为相当周全完美的三条指令：

第一、袁振新的考察第一分队和周国兴的二分队立即赶赴龙洞沟了解情况和搜查。

第二、其他7个穿插小组在桥上公社民兵配合下，围绕龙洞沟周围，选择路口、要隘、山梁等有利地形埋伏，一旦发现野人，以开枪为号，所有埋伏小组都向枪响之地快速集结围捕。

第三、穿插支队开上野考队所有吉普车、卡车在群力大队附近三十六道枋的公路上来回巡逻，防止野人逃出包围圈……

王高升的指令虽然周全完美，却违反了操作流程。

本来，在房县进行考察培训时，《关于捕捉》和《捕捉之后怎么办》等教材都强调：遇到野人后，（一）首先是拍照和摄影；（二）在不损伤野人和自己的原则下，可以进行捕捉；（三）立即向指挥部报告，越快越好；（四）就地观察，就地驯养……

但在向各个考察支队下达命令时，王高升似乎完全忘记了这些自己曾强调了多次的操作流程。他兴奋地在电话中大声动员："一定要以'可上九天揽月，可下五洋捉鳖'的英雄气概抓住这个野人！一旦抓住，马上捆起来押上吉普车，送交指挥部！"讲完，他大手有力地一挥。

有力挥动的大手显示出了这个壮年军人一往无前、势不可挡的英雄气概。这种气概在战场上完全是一种所向披靡的效果。两年后，对越自卫反击战中，王高升的大手挥动起的是一种摧枯拉朽之势。但现在，他的大手却挥来了一次败走麦城的野考——他组织的龙洞沟围捕把一个野人之谜永远沉入了历史的深海。

26

与两年后的那场战争比，王高升在神农架大岩屋指挥部作出的那个围捕决定肯定不能与之同日而语，但军人的意志却依然通过一群专家、教授得到了贯彻执行。

接到命令后，群力片区的野考队员首先进入了龙洞沟现场。考察组长张纪叔注意到，蔡国良目击野人的龙洞沟海拔 1300 米，山地呈 40 度左右的坡度。这里虽是蔡国良所在的第 8 生产队通往群力大队大队部的一条必经之路，但路上过往行人极少，路差不多都被两旁的茅草遮掩。路的左边是一片相对开阔的斜坡，坡上树木稀疏，茅草丛生。

野考队员们在距离蔡国良看见野人约 15 米的茅草丛中寻找了半天，终于发现几个 30 厘米长、五趾并拢的脚印。脚印周围的几根树枝也被折断，断裂处，树汁未干。最后，队员们还找到一些麻黄色的毛。张纪叔带领队员们跟踪了一段路后，脚印消逝在了一片石板坡上。

线索就此断掉，留下脚印和毛发的野人不知去向。刚赶到现场的第一分队队长袁振新建议：再找目击者详细了解一下情况吧，也许能发现一些新的线索。

目击者蔡国良被带来了。面对从北京、西安、武汉等大城市来的教授和科学家，这个 16 岁才读小学六年级的小青年很腼腆，端端正正地站在一堆人中间，显得局促不安。

"蔡国良，再详细讲讲，你是怎样发现野人的？"

"龙洞沟我天天都要经过。"

"没有问你这个！"张纪叔有些不耐烦地打断，"讲你是怎么发现野人的！"

蔡国良眨着眼，"怎么发现野人的？经过龙洞沟就发现了嘛。"

有人催道，"说说当时的情况！"

蔡国良伸手搔了搔乱蓬蓬的头发，仍所答非所问地说："我要上学嘛，所以天天都要经过……"

袁振新在蔡国良跑题的回答中发现了问题，"哎！蔡国良，昨天是星期天，又不上学，你过那里干吗？"

蔡国良又摇摇头，然后很不自然地把站得很端正的双腿稍微叉开，变换好身体重心后才继续讲述："昨天是不上学，不过呢，早上，父亲到大队部问我家修房子批地基的事。因他不识字，耳朵又聋，说星期天不上学，就叫我同他一起到大队部……"

事先不知这一细节的袁振新很奇怪，打断蔡国良的话问："什么？看到野人时你父亲也在场！"

"是啊，是他带我去大队部帮他看批地基那些手续嘛。"

袁振新点点头，"哦"了一声，然后要蔡国良继续说。蔡国良这才把被打断的话题又拉回到主题上，"走到龙洞沟时，我突然听到西坡上有像哑巴叫喊一样的奇怪叫声。回头一看，只见一个浑身麻黄色的'东西'正直着身子边'啊啊啊'地叫边顺着山坡往下走。"

"那'东西'什么样子？"袁振新再次打断蔡国良的话，急切地问。

蔡国良想了想回答说："像人——就是你们要找的那种野人！"见袁振新的眼里充满了疑惑，蔡国良继续描绘野人的样子：一米多高，上额不突出，眼窝深陷，鼻孔上翘，头发很长……

"那野人的尾巴有多长？"袁振新突然用野考队惯用的反证法检验眼前这个把野人说得头头是道的目击者。

"没有尾巴！"蔡国良摇头摆手，加重语气强调，"肯定没尾巴！后来，它看见了我们，转身朝山上跑时背对着我，只隔十多米，我看得很清楚，肯定没有尾巴！"

袁振新又问："你父亲也看到了？"

"没有。"蔡国良又摇头摆手，"他没有看到。"

袁振新一下警觉起来，"你俩在一起，他怎么没有看到？"

这是一个无法解释却可以全盘否定龙洞沟野人目击事件的漏洞和疑点！几个已被蔡国良描述的野人点燃揭秘希望之火的野考队员一下都像泄气的皮球，产生了被人捉弄的失望和愤怒，围着蔡国良七嘴八舌地指责起来。"撒谎！你看到了你爸爸没有看到，你小子编故事哟！"

"蔡国良，你耍我们吧？胆子不小呀！"

有人还指指点点地威胁说，撒谎把我们这么多人骗到这里，蔡国良你必须赔偿损失……

在众人的指责声中，袁振新注意到，先前还有点腼腆的蔡国良已不再那么局促拘谨，他皱着眉头，嘴唇微启，眯缝着眼睛直视着说他撒谎的野考队员。

袁振新意识到：大家的指责已引起了这个山里娃的反感。

听一位对读心术颇有研究的心理学家说：一个人感到反感或者是觉得自己被错误指责时，他的反应就是眯起眼睛。心理学家强调："眼睛眯缝得越严实，厌恶感就越强烈。"

果然，眼睛眯缝得越来越小的蔡国良终于忍不住爆发了，他高声问道："我编了啥子故事嘛？哪个在撒谎嘛！我为啥要赔偿你们嘛……"

见状，袁振新忙劝道："小伙子，别着急，说说你和你父亲在一起，为什么你看见了野人他没有看见？"

蔡国良狠狠瞪要他赔偿损失的野考队员一眼，然后解释说："当时，我父亲走的前边，我在后边，隔了一点距离。他耳朵聋，听不见野人的叫声。我看到野人后追上前指给他看时野人已跑进了树林……"

大家释然。

袁振新、张纪叔和第二组来自武汉大学生物系的唐辉远等人又把情况捋了捋，综合蔡国良的目击和"直着身子走路，没有尾巴，五趾并拢的脚印及刚捡到的麻黄色毛发"等情况显示：这里的确可能曾经出现过一个野人！

张纪叔把大家了解到的情况和分析通过电台再次报告到大岩屋指挥部，指挥部又通过电台、对讲机通报到各个分队、小组后，所有参加围捕野人的队员们都群情激奋、跃跃欲试。

26日凌晨3点，所有考察组进入预定位置，新近动员的100多民兵、猎人也牵着猎犬，背着猎枪前来助阵。按照王高升的部署，大家各就各位，严阵以待。有的匍匐在乱草丛中，有的潜身于山间暗洞，有的爬上了高高的大树紧张地瞭望，有的在路口要隘之处激动地走来走去。猎人们抚摸着狂吠的猎犬，试图让它平静下来，免得惊动了逃亡中的野人。而那些年轻的战士们则显得有些沉不住气了，他们把枪膛的子弹压得满满的，那摩拳擦掌的样子似乎在告诉人们：一旦发现野人，他们就会把这些子弹化作报喜的枪声射向天空。更多埋伏者的脸上则挂着难以抑制的兴奋，那兴奋的表情在无声地宣告：震惊中外的神农架野人之谜就要被他们揭晓了，从此，他们将名垂青史、万代敬仰……

野考队的通信兵

在紧张兴奋中度过一个不眠之夜后，"一旦发现野人，以开枪为号"的枪声没有响起。一丝茫然悄悄向所有设伏者袭来：那个已经陷入重重包围的野人怎么突然无声无息！接下来该怎么办？是撤还是搜山？

指挥部再次电报指示：各支队、小组不准轻举妄动，就地坚持设伏。

后来，有媒体这样介绍接下来的三天里发生的情况：第一天，山林一片寂静。第二天，仍然是寂静的山林，唯有流水潺潺……

野考队员们在寂静中面临着体力、意志和耐心的多重考验。

第三天凌晨，"砰"的一声枪响，打破了山林的寂静。期待已久的战斗信号终于响起！大家从隐蔽的地方跳出，呼喊着朝枪响的方向冲去，刹那间，"抓野人"的吼声，猎犬的叫声响彻漫山遍野。

围捕野人的战斗打响了。

然而，黎明的枪声并不是预先设计的那个报告发现野人的暗号，而是隐蔽在树上的战士由于极度疲劳，打瞌睡时一晃，树枝挂动了扳机，枪走火正好把自己的脚掌打了个对穿！

各伏击小组合围到枪响之处时，那个从树上掉下来的战士正躺在地上痛苦地呻吟，脚上鲜血如注。

动用野考队和民兵 200 多人，耗时 4 天，连个野人的影子都没看到不说，还伤了自己的部下，王高升觉得实在有些于心不甘。他不想就这么稀里糊涂地收场，他要搞清楚究竟是什么把野考队折腾得如此狼狈。

他让张纪叔去把蔡国良找来问："你看到的究竟是不是野人？那东西是不是有尾巴？"

"没有尾巴！"蔡国良再次给出了非常肯定的答复。为了证明自己提供的情况可靠，他还用亲和的语气强调说：解放军叔叔，请你相信，我看得非常清楚，那东西屁股是红的，真的没有尾巴！

"什么？屁股是红的！猴子屁股不也是红的吗！"王高升愤怒的霹雳猝然爆发，他把茶杯往桌上狠狠一砸，眼中那怒火产生的灼热仿佛会点燃房子。

张纪叔立即紧张了起来，怯怯地凑过去，嗫嚅地嘟哝说："王师长，野人……那猴子……"

"扯淡！什么野人猴子的！"没等张纪叔把话说完，王高升将其一顿训斥之后摔门而去。

张纪叔似乎并没有被王高升的雷霆之怒镇住，他跟在后边弱弱地问：王师长，猴子的屁股虽是红的，但猴子有尾巴，蔡国良看到的那东西没有尾巴呀？

他本来还想告诉王高升，现场发现的脚印 30 多厘米长、五趾并拢，不像是猴子的。但王高升的小车已呼啸而去。

第十节　争鸣

27

野考队从来就不是一个意见统一的群体，而是一群两个人就有"三种主义"的个体。

后来，已进入弥留状态的刘民壮在病床上对人讲：在野考队，除了有野派、无野派，还有"沉默派"。

刘民壮说："沉默派"的特点是"开会不发言、不研究，只会'啊啊啊'地笑一笑"。

看来，对那段充满是是非非的野考岁月，令刘民壮耿耿于怀的不是众多无野派的攻击，而是那些对他和有野派还算友善的野考队员的沉默。

其实，刘民壮是不明白，野考中的"沉默派"并非沉默者。在当时的语境里，语言会引火烧身，于是，他们只好"无语"，让沉默替自己发声。沉默就是他们的态度，沉默就是他们最大的声音。

对野考，"沉默派"是有观点有态度的，他们只是不像"有野派"和"无野派"那样锋芒毕露地针锋相对，他们的意见平时都憋在心里不表露，龙洞沟围捕失败后，野考队的沉默派们再也憋不住那已经忍了很久的怨言，在灰头土脸返回大岩屋指挥部的路上，他们也和有野派、无野派们一样震怒莫名，相互埋怨。穿插支队说考察支队行动迟缓，考察支队指责侦察支队暴露了目标。最后，大家都把矛头指向张纪叔，都认为是他"谎报军情"，才导致了这次围捕竹篮打水一场空，赔了夫人又折兵……

兵败龙洞沟后，王高升更是惆怅莫名、黯然神伤，仿佛自己做了一件不可原谅的荒唐之事，心中从此淤积下了无法排遣的自责。那些天，他老是独自一人在大岩屋后的山梁上直挺挺地眺望莽莽神农架，眼里充满了愤怒的火花。他真希望那茫茫林海之中能走出一个野人，自己冲上去与其来一次十九世纪欧洲式的决斗，将其撂倒后再五花大绑，押回武汉，送到北京……

但眼下，他意识到，自己要做的不是决斗而是应给组织一个说法。

在给武汉军区的报告中，他痛心疾首地写道："对于这次围捕失败的负面影响，对于战士的负伤，我负有不可推卸的责任……"

自责的情绪使王高升一度变得缩手缩脚。龙洞沟归来不久，大九湖传来发现野人的消息，但他害怕又是"狼来了"，害怕又会赔了夫人又折兵，于是，他不同意再派人前去围捕，对现场发现的那些脚印，也只是派人浇制个模型而已……

当然，他仍会派人四处打听野人的消息。刘民壮后来回忆说：野考队员们在大山里跟老农穿密林，钻山洞，累极了找不到住处就住在老百姓的牛圈里，把牛粪铲干净铺上稻草倒下便睡。

如此辛苦却毫无收获，野考队员难免产生消极厌战情绪。更可怕的是，到后来，这种情绪蔓延开后，神农架的野考渐渐像电力不足的机器一样变得疲沓。不少人松弛下来，进入了唐诗"又非耕种时，闲散多自任"那种状态，成天窝在考察点睡觉打牌，聊天斗嘴。每当牵涉到那些敏感的野考话题时，聊天斗嘴常常会演变成面红耳赤的争吵。

这种争吵进一步加深着有野派和无野派之间的矛盾。矛盾双方已到了互不支持工作的地步。

李建在日记中写道："刘民壮对野考队一些同志也有了意见，原因是他要求看一下以前灌制的野人大脚印石膏模型，可保管资料的同志不但不给，还说你刘民壮别再放毒了。

刘很生气：自己在考察中辛辛苦苦灌制的野人大脚印模型，为什么再看一下都不行？那人为什么还说我这是放毒……

有了这类矛盾，野考队员们不愿再待在一起了，他们或漫无目标地满山瞎逛，或三五成群地垂钓打猎。一时间，山里猎狗狂吠、枪声四起，中枪的獐子、小鹿和山羊们成了野考队改善伙食的美味。刘民壮抱怨，"野考队差点变成了打猎队！"

但是，不管闲散的野考队员们用什么方式打发无聊的时光，他们内心对野考队命运的担忧和因此而产生的迷茫惆怅却是相同的。这种情绪在心里憋久了，难免会以无名火的形式爆发出来，他们甚至会粗俗而无由来地冲人大吼：还考察个球呀，散伙！

这样的吼声传到了沉默已久的王高升那里，他不由幡然醒悟：消沉退却不是军人的风格，应该振作起来，与队员们齐心协力地搞好野考！于是，8月初，趁休整之机，他将分散在各考察点的负责人集中到指挥部召开了一次会。

袁振新回忆说，那些天，见各考察组的负责人都回到了指挥部，那些从考察点回指挥部办事的队员或者虽有外出考察任务却找借口赖在指挥部磨洋工的人不用谁召集通知，就会自发地聚集到指挥部外边的坝子里议论纷纷，争论不休。争论前，没有设立判定辩论输赢的裁判，也没有人事先确定辩论话题，更不需谁来主持或说段开场白，大家三三两两聚在一起后，随便一个话题交谈几句都可能导入考察的内容，接着就短兵相接，直接开战。大到人类起源和神农架的植物区系，小到民间关于野人的传说，都是最敏感的争辩话题。

王高升（中）和野考队员合影

最初，可能是一两个人对辩，渐渐地就会是舌战群儒，或者是群声齐辩。大家吵成一团，谁也不肯示弱，谁也不愿少说一句。有野派不肯言败，呼吁重整旗鼓，调整考察方法，争取一鼓作气地解开野人之谜；无野派大呼别再劳民伤财，马上停止毫无意义的搜山，大家早点回单位"抓革命，促生产"；那些将信将疑的人不偏不倚：无所谓，找也可以，不找也行……

吵得口干舌燥时，差不多也就到了午饭时间。午饭后，大家再重回指挥部前的坝子里继续着老话题进行新一轮的辩论……

28

野考队员们争得不可开交之时，各考察小组的头头脑脑们之间的争论也在激烈地进行着。王高升把那场争论激烈的会议叫野考研讨会，他在简短的开场白中说："同志们，虽然考察时间紧，任务重，但还是要召集大家开个会，对前段时间的野考总结经验，吸取教训，统一思想，以利再战。大家都发表发表自己的意见吧……"

沉默。没有人响应。野考队那些烟鬼们在烟瘾极大的王高升带动下开始

"腾云驾雾"，抽烟时咂着嘴唇的吸烟声和分明是不那么自然的咳嗽声显得格外刺耳。烟雾腾腾之中，不抽烟的人纷纷端起茶杯慢慢放到嘴边，但并不真喝，只是用这个动作遮住嘴巴。

等了一会儿，见没有人发言，王高升问，"呃！怎么了，在下边不是议论得挺欢吗？现在怎么都不吱声了？"

这是一个心照不宣的问题。野考的是是非非在私下可以口无遮拦地随意争论，一旦摆到会议的桌面上，那就是另一番情景了——大家既不愿为一个还很虚无缥缈的野人伤了同行之间的和气，也不想得罪为了野考这个"共同的革命目标"走到一起的"战友"。于是，即使会议冷场，即使是野考队长不停地催着，谁也不愿把问题和焦点具体到某一个考察小组或某个人。

更重要的是，无野派对野考已心不在焉，当然不会谈什么"以利再战"。有野派想"以利再战"但又不愿谈什么"吸取教训"。在他们看来，龙洞沟围捕失败的"教训"首先是部队的战士在蹲守时睡觉。但有野派们也是深谙中庸并具有面子思想的，这样的"教训"他们不会当着王副师长的面讲——蹲守时睡觉的战士是王副师长的部下，不看僧面看佛面，没有必要让野考队长在这样的场合下不了台……

还有一个大家都不愿说出口的问题导致了那次会议的冷场。后来，袁振新在回忆那次会议时曾对本书作者说："王副师长兴师动众地指挥两百多人大轰大闹地去龙洞沟围捕野人，完全违背了'蹲点守候，静态观察，突出巧捕'的野考原则。当时，如果静态观察，张网以待，伺机巧捕，大概也不至于落得个劳而无获还损兵折将。会议上，他却要大家总结教训，大家能当面总结他的这个教训吗？"

但在那次会议上，王高升并不这样想问题。在他看来，龙洞沟损兵折将完全应归咎于蔡国良那小子，看见一个没有尾巴却是红屁股的怪物就瞎报告，才造成了野考队围捕的失败。

会上，把这层意思讲出来后，见只有人应付式地微笑点头而没有人接茬，王高升略感有些尴尬。他边环顾会议室那些刻意回避他的目光边催道："尽管是蔡国良瞎报告造成了这样的结果，但为了今后的野考事业，我们还是应该总结和吸取轻信的教训嘛。谁先谈谈？我们应该怎么吸取教训？"

王高升反复的催促使这次目击事件的直接当事人张纪叔"稳"不住了，干咳两声后率先打破沉默发言。他先讲了几句不痛不痒的客套话，说自己报告的情况给野考队带来如此后果，大家辛苦一场却没能抓到野人，给大家说声对不起。

张纪叔话音刚落，周国兴就用同情的方式表达着自己在此事上的态度。"老张，怎么能怪你呢？蔡国良谎报军情，把猴子当野人报告才造成了如今这种被动的局面。根本就没有野人，你能抓到什么野人……"

大家都从周国兴的话中听出了弦外之音，几个平时常与周国兴一起探讨野人问题的小组长点头表示赞同。负责崖屋沟一带野考的第四组组长徐永庆还把发言引向了另一个话题，"来神农架考察时，我们上海自然博物馆的领导和同事给予了多大的希望啊。刚来时，有些情况说得逼真，好像真有野人。但那些野人目击的案例，通过考察大多被否定了，这次又弄出这么档子事，回去人家问抓到野人没有？看到野人没有？到底有没有野人？我该怎么回答！"

徐永庆伤感而又焦躁的发言引起了好几个小组长的共鸣。有人附和，"是呀，这次这件事对我们整个野考队来说都是一个教训，这样被一伙老百姓牵着鼻子走，今后抓不住野人，不但对不起单位，更对不起党和国家！"

武汉大学有"标本唐"第四代传人美称的动物学专家唐兆子是负责石板河考察的第五组组长，听了徐永庆的发言，他激动地接过话题说："也不是说群众提供的线索不能信，但在采纳他们的信息时，我们要先想明白一个问题，野人在神农架那种地理、气候及食物环境里可能生存吗？首先是它们吃什么？考察中，我听说很多到山里采药的当地山民都是一去永不回。"

讲到这里，唐兆子卖关子地问："大家知道吗，他们为什么回不来？"与会者没有谁知道为什么，都好奇地望着唐兆子，他这才加重语气说："饥饿！进山采药走远了以后，因没有吃的，最后就饿死在山里……"

由此，唐兆子联想到了野人，"人连吃的问题都解决不了，都只有饿死在山里，野人怎么可能活下来？"

唐兆子还认为，"猿只有从山林中来到平地上才能解放双手直立行走。而神农架崇山峻岭、森林密布，本来直立行走的人类进去都得匍匐和攀缘，野人有必要或者能够解放双手吗？"

唐兆子提出的问题让与会者面面相觑，接着，会场一阵交头接耳。与唐兆子同组的房县武装部参谋廖明义平日就不赞同这位组长的野考观点，见他在会议上也如此讲，忍不住站起来问：唐老师，照你的说法，那些在神农架山林里生活的山民们是不是一直都在爬着走路？

众人大笑。王高升敲着桌子大声制止，"安静，严肃点！"

不待会场安静下来，来自上海的刘民壮开始抢着发言。他不认可唐兆子关于野人在山里不能解放双手的说法，更不同意有药农饿死、山中野人在神农架就一定没有食物的联想。推了推鼻梁上的眼镜后，他也把话题转到了山里，"在神农架原始森林考察时，我们看到到处都有野果，即使是冬季，掉在地上的板栗、橡子、松子，悬挂在树上的花楸、山楂、海棠、红花蔷薇等坚果也都可以食用。"说到这里，刘民壮那浓重的江苏口音变得尖刻起来，"有这么多可吃的东西还被饿死，要么那些被饿死的采药人是弱智，要么，那些人太挑食，宁愿饿死也不吃那些野果……"

会场又是一阵哄笑。见唐兆子有些难堪，徐永庆把话题岔开，"野人有没有吃的我们暂且不说，有一个常识问题我们必须搞清楚：任何一个物种要繁衍下去都必须具有一定的数量，2000个个体是这个物种得以繁衍的最低基数，低于这个底线，这个物种就会因为太过分散和近亲繁殖等原因而灭绝。从目前掌握的情况看，神农架的所谓野人目击个数大概仅仅只有100多个，已远远低于这个底线，无法让人相信这个物种还能存在……"

袁振新接过话头反驳说："这100多次目击不就证明它的确还存在吗？还有，看到的有100多个，没有看到的谁知道它还有多少？"也许是觉得自己的话不太具说服力，袁振新从另一个角度阐述自己的观点：原先有人说神农架没金丝猴，但我们这次发现这里的确有。我们所知道的华南虎不是也很少吗，但它没有灭绝，这个物种仍在繁衍。与猩猩、巨猿同时代的金丝猴、大熊猫也很少，金丝猴、大熊猫也都还存在着。也许，神农架的野人就是猩猩或者巨猿的后代，猩猩、巨猿和金丝猴、大熊猫生死与共几百万年，金丝猴、大熊猫生存下来了，猩猩和巨猿的后代为什么不可以以野人的生存方式一直走到今天呢……

袁振新的话未完，马上有人质疑：就算猩猩或巨猿的后代是野人，你亲眼看到了吗？

袁振新答道："我没有亲眼看见，但有目击者。"

"什么目击者，都是些没有文化、不懂科学的人……"

一句贬损的话岔开了争论的主题，也自然地把殷洪发、朱国强这些前一两年才粉墨登场的"历史人物"牵扯了出来。有人说，殷洪发之所以说看到野人，是因为上山砍葛藤误了工，回来才推说看到野人。朱国强说他和野人夺过枪，那只不过是做了一个梦。有人怀疑：何启翠说在天子坪看到过野人，怎么后来连个脚印也找不着？至于龚玉兰，有人甚至质疑：山里很多人都近亲结婚，生下的后代弱智，龚玉兰是不是近亲结婚生的弱智？明明什么也没有，却胡说她看到了野人……

一直默默地听大家议论的黄万波渐渐失去了中庸的风度，他忍不住言辞激烈地回答质疑者："龚玉兰是不是近亲结婚生下的弱智我不清楚，但在龚玉兰的带领下，我在房县桥上公社群力6队的目击现场捡到的毛发是真的！公安部126研究所法医组、北京医学院胚胎教研室等科研单位对那些毛发的鉴定没有问题！神农架里有个叫甘明之的山民被野人踩了脚，在家里躺了10天才恢复过来也是事实！"

黄万波的发言"镇"住了那些七嘴八舌的与会者，几人面面相觑，不知如何应答。坐在黄万波旁边的袁振新趁机补充说："甘明之被野人打了，这是真的。我去访问时，他还在发抖哩……"

中科院两位专家的话给会场带来了更加强烈的反弹。一位平时说话喜欢上纲上线的副组长连珠炮似的反问："你们认为有野人，收购站每年收到成千上万张皮货，为什么没有收到一张野人皮？我们考察了那么多的山洞，总该找到几块野人骨头吧！为什么一块也找不到？没有骨头，化石总应该有吧，化石呢……"

李建接过话头问，"在神农架周边不是已经找到了长阳人化石和建始巨猿化石了吗？至于眼下暂时没有找到野人尸骨其实也很正常，大家想想，中国几千年来生老病死的人不算少吧，可我们又找到了多少尸骨？野人的数量本来就很少，在3200多平方千米的原始森林里去发现它们的尸骨谈何容易！没有发现野人的尸骨能说明野人就不存在吗？"

副组长避开李建的问题，把他的发言引向更加深沉话题，"当地人自称见过野人，为什么考察队员就遇不到？我认为问题不那么简单，所谓群众提供野人信息实际上是阶级斗争的新动向！"讲到这里，副组长加重语气警告说："李部长，作为野考领导，可不能人云亦云，偏听偏信，把神圣的科学考察引向邪路！"

这种批斗会上常能听到的话在那个年代大家虽都习以为常，但见这位副组长把话说得太出格，对野人持将信将疑态度的周国兴还是忍不住沉声提醒道："话不能这样说，相不相信群众提供的信息怎么能和阶级斗争扯到一起？再说，相信和依靠群众是考察中的一个原则，群众的目击，是我们考察的线索和研究参考。我们现在的问题不是轻信群众，而是宣传发动群众还很不够。群众发现了奇异动物，只限于向考察队报告，不能主动跟踪追击，进行围捕，以致前阶段群众几次报告后，考察队尽管很快就赶赴现场，但还是为时已晚。"

王高升插话说："周国兴同志给我们提出了一个严峻的问题，今后必须引起注意！会后，我们再研究一下，怎么去调动群众参与抓野人的积极性……"

王高升讲完，周国兴又续上被打断的话题："至于有的同志认为当地群众报告的线索不准确的问题，我认为他们中的大部分人并不是故意的。据我对目击者的分析，他们提供情报不准有几种情况：一部分目击者处于精神紧张或恐惧状态，或相隔距离很远，误将某种动物看成野人。例如将熊、大青猴、苏门羚等动物看作或传说作野人；一部分是在流传过程中渲染夸大而失真，甚至无中生有地误传了一些东西；但不可否认，还有一部分，经过反复核实，看来他们的确是看到了一个奇异动物。比如何启翠师生遇到的奇异动物，可能真的是一个我们正在寻找的东西。"

讲到这里，周国兴话题一转说："不过，不管何启翠他们看到的是什么，我还是半信半疑，还是认为，神农架里存在野人的可能性值得探讨！"

王高升抬起头惊诧地望着周国兴问："为什么？"

"现在，我也没有太多的证据来说明这一点。但是，有些现象是不符合人类发展规律的。如果说真的有野人，为什么它们都是单个活动？难道都是孤家寡人，没有家族吗？尤其是红毛野人，它和达尔文的自然选择原理是不相符合的。因为那样的红毛早就被自然选择所淘汰。红毛不是保护色，在森林的绿色背景中很显眼。"

一直专心听发言的袁振新插话问："周国兴同志，你说的这些是事实还是理论推测？"

周国兴明白袁振新话中的含义，但他依然坚持自己的观点。"我讲的目前也许还是一种推测，但理论是指导实践的基础。现在有一个认识误区，有人认为只要是两脚直立行走就是野人。鸡也是两只脚行走，它是人吗？我们要记住，野人问题关系到马克思主义劳动创造人的基本理论，劳动才能变人，我们目前掌握的野人个案有100多例，没人说它能劳动。直立，但不会劳动，就与马克思主义基本原理不符合了。据此，我认为，从理论上讲，说野人不存在的理由比说存在的理由多。顶多，我们目前所掌握的野人个案也只能说它疑似奇异动物而不能将其归于……"

"一切结论都要产生于调查研究的末尾。"袁振新打断周国兴的发言，"理论都是假设，没实物证据，不能做结论。有实践才有理论，这个顺序不能颠倒。更不能用书本上的理论去硬套现实中的事实！"

袁振新直截了当地打断使周国兴非常惊诧，他站起来，想对袁振新进行反驳，但王高升用手势制止了他。接着，王高升要袁振新"具体地谈谈自己的观点"。

袁振新的观点依然与周国兴的说法针锋相对，"直立行走的不一定都会劳动，不能倒过来说劳动促进直立行走。古猿是先下地才逐渐学会了劳动……"

袁振新的发言引起了好些人交头接耳的议论，见大家疑惑不解，袁振新举例说："几百万年前，腊玛古猿就不会劳动，但它仍被看作人科最早的代表。人类学家仍然认为腊玛古猿是1000多万年以前就与森林古猿分开而向人类发展的最早的人类祖先……"

讲到这里，袁振新觉得有些口干舌燥，他端起茶杯喝茶，准备接下来继续与周国兴探讨野人群体的问题。他想问周国兴：我们目前发现的野人的确大多是单个的，最多也就是两三个，但在人迹罕至的原始森林里，会不会存在较大的群体没有被发现？

29

那次会上，袁振新没能继续与周国兴探讨野人群体的问题——他喝茶的动作被刘民壮误以为他的发言已经结束，便抢过话头说："我相信有野人。有人说我死不改悔，要抓个棕熊来否认我的观点，我要说，就是抓到棕熊，我也认为有野人！"刘民壮的开场白引笑了会场。

刘民壮不笑。他气定神闲地望着大家，待笑声停息下来，仍按自己的思路说下去。"过去，大家一直疑惑，从猿到人的转变过渡阶段是怎样实现的？目前的教科书认为，想寻找介于人、猿之间的活化石，几乎是没有希望的：南方古猿亚科早已灭绝，人亚科中的直立人、尼安德特人也已灭绝；另一方面，巨猿、山猿也早已在 1500 至 2000 万年以前与人类的腊玛古猿分道扬镳，成为森林古猿亚科中的另一个演化支系；还剩下一个长臂猿，它却早在 2000 至 3000 万年前就与森林古猿的祖先分了家；现存猿类与现存人类之间，至少存在着一个长达 1500 至 2000 万年的缺环，这个缺环将由谁去填补呢……"

与会者都屏息静听着。刘民壮所讲内容很多人都感到陌生，特别是房县武装部、医院、猎户等非学术部门列席会议的野考队员对这方面的知识更是知之甚少，他们想从刘民壮这个科班出身的大学讲师的发言中知道自己正在寻找的对象究竟是一个什么样的东西，究竟是谁填补了人类发展史上近 2000 万年的缺环。

刘民壮给出的答案是：有两种可能，一是腊玛古猿的后代，二是比猩猩高级、比人低级的直立古猿的后代。

"神农架有腊玛古猿的后代或者是有'似人非人'的高等猿类吗？"刘民壮提出的问题引来无野派的与会者们向其投去了不屑的眼神。他迎着挑战的目光，用生物界的另一种说法把袁振新刚才被人岔开的话题又连接了起来：大约在 600 万年前，人和猿从共同的祖先分化出来，一支进化成为黑猩猩、大猩猩等现代类人猿，另一支进化为现代人。而巨猿与人类进化的主流分开，则是在距今大约 200 万年前。相对于现代类人猿，巨猿与人类的亲缘关系更为密切。然而，当巨猿正处于发展的鼎盛时期时，却突然神秘地消失了，人们找不到它在后来这一段时间内存在过的任何化石证据。那么，就正如袁振新同志刚才所说，的确存在这样一种可能：历史上的巨猿并没有完全灭绝，而是顽强地生存到了今天……

人类进步之阶

刘民壮还没讲完，会场再次一阵骚动，有人质疑："有什么证据能支持你所说的这种可能吗？"

"你说的那些腊玛古猿和巨猿的后代在哪里？"

"是呀，它们的后代怎么都是生不见人、死不见尸呀？"

对神农架存在野人半信半疑的周国兴这次却同意了刘民壮的部分观点，"我感到人们看到的那些似人非人的东西是高等猿类或者是巨猿后代的可能性还是有的。这种巨大的猿类，在化石记录中可追溯到上新世距今 1000 万年左右的地层中。最近在印巴接壤处的西瓦立克山区发现了不少新的材料，我国华南地区广泛生存的大熊猫——剑齿象动物群中，巨猿有可能是其中重要成员之一（注：在 1978 年《科学实验》发表的一篇文章中，周国兴作出了这样的判断：世界上可能存在一种所谓野人的奇异动物……目前不能排除它是有客观实体的影子，感到它是巨猿后代的可能性较大）。它们残留喜马拉雅山南坡的，成为今日的雪人。它们残留在我国秦岭地区南坡的，就成了鄂西北的奇异动物。"

讲到这里，周国兴话锋一转，"但我要强调的是，用现存猿类去链接与现存人类之间存在着的长达 1500 至 2000 万年的缺环，我认为缺乏根据。喜马拉雅山南坡的雪人和鄂西北存在的奇异动物仅仅只是一种可能，这些所谓能链接人类 2000 万年左右缺环的雪人或奇异动物至今只有传说而并非严格意义上的历史，更没有实物标本！"

刘民壮激动地举举手抢过话头道："目前的确还没有实物标本，但发现野人的历史却源远流长，有关野人的记载、报告、传说、考证俯拾皆是，绵延不绝，其历史可追溯到 3000 年前。周成王时代，我国南方有人捉到两个'州靡狒狒'（野人）献给皇帝。《山海经》中记载着我国南方有一种长发、善笑、健走、浑身有毛、高达六尺的'赣巨人'。战国时的屈原以野人为题材写了《山鬼》的诗作，描写野人多疑善笑，居住在深山树荫下。据郭沫若同志考证，屈原诗中所提及的'山鬼'活动的'于山'是与神农架毗邻的巫山山脉。汉代、晋代、明代也都有关于野人的历史记载。新中国成立以后，这类报道仍源源不断地从各省传出。1954 年，八一电影制片厂摄影师白辛在新疆帕米尔冰山上海拔 6000 米处，看到两个'人'大步流星地往上走，形似驼背。接着又在附近的火石壁了解到，一个边防军战士曾在夜间月光下看见白毛野人偷走了牛肉。前不久，房县红塔公社高碑大队出土的西汉古墓中，有一个作为伴葬品的铜制摇钱树上刻有浑身长毛的野人形象。可见，鄂西北地区的野人是确有'家谱'可查的……"

刘民壮谈今论古的旁征博引为他赢得了足够的气场，会场安静了下来，所有人的目光都集中到了这个体态瘦弱却学富五车、才高八斗的"眼镜"身上，连那些质疑他的人也专心地听他高谈阔论。他趁机把话题进一步展开，"前不久，我翻过小龙潭、巴东垭、板壁岩、鸦子石到了大九湖及枪刀山一带，这些地方的原始森林几乎连成一片，纵横达百余里以上，是大巴山和神农架山脉的转折地带，有 2000 至 3000 米的垂直原始植被带。这里不仅有关于野人的传说，而且，1925 年到 1947 年间，还有多次发现野人、活捉野人、打死野人的记录。"

刘民壮的话题很有吸引力，连一直不大相信"传说"的王高升对"打死野人的记录"也很感兴趣，"刘老师，都有些什么记录？"

刘民壮略一思忖后举了个例子：1947 年，一群野人在房县四处祸害人，当时的国民党政府调集部队围剿。阴历九月的一天，从大山里赶出的 8 个野人逃到了羊角洞一带，被逼得无路可逃时，躲进了一户人家。官兵们准备放火将其烧死在屋内时，7 个两米多的野人弄开屋顶从屋后的山上逃走，一个稍小的野人被开枪打死……

"这些记录有什么实物印证吗？"王高升关切地问，"会不会是熊或者是大青猴之类的动物？"

坐在刘民壮旁边的李建解释说："明壮和我探讨过，可以肯定地说，群众反映的野人不是熊，不是大青猴，更不是金丝猴大猩猩，也不是人，而是比猩猩高级比人低级的似人非人的两脚直立行走的灵长类。从目前已知化石来看，它可能属于腊玛古猿支系或巨猿支系的后代。拿明壮的话说，它们是上苍派到神农架的远古居民……"

那位爱上纲上线的副组长打断李建问："闹了半天，你们也只是一种推论？"

"在没有捉到野人之前，我们只能推论，但它是一种科学的推论！"刘民壮不愿纠缠，他绕开"上纲上线"副组长继续阐述自己的观点。"我认为鄂西北不仅有野人，而且有红棕毛、大红毛、棕黑毛、麻毛、白毛5种野人，它们在鄂西北有5个生态灶中心。"

骚动的声浪再次掠过会议室，汇成一股嘈杂的旋风闯进刘民壮耳中，"5个中心！"

刘民壮在会议上介绍神农架野人分布情况

"有什么根据？"

"又是推测吧？"

"臆想！肯定是臆想！"

对这些难听的质疑，刘民壮"置若罔闻"。他抓起教鞭指点着墙上的地图，声调变得铿锵起来。"第一中心是神农架中心。这个中心包括阴峪河的韭菜垭、巴东垭、长岩屋、大小龙潭等一大片地带。第二个是葱坪中心或者说巫山中心。包括东到大巴山的巫山山脉，南至巫山县的骡坪区、庙堂区再到太平山、枪刀山一带。第三个是天门垭中心。包括盘龙后河至长坊地区，武当周围至阳日湾、温汤河，一直到兴山界的高岚公社。第四个是大黑山中心。第五个是武当中心。其中心地点在天门垭白草冲、桂竹园、燕子岭、八角庙、三岔、椿树垭、马湾和宋洛山，还包括房县桥上公社的群力大队等地区。"

讲到这里，刘民壮加重语气强调："这个中心常有野人出现！"为了证明自己的说法，他举了个例子。

1970年，泮水公社附近的一个农民用枪打死一个野人，并把野人腿卖给了阳日湾台子林业队食堂。刘民壮说："前不久，我访问过林业队的张邦君、王良烤和张仁美，他们均说自己在阳日湾林业队的食堂吃过野人腿。那个野人腿长40厘米以上，大趾叉开，一个下腿30斤重，有棕黑色的毛，腿肚粗20多厘米。据他们讲，当时有20个人吃饭，每人吃了一大碗还未吃完……"

讲到这里，刘民壮概括说："这五大中心分布在分水岭山脊的中上腰河源的崖壁洞穴区，与人类的生态灶呈犬牙交错排列……"

会场秩序再次紊乱起来，交头接耳的议论最后演变成了夹枪带棒的质问："刘讲师，一个野人都没有，哪里来的5种类型？"

"是呀，一个野人都不存在，哪里来的5个中心！"

"刘民壮同志，讲得也太玄乎太不靠谱了吧！"

"老刘，现在是开会，可不能信口开河地编故事！"

"搞什么野考啊，你不去当编剧真是可惜了……"

"让刘老师说完！"王高升一拍桌子严厉地高叫一声，同时把军帽啪地扔在桌上。"什么会风！什么素质！"

会场鸦雀无声，与会者都僵住了，直愣愣地望着王高升。从大家那悚然的表情中，副师长意识到了自己的失态，把几句更为激烈的话咽了回去，然后，用手背朝刘民壮挥了挥，示意其继续发言。

刘民壮趁机用教鞭敲了敲地图强调说，"需要提醒大家的是，我所说的那五大中心都是海拔2000米以上的高山，有1000米以上的原始森林垂直植被带，属于分水岭河源的山脊，荒无人烟或人烟稀少，距离居民点较远。有很多悬崖峭壁和洞穴，林中有丰富的野果，上部有开阔的灌丛草甸，适于野人生存、栖息、觅食、直立行走和繁殖后代。”

“刘民壮同志，你讲的也许有些道理。”不待刘民壮讲完，周国兴就提出了质疑，“但我们还是要回到一个事实上：你所讲的那些野人中心的野人呢？现在仅仅只是听老乡讲他们见到了野人，我们的野考队员1976年就来了，为什么至今没有一个野考队员看到野人？”

黄万波接过话题反驳道：“周国兴同志，1976年5月14日，神农架林区副书记任忻有等6名党政干部就见到并捕捉过野人，怎么能说仅仅只是老乡见到过野人呢？”

周国兴反唇相讥地问：“任忻有他们捕捉的野人在哪里？谁能证明他们捕捉的就是野人？”

张纪叔、唐兆子等人连连点头，“是呀，没有抓住野人，说服力就不强了。”

刘民壮正准备回答，李建抢着发言道：“没有抓住野人并不等于没有野人。你们都是野考一线来的，知道要看见或要抓住野人谈何容易，一是神农架方圆3250多平方千米，林海茫茫，沟壑纵横，许多地方都是人迹罕至的原始森林，休说是110人，就是1100人，11000人分散下去也如石沉大海。在这么大的范围内，我们在明处，野人在暗处，它随便藏在哪里你都难以发现；二是我们没掌握动物活动规律。动物是晚上活动，我们是晚上睡觉。群众反映，他们见到的野人基本上都是头天晚上听到叫声，第二天一早看到。我们每天早上从山下上山，到山上已10点多了，能看见吗？三是动物很机警，一听到声音它就跑掉，我们群体太大，说话、走路的声音都很大，野人听到能不跑掉？”

黄万波补充说：每个小组都带着猎狗，猎狗见到一个獐子、麂子什么的就扑上去狂叫不休，暴露了目标，野人岂能不跑？还有，狗跑得快，人走得慢，野人一听动静早就跑了……

听了李建、黄万波等人的发言，周国兴也觉得考察方法有问题。他说，我们穿插支队在考察宋洛山时，从大白莲、小白莲、伍家坪一直到苦水河，满山都是割漆的棚子和伐木的农民。更糟糕的是，林区目前正在大规模砍伐、修公路，到处是工程队、伐木队、副业队来往穿梭，到处是隆隆的开山放炮声，野人考察根本无法获得静态环境，不熟悉神农架地形环境的人更无法掌握野人的行踪……

大多数与会者对周国兴讲的问题都有同感，觉得抓野人这事还得靠当地人。徐永庆举例说，他曾参加过在海南岛抓长臂猿的考察活动，很久都没有抓到，后来，花200元就在当地老乡那里买到了。他推断："要是自己去抓，花1万元也弄不到。"故，他建议：宣布抓到野人重奖。"这样，可能一两年就搞到了……"

在大家七嘴八舌探讨考察方法时，武装部的廖明义提出了一个后来被王高升认为"亟待解决"却直到野考队解散也没能解决的问题："我们野考队员对野人有的半信半疑，有的不信，有的全信。大家可以有不同观点，但组织既然让我们来神农架找野人，我们野考队员首先就要有坚定的信念，有必胜的信心才行。你不信怎么宣传群众，又怎么统一思想？没有统一的思想，又怎么统一行动……"

在辩论和争吵中，会议开了一整天还难以结束。王高升原本只想用半天时间让大家总结一下前段工作，相互间沟通沟通，重振士气，搞好野考，结果会议却开成了学术辩论会和有野派与无野派的吵架会，这样的结局大大出乎他的意料。

王高升决定尽快结束这种无休无止，令人头疼的争论。于是，他打断大家的发言，说："野考任务重时间紧，就不继续讨论了，大家回去把自己的观点和意见写出来交到指挥部……"

第十一节　误击金丝猴

30

王高升在被他抽烟搞得烟雾腾腾的办公室里焦躁地踱来踱去。

他思绪纷乱，心情恶劣。翻阅着小组长和支队长们交回的那些言之凿凿、理论高深的野考文章，他索然无味、如同嚼蜡——他唯一看明白的一个现象是：说有野人的大多是搞人类学研究的，说没有野人的大多是动物学家，而那些搞植物学出身的人则把话说得很暧昧却很实在：还是用事实说话吧。

这些不同的观点已让他云里雾里、摸头不脑，比这种感觉更糟糕的是这些观点各异的文章不断左右着他的观点，使他的思想在两者之间不停打架，摇摆不定——

看有野派的文章，那个民间口口相传的神秘影子会很自然地浮现在王高升的脑海，他觉得那直立行走，高 2 米左右，外貌似人又似猿的红毛野人似乎就在神农架的丛林之中飞奔疾走。这个神秘的红毛野人把龙洞沟围捕失败后那绝望的阴影一扫而光，再次恢复的自信和决心把他从心烦意乱的神思恍惚中解脱出来，他觉得：再组织几次围捕，说不定就能一举解开野人的千古之谜！

翻开无野派的稿件，他的思路又开始推磨。"是啊，传说了几千年的野人，为什么只有传说而没有实物？历朝历代都说打死过野人，为什么连张皮都没留下？为什么连块骨头都没见到？莫非野人真的只是存在于传说之中？莫非那看不见摸不着的野人只是一个诡异的影子？或只是一个吓唬小孩的故事？"

繁杂纷乱的思绪翻云滚浪似地卷过之后，王高升那要解开千古之谜的雄心壮志开始动摇。他觉得，凭自己，凭这支 110 人的野考队，在浩瀚的茫茫林海寻找一个也许根本就不存在的"影子"，真比大海捞针还难！

但使命在身，他不能打退堂鼓。更重要的是军人的血性和荣誉不容亵渎！王高升觉得，如果就这样无声无息地退出神农架，那将是自己几十年军旅生涯的耻辱。

带着一种内在的激情和军人的崇高与尊严，王高升重新进入最后一搏的心理状态。

他在考察队员们通过电波传回的线索中筛选着围捕野人的战机。

战机终于出现。1977 年 9 月初的一天下午，考察二分队报告说，红花公社九冲大队的千家坪已经围住一个野人，要求紧急增援。王高升一听，立即激动地大声叫道："警卫员，通知预备队去千家坪！"

3名战士乘吉普车赶到现场时，夜幕和宁静正悄悄降临偏僻的千家坪，唯有九冲大队3生产队的一块玉米地里人声鼎沸，嘈杂纷乱。一群妇女儿童也站在远处的田坎上跑上跑下，呐喊助威。

野人是6小时前到田里偷吃玉米时被发现的，几个社员一追，它慌不择路，爬上了田中的那棵大核桃树。正在附近考察的野考队员接到报告后，迅速组织几十个民兵和社员将核桃树团团围住。一考察队员激动而得意地说："几十人围捕一个野人，应该是瓮中捉鳖，十拿九稳了！"

为了搞清野人的具体情况，3个战士进入包围圈靠近核桃树观察，因树叶茂密，天色渐暮，只能隐隐约约看到树上有一人形黑影。

这黑影着实令人振奋，也让战士们不敢疏忽，赶紧检查围捕情况。

几个军事素质极高的战士一眼就看出，这围捕之网漏洞太多：地里的玉米秆比人高，有利于隐蔽，如果野人窜入其中，非常不利于围捕；距核桃树10多米的北边是一片茂密的杂树林，按野人的步幅和"善疾走"的速度，它最多在10秒钟内就能逃进那片树林，然后消失得无影无踪；眼下，野人虽暂时陷入重围，但也许是深知野人的厉害，合围者大多只是挥舞着锄头扁担咋咋呼呼地虚张声势，谁也不敢贸然靠近核桃树。由这种如临大敌、惶恐万状的人合成的包围圈肯定不堪一击，野人如果突然发起冲击，这道防线会一触即溃！

夜色渐浓，3名战士的危机感也在加深：野人已被围了六七小时，狗急了都会跳墙，何况这是一个比狗厉害的野人？它完全可能利用包围圈的那些漏洞，趁着夜色逃之夭夭！

为了不让龙洞沟围捕的失败重演，必须当机立断。战士们架起电台向大岩屋报告请示：是否可以开枪将野人击伤？

经反复询问核实情况，斟酌踌躇再三，王高升同意了开枪。但他强调："只允许打伤，千万别打死了！"

只许打伤不能打死是一个难题，战士们在"解"这个难题时非常谨慎：一战士端着冲锋枪靠近大树，哗地上膛。"哒哒哒"，先向树上黑影旁边一个点射，意在将野人惊下树，能看到它时再打它的腿——这样就可以只伤不死了。不想，枪声却惊得野人往树顶直窜。瞬间，那个令人振奋的黑影看不到了！

"哒哒哒！"战士又是一个点射。没想到歪打正着，树上一声惨叫，接着，一团黑影砸着树枝噼里啪啦地掉落下来，随着"咚"的一声闷响，一股尘土四散飞扬。

围捕的人一哄而上，准备趁其被摔得昏头昏脑之时活抓野人。不料，有人高声惊叫起来："哎呀，猴子！是猴子！"

野考队员们挤进人群一看，心中振奋的热情不由一下凉了下来——野人和猴子的重要区别之一是看有无尾巴，掉下树这个翘着一根长长尾巴的家伙算是哪门子野人？是货真价实的猴子！

猴子抽缩蹬弹一阵后气绝身亡。武汉大学生物系的一位老师翻检一番后断定：这是一只金丝猴。

这只雄性金丝猴从脚到头 1.57 米，又有一张青灰色的脸，圆圆的眼睛，塌塌的小翘鼻和圆圆的脑袋。早些时候，野考队在给当地社员宣讲怎么识别野人时曾讲到了这些特征，故当它在九冲大队 3 生产队的玉米地里站起来偷摘玉米时，社员们没有看见金丝猴那根长长的尾巴而将其误当野人"告发"到了野考队。

金丝猴是后来的叫法。1869 年，法国传教士戴维利用中国猎手捕捉到了 6 只被当地人称作"长尾巴猴"的川金丝猴，给其取名"仰鼻猴"。国人见其金黄色皮毛闪闪发光，就叫它金丝猴。

在世界上，戴维所说的仰鼻猴或曰金丝猴属于珍稀物种，其珍贵程度与大熊猫齐名，属国宝级动物。目前，只有滇金丝猴、黔金丝猴、川金丝猴（神农架金丝猴原定为川金丝猴亚种，后被确定为神农架独有种群）、越南金丝猴和怒江金丝猴存在于中国。此外，世界上仅有标本收藏于法国、英国等国的博物馆中。金丝猴形态独特，动作优雅，性情温和，一身艳丽华贵的金黄色绒毛，深受人们的喜爱。但遗憾的是，出现在九冲大队 3 生产队的那只金丝猴却成了野人的"替身"误死枪下。

神农架金丝猴

　　周国兴所在的穿插二支队在《鄂西北奇异动物科学考察简报》第 10 期中曾有过这样的记载：本来，在此之前，神农架有金丝猴出没于老君山、千家坪一带的说法早就传得沸沸扬扬，大的群体多达数百只，少则几十，其色除金黄之外，还有灰色、麻色、绿色、白色个体。

　　野考前，对金丝猴的猎杀十分严重。千家坪有个药材场以猎杀金丝猴为生，把金丝猴肉做成肉干，到城里食品站每斤 7 至 20 元出售，骨头则每斤只卖 1.8 元。该药材场每月上缴利润达 300 多元。这个药材场有时一次就捕杀金丝猴 20 多只。

31

　　"冒名"野人的金丝猴虽然再次给野考队泼了一盆凉水，但它毕竟是 1977 年考察的一个意外的副产品。中科院领导说：神农架发现金丝猴，也是一大收获。至少纠正了学术界关于金丝猴不可能生存在高寒高海拔地区的错误判断。

　　中科院的肯定给了野考队一个定心丸，野考队领导们的心情由阴转晴。但王高升不敢怠慢，他一挥手说，"开会，研究下一步工作！"

　　几次闭门会商后，声势浩大的考察第二战役在 1977 年那个闷热的初秋打响了。

　　野考队改变前期逐区考察的方法，采取重点考察与普遍考察相结合，专业考察和发动群众相结合。《鄂西北奇异动物科学考察简报》第 6 期载："野考队员同贫下中农一起学习党的十一大文件，一起商议野考工作如何深入开展，在考察区内的 8 个大队建立了业余考察领导小组，选出了业余野考队员。各大队的猎人和从城市到农村接受贫下中农再教育的知识青年都踊跃参加，表现出了当地贫下中农极高的政治觉悟……"

针对这一新情况，野考队与房县和神农架林区商议后，两县、区共同出台了一个"奖励办法"——

"对捕获到活的奇异动物的个人和集体，根据实际情况，进行表扬，并给予500至2000个劳动日（当时一个劳动日约一毛钱左右）的报酬。对获得奇异动物尸体、骨骼和皮毛者，亦可视情况给予必要的表扬和报酬……"

奖励虽然微薄，山民们捕捉野人的积极性却空前高涨。他们背着鸟枪、火铳、半自动枪，牵着猎狗统统出动，大串联似的从四面八方涌进房县、神农架。分布在梨花沟、大九湖、老君山、群力的8支野考队几乎每天都要与成群结队的搜山群众相遇，一个又一个关于野人的信息也不断传到了野考队。野考队员的情绪一下子达到了沸点，他们沿着百里无人区阴峪河一线，再次向神农架主峰攀行。

搜山找野人

近似扫荡的动态考察开始后，野考队采用原始的狩猎方法进行"赶仗"围猎。每天，先由猎人在近似口袋状的地方选好"点口"，埋伏上一拨人，另一拨"赶仗"的人则带着猎犬，手持猎枪木棍和绳索从另一个方向朝"点口"突击。一路上，"赶仗"的人极尽所能地虚张声势，一边"哦喝哦喝"地吆喝，一边用木棒乱打乱敲并时不时捡起石头朝山下乱扔，还把沿途的树木摇晃得哗哗作响，有时还开上一枪，目的就是把林子里有可能存在的野人惊动起来赶到"点口"进行围堵。一时间，寂静的神农架沸腾了，枪声、吆喝声、狗叫声此起彼伏，响彻山林……

群众围捕野人的活动轰轰烈烈却收效甚微。没有收效的轰轰烈烈使野考再度陷入低谷。

穿插第二支队队长周国兴认为，野考队要走出低谷首先要走出误区。他提出："所谓野人也许是山里的棕熊，应先找到这家伙。"

周国兴告诉王副师长：棕熊能直立，脚印既大又像人脚印，故被神农架人称之为人熊。林区有群众曾经反映，人熊能站着走，能站着掰玉米棒子而不把玉米秆压倒。站起来时也看不到尾巴。这些特点很像人们目击到的野人的形态和习性。如果能搞清这里确实有棕熊存在，不排除部分野人目击事件与它有关。

周国兴还从另一个角度阐述了寻找棕熊的意义，"如果排除了棕熊在神农架的存在，也就能证明在这一地区的原始密林中，可能存在一种科学上有待搞清楚的野人。"

王高升采纳了周国兴的建议。1977 年 8 月后，野考队改变了原来考察和捕捉野人的计划，把大部分人力物力投入到捕捉棕熊的行动。

对指挥部的决定，刘民壮虽有意见，但他还是选择了服从，带人到九冲、万家沟、摩天岭一带考察棕熊。

刘民壮没有找到棕熊却很快就目睹了一大青猴偷吃玉米的过程。

在《我们看到了大青猴》那份简报里，刘民壮记叙说：1977 年 8 月下旬的一天，他同华东师大的讲师虞快带两名战士到红花公社西沟大队时，正值秋收季节，山坡上到处都是玉米棒子。在海拔 1170 米的关门崖山梁上，为防范野猪等动物偷吃玉米，守护十分严密，每隔 200 米左右就有一个值守的窝棚。

刘民壮一行选择居中的一个窝棚作为观察点。窝棚里值班的是位中年妇女，她介绍说，这里有一对大青猴，每天上午 7 到 8 点，下午 4 到 5 点都会来偷吃玉米。那妇女说："它们早上刚来过，我用大棒把它们赶走了。这两个家伙没有吃成，估计一会儿还会来。"

介绍完情况，热情的妇女回家去给刘民壮一行烧开水去了。妇女刚走，刘民壮就看到山崖上突然跳下一个黑影，操起望远镜一看，是大青猴！

冲到玉米地边，大青猴并未急于向玉米棒子下手，而是敏捷地跳上一棵高大的漆树东张西望，见那妇女走远了，又才从树上跳下，跑到玉米地里动作麻利地掰下一个玉米棒子，然后噌噌几下爬到漆树桠上坐下，撕扯开玉米的外壳扔掉，一边张望一边慢咽细嚼。

趁这工夫，刘民壮和虞快通过望远镜把大青猴看得清清楚楚：约70厘米高，一条短尾，体毛苍青色，面色苍白肉色，嘴巴边有几寸长的胡须。背、颈、肩部的毛较长，和目击者们所讲的红毛野人大不相同。

刘民壮正准备照相，那大青猴却跳下了树。它已吃完第一个玉米棒子，下树是为了获取新的战利品。只见它轻巧地冲进玉米地掰下一个玉米棒子，然后噌噌噌地回到树上。这次，它没有马上享用到手的玉米，而是"手"搭凉棚朝窝棚方向张望。原来，刘民壮和虞快等人的议论声惊动了它。大家以为这家伙要逃，不想，它一点儿也没有害怕的意思，撕开新的战利品，旁若无人地吃了起来。

大青猴"优雅"的吃相让刘民壮想起了山民讲黑熊吃玉米棒子时的情形：黑熊进玉米地，一般都是较饿的时候，初进玉米地，它还会觉得可能不安全，所以，饥饿和害怕的黑熊一进到地里就会饥不择食地扑倒玉米秆，对玉米棒子不分好赖都要大吃大嚼一通，撑得屁滚尿流直拉稀时，它才会去挑选一些个头大的玉米棒子慢慢享用。并且，觉得安全了，它还会像一个贪婪的强盗一样去带来一大群儿女或同伙共享它发现的玉米棒子……

而眼前这位肥滚滚的大青猴似乎从来就没有被饿着的时候，也没有黑熊那样的安全意识，它始终像一个很有教养的绅士和专挑好东西吃的美食家在那里慢条斯理地品味着玉米粒的清香。它以为窝棚里藏着的人还是它平时可以做着下流动作任意欺负的那个妇女——对这样的人，它从来就没有当回事。它更没有意识到，这种麻痹轻敌差点给自己带来灭顶之灾——两名战士已匍匐着靠近了漆树，当它发现瞄准自己的那支黑森森的枪口准备逃跑时，枪响了。

两个战士以为掉下树的大青猴已被打死，挎着枪跑过去准备收获猎物。不想，大青猴猛地跳起，连滚带爬地窜进了玉米地旁边的树林里。

再从肩上取下枪射击已经来不及了，两个受骗的战士呆呆地望着大青猴消失在密林之中……

32

其实，用装死的方式逃命的不仅仅只是从战士枪下脱险的那只大青猴，大山里，那些相当灵性的野兽们常常用它们的智慧保护自己的生命安全。一次，野考队员袁裕豪、胡振林等人在大九湖一片竹林中遇上黑熊，开了两枪，大熊号叫着狂逃而去。一只约5斤多的小熊却唧唧哼哼地主动从竹林里跑出来迎着枪口定定地站住。它已经受伤，子弹从眼眶射入，从下巴出来，半块熊脸血迹斑斑。它神色惊愕恐惧，浑身颤抖，未受伤的那只眼里充满哀怜的目光。

事后，袁裕豪等人分析，这小东西不跑，它是不是意识到逃跑会继续遭到枪击？或者是意识到再怎么跑也追不上落荒而逃的母熊？抑或是它想以自己的可怜赢得持枪者的救援？

不管小熊出于什么原因不跑，它的这一举动无疑都是正确的——袁裕豪等人顿生怜悯之心，擦去它脸上的血污，给它用酒精消毒并敷药包扎，然后抱着它赶路，准备让其伤好后再放生。

渐渐地，小熊的恐惧消失了，它从野考队员们怀里溜下来，袁裕豪等人以为它要逃走，不料，它却寸步不离地跟在大家身后。路上休息时，它还紧紧地黏着袁裕豪蹭来蹭去以示友好。那天，小熊跟着队员们跑了60多里山路，到瞭望塔后，大家煮面条吃，给小熊也盛了一些，瞭望塔养的那条小猎狗也去抢着吃，一路温顺的小熊一下凶相毕露，龇牙咧嘴地怒吼着逼退了猎狗——那神态好像在对猎狗说，我才是这大山里的主角，这面条是主人给我的，你凭什么来抢？

10多天后，小熊伤愈，队员们准备对它放生。但小熊不走了，把它赶进林子几次，它都又跑了回来，黏在队员们脚边哼哼唧唧地蹭来蹭去，最后，竟泪光闪闪地望着大家。那样子似乎在问：你们不是很喜欢我吗，干吗要赶我走呀……

小熊那极通人性又可怜巴巴的样子让队员们心一软，把它留了下来。后来，来自北京的野考队员于建把小熊带回了家。

从大山里到了大城市，小熊一点也不怯场。出门时从不正眼看人，目不斜视地招摇过市。与比它大的狗打架，它总能把狗压在身下，咬得狗儿满地飞毛。于建带它到河边散步，它总隔着五六米左右，人一停，它就往树上爬，人一走，它马上溜下来跟在后边。

有人曾打过小熊的主意：一次，它独自出去溜达，被人关了起来。于建火急火燎地满处寻找。走过藏匿者的门外时，嗅觉极其灵敏的小熊一下闻到了主人的气味，便使劲挠门，它因此获救。有了这次历险经历，小熊再也不单独外出。

小熊到北京后成了远近闻名的明星，不但左邻右舍纷纷登门拜访，周围小区的人也络绎不绝地前去探望。去时，人们总要带点水果点心之类。小熊很懂人情世故：知道大人不怕，它就用嘴轻轻衔衔大人递糖的手以示感谢；知道小朋友胆小，它就只叼走小朋友手上的糖果，牙齿嘴唇绝不接触其肉体。

小熊很快长成100多斤的大熊，饭量日增，且再也不肯过粗茶淡饭的日子——蹭着于建要肉吃；不吃馒头，要吃米饭；夜里要求加餐吃夜宵……

那时实行的是粮票定量供应，每个城市居民的月供应量为25斤至30斤。但大熊一顿就要吃一大盆玉米面糊糊之类，于建家节衣缩食仍养不起，只能一天给它吃两顿。即使如此，一月下来也要吃掉40多斤粮食。

主人省下粮食喂养它它却越来越不乖：凌晨2点左右它就鬼哭狼嚎要吃的；它还变得"手脚"不干净，经常溜进厨房偷东西吃；有时，还摸进邻居家偷吃东西；见无人时，它把别人晒在外面的菜偷了就跑……

后来，实在养不起这个小偷小摸的"大饭桶"了，于建不得不把它送给了马戏团。10多年过去了，于建说，我至今仍忘不了分别那天，大熊那忧郁伤感和恋恋不舍的目光。

第十二节　五湖四海的野人们

33

野考队在神农架追踪了很久都未能发现棕熊的影子。这期间，关于野人的目击事件倒是收集了不少。

野考简报介绍说：翟瑞生是湖北省水利局设计院副院长。他专程到野考队反映，1946 年秋天，他所在的部队在国民党围剿延安时奉命突围转移到了兴山与房县交界的地方，一天上午，他所在的团在山岭上走，两个野人在 20 多米远的山沟里看着战士们笑。

神农架林区宣传部部长冯明银、林区原泮水公社党委副书记胡楚才等党政干部也都说自己看到过野人。

简报还记述了几起六七人同时见到两个野人，两人同见一个野人，两人同见两个野人等目击事件。竹山县的猎人史德文还说他下的套子把野人套住了结果又被其挣脱逃走……

黄万波讲述的事情更是让人拍案称奇：毕业于东北大学生物系的生物工作者王泽林在黄河水利委员会工作时见到过一个刚被打死的野人。

王泽林说，1940 年 9 月，他从宝鸡去甘肃的天水。汽车到江洛镇和娘娘坝之间时，忽然听到前面打枪，以为遇上土匪，汽车停下后他到枪响处一看，只见一群人正围着一刚被打死的野人指指点点。王泽林记得，趴在地上的野人约两米左右，全身灰红色的毛很稠密。有好事者把它翻转身来看，才发现被打死的是一个母野人。那母野人的两个乳房有点像哺乳期的妇女那样很大，奶头很红。其颧骨突出，眼窝很深，口吻往外凸……

王泽林从枪手处了解到：一个多月前，此地来了一雌一雄两个野人，抓走并害死过五六个人。当地人不堪其扰，每户出一壮丁对两个野人进行围剿。刚才打死的是一个雌性的，那个雄性的跑了……

在野人目击事件一直充斥野考简报时，1977 年 10 月终于有了一则打死一头黑狗熊的消息。但黑狗熊无论是颜色、个头，走路的姿态都与棕熊不同，更与当地人无数次看到的那些红毛野人有天渊之别。

这样的结局令野考队长王高升和当初建议寻找棕熊的周国兴等人都感到十分沮丧懊恼。

野考中，很多事情的结果都很难预测，更难有绝对的肯定或者否定。周国兴遇到的那部拍摄野人的外国电影就是这种情况。

在 20 世纪 70 年代，周国兴曾在《科学实验》杂志上发表了一篇《一部惊人的影片》的文章。

文章中，周国兴介绍说，1967年10月20日，美国生物学家帕特森和吉姆里骑马驰骋在加利福尼亚州北部的兰湾山区。当他们穿过灌木丛生的峡谷时，突然看到在远方小溪边蹲着一只奇异动物。奇异动物发现有人，就站立起来沿着陡坡向灌木丛深处走去。他们赶忙翻身下马，帕特森开动了电影摄影机朝这人形的奇异动物奔去。

帕特森边跑边拍摄，一直逼近到离奇异动物约40米处，隐匿在躺倒的树干后面观察、拍摄。在一转弯处，奇异动物转过身来看了一下扛着摄像机的帕特森和吉姆里，随后背向摄影机，消失在密林之中。在它走过的地上，留下了一连串长约38厘米的大脚印。

事后，他们根据脚印的大小和现场的测算，推断这个人形动物身高2米左右。帕特森声称，正是由于它身躯巨大，才使他们不敢太过接近。

这是首次拍摄到的"沙斯夸支"（美洲野人）的影片，历时17秒。这部影片轰动一时，许多科学家认为，镜头中的"大脚怪"很可能是古代巨猿的后代。这段影片引得世界无数科学家为之疯狂，他们无数次观摩短片，并亲自前往拍摄地考察。

后来，加拿大研究、追踪野人的专家达因顿将这部17秒的影片拷贝寄赠给了周国兴，并请其进行鉴定和评论。然而，对这部影片，在野考中曾否定了不少野人目击事件的周国兴却既否定不了，也肯定不了。

这种在肯定和否定间的犹豫不决使周国兴避免了评判的尴尬——

再后来，周国兴不能评判的野人影片因美国华盛顿州雅吉瓦一个名叫鲍伯·希罗尼穆斯的老人出现再起波澜。63岁的鲍伯·希罗尼穆斯向《华盛顿邮报》"可靠来源"栏目的记者披露说，当年，帕特森拍摄的那个大脚怪根本不是什么北美野人或"人形巨兽"，而是他穿着一件大猩猩道具服装扮成的！

希罗尼穆斯是一名已经退休的可乐瓶生产工，为了证实自己的说法，他向媒体说，帕特森当年拍摄大脚怪短片时，曾于1967年用435美元在北卡罗来纳州一名大猩猩道具服专家菲利浦·莫里斯那里买了一件毛发蓬松的大猩猩道具服装。随后，帕特森和他订立了一个保守秘密的君子协定，答应他穿上那套大猩猩道具服装拍摄后给报酬1000美元。但事后，报酬一分钱也没得到。

与此同时，北卡罗来纳州大猩猩道具服专家菲利浦·莫里斯也承认，他的确曾在1967年左右将一件毛发蓬蓬的大猩猩道具服出售给了罗杰·帕特森。

帕特森已于1972年去世，希罗尼穆斯和大猩猩道具服专家菲利浦·莫里斯的证实似乎可以使这场"世纪大骗局"如钉钉木了。但是，当年和帕特森一起拍短片的那位吉姆里还活着。看到希罗尼穆斯在《华盛顿邮报》上大曝所谓的"世纪骗局"后，吉姆里立即委托律师抗议，表示："当年没有任何人故意穿上大猩猩或猴子的服装，我亲眼看到一切，骗局的说法是毫不可信的！"

影片真假之争再次成为悬案。

在周国兴不能判断帕特森那部17秒的野人影片的真伪时，刘民壮却高调肯定一起野人到过上海的旧闻。这段旧闻的重新提起，是因为中国野考会、上海应用人类学会、上海电视台、南昌青云谱科委等单位在上海中山公园联合举办"野人之谜"的展览。参观之后，一位上海老人说，大世界曾经展出过野人。刘民壮让一个上海的野人迷去了解一下。

后来，李建把那个野人迷对老人采访的笔录刊登在了当年12月第82期的《通讯》上，那篇署着"张鸿奎刘志诚王亚平"名字的采访笔录是这样记录的：

上午，我与上海社科院历史研究所和南昌青云谱科委的两位工作人员一行3人前往刘民壮所说的那位老人家。老人叫王和林，住梵航渡路623弄××号4室。

问："听说您老昨天给刘民壮同志反映见过野人，请您谈谈。"

王："你们这次办野人考察展览，我昨天来参观，展览上没有活体野人，当时，有些观众讲世界上没有野人，说有野人是骗人的。我对他们说，我就看到过野人，而且是在上海。"

问："是什么时候在上海见过野人？"

答："大概是抗战初，我从家乡宁波刚来上海，一天，我到大世界看戏，门外的广告说有野人展览，我便买票去观看。"

问："请您介绍一下看到的野人是什么样子？"

王："当时那野人关在一个大铁笼里，铁笼栏杆有大拇指粗，笼子里关着一个雄性大野人，脚给铁链锁着。"

问："野人有多高？"

王："在 2 米以上，全身有很多毛，个子与外面画的野人相仿。"

问："野人毛发是什么颜色？有多长？"

王："是棕黑色，身上的毛大约有 2 寸长。"

问："野人的相貌是什么样子？"

王："跟我们人差不多，就是嘴巴很大，脸上也长毛，不多，脚很大。"

问："野人是站立还是坐着？"

王："是站立在笼子里的。"

问："野人脚有多大？请您看看 3 个野人脚印石膏模型，看与哪个差不多？"

王："（指中间 43 厘米长的石膏脚印模型）就像这个一样大，手也很大，有我们两个手加起来那么长。手、脚都有很多毛，很密。"

问："您讲这野人是雄性的，看清楚了吗？"

王："看清了，它阴茎很长，和我们人一样，当时很多女的看见都不好意思。"

问："请您看看我们展览的几张野人图片，它像哪个？"

王："（指刘民壮画的直立野人图片）就像这个。我当时还看见有人丢进一条大蛇进笼去，野人抓起蛇一拉两截就大口大口吃起来。"

问："蛇是活的吗？有多长？"

王："是活的，大约有 1 米半长，6 厘米粗，野人吃得很快，吃完蛇还吃了活的鸽子。"

问："看的人多吗？"

王："看的人很多，过一个小时放一批人，轮流看。我们上海年纪大的有很多人都看过，你们也可以去问大世界年纪大的老职工，问问野人是从什么地方弄来的？我当时 20 多岁……"

这份笔录形成时，王和林已经 70 多岁。但对当年野人的展览地点却还记得十分清楚，他说，野人是在"大世界"底层被展览的。

"大世界"坐落在老上海市中心，1917年由商人黄楚九创办。1931年底，黄楚九猝死，青邦大亨黄金荣接办，改名荣记大世界。此处集百戏、诸艺等于一处，是市民休闲消遣的大众化娱乐场所。

为了考证这段历史，根据老人提供的大致时间，上海的那位野人迷在图书馆查阅了大量报刊，希望能找到当年有关此事的报道。虽然未能找到媒体的报道，但他还是在《申报》中找到了历史的痕迹——在广告栏中，那位野人迷看到了这样一则广告：轰动全球，震惊上海，天下奇兽，今日展览。

广告中还有这样几行字："泰山人猿，五彩大蟒，四脚花蛇，人形猫熊，西藏白猴，千年龟精，印度狸精。种类甚多。百闻不如一见，一见令人认为奇遇……"

34

刘民壮认定，广告中这"泰山人猿"就是王和林老人所说的野人。因为，世界各地对野人的称呼都各不相同——

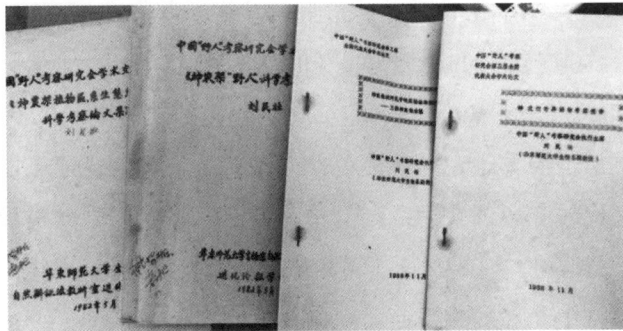

"野人教授"的部分野考作品

在中国陕西秦岭山脉，人们多称它为"毛人"；在云南，人们称它为"雅培"和"冬都"；广西人称它"变婆""山魈"；湖南、四川一带说它是"人熊"；在喜马拉雅山、尼泊尔雪线以上的地方，野人有着"雪人"的雅号。

外国人的"赐名"更为怪异：印度、尼泊尔把野人叫"耶提"；俄罗斯高加索、蒙古叫它"阿尔玛斯人"；在加拿大，野人有一个"沙斯夸支"的名字，北美人叫它"大脚怪"；在墨西哥和加拿大落基山的丘陵地带，人们则昵称它"沙斯夸支"（森林野人）。

"泰山人猿"也许就是展览主办方为吸引参观者而给野人的一个"昵称"。

刘民壮在图书馆查到,喜马拉雅山上的雪人最早纪录出现在200多年前:18世纪时,在描绘西藏高原野生动物的一张中国古画上,就有雪人的图像。

1926年,喜马拉雅的考察队员纽曼首先使用雪人一词。

就是从那时起,每隔几年或几十年,都会有关于雪人的文字记载。雪人常以这种或那种样子在人们的视线中时隐时现:人们看见它在树上擦痒,看见它在雪地里留下一串串脚印,看见它在河谷里吞吃青蛙,看见它把强悍的雪山牦牛吃得只剩下一堆血淋淋的骨架……

英国人类学博士爱玛拉·谢克雷女士认为,雪人是尼·安德特人的后代。这就是说,雪人介乎于人、猿之间。苏联人类学家切尔涅茨基则认为雪人是尼人的后代,说尼人在与智人(现代人的直接祖先)的搏斗中节节败退,其中的一支逃入雪峰,演变成雪人。

媒体的报道中,常有雪人与现代文明擦肩而过的信息。

在西藏的一些寺庙里,保存着据说是野人的头皮。1959年6月,中科院有关人员和北京大学生物学系教师参加的考察队曾向一寺庙借了一张头皮,送到巴黎、伦敦、芝加哥的博物馆,经动物学家对比研究,认为"雪人头皮"是用野羚羊伪造的。但是,英国著名研究灵长类的专家奥斯曼·希尔则认为,这个头皮的毛虽与羚羊毛有相似之处,但带有猿的特性。他将这种毛的色素粒与羚羊毛相比较,发现它们之间的排列方式并不相同。此外,头皮上的寄生虫也与羚羊的不同。因此,头皮究竟是不是雪人的,尚无定论。

在喜马拉雅山北麓的我国西藏地区,也多次有发现"雪人"的报道。特别是1972年12月,驻伸巴地区的边防部队接到藏民的报告,说两个能直立行走的雪人经常偷他们的牛羊,并说这两雪人不是把牛羊咬死,而是成群赶走,看管起来慢慢吃。边防军派一位副团长带着几名战士上山找到雪人后,开枪打伤了一个,另一个逃走。受伤的那个雪人竟然抱起一块大石头朝开枪的战士冲来,但没冲多远终于倒下。

据战士们说,这个雪人像猿又像人,尖尖的头顶,长着二十多厘米长的棕红色头发,有眉骨,大嘴,牙齿尖利,前肢很长,没有尾巴。在场的官兵之前没一个人见过这种动物,但由于当时交通、通信条件的限制,这个很可能是雪人的尸体被白白抛弃了。

还有一则野人消息也来自于军营。当时，李建、刘民壮等人同反对野考的《大自然》杂志社激战正酣，曾在小兴安岭工作过的某部队黄金研究所工程师刘殿恺把一件写"奇事"的稿子同时寄给了《大自然》和野考会。

"奇事"说的是 1964 年，在小兴安岭某地独立执行任务的一群通信兵一天傍晚发现一人形的野人在帐篷附近的一个小湖里捉鱼。捉到鱼，就用指甲划开鱼肚，去掉里边的东西，再用指甲剔鱼鳞，然后嚼食。吃完鱼，竟走到帐篷旁边坐下。因其对人没有敌意，战士们没有开枪伤害它。

班里有个大老吴，胆大力大，平日遇见黑瞎子也敢上前对付。这天他想捉住野人，就悄悄绕到它身后，一胳膊将其脖子搂住，别的战士一拥而上搂腰抱腿，但大家仍然撕扭不过，它还是挣脱跑掉了。

与这个野人第二次交手是在帐篷里。那天，它钻进帐篷把半锅面条全吃光，然后躺在那里直哼哼。几个战士又一拥而上，按手的按手，压腿的压腿，野人却丝毫不动，一看，它肚子鼓鼓的，可能是面条吃得太多胀死了。当晚，大家七手八脚把它的尸体抬到附近一个小沟里扔掉……

那些年，只要到了山高水险，人迹罕至的大山长谷，人们会不时与野人狭路相逢。

国家体育总局、体育研究所周正研究员在攀登昆仑山时，早上起床，发现 3 个帐篷的绳子全被咬断，有 43 厘米的脚印围着 3 个帐篷转了几十圈……

连美国总统罗斯福也在他 1893 年出版的《荒野猎人》一书中记载了一名猎人亲口给他讲述的与大脚怪遭遇的可怕故事。

老罗斯福在书中记述说，猎人名叫鲍曼，年轻时和一个同伴到美国西北部太平洋沿岸的山地捉水獭，在林中宿营时，他们被一阵噪声吵醒，黑暗中，看到帐篷口有一个巨大的人形身影，就开了一枪。没打中，那影子很快逃入了林中。

由于害怕，鲍曼和他的同伴决定第二天离开。当天中午，鲍曼去取捉水獭的夹子，同伴收拾营地。夹子捉了三只水獭，鲍曼到黄昏时才清理完毕，当他赶回营地时大惊失色：同伴已经死了，脖子被扭断，喉部有四个巨大的牙印，营地周围还有不少巨大的脚印，一看就知道是那只怪兽干的。由于恐惧，鲍曼什么都顾不上收拾，连忙骑马奔出了森林……

在另一些人的讲述中，野人却是善良、仁慈、温柔的，它们甚至还勇敢地救人于危难。

有个关于雪人救人的故事发生在 1975 年。一名尼泊尔夏尔巴族姑娘在山上砍柴时被一头雪豹攻击。危难之时，一个凶狠的红毛动物冲出来，和雪豹殊死搏斗。姑娘这才得以逃回村子。很显然，这个红毛动物就是传说中的雪人。野人的故事在全世界都有着很多传说。

第十三节　败走铁炉沟

35

报告文学的写作要求"大事不虚，小事不拘"。八角庙铁炉沟围捕野人的事情在 1977 年的野考中属于大事——是直接影响野考成败的大事。故，围捕中的每个历史碎片都应该是真实的。

为了这种真实，作者费尽周章地在数位围捕参与者和一大摞卷宗里努力搜索那个"瘦得像个干瘪老头"的野人出现前后的每个细节。希望这些细节能够真实地恢复那场围捕之战的记忆……

1977 年下半年，周国兴已改任负责长坊至武山一线侦察的二支队队长，改任穿插一支队队长的袁振新负责跑马道、龙池、蜜蜂垴一带的考察，徐永庆是负责老君山、皇界一带的第六组组长。他们管辖的考察区域虽然不同，但铁炉沟的围捕他们都参与了，周国兴、刘民壮、袁振新、黄万波等人对此事也均有较为详尽的记录。

综合当时的野考简报和以上人员的记录及他们中一些人的亲口讲述，比较可信的过程大概是这样的：

这次的野人目击者叫肖新杨，男，21 岁，四川云阳（现属重庆）人。当时他出现在现场是因为红花朵林场让他在铁炉沟一带伐木。

肖新杨先后四次给野考队不同的人讲过当天发现野人的经过："8月30日，我和钱海林、毛常福三人在盘水公社铁炉沟大队西侧森林中伐木。上午10点左右，我觉得很渴，就到沟边一个洼地里去找野葡萄解渴。那片洼地较宽，在一道山梁下，没有树木，只长着些茅草、灌木和野葡萄藤。我弯着腰正摘野葡萄吃，忽然听到前方沟边的小山梁上有响声，抬头一看，吓得我差点没有喊叫起来！"

肖新杨看到，在10多米左右的大树后伸出了一个毛茸茸的圆脑袋！最初，他以为是遇上了采药人或猎人，还准备与其打招呼，但随着那个毛茸茸的圆脑袋向前移动并将整个身子都暴露在那棵大树前时，肖新杨这才发现不对劲：这个像人的家伙没有穿衣服，浑身是深棕色的毛！

刹那间，一个令人恐惧的名词闯入了他的脑海：野人！

肖新杨的思维突然"短路"，脑海瞬间寂静得白茫茫一片——没有风声，没有鸟鸣，也听不见那野人弄出的响声，浮现在眼前的是野人抓住人后的哈哈大笑，然后将其撕开吃肉喝血的恐怖画面……

这种情景一旦出现，便强烈地震慑着肖新杨，他一下觉得周身发软，呼吸困难，嗓子像有虫子在爬一样想咳嗽。更糟糕的是不争气的腿肚子也不由自主地抖了起来。事后他回忆说："当时，我触电似的一下蹲在地上，一动不敢动……"

那一瞬间，肖新杨真希望周围的茅草、灌木再高些，自己好隐蔽其中逃离这个恐怖之地。但周围的茅草、灌木深不过膝，那些野葡萄藤更是贴着地面蔓延，行走其间肯定会暴露无遗。尽管没有隐蔽物可利用，肖新杨还是在心中盘算：不能坐以待毙，要快速冲出这片宽阔的洼地！但鼓了几次劲，他都没敢行动。早就听人说，野人疾跑如飞——他害怕自己还没有跑出这片洼地就会成为野人的腹中之食！

想想，他决定还是先隐蔽起来。顾头不顾尾地隐藏得确信野人已无法发现自己时，肖新杨这才轻轻拨开面前的茅草杂树惊惶地观察起来。

野人虽高一米五六，但瘦，像个干瘪的老人，顶多90斤上下。此刻，它正驼着背顺六七十度的斜坡往上攀缘。令肖新杨惊奇的是，它攀缘的动作竟跟人一模一样——先用同样是毛茸茸的大手抓住上方的树枝，然后，向前伸出一条腿蹬稳，再迈出另一条腿。

几次向野考队讲述，肖新杨都特别强调，"因那片树林的树不太密，光线很亮，它在梁上，我在洼地里，从右侧面看得十分清楚，它硬是个人样——准确地说，就是一个浑身长毛的人！"

对这个"浑身长毛的人"，肖新杨记忆最深的特征是：它的头发直溜溜的向后背起，像个留着"飞机头"的时髦青年……

这样的形象让肖新杨越看越怕，他颤抖得更厉害了，弄得身边的草丛簌簌作响，还憋不住咳嗽了一声。声音虽然不大，但在寂静的洼地里却传得很远，惊得那野人一下转过脸来直愣愣地盯着从草丛里冒出脑袋的肖新杨。

对峙而视几秒后，肖新杨便沉不住气了，扯着嗓子一声嚎叫转身就跑。

一路跌跌撞撞地狼奔豕突到伐木的地方时，肖新杨一下瘫倒在地。

事后，钱海林、毛常福向野考队证实，"肖新杨去摘野葡萄吃，很久才慌慌张张跑回来一下坐在地上，脸色都变了，上气不接下气地告诉我们：那边有东西！有东西！我们问：那东西啥样嘛？他说：站着走路，浑身是毛，一人来高，长着人样！肖新杨正说着，林子里突然传来'呜—咳''呜—咳'的叫声，听得出，叫声离我们最多只有四五十米，吓得我们三人忙操起了斧头。为了壮胆，毛常福学着叫了一声'呜—咳'，林子里的叫声立即停止了。但我们害怕，没敢进林子去看……"

知道野考队有人住在盘水公社，中午，肖新杨下山报告了目击野人的情况。

36

据野考队的简报记载："情况报告到指挥部时，所有的考察小组正分散在各片区捕捉棕熊和大青猴以证明野人的不存在。指挥部大岩屋离盘水公社八角庙虽然不过20多千米，但指挥部当时已是无兵可派。用电话、电台一番紧急联系，第二天（8月31日），中科院袁振新同志和房县县委宣传部裴保华同志赶到了现场并发现野人的脚印……"

顺着脚印，袁振新还找到了两堆粪便。第一个地点在肖新杨等人伐木那条沟上游的白马洞到庄户之间。这是在9月3日，即肖新杨看到奇异动物之后第5天发现的。当时，配合野考队一起工作的民工钱海林沿沟底向上搜索，发现了足印，钱跟踪而上，下午5点左右，在海拔1900米的一处岩坎下发现了一堆粪便，并拣回了样品。

9月4日，袁振新等人到现场进行了观察。粪便在一岩坎下斜坡上，大部分集中成一堆，小部分顺坡而下分散在不到两米的范围内。粪便的总量约500克。粪便呈筒状到条状，横断面近圆形，直径2.5厘米左右，软，外观褐色，新鲜面黄色，估计是两三天前的。内含物用肉眼观察，残渣较细，成分有植物根、茎、叶纤维，有小果皮碎片，并有昆虫小甲壳。

第二处粪便发现在铁炉沟下游沟旁的洞穴中。此处海拔约1600米。从沟口顺沟向上游走约两千米左右，有一陡崖高约10米，流水呈小瀑布流下。在陡崖下西侧有一裂隙状洞穴。在洞口内西壁有一个凹龛，粪便即发现在此处。袁振新试着在凹龛处蹲下，刚好可以隐藏一人，探头向洞外观察，视野很开阔，整个沟里的情况一目了然，而洞外向内看则很难发现此凹龛内藏匿的人。

此洞离肖新杨与野人相遇处不到1千米。此洞对面距此不到15米的沟边，有野人留下的脚印。

可疑的大脚印

更让袁振新兴奋的是，粪便形状、直径重量及内含物与第一地点发现的相同。

后来，他在鉴定中写道："上述两处粪便，从初步观察分析看，是同一动物排泄。粪便周围都有相同脚印，无其他动物足迹。从粪便的量、横截面大小看，与熊粪相差甚远。而与肖新杨看到的奇异动物身材大小相适当。从粪便内含物成分及粗细看，和熊的粪便不同。在两处粪便周围，也没有发现熊活动留下的足迹，而根据我们在考察中观察到的情况看，凡熊活动的处所，是会留下采食痕迹和很多脚印的。

据此，我们初步认为，这两处粪便极有可能是奇异动物所排泄……"

袁振新将在现场采集的粪便、脚印送回指挥部后，又引起了激烈争论。

有人对肖新杨发现野人的经过表示怀疑："是不是那小子跑去吃野葡萄回来晚了撒个有野人的谎骗他的同伴？"

袁振新解释："他的同伴也听到了叫声，证明他的确看到了什么。"

"他看到的会不会是棕熊？"怀疑者开始转换思路。

还有人想象，"也许是大青猴。"

甚至有人说，袁振新用石膏灌回的脚印就是肖新杨踩的，因他的脚也是24厘米左右……

众说纷纭，意见分歧，加之龙洞沟蔡国良让野考队扑空的阴影还笼罩在王高升的心头，因此，指挥部没有对八角庙铁炉沟的野人采取任何措施。

后来，刘民壮在《我对神农架野人的历史考证》中痛心疾首地回忆说："……袁振新赶到现场发现野人的脚印后，因野考队内部分歧意见很大，因此指挥部无法对野人进行迅速的包围捕捉。

第2天、第3天野人在那里叫，第4、5天还在那里叫，一直叫到第6天，附近小学的学生被叫得不能安心上课，仍然没有形成包围圈。最后野人逃之夭夭，而野考队姗姗来迟，虽然包围了，可野人不见了……"

学生被野人嚎叫得不能安心上课这一情节在黄万波向八角庙公社小学调查时得到了证实。师生们说，有几个学生上学从铁炉沟经过，经常听到"呜嘎！呜嘎！"的叫声。后来，这叫声移动到了学校附近。

在学校了解情况后，黄万波再次对肖新杨、钱海林进行了询问。为解除野考队有人怀疑现场的脚印系肖新杨或其他人所踩，他将肖新杨、钱海林和考察队刘民壮的脚印进行了石膏取样，带回大岩屋指挥部与先前灌制的野人脚印模型进行比较研究，证实留在目击现场的脚印并非人类的脚印。

这之前，指挥部也曾派对野人一直半信半疑的周国兴考察了袁振新灌回的脚印。周国兴和上海博物馆人类部徐永庆研究员前去勘察后很快对脚印问题写出了报告：

"8月30日，伐木工人肖新杨目击奇异动物后，考察队第二天赶到现场进行搜查，先后发现了数十个足印，有3个比较清楚，袁振新灌制了其中一个足印的模型，该足印的特征是：足印全长24.5厘米，前宽11厘米，中腰宽6.5厘米，后宽6厘米，大趾与第二趾端部距2.5厘米，张度30度。该足印前宽后窄，脚掌长，大拇指与其他四趾分开，大拇指与第二趾及第五趾的印模较清楚，无明显足弓。现场观察两足印间距65厘米成单行，说明是两足站立行走的。

从整个足印微向内侧弯曲，趾长占全脚长四分之一及大拇指与其他四趾的张度分析，该脚似还有一定的抓握功能。这是较为接近猿类的特点。后跟相对的窄小，又缺乏足弓，说明其直立是不够稳定的。从脚型总的显示，它的直立性比人类差，而比已知的现代猿类要进步，看来，这种脚印似乎混合了人和猿的双重特点，但接近猿的程度显然要大得多……"

很多年后，在接受中央电视台采访时，周国兴曾以这个"混合了人和猿的双重特点"的脚印为例感叹说，"有些脚印和毛发确实无法解释，我们无法用任何一种已知动物的脚印去与之对号入座。"

因无法"对号入座"，对袁振新1977年8月30日灌制的那个脚印，周国兴在报告的结论部分写道："从对足印的观测分析，它不可能是人的，也不像猩猩的，更不是熊的。从外形看，它在直立行走方面比人的脚落后，但似比已知的现代高等灵长类的脚进步。"

周国兴的报告使王高升不再怀疑犹豫，3天后的9月1日，他命令负责房县跑马道、龙池、蜜蜂埫一带的穿插一支队在副队长江延安（陕西省动物研究所助理研究员）的带领下向盘水公社八角庙一带集结。

但为时已晚，接到命令后，一支队虽连夜整理行装，于9月1日清晨从大山里急行军赶到公路边，驱车向八角庙铁炉沟进发，但由于路途崎岖遥远，汽车开了一天，到达八角庙已是9月2日中午了。

与此同时，穿插二支队和其他几个考察小组也奉命赶到指定地点。王高升把指挥部临时迁到八角庙坐镇指挥。神农架林区政府也连夜在盘水公社组织民兵和猎手20多人赶到野考队协助，并派出熟悉地形的向导上山引路。

到9月3日，集结在盘水八角庙一带的考察队员和民兵总人数达150多人。在野人发现处周围25平方千米的山林中，7个考察组和1个机动支队一方面静态监视，另一方面动态穿插，搜索追踪。

9月4日，一个考察组由肖兴扬、钱海林领着，带上摄影机、照相机、望远镜、麻醉枪、对讲机沿着铁炉沟搜索。另一个考察组在几个猎人带领下在林海中穿插。

野考队在林中搜来搜去，惊得山中百兽不宁。两头野猪、一只獐子、一只羚羊和一只老虎先后惊慌失措地从包围圈中冲出。而那个神秘的野人却消失得无踪无影。

此后的一个多月里，野考队虽在八角庙周围的大山里进行过反复搜索，但终因山体过大，地形复杂，沟深林密而毫无收获。

至此，王高升指挥的合围再次败走铁炉沟，成了他野考中的又一次滑铁卢。

事后，参加那次合围的一位野考队员在日记里遗憾而愤慨地写道：一群疑神疑鬼的专家和一个优柔寡断的军官七嘴八舌地争吵着把一手野考的好牌打得稀烂！110名专家、教授、侦察兵和野人迷组成的"牌局"不得不草草"散场"。

不久，中科院致信湖北省革委会，"由于经费原因，又考虑到承担该项科考任务的古脊椎动物与古人类研究所在全国科学大会以后科研任务十分繁重，科研力量不足，继续组织专业考察十分困难。经研究，专业考察工作拟暂告一段落。至于是否继续组织群众性业余考察活动，请你省有关部门研究解决……"

　　11 月 23 日，野外考察宣布结束，月底，山里的野考队员大部撤回房县。至此，中国历史上规模最大、历时最长（260 多天）的百人大考察，在希望与失望相交织的悲壮气氛中落下了帷幕……

第三章　诡秘的大山

"野人教授"刘民壮用 1500 元科研经费集结旧部追踪巫山猴娃和巫溪野人，并在板壁岩下发现了 8 个野人活动的踪迹。野考队政委孟庆宝在枪刀山的泥地里看到了 1000 多个 48 厘米的野人脚印。这些发现促成"国家野考队"第 3 次成立。

省委书记大手一挥：悬赏 1 万元有什么积极性，悬赏 100 万元捉拿野人！野考路上，危机重重，险象环生：野考队员被当成"台湾空降特务"追捕，野考队政委险些葬身山洪，一封国外来信使野人枪下逃生……

第十四节　板壁岩下的大脚印

37

野考队散伙的宴席结束后，队员们互道珍重，各奔东西。大家隐隐预感到，此处别过，天各一方，只怕今生再也难以重逢。故黯然相望间，大家不胜怅然，无奈的男子汉们也难免"眼角眉梢都似恨，热泪欲零还住"。他们希望他日的物是人非，能淡化在野考路上滋生的种种是是非非。

但伤感的离别并没有能够使所有人握手言和。野考队总结时，讨论是否有野人，是否还需要野考等问题，大家分歧严重，有野派和无野派再次剑拔弩张，大吵大闹。这场僵持不下的争论使大家结怨更深，双方一些人的戾气也都更重。开总结会，他们不屑与对方为伍，各坐一方。吃散伙饭时，他们不愿同桌就餐。甚至，一些人不愿意站到一起拍一张野考队的"全家福"。还有人更是毫不隐讳地传递着野考队的撕裂与格格不入，"从此山水不相逢，不问野考长与短"……

对此，"野人部长"李建不胜伤感：费九牛二虎之力才将"五湖四海"的野人迷们招至麾下，最终，大家却不欢而散！

他不想让自己好不容易才"煽动"起来的的野考如此龙头蛇尾，草草收场，总结会上，他满怀激情地致辞说：今日的曲终人散，不会是永久的散场，我们将信心十足地等待下一场野考大戏的再次隆重开幕……

李建"等待下一场野考大戏隆重开幕"的把握来自于野考队那份总结中显示的各种数据：

全年调查路线5000多千米，调查面积约1500平方千米。收集到了大量与奇异动物生态环境有关的地质、地貌、气象、动物、植物等资料。

同时，采集植物标本6000多号；采集哺乳动物标本近100号；采集鸟类标本200多号，60多种……

对发现野人的情况，总结报告明显底气不足，只是说："在龙洞沟等地，多名考察队员观察到了几十个野人脚印并对脚印照相、浇铸石膏模型；在八角庙铁炉沟收集到两起粪便；收集到一些毛发标本……"

不过，公正地说，那份总结报告大书特书的一些野考"副业"还是很有价值的："从取得的标本和实物看，肯定了神农架金丝猴的存在，还发现了白熊等新的动物。最重要的是野考队向湖北省和国务院呼吁，提出了建立神农架自然保护区的根据、意义及设想……"

据说，保护区的建立与野考队 1977 年的呼吁、建议的确有一些关系。

1982 年，神农架自然保护区经湖北省政府批准建立，1986 年晋升为国家级自然保护区，1990 年加入了联合国教科文组织"人与生物圈"保护区网。

建立自然保护区只是野考队 1977 年"散场"时呼吁的事情之一，让野考重新"开幕"则是他们"散场"后要实现另一个重要目标。李建以 1977 年野考总结中的那些成绩和"宝贵经验"作素材，给中科院领导写信，给熟悉的上级领导打电话，到省里四处活动，要求继续组织国家野考。

但得到的答复都是：研究研究再说吧。

1978 年 8 月 14 日，"研究"结果出来了，中科院古人类研究所吴汝康所长给李建写信说：

"从我所目前的情况来看，要派出调查队，实有困难。我个人意见，最好能发动群众，给以适当奖励，捉到实物，不管是活的还是死的，以后的事情就比较好办了。奖励费用，可考虑由我所负担，具体工作由你们主持。如果你们认为这种办法可行，则请见告具体奖励办法和需款数目，以便和院方商量……"

100 多字的信李建反复看了半天才明白过来：中科院这是要把野考的事情"外包"给民间！

不过，李建很理解吴汝康的处境和决定。古人类所已投入很多力量和经费，却拿不出揭谜野人的过硬证据，于是，所内早先支持考察的人也倾向"反对派"。

有人坚持，"证实后才能去搞，未证实前，不应出钱出人去考察"。有人甚至指责吴汝康："你还是科学家，也相信这个！"而此时，吴汝康刚从"文革"那"白专道路、修正主义、折中主义"的批判中解放出来，他实在不敢为一个没有把握的野人再冒政治风险。

古人类研究所领导对野考失去信心之时，关于野人的消息却不断传来。

野考停止后的 1978 年 5 至 7 月，神农架及竹山县的官渡、峪口、洪坪公社不断有人到神农架林区的大屋岩野考指挥部反映见到了野人。

部分野人目击事件统计表草稿

此时，野考队已经撤走，昔日热闹非凡的大屋岩野考指挥部人去楼空，连郧阳（十堰）城里的"野人部长"李建也在野考队撤走不久后调到了湖北省社会科学院工作。前去大屋岩反映情况的目击者们又找到了早先曾设在竹山县考察点的临时办公室，结果也"找不到组织"，只好败兴而归。

野人考察点的临时办公室与竹山县武装部相邻，不断有目击者找野考办公室报告野人情况，武装部政委孟庆宝很好奇，还好几次同"找不到组织"的目击者聊过。每次，望着目击者失望离去的背影，孟庆宝都觉得：自己是不是应该站出来做点什么？

随着这种念头一次次产生，孟政委不知不觉地成了新的野人迷，这个新野人迷的出现又链接起了神农架即将断裂的野考工作。

对野人，孟庆宝早有一面之缘。1975 年 4 月的一天，他和三位同事下乡时在竹山太阳湾的一棵树上看到一野人在那里摘果子，大家想将其击伤后捕获。不料，刚举枪那野人便飞快地跳下树逃进了密林。

亲眼所见，孟庆宝完全相信野人的存在。考察队撤走后，见目击者反映的野人信息无人受理，孟庆宝便决定自己组织考察。他把野考队撤走后发生的野人目击事件整理成报告送到了郧阳地区科委，科委又把这些材料转给了李建。对野考的事情已一筹莫展的李建再次把希望的目光转向上海，把神农架、竹山县 1978 年目击野人的材料转寄给了华东师范大学的刘民壮。

回上海后，刘民壮一直处于懊恼之中。在房县折腾了 8 个多月，野人没找到，自己反倒招了一肚子的气：野考结束时，在房县开了一个总结会。会上，表彰了几十个学毛选五卷的积极分子和野考先进。有人提出刘民壮也应该受到表彰，但有人反对，说这人太倔，太固执他那套野人理论。王高升说，如果都像他那样执着勤奋，也许早就找到野人了！

王高升是野考队长，表彰一个尽责的野考队员他可以说了算。于是，野考队总算给刘民壮发了奖状。

刘民壮看重的不是那个奖状，他是觉得，再坚持一下，也许就可以找到野人了，可上边为什么要在关键时刻打退堂鼓呢！

接到李建寄去的材料后，懊恼之中的刘民壮一下来了精神，他决定：再上神农架！

但他的积蓄已不够支撑这趟神农架之行。

有人说，钱没有性格，但可以改变很多人的性格。刘民壮满腹经纶，性格清高，从不为利禄所动。但为了筹集上神农架的资金，他一改昔日的孤傲，赔着笑脸，谦恭有礼地向人伸手要钱了。

后来，他在文章中写道："1978 年 11 月，我向华东师大造预算申请 1500 元科研经费，准备 1979 年到神农架野考。跑了好几趟，求过不少人，1979 年 5 月中旬，校科研处才批准了我的野人考察科研项目。"科研经费虽然批了，但校方规定刘民壮去神农架时只准带 500 元（后来又两次各寄出 500 元）的考察费。

几天后，刘民壮怀揣 500 元科研经费满怀信心地朝神农架进发了。

8 月底，刘民壮 500 元的野考经费告罄。他正准备打道回府去领取余下的 1000 元经费后再回神农架，但那个被人称作"上海野人"的李孜给他发电报说："四川巫山县（现属重庆市）有一个猴娃，可能是人与野人杂交所生。"刘民壮马上打电话到李孜供职的上海静安区教师进修学院问："你是怎么知道这个线索的？"

李孜说："小时候，我听当时在四川万县一家兵工厂当工程师的舅公讲，

1938年，巫山县有个妇女被野人抓进山洞，后来生下一个猴娃。"

稍加思索，刘民壮觉得这个几十年前的线索可信度较大。于是，他让李孜"马上来神农架，我们一起去巫山县！"接着，他给上海华东师大发电报说，"速寄500元野考经费到神农架，我到巫山县找疑似野人后代的猴娃，急用！"

收到钱，李孜也到了神农架，于是，在大山里还有些闷热的9月中旬，刘、李二人一路向西南，乘船经长江前往巫山，再沿大宁河到巫山县官阳区，再步行几十千米到猴娃所在的白马大队，再步行数千米赶到白马6队猴娃的家乡。

鞍马劳顿，费尽周折才到了猴娃的家乡，迎接刘、李二人的却是"猴娃已死"的消息。

邻居掰着指头计算说，猴娃出生于1939年，死于1962年冬天，他只活了23岁。

对猴娃之死，刘、李这两个"上海野人"遗憾至极，也沮丧懊恼至极。

但他们没有泄气和懈怠。人过留影，雁过留声。猴娃到这世上走了一遭，肯定也会留下很多东西。刘民壮说："走，李孜，我们去给这位'老兄'的人生'复原'！"

为了了解猴娃"老兄"的尊容，他们先到区里的照相馆找了一张猴娃生前的照片。照片上的猴娃个子不高，浑身是毛，头脑扁平，猴脸，棕红色头发……

一见照片李孜就说，怎么看都像人们传说的野人！

猴娃的形象使刘、李二人更加起劲地去四处了解猴娃的前世今生。

猴娃姓涂。那位读过私塾的邻居大爷说，他有两个同胞姐姐，一个哥哥及弟弟，长相、智力都很正常，他哥哥还是生产队长。只是这猴娃一生下来就很反常。

对"很反常"的猴娃，邻居大爷神秘兮兮地说："他来历就不正常！"

刘民壮追问："猴娃的来历有什么不正常？"

犹豫许久，邻居大爷才凑到刘民壮耳边说，猴娃的母亲张秀芝（化名）年轻时很漂亮。只可惜人生不幸，蒋介石下令掘开黄河阻挡日本人那年（1938年）的7月，她男人在山里收苞谷，32岁的张秀芝去送饭，半路上被野人抢到了山洞里，衣服被撕碎，人也被糟蹋了。之后，野人把苞谷放在放牛娃留下的火堆上烤熟给不吃生食的张秀芝吃，替她捉虱子，但就是不让她走。20多天后，张秀芝扬沙子迷了野人的眼睛才逃走。回家后，抱着丈夫痛哭。这件事发生后，涂家从河塘搬到了白马，第二年3月，生下了猴娃……

在接下来的调查中，很多人都证实了猴娃邻居大爷的说法。

刘民壮兴奋不已，"这些事实如果能在其家人处得到证实，野人之谜将就此揭开！"他一拍李孜，"走，找猴娃的家人去！"

去涂家时，平时很节约的刘民壮花钱给猴娃的母亲买了很多礼物。礼物张秀芝收了，但除了告诉刘民壮"我生的那个儿子不是人，是个怪物"外，再问，就什么也不说了。气得李孜直埋怨，"鬼老太婆，没得觉悟！"

猴娃的父亲已去世，刘民壮、李孜又去找猴娃的哥哥姐姐。姐姐倒是讲了"怪物"弟弟的一些事情：猴娃自幼就与众不同，吃奶常咬破母亲的奶头。一生只吃生东西，没吃过熟食。从不穿衣服，冬天也要到雪地里跑来跑去。睡觉从不用床，也不躺着睡，而是在灶屋的草堆上抱着头坐着睡。

猴娃的姐姐还介绍说，一生下来他就弯腰驼背，大脚趾叉开，脚前端朝内歪，脚后跟朝外歪，重心在脚前掌，走路像猩猩。爱跑到山上摘野果吃，爱跟大公鸡、小狗等动物玩。五六岁才学会走路，不会说话，只能发出嘎嘎、呵呵等简单的声音。

"他还有一个坏毛病。"猴娃的姐姐很难为情地说，"长大后，看到女人就去抱人家……"

这样的"坏毛病"让家里人不敢放他出门，便把他关在屋里。不安分的猴娃在屋里烤火时不小心烧伤了屁股，哀号数日后死去。

种种迹象让刘民壮更加坚信：猴娃肯定跟野人有着某种关系！

他想"借猴娃的骨骸研究研究"。猴娃当生产队长的哥哥勃然大怒，"什么都可以给你，我兄弟的骨骸不行！"

明"借"不行，只好暗取。刘民壮、李孜发现猴娃的嫂嫂不仅是个比较精明也很开明的人，且还是个可以"领导"其哥哥的一家之主。于是，刘民壮便让县妇联去做工作。涂家嫂嫂被刘民壮锲而不舍的精神所感动，悄悄带着他们在夜晚挖出猴娃的遗骨。刘民壮、李孜如获至宝，用酒精将骨骸清洗消毒，装入肥皂箱内带回了上海。

之后，刘民壮对采访的记者宣称：巫山猴娃不同于以往的毛孩，他是世界上到目前为止最罕见的也是唯一的人体全面返祖特例。

有人认为刘民壮言过其实。在一次学术研讨会上，某校一人体解剖老师质疑刘民壮的说法。刘民壮拿出猴娃的骨架，这位老师测量后，改变了看法，也认为猴娃不可能是遗传返祖，因为他具有比北京猿人更原始的猿类特征。

知道巫山猴娃后，当时的湖北省委书记说："现在已经不是有没有野人的问题了，而是怎么保护。"

省委书记讲了两点：第一是抓一个可供研究的野人。第二是种树。不能再在神农架砍伐了！

巫山猴娃也曾引起中科院吴新智院士的注意。后来，他告诉本书作者："当时，《文汇报》用半个版介绍了刘民壮挖回去的猴娃。刘民壮在接受记者采访时也高调宣布：野人是存在的，现在有人否定，但否定不等于不存在！新华社的一个记者也想前去报道，我劝那位记者，等化验后再说。后来，上海化验的结果是猴娃系小脑症（即痴呆症）。"

1979年9月，在《巴山猴娃科学考察报告》中，刘民壮虽没有肯定猴娃就是其母与野人杂交所生后代，但对"痴呆症""特大返祖现象"等猜测予以了否定。在《科学画报》1980年第4期发表的《猴娃之谜》一文中，刘民壮进而提出："如果说猴娃是人与野人杂交的产物，那倒是很有可能的。因为猴娃的母亲被野人掠去的地方在神农架与大巴山交界处，是野人频繁出没之地，历史上曾有过类似的记载。"

38

在1979年的野考总结中，刘民壮列举了很多野人在巫山、神农架一线"频繁出没"的例子，其中一个是他自己经历的事情。

　　刘民壮是这样记叙那次经历的："1979 年 10 月 19 日，在巫溪新华公社考察时，接到巫溪县科委电话，说半溪公社发现了野人。我们立即乘班车回城，一路搭车加步行，21 日下午 5 点赶到了发现野人的大元大队拾汇生产队。"

　　拾汇生产队的 21 个野人目击者都是生产队的社员。发现野人的时间是 18 日清晨，大山里的拾汇生产队还在沉睡中，一姓李的女社员去挑水，猛然发现 400 米外的一棵漆树旁站着一个两米左右的野人。吓得她扔下水桶边往回跑边高喊："野人！野人！有野人啊！"

　　女社员的喊叫惊醒了梦中的邻居们，大家纷纷手持扁担锄头咋咋呼呼地冲出家门。但那野人并不害怕，仍站在那里事不关己一样打量着如临大敌的村民们。社员们虽吼叫得厉害，但并不敢接近那野人，那野人也不主动肇事。双方僵持一个多小时后，也许是那野人听不惯山民们那不绝于耳的大呼小叫，才慢慢离开。

　　刘民壮等人在现场发现连续的 30 厘米的大脚印 7 个。当晚，他和大元大队民兵连长李刚绪研究追捕野人的计划，准备分三个小组进山搜索。

　　按搜索计划，每个小组都要配备一支半自动步枪、一支火枪。因为中良生产队社员刘润友有一支火枪，第二天早上，民兵连长李刚绪到刘家去喊他参加抓野人。可是，刘在家中死活不开门，隔着门问了半天才搞清楚：昨晚 9 点多，刘润友听到放在屋后的打谷风车咕噜咕噜地响了起来，起初，他以为是家里小孩恶作剧，但一看，孩子睡在床上。他觉得奇怪：自己单家独户，家里人都在屋内，有谁会这么晚了还摇风车？隔着门缝一看，吓得刘润友一下跌坐在地上：原来，是一个 2 米多高的黑影在微弱的月光下佝偻着腰在那里摇风车！

　　当时，刘润友的第一反应是：这家伙是野人！接着，他把这黑影同拾汇生产队前两天看到的那个野人联想了起来。为了证实自己的猜想，刘润友趴在门缝前继续观察，只见那黑影一直慢悠悠地摇着风车，像个弱智的傻子在乐此不疲地摆弄一个玩具。摇的时间久了，它显得有些不耐烦，愤怒地把风车推得稀里哗啦作响。过了一会儿，再继续慢悠悠地摇……

　　吓得六神无主的刘润友曾准备用火枪将其打死。他哆嗦着把枪装上火药和铁砂，但门缝伸不出枪管。他想打开门又怕那野人突然冲过来——即使野人不冲过来，他浑身抖得厉害也未必就能打准。依他对野人的了解，如果不能一枪将其击毙，它肯定会冲过来报复，那时，定会殃及全家……

在患得患失的算计中，刘润友一家惊惶恐惧地度过了一个难眠之夜。在刘润友吓得快崩溃时，那野人才在黎明时分大摇大摆而去。

得到消息后，刘民壮这个平日里文弱不堪的书生像百米冲刺的运动员一样跑到了现场。但他去晚了，只在风车旁边看到了一个大趾叉开的 42 厘米大脚印。在风车旁边的橡木上，他还拣到数根红黄色的毛发。

22 日，三个小组上山搜索，没有发现野人。

23 日夜里，又有一家人在夜里听见屋外有很大响声折腾了一夜。第二天一早，这家人的 4 只小猪不见了。

再次搜山。依然是如同大海捞针一样渺茫和无奈。但刘民壮等人感觉得到：这个野人就近在咫尺，只是自己无缘与这个恶作剧的家伙相见罢了。几天后，刘民壮一行被折腾得精疲力竭时，那个七尺多高的野人也神秘地消失了……

1979 年，巫溪的冬天似乎来得特别早，刚 10 月中旬，大山里就开始下雪。没有带过冬服装的刘民壮、李孜只好带着失望和遗憾离开巫溪向神农架挺进。

接下来的几天里，二人风餐露宿，昼夜兼程地乘车、乘船，然后搭拉货的拖拉机进山。在拖拉机路的尽头再步行 60 多千米到大九湖与在那里等候他的袁裕豪、王承忠、甘明华等人会合。

在后来的野考中，袁裕豪声名大振，但在大九湖与刘民壮会师时，他还只是神农架小龙潭林业队的民兵班长。因其当过兵且是神枪手，刘民壮曾向神农架林区书记马仁学讲，想"借"一下袁裕豪。书记很支持，不但"借"了袁裕豪，还把参加过 1977 年野考的千家坪林业站民兵连长王承忠也一并"借"给了刘民壮。于是，从巫溪到大九湖后，之前还是光杆司令的刘民壮一下有了竹山县科委南金平、官渡公社叶立坤、房县文化局甘明华和王承忠、袁裕豪、李孜等 7 名骨干野考队员。

10月22日，几人经大垮穿过箭竹丛，然后到了板壁岩西北半里路程处的岩石区。在那里，两个深陷的大脚印清晰地出现在他们眼前，一路颓唐失落的刘民壮不由为之一振，像发现了宝藏一样扑了过去。一量，脚印长38厘米，前宽14厘米，后宽9厘米，大拇指叉开！

刘民壮亢奋不已，他提醒队员们：注意了，这两个脚印说明不久前野人还在这附近来活动过！

刘民壮等7人循着脚印翻过红岩子继续向西北坡的密林穿插，进入离板壁岩西北3千米的一片开阔地后，一行人兴奋得高叫起来——数百个野人的大脚印在他们眼前一一展现！

野人脚印和人脚及野人的粪便与毛发

一番紧张的清点、测量、记录、标尺拍照和灌制石膏模型后，刘民壮心里有了数：这些脚印最小的21厘米，最大的达43厘米。

事后，刘民壮在总结中用3000多字对这些大、小脚印进行过详细的记述。他的记述可以概括为三点：

第一、从这数百个脚印的大小看，至少有8个野人曾在这里"聚会"或者是生活。这些脚印的长度分别是长43厘米、42厘米、40厘米、38厘米、35厘米、32厘米、29厘米、21厘米。

第二、这些脚印的裂度代表着野人成长过程的变化。具体是：21厘米小野人脚印大趾裂度均为40度；29厘米野人脚印大趾裂度35度；32厘米至42厘米脚印裂度均为30度左右。说明野人的年龄愈小，大趾裂度愈大。有的脚印还有明显的褶皱，有的脚印有明显的前掌或后掌。

第三、这些不同尺寸的野人脚印的大量发现，说明野人经常从里湾、反湾梁子、猴子石向板壁岩、白水漂方向来往活动，更说明这一带是野人的大本营。这里生活着的野人家族，有男有女，有老头壮汉，还有青少年和小娃娃。

刘民壮说，这样的野人群集体活动，在世界上也是罕见的。所以，这次发现和灌制的 11 个野人脚印石膏模型具有决定性意义。

在 42 厘米大脚印的旁边，刘民壮等人还看到了一个血腥的场面：一个獐子头骨连同一个完好脊柱横摆在石头旁，肉已被啃光；一个带着皮毛的下腿戳在不远处的泥土里；数米远有两堆獐子毛，似乎是用手拔下来的，有的毛上还连带着獐子的皮肉。

刘民壮在那篇总结的最后写道："在一个地域内发现从 43 厘米到 21 厘米的脚印，出现在现场的野人共有 8 个。这样一来，存在高达七八尺的红毛野人就不再是神话故事或传说了，也不单是目击者谈话记录的见证，而是有目共睹、有手可摸的铁的事实！"

"11 个石膏脚印模型，也彻底否定了把野人当成棕熊、金丝猴或大青猴的说法，只能说明它们是比猩猩高级、比人类低级的直立古猿的后代了。这些，都为野人学的诞生打下了良好基础，提供了野人存在的有力证据……"

李建则从另一个角度看到了那些脚印最现实的价值："11 个石膏脚印模型成了促成有关领导下定决心组织 1980 年野考最有分量的一个砝码！"

第十五节　"台湾空降特务"

39

据野考资料记载，拉开 1980 年野考序幕的是神农架林区那个叫黎国华的文工团员。

黎国华是在湖北宜昌莲花镇长江边长大的，一个一生痴迷于山林的野考队员。一个在他当知青，当伐木工人，当文工团员，当神农架自然保护区科研所研究员时都被公认的"怪人"。

黎国华不承认自己是"怪人"，对外一律自称"著名探险家"。他老婆反驳说："啥子探险家哟，完全是个鬼迷心窍的野人！"

老婆这样界定他的身份，黎国华不但不生气，后来，居然还写了本《我的野人生涯》去介绍自己对神农架原始森林里那个神出鬼没的野人不离不弃，倾尽一生的虔诚。

遗憾的是，对黎国华羁绊一生的野人却并非他生命中的贵人——而只是像一个陪他玩儿躲猫猫游戏的迷藏者，黎国华端着相机在森林里苦苦寻找几十年，直到青春、财力和热情耗尽也没有能够拍摄到这个迷藏者的"尊容"。

回顾黎国华的前半生，找不到迷藏者时往往都会发生一些不好的事情：黎国华心中的"爱神"一直同他躲猫猫，致使他30多岁才结婚。婚后，老婆与黎国华心中的"爱神"形象似乎一直都没能完美地统一；4岁那年，与小朋友们玩儿捉迷藏时，找不到藏得太好的小伙伴，黎国华就到家门口的长江边玩水，不小心掉入了江中，母亲沿江追赶数里才将他从浑浊的江水里捞起……

虽是大难不死，但黎国华并无"后福"，相反，另一个噩梦接踵而至。一年后，他身上又长出许多奇怪的大包，庸医将蜈蚣、毛毛虫塞进他的嘴里"以毒攻毒"，结果弄得他奄奄一息。

祖母以为孙儿已死，找人用芦苇席将其裹好准备抱去掩埋。刚生下小妹的母亲知道后，歇斯底里地哭喊着追去夺过芦苇席，打开一看，只见黎国华双眼大睁，泪流不止。从阎王手中把儿子抢回人间的母亲倾其全力救护黎国华，却使刚生下不久的小女儿夭折。从此，一份发自心底的愧疚和伤痛一直折磨黎国华，他总认为，"我的命是那个小妹妹换来的。"

与死神打过两次交道后，黎国华的性格变得沉默寡言却胆子特大。与小伙伴们玩儿抓特务的游戏，他敢独自一人深入"敌营"将"特务"们揍得人仰马翻；1958年闹饥荒，饿得不行时，才七八岁的他敢独自去山里挖蕨根采蘑菇吃；1969年的一天，在农村当知青的他去镇里办事，走到一个叫大弯的地方发现几条恶狼正攻击生产队的6头水牛，其中3头已被咬伤。危机时刻，黎国华冲进狼群用棍棒同其展开恶战，赶走了群狼。为此，他被评为五好社员和"打狼英雄"……

这种出众的胆气和英勇无畏成了黎国华后来数次独闯神农架密林寻找野人的行动保证。

1972 年，表现良好且有"打狼英雄"称号的黎国华被招工到神农架林区当了伐木工。那时，《智取威虎山》等样板戏正风靡全国，黎国华不仅把"穿林海跨雪原气冲霄汉，抒豪情寄壮志面对群山"那些唱腔学得炉火纯青，还无师自通地学会了样板戏中"劈叉""前空翻""后空翻""测空翻"之类的筋斗。后来，因他的稿件不断被林区广播站和武汉的报纸使用，又会翻筋斗，林区文工团把他从伐木队要了去。

在文工团，黎国华既不会跳舞，也不会乐器，仅仅只是在小话剧《渡口》中演个破坏分子，在《审椅子》中演个地主黄三槐，在陈传香打豹中演金钱豹这类武打角色，翻些吸引观众眼球的筋斗。

久了，黎国华便觉得文工团的日子很无聊。于是，经常利用节假日进山打猎。他打猎成瘾。有时，他会在夜里一个人从林区所在地松柏镇跑到几十里外的原始森林去捕捉山羊、野猪。有时，他干脆夜宿深山，数日不归……

1976 年，中科院野考队到了神农架。一天，百无聊赖的黎国华去林区礼堂听黄万波、袁振新等人讲寻找野人的意义。这一听，他的命运从此拐了个弯——他无可救药地迷上了野人，一向清高不求人的他竟三番五次地到袁振新等人下榻的旅馆要求参加野考队。未被批准，他便用一个多月的工资（48元）买了支辽宁造的火枪，经常抽空独自到山里寻找野人。

在木鱼镇采访时，作者向一老人打听黎国华。老人摇着头笑道："哦，你找他哟，他被野人魔怔了！"

黎国华的确经常"魔怔"。1976 年夏的一天，文工团到阳日镇武山公社一个叫龙溪的小山村演出《审椅子》，听人说附近的森林里有野人经常在晚上怪叫，黎国华一下亢奋不已。那天晚上，即将开演时，森林中果真传来"呜……呜……"的叫声，黎国华一听，便认定是野人在叫，将自己马上就该上场的事忘到了九霄云外，循着森林中的叫声追了过去。

演出时，地主"黄三槐"该出场了，却找不见演"黄三槐"的黎国华，害得演生产队长丁秀芹的女演员在台上急得团团转，大骂黎国华鬼迷心窍。

鬼迷心窍的黎国华虽然在不久后的一场火灾中救人立了功，虽然区里那位也曾见到过野人的宣传部长很理解并暗中帮助他，但演出时去追野人毕竟太出格，黎国华还是被下放到后勤去帮厨。帮厨的他没有机会再进山找野人了，却有了更多时间修补知识的风帆。1977年，国家恢复高考，参加高考的黎国华也收到了一张由华中师范学院郧阳分院寄来的入学通知书。但他放弃了带薪上大学的机会——他要到神农架寻找野人。

就在这一年，黎国华认识了在神农架野考的刘民壮。对这个来自上海的生物学家，黎国华敬佩有加，刘民壮也乐意结交黎国华这个野人迷。为了节约旅馆费，刘民壮每次到神农架考察都挤在黎国华那间12平方米的宿舍里。

1980年元月初，刘民壮野考离开神农架时，黎国华到松柏汽车站送行。刘民壮给黎国华透露："5月左右，可能会进行大规模的野考。到时，准备吸收你加入野考队。"车已经开动时，刘民壮从窗口伸出头问："黎国华，你能不能在1至5月这段时间里抽空进山去，看有没有什么野人线索？"

黎国华不假思索地应承了下来。送走刘民壮后，他马上把200元的存款全部取出，买来牛羊肉和大量饼干、巧克力、糖果之类的食品。并利用在食堂帮厨的机会，将牛羊肉切碎蒸熟，晒成肉干，作为进山考察的干粮。

离1980年春节还有一个多月，黎国华到文工团领导处"磨"来"探亲假"后，踏着没膝的积雪向大山出发了。

那时，他已完全是一个猎人的模样：头戴风雪帽，脚穿大头皮靴。背包里装满了食品、炊具、望远镜、电筒、砍刀等等物品，肩上挂着那支他用一个多月工资买来的火枪，腰间还吊着装火药的葫芦和霰弹盒子。

野考队员进山必备

一整天，黎国华在雪地里走了不到30里。夜幕降临时，为了安全，他在一个避风的山崖宿营住下。捡来干柴燃起篝火，再用雪烧一锅开水，就着开水草草嚼些牛肉干后，他在路旁薅一大堆枯叶干草蜷缩了进去。

黑夜中的神农架并不宁静。山风掠过树梢打着响哨回荡在山谷。森林里，不断有什么野兽弄出稀里哗啦的响动。进入发情期的羚羊、麂子、毛冠鹿为求配偶，在旷野的黑夜里相互呼唤应答着。狼群、黑熊、豺豹则以或尖厉或沉闷的吼叫在林中不断向异类示威……

对这一切，过去曾在伐木队呆过，后来又为打猎和寻找野人经常进山的黎国华早就习以为常，他甚至觉得野兽们那些此起彼伏的嚎叫其实就是一曲高昂激越的森林"交响乐"，听起来虽有些令人毛骨悚然，但那独特的"旋律"却也古朴自然，充满魅力……

黎国华细细地品味着，他不畏惧这蛮荒之地特有的"旋律"。

他经常骄傲地对人说："在大山里，什么样的险恶之事我黎国华没有见识过？"

险恶之事见识多了，黎国华自然就成了一个勇敢而坚强的人。不过，有人曾经探讨：他是不是天生就那么勇敢和坚强？换言之，他最初的坚强是不是逼出来的或者是不是装出来的？

探讨这样的问题也许有些荒唐，但是，有名人说，所有的勇敢和坚强，都是从假装开始的。有时候，人不得不勇敢坚强。于是乎，在假装勇敢坚强中，就真的越来越勇敢坚强了。

当初，为救生产队那几条牛，黎国华挥棍冲进狼群与其恶战时，他的勇敢和坚强是不是从假装开始的已无从考证，但可以肯定，在大山里面对生存威胁时，他肯定是不得不勇敢坚强。

在老黑山，黑熊曾扑咬过他。在送郎山，毒蛇曾虎视眈眈地与他对峙。有一次，他夜宿深山时病了，烧得周身滚烫，在一个悬崖下昏睡了三天三夜。好几次，路过的羚羊、猴子、獐子去嗅他的脸他都没劲动弹一下……

黎国华还曾与蒙面人发生过一场恶斗。那天，天快黑时，他正在树林中匆匆赶路，迎面撞上一个头裹黑布的蒙面人。黎国华心中一紧：莫非遇上了打劫的土匪？没容多想，他扔下背包便手握杵路的铁棍冲上前，使出自己平时在舞台上那些踢打翻腾的十八般武艺主动向手持砍刀的蒙面人发起了进攻。几番打斗较量，胜负难分，黎国华一个筋斗跳到一旁，大声斥问蒙面人："哪里的劫匪？有种就取下你头上的黑布，不要遮遮掩掩！"蒙面人一听，愤怒地反驳道："你主动打我，还说我是劫匪！"说完，转身钻进茂密的竹林匆匆逃走。

后来，黎国华才搞清：那蒙面人姓高，几年前在森林中割生漆时，被黑熊撕去了脸皮。此后，他不愿让人看到自己恐怖的面容，便用黑布蒙住头部，在送郎山深处搭了个窝棚，以割漆为生。那天，黎国华与其突然狭路相逢，又主动进攻，才发生了那场误会的打斗。

在森林里，黎国华并不是完全无所畏惧，他也害怕很多东西。

提起猎人的垫枪，他会倒吸冷气，面露紧张之色。令黎国华熟悉到恐惧程度的垫枪不过是暗藏在山间野兽经常出没小路上的一种普通猎枪——它用一根绳子连着猎枪的扳机，枪口对着踩踏暗藏机关的地方，只要触碰上，垫枪中那些超量的铁钉铁砂足以致死任何凶猛的动物。1976年夏的一天，黎国华在老黑山半山腰里踩上了一根细滕，接着，轰隆一声巨响，他一头栽倒在地——他撞响了猎人打黑熊的垫枪，幸亏是一路跳跃着奔跑，他才没有被垫枪击中。

更令黎国华提心吊胆的还有猎人们受电影《地雷战》启示造出的土地雷。那些用电雷管、炸药和大量铅弹、玻璃碎片制成的土地雷杀伤力极大。一次，一个姓秦的猎人也学着别人的样子制作一个地雷准备到森林里去炸黑熊。他埋好地雷，见雪地上有个玉米棒子，便去捡。哪知这玉米棒子是另一个猎人设置的地雷机关。随着一声巨响，秦某还没弄明白是怎么回事，便被炸得血肉横飞，当场毙命……

40

黎国华想避开神农架林区那片多垫枪多地雷的凶险之地。这次，他要考察的目的地是巫溪与巫山、神农架交界处的一个深山峡谷。早就听说，那里一个"富农分子"的弟媳在解放被野人掠走后一直杳无音信。刘民壮认为，如果能搞清此事，也是证明野人存在的一个证据。

去"富农分子"家的路遥远而艰难。黎国华原计划3天赶到，不料，第4天，他连到大九湖这第一站都还没有走完。从鸭子石上神农顶、风景垭、板壁岩，经南天门到大九湖，全长不过70多千米，但那时没有公路，这段路，背着七八十斤的行李，夏季两天也许就到了，可在大雪封山的那个冬天，黎国华风餐露宿地跋涉了4天才能隐隐约约看到大九湖。

虽能看到大九湖，但黎国华知道，这段路程也是"白云在青天，可望而不可即"。当地人的顺口溜说这段路"岩高怪石多，行路无缓坡，一眼看得到，走得把泪抹"。

到凉风垭时，黎国华真想挥泪大哭一场。这里崖险水恶，重岩叠嶂，全都是坡大路陡的险途。特别是有一段，羊肠小道两边是深不见底的悬岩，一踏上那如同刀背的小路，向来胆大的黎国华也不由自主地两腿直颤，老觉得会掉下路边的深渊。更要命的是北风卷着鹅毛大雪把狭窄的土路刮成了坚硬的冰溜子，黎国华只能用枪托在冰疙瘩上艰难地砸出一个个的台阶，然后杵着投枪一样的铁棍一步一步地往下挪动。

北风呼啸，大雪漫天，黎国华的额头却渗着热汗——是累的，也是急的。在把沉重的背包靠在一块石头上休息时，他取出望远镜望着远处隐隐约约的筲箕淌，心里焦急地盘算：无论如何，天黑前一定要走出这个恐怖之地！

后来，黎国华在《我的野人生涯》中曾解释过自己为什么要把这一带称为恐怖之地：

"筲箕淌位于万山丛中，这里方圆数十里没有人烟，四周都是猛兽出没的原始森林。1957年，湖北省恩施州为了利用这片犹如西伯利亚那般偏僻荒凉的土地，曾将一批右派分子和劳改服刑人员集中到这里办甜菜种植基地和食糖加工厂。"

"这年冬天，两个右派分子想趁着大雾天气逃跑，他们逃到白水漂，脚上结的冰坨在雪里越裹越大，最后，再也拔不动腿了。第二天，追捕的人在白水漂找到他们时，两人已冻成了冰坨坨，雕塑一样站在雪堆里……"

黎国华不愿自己被冻成冰坨，他一路小跑，一路用铁棍敲掉结在鞋上的冰坨，跌跌撞撞地冲出了白水漂。夜幕降临前，他终于到达了大九湖。

黎国华在野考途中

大九湖这个位于湖北西北端的边陲之地是一片亚高山湿地，南北长约 15 千米，东西宽约 3 千米，中间是一抹 17 平方千米的平川。这个高山平川隐藏在"抬头见高山，地无三尺平"的神农架群山之中，享有"高山平原"的美誉。如今，旅游业发展起来后，这里专门成立了大九湖国家湿地公园管理局，大九湖还正式进入了国际重要湿地名录。因大九湖可以领略"风吹草低见牛羊"等独特景观，被旅游者称为湖北的"呼伦贝尔""神农江南"。

但 40 年前，黎国华经过大九湖时，这"神农江南"叫大九湖公社，不过是一个有几栋破木房子的偏僻乡场。从这里过去 20 里，再经川鄂古盐道进入人烟稀少的三墩子、五墩子、青草萍、后篙村，然后才可进入巫溪县的通城区。黎国华要找的那个"富农分子"就住在离通城区还有两天路程的一个深山里。

在大九湖休息一天后，黎国华原本打算按计划继续向通城区挺进，但因情况变化，他不得不临时改变行程。

那天，大九湖公社赶集，黎国华去赶集的贫下中农社员那里把身上 5 元 10 元的钞票全都换成一角两角的毛票，以便今后考察在社员家吃饭后好付两角一顿的搭伙费。

他在一个叫陆成的巫山药农那里也换过零钞。那天，陆成在大九湖公社收购站卖了13元的药材，把所有的零钞都换给了黎国华。换钱时，黎国华问陆成，"经常在山里挖药，看到过野人吗？"

陆成说没有。

黎国华又问："你挖药，知不知道哪里有大山洞？"

陆成说："巫山、巫溪和大九湖交界的云盘岭一带山洞可多了，有个四方洞深得不见底！"

"能不能带我去一趟四方洞？"见陆成反应冷淡，黎国华说："我给钱，3元一天。"

不待陆成回答，有人应道："我给你带路！我们就住在云盘山下。"

黎国华一问，才知道此人名叫卢忠席，是巫溪通城区西安公社后篙大队的大队长，因承包割大九湖公社的一片生漆林，这天前来大九湖公社签订合同。

卢忠席在无意间抢走陆成生意的同时也间接地夺走了陆成的性命——两小时后，那陆成在回家的路上被人用石头砸死并抢走了身上的9元现金和一双刚买的胶鞋。后来，公安曾把与陆成换钱的黎国华作为嫌犯四处缉拿。

被公安缉拿时，黎国华正在卢忠席的带领下探访云盘山下的一个阴河洞。

后来成为野考队政委的孟庆宝在一份介绍野考政治思想工作经验的文章中曾提到黎国华的那次探洞行动：

"为了野考，黎国华30岁了还不谈恋爱，冒着艰险到巫山三探水洞。洞中冷气袭人，阴水透骨凉，但他三次下水泅渡……"

遗憾的是，黎国华在冰冷的水中遭了那么多罪却一无所获。

但他没有泄气，接下来的10多天里，黎国华又在巫溪县西安公社的崇山峻岭中钻了10多个山洞，野人的遗骸和头颅没找到，一天付3元钱请山民当向导，很快使他身上的钱所剩无几。他赶忙撤出西安公社，直奔他要找的目的地而去。

找到"富农分子"时，这个刚刚被摘掉帽子的孤寡老人已年过八旬。他告诉黎国华：新中国成立后的第二年秋天，他和兄弟把地里掰下的玉米棒子往家里背，留下弟媳在地里继续掰玉米棒子。兄弟俩回到地里时，弟媳掰玉米用的篮子和掰下的玉米棒子滚落得满地都是，人却不见了。兄弟俩边喊边找边向山里追去。在一条山沟里，只见一个近3米高的红毛野人正驮着弟媳在山梁上奔跑。弟媳在野人肩上拼命挣扎，但那情形像一个两岁小孩反抗一个壮汉一样无济于事。兄弟俩追上山梁时，已不见那野人的踪影……

此后，弟媳生不见人死不见尸。他分析：弟媳肯定是那红毛野人弄进了山洞。

黎国华觉得，能找到"富农分子"弟媳的尸骨，也许就能找到那个红毛野人的下落。于是，他决定在这附近的山洞里寻找。

其时，黎国华身上的钱只剩下不足20元。为了节约开支，他只好用一元钱买10斤土豆，煮熟当作进山的口粮。

那些天，每天在山里钻山洞并不觉得怎样辛苦，但黎国华觉得晚上难熬。

几十年过去了，黎国华依然记得"富农分子"家里的状况：房间里布满蛛网，屋子里的每个物件都被灰尘覆盖，床上的被子黑黢黢的不说，还夹杂着刺鼻的尿味和浓烈的臭气，只要人钻进被窝里，那些饥饿不堪的虱子、跳蚤们就会倾巢出动进行袭击。为了躲避虱子、跳蚤，也为了"回避"那非常之人所能够忍受的气味，黎国华每晚睡到半夜就爬起来坐在火笼边的椅子上干熬着。

没能找到尸骨，更未见到野人的踪影，眼见文工团春节后上班的时间已经迫近，黎国华只得悻悻而归。

41

此时，他已经不能全身而退。

黎国华不知道，在大山的溶洞中钻进钻出的一个多月里，他一直在被追捕着。最初，他被卷入了陆成被杀案——有人怀疑是他在与陆成换钱后见财起意杀害了陆成。

后来，又一件凑巧的事情发生了：台湾特务通过气球向神农架和那时还属四川的万县地区飘来不少"反攻大陆"的传单。

这两件事被巫山县猛虎塘林场治保主任刘国庆巧妙地"勾兑"成了一起

"台湾空降特务杀人案"。

时年，刘国庆 30 岁，阶级斗争觉悟极高。虽没有读过多少书，但刘国庆爱看《福尔摩斯探案集》之类的小说。长年累月待在小小的猛虎塘林场，一年连巫山县城都难得去一两趟，刘国庆对很多事情却具有丰富且超常的想象力。

黎国华出现在猛虎塘附近的第一时间内，就引起了治保主任刘国庆注意。正巧过了几天，县公安局给治保主任通报了两件事：巫山药农陆成被杀并被抢走现金；台湾特务用气球空投了不少传单。县公安局要求刘国庆要密切注意近期到大山里的一切可疑人员。

刘国庆一听，突然想起那个湖北口音的人（他一直不知道黎国华的名字）前几天曾与一药农有过接触，就去问那药农："湖北人"都跟你说了些什么？"

黎国华在向那位药农打听哪里有山洞时曾自我介绍说自己叫黎国华，巫山药农把"湖北人"所说的黎国华听成了"立国法"。刘国庆去问时，那药农说："湖北人说立国法，要找山洞。"

刘国庆大吃一惊，要立国法，还在找山洞？这不明摆着是想另立国法的台湾特务在寻找藏身场所吗！

继续深挖细查，刘国庆进一步了解到，带领"台湾特务"寻找山洞的人中有不少地主、富农，"台湾特务"还在这些地主、富农家食宿过。

因自己的权限只在猛虎塘林场之内，无法调查其他公社的事情，刘国庆便把前不久发生的陆成被杀事件、气球空投传单与"立国法"等要素揉在一起进行了自问自答的分析推测：

这个要"立国法"的台湾特务是从哪里突然冒出来的？

肯定是像气球上的传单一样用气球或飞机空降的。

他为什么要杀人？

可能是他发电报或者与同伙接头时被陆成发现了。

他为什么要抢钱？

有可能是杀人后顺手牵羊，也有可能是为了筹措更多的特务经费……

分析到此，刘国庆的想象和推测升级了，那些他认为是"可能"的线索统统向着"肯定"的结论演变——

这个要"立国法"的特务为什么要寻找山洞？

肯定是为长期隐藏或者为了建立根据地！

他为什么要找当地富反坏分子带路？

当地富反坏分子是台湾国民党在大陆的代理人，是台湾特务的依靠对象。"立国法"这个特务找这些人肯定是在纠集武装暴动力量……

刘国庆越分析越觉得情况严重，他在电话里用激动而又急迫的语气向自己所在的官洋区公所报告说：台湾空降特务已渗透入巫山境内。为筹措经费，他们行凶抢劫，杀人灭口。他们还在巫溪、巫山两县边境走村串户，勾结地富反坏右分子四处寻找洞穴，要组织武装暴动，准备推翻国家政权，另立国法……

这个报告如果出现在另外的时间和另外的地方也许会让人觉得是痴人说梦而贻笑大方，可这话在"阶级斗争为纲"的时代背景下出自于巫山一个深山林场的治保主任之口，并且是在台湾"反攻大陆"的传单出现之时，情况一下就变得非常严重起来。

领导们无法不感到情况严重，这本身就是一个常令历朝历代当政者惴惴不安的地域。

巫山、巫溪、大九湖都位于神农架林区的西北部，地处大巴山山脉东麓，是神农架山脉西端的起点。这里北靠陕西，东南是通向神农溪、大三峡的要冲，北与竹山、房县毗邻，自古便有"一脚踏三省六县"之说。

民间那首流传了千百年的打油诗更令历朝历代的统治者们提心吊胆："四川过来九条牛，走到九湖没回头，哪天能解其中妙，不出天子出诸侯。"

如果说14个皇帝，300多个大臣曾避难于神农架只是"民间档案"里的野史，那么，说这一大片广袤山地自古就是一块躁动不安的"营盘"则毫不夸张。何况，这里的确走出过不少的天子和诸侯：被母后武则天贬为卢陵王的李显令薛刚在大九湖屯兵反唐，推翻武周王朝，成为青史留名的唐中宗；八大王张献忠曾扎寨于与大九湖一山之隔的小九湖，虎视大明江山；李自成的部将刘体纯驻军神农架下谷坪一带联明抗清；清乾隆至宣统的110多年间，白莲教、红巾军、红带会、古胜会、新胜会在神农架轮番登场，呼啸山林。

后来，贺龙领导的红三军在千里房县浴血奋战，建立了包括房县、均县、竹山等县在内的鄂西北革命根据地……

这片山林不仅出皇帝，出诸侯，出造反英雄，也出谋财害命的"胡子"和国民党匪特。

湖北的档案资料里记载着这样一些事实和数据：解放后的数年里，湖北军区司令员王树声指挥解放军在恩施和包括房县在内的郧阳共歼国民党匪特6.4万余人。

1951年，国民党军统特务余化东潜回云阳聚众千余，先后发动盐渠、南溪、路阳、龙洞、农坝、白岩暴动，杀害区委干部、解放军战士、乡干部、农民积极分子28人，抢劫粮食12.5万千克，抢劫长短枪200余支。后虽多次清剿，但部分漏网匪特还是潜藏到了山林之中。在巫溪的大山里，黎国华就曾遇到过一隐藏在山崖下，发长及胸，服饰已成条状的持枪者。他怀疑：那人有可能就是漏网的匪特。他曾向政府建议进行追捕。

转眼间，建议追捕匪特的人却被当成台湾"匪特"追捕。

接到刘国庆的报告后，官洋区向巫山县武装部报告，再由巫山武装部向万县地区报告。接到报告，万县地区正在召开的"农业学大寨"会议紧急休会，万县军分区迅速组织一支由数百名军人、警察和当地民兵、猎人组成的搜山队伍开进大九湖周边的大山里对一个要"立国法"的"台湾特务"进行追捕。

顷刻间，紧张的气氛在寂静的山林里迅速弥漫：交通要道设立哨卡，盘查过往行人。山林里，部队和民兵、猎人们在猎犬的带领下逐山搜索。一时，狗吠声、枪声和着步话机里传出的呼叫声及搜捕者"出来！不然打死你"的威胁声汇在一起，久久回荡在群山之间。

在过往行人处道听途说到一些情况后，黎国华意识到哨卡和搜山可能与自己有关。他曾准备给搜山的人讲清情况。但他很快意识到，很多事情在以阶级斗争为纲的人们那里是永远都说不清道不明的。几经权衡，黎国华觉得与其被抓住落得个有口难辩，还不如躲过追捕者回到松柏再作解释。于是，在一个哨卡前，他溜进了山林。

令黎国华没有想到的是，此时，他已陷入"人民战争"的汪洋大海之中。也是应了"冤家路窄"那个成语，那天在哨卡布防的人恰巧是这起惊动万县地区的"敌特案件"制造者刘国庆，见有人躲进树林，他立即一边派人报告，一边带人随后跟踪。

　　后来，黎国华在《我的野人生涯》中写道：1980 年 2 月 12 日傍晚，天色渐渐昏暗，我以为已经甩掉了跟踪者时，身后突然响起了三声清脆的枪声，子弹嗖嗖嗖地从头顶飞过。回头惶恐地张望时，我看见有人一边朝我高呼"站住！站住！"一边快速追来。顿时，我后背冷汗直冒，感觉到一支猎杀之箭运足了劲，崩在追捕者的弩机上，随时会结果了我的性命……

　　黎国华喘着粗气惶惑而机械地奔跑着，极度的体力透支和巨大的恐惧使他的脑海一片空白，但他心里明白：不能被抓住，这时被抓住，接下来这些天不能找野人不说，还可能被弄成冤案！

　　黎国华不想被冤枉，他更想找野人。于是，他咬紧牙关，使出浑身力气，朝着深山密林中那大网的缺口处亡命地逃窜……

黎国华的野考日记

　　接下来，黎国华在书中记录了更加惊心动魄的一幕。"2 月 13 日，再过两天就是中国的农历己未年新年。我走在从巫溪县返回神农架边境大九湖的一段咽喉要道上。这座名叫太平山的山峰山高路险，路边有深不可测的天坑。解放前，土匪常在这里杀人越货，听说天坑里白骨累累。我正提心吊胆地朝前走，山道上突然传来了嘈杂的人声。远处的山口出现了许多背枪的人在迅速朝我包抄过来。一见不妙，我拔腿便跑。为了甩脱他们，我绕过这个叫天生桥的险关，翻越川鄂边界海拔 2900 米的兰英寨进入了湖北地界。就在我爬上兰英寨的雪山不久，突然又有一群人端着枪奔跑着朝我高喊：'站住！站住……'"

"我赶紧往太平山兰英寨那片树林里逃，围追的人渐渐被甩远，我正想停下喘口气，突然，三条凶猛的警犬和猎狗一边狂吠，一边朝我扑来。幸亏高山的积雪很厚，警犬、猎狗们在松软的雪地里跑起来比人更吃力，有几次，那条特别厉害的警犬都快追上了，我连滚带爬或顺坡急滑一阵就又和它们拉开了距离。但那警犬是个"亡命徒"，累得直喘粗气它仍穷追不舍。最后，在三四米远的地方，它从松软的雪地里猛地一跃，箭一样'射'过来咬住了我的裤腿，我刚连蹬带踹地将其甩掉，它竟顺势将我扑倒，张着血盆大口想对我的脖子下口，我吓得赶紧用胳膊肘去挡，棉衣却被它撕下了一大块。看来，不彻底解决这家伙是难以脱身了。于是，我故意退到悬崖边。当'亡命徒'再次扑来时，我居高临下，一脚将它踢下了山崖。警犬在崖下发出一声惨叫，剩下那两条猎狗吓得掉头就逃。"

"我正以为已经解除了后患，不料，'抓住他！''抓住他！'的叫喊声又在不远处的树林里响起。那两条逃跑的猎狗立即又狗仗人势，转过身狂吠着朝我扑咬，将我逼到了山崖边。"

"走投无路时，我急中生智，将随身带的尼龙绳从中搭在山崖边的一棵树蔸上，抓住绳索的两端飞快溜到了崖下，然后迅速扯下尼龙绳……"

溜下悬崖，黎国华满以为摆脱了追捕，不料，又是冤家路窄，他刚跑了几步便迎面撞上了刘国庆。二人没有言语，见面就扭打在一起。治保主任也是练过的人，一招一式都尽显武者专业水准，黎国华对其拳打脚踢都无懈可击。棋逢对手，追兵也正在逼近，黎国华不敢恋战，打斗一阵后，故意露个破绽往地上一蹲，趁"猛虎扑食"的刘国庆扑空之时，他迅速站起，一个漂亮的单腿飞踢将其踹倒，然后飞快逃进密林之中……

那一脚踹得可真不轻。后来，黎国华带着证明材料主动去巫山县公安局说明情况时，刘国庆还说，黎国华老兄，你那一脚真厉害，害得我在床上躺10多天。黎国华也反唇相讥，刘主任，你的一个情报分析也害人不浅呀。我被追捕得差点丧了命！

在数百名解放军、警察、民兵的追捕下，黎国华在大山中度过了1980年的春节。经过数天的辗转，最后，他翻越太平山主峰返回到了神农架地界。

黎国华逃掉后，巫山、巫溪那些曾为他带路找过洞穴的向导们却被连累，不管是地主、富农，还是贫下中农，都被进山追捕的人带到五里坡林场接受审查。

42

"漏网"后，黎国华还不死心，在山里一猎人家休整了两天，身子稍微恢复，他又打算利用上班前最后的几天去做最后的寻觅。

1980年2月28日，他掉转头直奔阴峪河反弯梁方向。下午3点左右，黎国华爬上了一道山崖，觉得很累，便坐在一棵倒地的枯树上休息。正在这时，传来一阵沉重的脚步声，循声看去，黎国华激动得心都快蹦出胸膛：七八十米外山崖上方的逆光中，一个模糊的人影正由远及近地走过来……

他迅速溜到地上，躲在枯树后边，克制住心的剧烈跳动，睁大眼观察越来越近的"人"影。黎国华首先感到震惊的是那高约2.6米左右的个头和不少于1.5米左右的步幅，只眨眼的工夫，这个满身棕红色毛发的家伙就来到了距自己不到30米的地方。这下，黎国华看得更清楚了：一张长长的马脸上那扁塌的鼻子，微凸的嘴唇，从未修饰过的长发被山风吹得在马脸上乱飞……

黎国华在心里暗想：肯定是野人！袁振新、黄万波和刘民壮他们所讲的野人就是这个样子！想着，黎国华喜不自胜地在枯树上砸了一拳。

响声惊动了野人，它立即停了下来，向黎国华躲藏的方向观察。

黎国华下意识地在胸前摸索起来——他在找相机。他想用相机给这个正面对着自己的家伙来一张照片！他敢肯定，在这样的距离内，如果有相机——即使是有一部老式的海鸥牌4A或4B型"方盒子"相机，两秒之内他就可以获得一张清晰的野人照片——何况这个多疑的家伙瞅着自己这边东张西望已足足有六七秒钟，就是拍两三张照片的时间也有了！可手还没伸到胸前，黎国华就想起自己没有相机——出发前，他曾经到百货公司问过，4B型的海鸥牌相机150元一部，当时，因要买牛羊肉做干粮，黎国华根本拿不出150元的"巨款"去买相机。而眼下，只要有一部相机就可以做成一件震惊世界的大事时，却……

唉！早知如此，出发前花那么多钱做什么牛肉干羊肉干！就是一路不吃不喝或者就是借钱也应该花钱买一部相机呀!

黎国华懊悔地在自己的头上砸了一拳。

这下,野人发现了目标。它先是本能地后退一步,接着,瞪大眼望着躲在枯树后的黎国华。少顷,它判断出枯树后藏着的那个像自己同类的身影并非同类,就在那一刻,它脸色骤变,先惊惶地用手拢一下头发,然后就地转了一圈——后来,黎国华在刘民壮那里才知道,野人用手拢头发是在向同类警示有危险,就地转一圈是在决定逃跑方向。

"野人也像日本鬼子当年在战场上拼刺刀时必须把枪膛里的子弹全部卸下一样机械。"刘民壮强调说,"不管现场有没有同类,它都要把拢头发和转圈的这两个动作做一遍再逃。"

当时,野人的这些肢体语言把黎国华搞得莫名其妙,他正想继续观察,看那家伙接下来还会搞些什么,不料,野人转一圈后突然迈开大步向后逃跑。

野人跑出了好几米,黎国华才如梦方醒,他本能地抄起火枪架在枯树上,麻利地瞄准它的脑袋,但短暂的犹豫后,他颤抖着把枪口的准星下移到了野人的腿部,然后,扣动扳机……

火枪没有响!黎国华浑身一颤,冷汗直冒,低声道:"火药受潮了!受潮了!"

已逃到山崖上的野人边跑边转过身朝黎国华张望,黎国华迅速站起,再次举枪扣动扳机。

枪仍未响!

黎国华提枪追了过去,但野人已经加速奔跑,那速度即使是世界短跑冠军也望尘莫及。眼看着它的身影越来越小,最后消失在密林之中。

黎国华无可奈何地停下,太阳穴的青筋剧烈地跳动,头痛欲裂。

他绝望而狂躁地大叫一声,怀着近两月来郁积的痛苦,用双手沉重地平举火枪,停留了大约三秒钟,然后重重地摔在雪地上。火枪委屈而沉闷地呻吟一声,在松软的雪地上弹跳了几下,吓昏了似地不动了,唯有溅起的那些不知所措的冰雪粉末,哆哆嗦嗦地飘落着……

第十六节　死里逃生

43

那一刻，黎国华的精神完全崩溃，眼前一黑晕了过去。

醒来时，黎国华发现自己躺在一茅草房内的火塘边。原来，这里是阴峪河大队一姓裴的猎户家。猎户的狗发现了快冻僵的他，狂吠不止，裴家父子把他抬回家，脱下他身上已结了冰的衣裤，用蜂蜜开水将他灌醒……

休养了两天，身体恢复，该回松柏上班了。临行，黎国华不愿带走那支在关键时刻闹"罢工"坏了他大事的火枪，以30元的低价卖给了猎人的儿子。

回到松柏后，黎国华的情绪一直消沉郁闷。直到5月上旬，刘民壮打来的那个电话才像强心针一样令他一下振奋起来。

刘民壮在电话中讲了3个消息：一是1980年5月4日至6日，湖北省科委、中科院武汉分院在武汉洪山宾馆召开鄂西北奇异动物科考会议。参加会议的有中科院、上海华东师大、武汉大学、郧阳军分区、神农架林区政府和房县、竹山县、竹溪县科委的代表共27人。

电话里，刘民壮特别强调，省里的领导很重视，湖北省有关领导都到会作了指示。

另一条消息是"鄂西北奇异动物科学考察队"已经成立，科考队队长由神农架林区政府副区长杜永林担任。副队长由中科院古脊椎动物与古人类研究所黄万波、袁振新和刘民壮担任。其时，竹山县武部政委孟庆宝刚调到郧阳军分区任政治部副主任，因其热心野考，被聘为科考队政委。已调湖北省社会科学院的李建任科考队顾问……

还有一条消息是关于黎国华的。刘民壮告诉他：科考队已吸收他为野考队队员。

1980年的国家野考又开始了。5月21至23日，野考队在神农架林区松柏镇召开进山会议。接下来的4天里，队长杜永林与副队长刘民壮及野考政委孟庆宝等人坐着那辆 1977 年野考时留下的北京吉普车在阴峪河上游的板壁岩至台子一线进行实地选点。最后，决定以神农架大垱为考察大本营，在神农架的板壁岩、朱公坪，竹山的枪刀山，房县的大黑山建立 4 个考察基地，对野人活动的无人区进行定点观察，流动穿插。

第二任野考队长杜永林

5 月 27 日，三辆中吉普像塞沙丁鱼一样拉着 25 名考察队员沿着伐木队运输木料的简易公路向神农架深处出发了。

此次进山，已今非昔比，一色的鸟枪换大炮：相机虽不高档，但一下就配了 3 部，解决了过去见到野人无法取证的问题。人人都配发了枪支，有可以连发的半自动，有可远距离狙击的 762 苏式步枪，还有可近距离防身的手枪。再也不会像过去那样在森林里赤手空拳地与豺狼虎豹打交道，队员们一下增添了许多胆气。而统一配发的那些时髦的迷彩服、雨衣、水壶、干粮袋和鸭绒睡袋、羽绒服及大型充气帐篷等装备，则使野考队显得整齐、正规，还让人觉得这支队伍一下上了档次……

车队经鸭子口直奔大垱。

大垱位于林区瞭望塔去大九湖的路上，处在板壁岩和猴子石之间。距猴子石主峰东南方 3 千米，离板壁岩 3.6 千米。海拔 2500 米，属高寒地区。早晚温差大，盛夏的中午也只有 20 度左右，若遇阴雨天，气温更低。这里周围数 10 十里没有人家，西北面是大片未开发的原始森林，南面是一眼望不到底的深谷，野考队"下榻"的大垱是一大片箭竹林刚到大堷，老天就对拥挤在两顶充气帐篷里的 20 多名野考队员来了个下马威，深夜里突然电闪雷鸣，暴雨倾盆，没有骨架的充气帐篷被雨水压塌，队员们只好坐在里面，用头顶住，直到天明雨停。

野考队并没有被雷电暴雨吓走，1980 年 5 月至 1982 年 3 月，这里一直是考察队的大本营。之所以在此设立大本营，是因为黎国华当年 2 月底曾在离此不远处的反弯梁遇见过野人。之前，刘民壮、李孜、袁裕豪等人也在反弯梁的密林中发现并灌制了野人的脚印。

按照此届考察队长杜永林等人的计划，以此处为大本营，再将考察队员分成 4 个小组，分别开赴枪刀山、猪拱坪、神农架主峰附近等野人曾经出没过的地方，分头展开野人线索的搜寻工作。

为了不花钱就建一个既能御寒又能保管各项物资的大本营，考察队的 20 多号人一边野考，一边挤时间建设基地。他们伐木垒墙，建起了一间 45 平方米的宿舍兼办公的大屋和一间 12 平方米的储藏室。

野考简报说：有了落脚的地方，粮食、蔬菜及石膏粉陆续运到，于是，"手中有粮，心里不慌"。

对粮食的来源，简报特意说明，"来自五湖四海的队员粮票（那时的粮食供应凭粮票）一时难以凑齐，林区政府知道后，及时和有关部门协商，借出粮食 2000 斤，想法弄到了 100 斤压缩饼干。虽然蔬菜稍缺，但能保证冬季考察的需要……"

"夜间有 7 条猎犬守夜，野兽袭击等安全问题也可以无忧……"

大本营建好后，在朱公坪、韭菜垭，竹山枪刀山、房县大黑山考察点也都盖了木房或茅草棚。

当"野考大戏再次隆重开幕"时，1977 年在野考队散伙会上的预言者李建却只能远远地观赏——由于郧阳地委宣传部几个正副部长要轮流下到基层去蹲点，1978 年被"轮流"到郧西县的李建因此不能参与野考。

但那时，"野人部长"笔下的文字却异常轻快："从此，我们有了很好的野考硬件，也有了极好的内部环境——考察队没有了互不信任的猜忌，也没有相互掣肘的烦恼，更没有关于野人的质疑和反对之声。黄万波、袁振新、刘民壮、孟庆宝等考察队领导都是坚定的'有野派'，领导层的意志统一，队员们虽然偶尔也有些不同看法，但那都只是一些关于考察方法，考察重点方面的争论，他们不会否定野考，不会反对野考，不会在野考中消极怠工，更不会给野考下绊子……"

李建强调，这种氛围的形成得益于上层的营造。

1979年下半年，国务院有关领导在一篇《内部参考》上看到：刘民壮及李孜等人自费考察，没有帐篷，没有相机，没有望远镜，甚至没有像样的食物。野考队员的床下堆满了发霉的土豆，大雪封山，他们曾断盐三个月，断粮12天，为降低消耗，他们经常靠看书、睡觉暂时忘却对食物的渴求，靠咽野菜吃野果哄骗自己的肠胃。一块肉发臭生蛆了，他们也舍不得丢掉，洗掉蛆块后煮来食用……

随即批示："应当支持他们一下。"几天后，湖北省委书记听取了刘民壮、李孜等人的汇报。这次汇报再次点燃了野考迷们的希望之火。

不久，国务院有关领导召集会议，听取武汉分院副院长成解关于鄂西北奇异动物考察情况的汇报。会上，领导说：目前有无野人的两种不同意见都拿不出过硬的证据来，科学上的问题最怕武断，我们不要反对那些有志者，对这样的人不能指责，不应说你不能寻找野人……

这个表态使几乎已经陷入绝境的野考有了转机——湖北省与中科院共同拍板：由中科院委托中科院武汉分院牵头组织1980年的野考。

1980年5月初的武汉洪山宾馆会议是中国野考史的转折点。在这次野考预备会上，湖北省委书记到会讲话说："现在要破谜，如果说服了不相信的人再进行这一工作就晚了。要搁置争议，专心找到野人。"

会上，省委书记号称要"发动一场抓野人的人民战争"，还高调宣布奖励金额："抓到一个野人奖励1万元太少，1万元有什么积极性？"他大手一挥，"奖励10万元、100万元怎样？"

在与会者使劲鼓掌并激动地交头接耳议论时，省委书记解释说：奖金高些可以激发广大群众参与的热情，抓到一个后就不让再抓了。

领导如此重视，野考队一下有了底气。他们觉得，这次野考队的人数虽不及1977年多，但队伍更加精干，更具实战能力和吃苦耐劳精神。黎国华、袁裕豪、胡振林及房县文化局副局长甘明华等本地人的参与，给野考队带来了考察经验。山西太原的樊井泉，北京青年于军、于工、于建兄弟等铁杆"野人迷"的加入，更使考察队充满活力。

44

孟庆宝祖籍山东黄县后郝庄，他爷爷闯关东到了吉林通化梅河口市野猪河乡。梅河口自古就是一个兵家必争之地，孟庆宝还很小时，他的老家野猪河乡被四野的辽北军区独立团管辖。

孟庆宝家是中农，本无资格当兵，但他那个下中农的叔父在区中队当兵时表现不好，不出操不说，还把班长狠揍了一顿，区中队把这个不服管教的列兵给退了回去。但事情并未就此了结，为了对打班长的孟家人以示惩戒，农会主席要当时还在读《孟子》《论语》的孟庆宝去顶替叔父当兵。于是，17岁的孟庆宝进了独立团。

当了兵却没有军装，班长只给孟庆宝发了顶军帽。孟庆宝带着这顶帽子穿一身便装攻四平打长春，后来总算有了一身用草灰染成的土布军装。接下来，他随部队从沈阳打到天津再打到广州，历经了朝鲜战争。1958年，孟庆宝所在的某军134师调防青岛，走到北京丰台就停了下来。后来参加了1959年的西藏平乱。

就是在西藏，孟庆宝知道了世上还有模样像人的野人，也知道了野人的凶悍——要求加入野考队时，他曾给郧阳军分区党委请求说："在西藏平叛，我曾遇到一个藏族姑娘面对一条死牦牛痛哭不止。一问才知道，原来是一红毛野人打死了她的牦牛。因此，我想参加野考，见识见识红毛野人，也为揭开野人之谜尽一份力。"

在整个考察队，孟庆宝的年龄最大，但分工时，他却争着要去干连年轻人都难以累下来的穿插。知道军人出身的老孟倔，其他野考队领导只好安排牛高马大的队员袁裕豪陪伴他。

但孟庆宝常常撇下袁裕豪单独行动。出事那天，袁裕豪要跟着他走，但孟庆宝说，你自己走一个方向吧，我们一人走一条路线，考察的地方宽些，发现野人的概率也就会高些。野考队进山一个月了还一无所获，作为野考队的政委，孟庆宝实在有些着急。见袁裕豪不放心，他拍拍腰间的手枪和肩上的半自动步枪安慰道："放心吧，有它们陪着，出不了事！"

同袁裕豪分手后，孟庆宝顺着新营地韭菜垭的山梁朝南搜索。中午时分，见天上乌云密布，大雨将至，孟庆宝准备就地休息一下便收兵回营。他刚旋开军用水壶喝水，忽然，旁边的箭竹林传来一阵"哗哗哗"的响声。

是什么！人？还是野兽？他以军人的敏捷在迅速站起的同时，平端的半自动步枪已对准了声音发出的方向。再一看，只见前方的箭竹被什么不断拨开分向两边，那分开箭竹时的力度之大，分开箭竹者前进速度之快都着实令人吃惊。

常识告诉他，能向两边分开箭竹等障碍物的只有直立行走并会使用双手的人或者是野人！

人不可能有这种力量。能以如此力度分开并快速行走在箭竹林的只有野人！

在作出这种判断时，孟庆宝不由心跳加速，血管里流量太快的血液致使他额头、脖子的青筋暴起，以至于他觉得一阵眩晕。

孟庆宝摇摇头，努力让自己镇定下来继续观察。他发现，分开的箭竹原本是在朝西北方向晃动，但渐渐的，那个也许是野人的家伙不知怎么突然晃动着箭竹朝自己站立的正北方向来了！

孟庆宝的心再次狂跳起来。他当机立断：守株待兔，等那个不速之客到后将其腿部击伤再实施抓捕！

想着，他哗地将子弹上膛。

不想，孟庆宝这一标准的军事动作却使本可稳操胜券的战况发生了突变：眼前不远处的箭竹停止了晃动，两三秒后，不速之客转身回头拨开箭竹又朝南边逃去。

孟庆宝意识到，可能是刚才子弹上膛的响声惊动了眼前的逃跑者。"机会千载难逢，抓住它！"想着，孟庆宝提着枪奋不顾身地朝箭竹被分开的方向追去。

进入箭竹林，孟庆宝马上感到了自己的处境不妙：茂密的箭竹相互撕扯在一起，要拨开一条可通行的路不但非常吃力，箭竹上的灰尘还迷得人睁不开眼睛。脚下一层厚厚的竹叶，踩在上边犹如踏上了松软的棉花堆，使得前行举步维艰。隐藏在竹叶中的石块、树桩一次次把他绊倒，摔得他头昏眼花。两旁伸出的荆棘也不断挂破衣服并将他脸上手上刺得鲜血淋漓。更重要的是看不见前方的目标，他不得不追一会儿又停下来听听前方的响动……

穷追不舍一个多小时的结果令人非常懊丧：再也听不见前方的响声，那也许是野人的家伙在箭竹林的尽头消失了！

消失得戛然而止，消失得好像从来就没有出现过！

擦拭着脸上手上的血迹，孟庆宝惆怅茫然，失落莫名，连突然而至的倾盆大雨也未能浇灭他心头的那股无名火。

野考队政委孟庆宝

暴雨中，孟庆宝回归的小路已是积水的通道。一路都是哗哗流水，刚才通过的一条小溪转瞬间也洪流滚滚，呼啸奔腾。一直琢磨箭竹林里那个家伙究竟去了哪里的孟庆宝并没有太在意溪中水情的变化。此外，他也根本没有把眼前这一溪洪水放在眼里：想当年，孩提时代他就是远近闻名的"浪里蛟龙"了，30多岁当独立营政委时，在四川乐山130师的游泳场训练部队120多名游泳教练，他是总教练。在长江里演练负重泅渡，他曾创下了10小时游25千米不上岸的记录。

眼前这一溪没膝的洪水在他看来完全是不足挂齿的小事一桩，他几乎是不假思索就蹚水而过，一点也没有意识到小溪中已经埋下差点结果了他性命的祸根——刚进入溪沟，湍急的洪流马上使他脚轻头重失去了重心。他大惊失色，准备退回岸边，但为时已晚，一个趔趄，激流将他冲了个仰面朝天。

刚落水时，孟庆宝并不着急，凭自己的水性，这点溪水还能比长江的水流厉害？但很快，他就乱了方寸——溪中的洪流充满了大山粗鲁的野性，很快就将他拍打得晕头转向。他试图从水中站起，但洪水巨大的冲击力根本就不给他有站立的机会，转瞬间，他已被冲出了好几十米远。

一番脚慌手乱后，孟庆宝开始奋力向岸边游。但他失败了——拼尽全力地挥动双臂猛划却被溪水不露声色地化解于无形：他无法侧身游动，无法改变自己在水中的方向，更无法向岸边靠近半步，唯有以"一泻千里"之势滚滚向前。

孟庆宝从来都觉得自己有使不完的劲，眼前的情形却使他一下明显感到体力不支。那一刻，他甚至觉得有些绝望和悲哀：自己的一生，灭国民党打美国人平西藏叛匪何曾输过半分？眼下，面对咆哮的山洪却束手无策，无力抗争！

身陷绝境，孟庆宝才明白：在大自然面前，夹裹在势不可挡的滚滚洪流之中，一个人和一片树叶其实就没有什么区别，都是那么微弱渺小和身不由己……

孟庆宝停止了毫无意义的挣扎。当部队游泳总教练时，他曾给游泳教练们讲：当水的冲力超过你的力量时，再去搏击风浪只能是毫无意义的消耗体力，正确的做法是在保证不被淹没的前提下停止这种无谓的体力消耗。

停止挣扎后，孟庆宝身不由己地随波逐流而下，一任那如雷声般轰鸣的洪水将他的军帽、军衣、胶鞋、水壶、挎包、指南针、半自动步枪、工作证一件一件地夺去，一任那两岸的树木石头纷纷在身边一闪而过……

被冲出五六千米后，随着地势的开阔，溪水渐渐平缓了些，已被冲得奄奄一息的孟庆宝终于在一个河流的弯道处抓住了岸边的一根树枝。爬上岸时，他无法也无力站起：32处被泡得发白的伤口都一齐往外渗血，脚跟一条五六寸长的伤口肌肉外翻，筋骨可见。饥饿和极度的疲惫也一齐向他袭来，他瘫倒在溪沟边的雨中昏睡了过去。

45

傍晚，孟庆宝醒过来时天已放晴。残阳正沉入浩渺的群山之中，最后一缕如血的光芒把深谷两旁的山峰染得绚丽多彩，而谷底却渐渐暗淡下来，黛黑的夜色正悄悄降临。

放眼望去，峡谷幽深莫测。没有人家，没有人影，只有一群鸟儿正叽叽喳喳地鸣叫着归巢。

孟庆宝挣扎着坐起，他感到周身伤如刀割，一动就疼得龇牙咧嘴。为了防止泥沙进入脚跟等处的伤口，他脱下长裤撕成条状，把这些地方包扎起来。

歇一会儿，伤痛有所减轻。但强烈的饥饿感带来的身体不适与进食欲望又开始折磨孟庆宝。在箭竹林猛追那个也许是野人的家伙和在洪水里几个小时的奋力挣扎几乎耗尽了他的体力，饥肠辘辘的孟庆宝知道，该进餐补充热能了。

环顾四周，再次确认这是一条"畏途巉岩不可攀"，不与外界通人烟的深谷后，孟庆宝带着误入蛮荒之地的孤独和绝望向岸边的一片箭竹林爬去——他要去那里寻找食物——他坚信：在野兽和野人能够生存的地方，一定能找到可以吃的东西。

一个月前，在对神农架野人各个季节的食物情况进行调查后，他得出了这样的结论：

5—7月，海拔2500米以上的高山地区气温上升，雨量增多，箭竹林中的竹笋大量生长。这时，野人以竹笋为主食，兼食一些小动物；7、8月以后，野樱桃、马桑果、猕猴桃等浆果都先后成熟，所以，春夏之交，野人们往往会到低山地带寻找野果和植物的嫩梢，有时也到农田偷食土豆、红薯等；9至11月，神农架的山楂、火棘、花楸、野核桃、板栗、茅栗、麻栎等坚果成熟，是野人一年中食物最丰富的季节。这个阶段，野人还会跑到村庄附近偷食毛豆、蔬菜之类；11月至次年3月，是高山的隆冬季节，树叶凋落后，很多野果还悬挂在树上——如花楸、山楂、海棠、红花蔷薇，一直到次年早春时节都不会掉落，是野人越冬的最佳食物……

大山里到处都是可供野人食用的果实

那次调查时，孟庆宝同考察队员刘刚、郭建等人还在竹山县洪坪公社枪刀山一带发现，在长达100多平方千米的原始森林里，地上到处都堆着一层厚厚的橡子——那将是野人在冬季最有保障的"特供食品"。

当时，孟庆宝觉得很奇怪，有的人为什么说野人在冬季里没有吃的呢？那时，他有个想法：今后，一定带那些说野人没食物的人到那片原始森林去看看。

但当吃过落水后的第一顿晚餐后，孟庆宝又有了新的想法：带他们去刀枪山的原始森林太费事了，把我的这顿晚餐介绍给他们就足以说明问题了！

孟庆宝的那顿晚餐很丰盛。当时，他爬到箭竹林前一拨，发现遍地都是鲜嫩的竹笋，他掰下一大把，又爬到树林里找来一堆马桑果、猕猴桃和野樱桃。然后，席地而坐，开始大吃大嚼起来。

吃过那些"山珍"，孟庆宝觉得有些渴，见旁边有一大堆一人多高长着小刺——被他后来命名为刺刺菜却被刘民壮查明是大蓟菜的植物，便折下一根扒掉皮放在口中咀嚼。几口下肚，孟庆宝不由大喜——这东西初入口时虽略带苦味，但经过咀嚼，越发甘甜。最重要的是刺刺菜细嫩多汁，让人满口生津。

落水后的第一顿晚餐就吃到如此美味，刺刺菜给孟庆宝留下了极好的第一印象。后来回到野考基地，他经常说那刺刺菜是他吃过的野菜中最好吃的野菜。甚至还总结出刺刺菜有防燥润喉、润肺清心的功能……

队员们觉得孟庆宝那样子那口气太像古代那个逃难的皇帝：饥寒交迫时，一个农民给他吃了一碗芋头，他甘之如饴，认为那芋头是天下最好吃的东西。

其实，人落难时，受一饭之恩就念念不忘是一种美德。安史之乱时，唐朝玄宗皇帝往四川跑，路过略阳，老百姓用一种叫石蒜苔的野菜招待他。回京后，唐玄宗就曾降旨将这种野菜定为了贡品。

有人跟孟庆宝开玩笑说，政委，你的刺刺菜是不是也应该作为我们野考队的招牌菜保留下来？

孟庆宝笑道，让你们作为招牌菜保留下来可能做不到，反正我落水后那几天里，刺刺菜一直是我的主要食物……

落水后吃第一顿晚餐时，"主要食物"把孟庆宝吃得有点撑。

一饱百不思。他爬到一个向外凸出的岩石边躺下，开始盘点自己的所有资产：装在内衣兜里的30多元钱和十多斤粮票还在，只是在这荒山野岭派不上用场。半自动步枪被冲掉了，套在皮带上的手枪还在，这可是军人的生命和胆量。孟庆宝撕下一块衬衣把它反复擦拭几遍后上膛放在身边，以防夜间有猛兽来袭。见四周已渐渐变得一团漆黑，孟庆宝也在黑暗中忍着伤痛渐渐进入了梦乡。

第二天早上，孟庆宝被略带寒意的山风吹醒时，天已蒙蒙亮。在基地，这时已是用餐的时间，吃过早饭，大家就会各就各位地踏上林间的考察路。眼下虽然遭难受伤，但也要遵守基地的作息时间，去干自己应该干的事情——昨晚他就盘算过，目前，在这渺无人烟的山谷里等救援肯定无望，所以，只有自救，只有尽快走出这深山峡谷以脱离困境。

想到这里，他开始起床，钻出外凸的岩石，咬紧牙关把遍体鳞伤的身子活动得活泛些了，就一瘸一拐地过去折来一大把他的刺刺菜，然后又到树林里弄来马桑果和猕猴桃等野果美美地饱餐一顿。然后，折一根棍子杵着，一瘸一拐地顺着溪沟往外走。他知道，只有顺着溪沟走到下游，才能走出大山，到达有人居住的地方……

孟庆宝昼行夜宿，紧赶慢赶，到达有人居住的地方时已是3天之后。当时，他是爬着进入峡谷口那家姓盛的猎人家的。一打听，才知道自己已进入恩施地区巴东县的下谷坪公社。

在猎人家养伤的 3 天里，孟庆宝拿出所有的钱让猎人沿着溪沟帮他找回了丢失的半自动步枪，然后，在猎人的搀扶下，他到了下谷坪公社。

原以为找到公社武装部的人一切都会好起来，不料，衣衫褴褛，遍体鳞伤，还赤着双脚的他一走进公社大院就被警惕性极高的治安员变相控制：枪被"代为保管"，人被限制在一间客房里，门外有人守着，连上厕所都有人跟着。

他解释："我是郧阳军分区政治部副主任。"

对方冷冰冰地问："主任？孟主任，是吗？你的工作证呢？"

"被洪水冲丢了。"

对方更警惕了，"你是部队的领导，你应该知道，佩枪是要有持枪证才行的，你带着两支枪，持枪证呢？"

"也被水冲丢了。"

对方用怀疑的目光打量着孟庆宝，嗓门高了起来，"都被冲跑了，那么巧呀？有谁能证明你的证件都被水冲跑了？"

孟庆宝哭笑不得，只好搬出救兵，"不信可以问问你们恩施军分区政治部的王主任，他曾与我一起在省里开过会！"

电话真的打到了恩施，王主任却说：我没有听说过孟庆宝这么个人。

这下，情况更不妙了。最初，房间里还有水有火，当晚，怕孟庆宝"放火搞破坏"，水被提走，火也被弄熄。那些人转身便嘀咕："你是政治部主任，我还是军分区司令呢！"

"还军分区主任，肯定是深山老林里的特务！"

"特务"孟庆宝的"待遇升级"了：门口加了双岗，手里还端着枪。第二天早晨，公社武装部长亲自找孟庆宝谈话："一、从现在起，你不能随便乱走；二、我们决不诬陷一个好人，但也决不放过一个坏人！三、老老实实交代问题才有出路……"

孟庆宝生气了，"你要我交代什么呀？怎么不相信人！"

"怎么相信你？你说你和恩施的王主任是熟人，但他没有听说过你！"

"他没有听说过我，省军区知道我，不信打电话去问！"

无计可施的公社武装部长只好打电话到湖北省军区查询。省军区接电话的人一听高兴得嚷了起来："什么，孟主任在你们那里！太好了太好了！你们千万把他照顾好！"

真正的照顾这才姗姗来迟。当天，代为保管的半自动步枪和手枪还给了孟庆宝。他的房间里又有火有水了。门口没有了岗哨，屋子里多了个护理的。

此时，孟庆宝的亲属和郧阳军分区的人却是哭笑不得。原来，孟庆宝失踪后，野考队马上将情况报告到这次考察的组织者中国科学院武汉分院。武汉分院一着急，又报告给了湖北军区。湖北军区把情况反馈到郧阳军分区后，值班的副司令员马上召开党委会，准备出动部队寻找。

偌大的神农架，上哪里去找？有人建议：等等再说吧。

等了快 10 天都没有消息，大家只好悲悲戚戚地给孟庆宝准备后事。担心买不到花圈，军分区和孟庆宝的亲友几乎抢购光了郧阳城内所有的花圈……

第十七节　枪下留"人"

46

孟庆宝被担架抬回郧阳军分区大院时，战友和亲人们正一脸歉疚地撤掉灵堂，并把那些准备供他"享用"的花圈搬走。孟庆宝哈哈大笑，"你们是见我老找不到野人，想用灵堂、花圈给我冲喜吧？"他连声叫好，说，"冲掉了不好的运气，我就能找到野人了！"

也许是巧合，这次"冲喜"不久后，孟庆宝等 7 人真的发现了 1000 多个 48 厘米长的野人脚印。

对发现这些大脚印的经过，孟庆宝在那篇《脚长 48 厘米的"朋友"就在我们前面》中是这样记录的：

1980 年 8 月 18 日，我和袁裕豪、胡振林、刘刚、柯长茂、何立志、邓世喜等 7 名野考队员在枪刀山苦菜垭与巫溪县交界处的山林分三组向西南坡穿插。我和袁裕豪先在林中发现了一个用箭竹编成的像藤椅一样的动物窝。接着，发现草地上有从枪刀山顶部朝下走的大脚印。这些脚印大趾明显，五趾清晰。掏出卷尺一量，我俩禁不住叫出声来，好家伙！脚印后宽17厘米，前宽23厘米，长48厘米，步幅2.2至2.68米！

　　袁裕豪跑去叫来了其他队员。接着，何立志现场拍照，袁裕豪等人用石膏粉灌制石膏脚印——由于脚印太大，30斤石膏竟没能填满一个脚印！

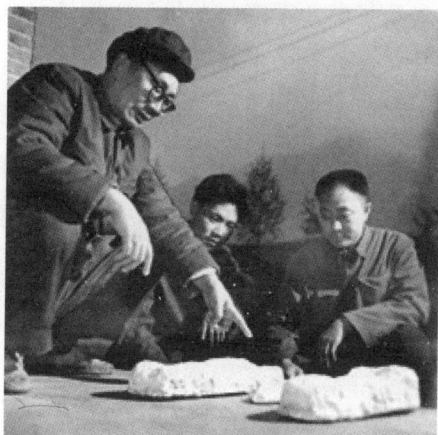

发现大脚印

　　由于步幅太大，在地面一张照片只能拍到两个脚印，何立志爬到树上希望能多拍几个连续的脚印，不料，踩断树枝掉下来被摔伤。

　　武汉大学的生物老师刘刚是个无野派，他说，"我是被派任务才来神农架的"。同伴们为那些脚印忙前忙后，他连看都不看一眼就坐在一边说，"什么野人脚印，是人踩的吧？"

　　胡振林生气了，把他拉到脚印边问："你的脚有这么大吗？"

　　"还真是！"刘刚脱鞋一比，吃惊地叫了起来，"我的乖乖，至少比我的脚长一半！"

　　柯长茂等人也问，"刘老师，这脚印踩的至少有三四厘米深，你试试能踩多深……"

　　刘刚用力在雨后的地上猛踩，结果只留下了几个没有深度的脚印。

　　刘刚根据脚印的长度和深度计算后惊呼道，"天呀，这家伙至少有3米高，400 斤重！"

这一计算，刘刚也来劲了，他建议说，"孟政委，沿着脚印跟踪吧，看它究竟去了哪里！"

孟庆宝接受了刘刚的建议。7 人一边清点一边顺着那串连贯成单行的脚印朝东南方向追踪而去。清点到后来，有人嚷了起来，"这家伙，已踩了 1000 多个脚印！"

更让孟庆宝等人惊奇的是，经过一棵倒地的大树时，1.8 米高的袁裕豪只能从树干上爬过去，而从树干两边的脚印看，"这家伙"是一跨而过！

跨过时，肯定是因倒地的大树惹得它生了气，一棵有小孩手粗的小柏树被它活生生折断！

跨过倒地的大树后，"这家伙"拉了一堆有竹笋和动物肉的屎，重约 2 斤。拉屎的地方，呈"八"字形地排列着两个脚印——可以想象，它是像人一样蹲着拉屎的。

追踪到巫溪县境内的一座山脊上，野人的脚印消失在了一条石板坡地。线索中断……

后来，在为大脚印石膏模型写说明书时，李建挥笔疾书道："这是世界上已知的最大的野人脚印石膏模型。它的正常长度 48 厘米，五趾清晰，裂度 30 度。大趾粗达 6 厘米，小趾稍叉开……

48 厘米大脚印现场的照片、测量数据、录像、石膏模型雄辩地说明：1980 年 8 月下旬，在神农架山区的枪刀山主峰海拔 2400 米处的松林里，直立走来了一个 3 米左右的古猿后代，它大摇大摆地走下山来，在沿途深深踩下了 1000 多个令人惊奇的脚印……"

更令人惊奇的是，3 个多月后的 12 月 4 日，孟庆宝那个"我们的老朋友"再次把它的大脚印留在了枪刀山西侧约 50 里一个叫窝棚的山地里。孟庆宝与同行的野考队员邓世喜一测量，后宽 17 厘米，前宽 23 厘米，长 48 厘米，最大步幅 2 米多，脚印深 6 厘米等数据竟与 8 月 18 日在巫溪交界处的苦菜垭山林里看到的 1000 多个脚印一模一样！

孟庆宝把这次灌制的大脚印石膏模型拉回大垮时，有 40 多家国内外媒体要求采访。孟庆宝委婉地拒绝说：发现 48 厘米大脚印只是考察工作的一个开端，等今后抓住野人时再说吧……

联系采访事宜的人说：孟政委，你误会了，媒体要采访的不是大脚印，是春节前黎国华枪击野人，因火药受潮枪没有打响的事。

孟庆宝一听才搞清楚：如果只是黎国华这个无名之辈向野人开了并未打响的那一枪，事情也许并没有什么了不起。事态严重的是在 5 月初的野考预备会上，野考领导小组组长、湖北省委书记陈丕显"抓住野人奖 1 万元太少，奖 10 万元，奖 100 万元怎么样"的那番讲话。

媒体很快有了《湖北省人民政府拟拨 100 万悬赏捕捉野人》的文章。文章中说：重赏之下必有勇夫，一个叫黎国华的野考队员为了巨额奖金，竟然向世界上极其珍稀的野人资源举起了猎枪。

两件发生时间前后颠倒，风马牛不相及的事情被巧妙链接在了一起——媒体报道黎国华枪击野人三个月后，省委书记才有了那番讲话。可到了 8 月，却被捆绑在了一起，省委书记的讲话成了几个月前"黎国华为了巨额奖金"而向野人举起猎枪的动因。

更巧的是，4 月初，加拿大华裔人类学家吴空博士看到国内外关于黎国华枪击野人的报道后，于 4 月 28 日写给国务院有关领导的那封关于保护野人的信也在 8 月转到了湖北省委。于是，野考和野人的事情一下变得敏感起来。

9 月中旬，那封海外来信的抄件通过层层批示后终于传达到了大墒野考基地。根据指示，李建专门组织所有队员开会宣读了这封信。

20 多年后，当时抄写过这封信的孟庆宝对信中那些严厉的指责和愤慨的诘难犹闻在耳：

"……野人的被发现，它的科学价值被一些人视为政治价值，认为奇货可居。""多少野生动物，经过千万年的进化，没被大自然淘汰，而被自称为万物之灵却又无知的人类竭泽而渔，赶尽杀绝。这一大自然的悲剧，也反映了人类自己本身的悲剧！"

在对中科院和湖北省捕捉野人的决定毫不顾忌面子地进行一番劈头盖脸的批评后，吴空又言辞激烈地指责神农架野考队"发动群众、土法上马"悬赏搜捕野人，认为这种举动"很不明智、太过粗率，会给神农架的生物带来空前绝后的灾难……"

吴空疾呼："因倒行逆施而遭破坏的国民经济，可以通过政策的纠正而恢复进展，但野生动物一旦绝种，就再不可补救，对其保护，刻不容缓……"

47

虽然受到吴空严厉的指责，但孟庆宝还是认为：他的那封信很有价值和意义。20多年后向本书作者重提此事时，当年的野考政委说："至少，那封信使野考队那位神枪手枪下留'人'，救了一个野人的性命。"

孟庆宝所说的神枪手就是袁裕豪，1980年时32岁，进入野考队后，因其枪法准，孟庆宝特意给他配发了一支专门用于狙击的762型步枪。

762型步枪是苏式步枪，因口径是7.62毫米，所以，人们把它叫作762。由俄国陆军上校莫辛和比利时枪械设计师纳甘共同研制的。莫辛－纳甘762型苏式步枪结构简单，故障少，战斗性能好。特别是经过1930年改进后，它的威力更大，穿透力更强，战斗射速可达每分钟10至20发，最大杀伤距离可达2000米。

喜爱研究狙击步枪和狙击案例的袁裕豪记得，经过1930年改进后，不少狙击手曾用762创下了举世闻名的狙击案例：

1945年初，日军在鲁中发动"秀岭一号作战"，日军旅团长吉川资少将亲自上战场督战。

攻下一个村庄后，吉川资与部下合影后准备离开，当大队指挥官向他敬礼告别时，远处"砰"的一声枪响，吉川资头部中枪，当场毙命。据军史资料记载：从1000多米的一个小山头飞进吉川资脑袋的那颗子弹就是762型步枪射出的。

从孟庆宝手中接过那支762时，对军人们用来演绎狙击传奇的这种好枪，袁裕豪爱不释手。

1981年9月15日是一个晴朗的日子，神农架蓝天白云，秋风送爽。一大早，袁裕豪背着自己心爱的狙击步枪，带上那条叫黑虎的猎狗，同樊井泉、胡振林、郭建去红河考察。

据孟庆宝讲，黑虎是一条智商较高的优秀猎犬，它早先的主人是一个老猎户，一次，老猎户家10岁的孙子正在院坝边的田埂上玩，突然从田里冲出一头野猪，猎户的小孙子还没反应过来，野猪已将其按倒在地发狂地乱咬。黑虎见状，沉声鸣叫着冲上前拼命撕咬野猪的耳朵，被咬疼的野猪丢下小孩一嘴将黑虎拱得老远，接着又将刚从地上爬起的小孩扑倒。黑虎再次冲了上去，这次，聪明的黑虎没有再去扑咬野猪的耳朵，而是死死地咬住野猪的尾巴不放，野猪疼痛难忍，不得不丢下小孩仓惶而逃。

黑虎因勇救小主人而在神农架名声大振。后来，老猎人去世，野考队买来了黑虎，使其成为野考队的一员。

下午4点，袁裕豪等4人到达了响水河上游一座海拔2800多米的无名峰下。山峰周围山峦绵延不断，地下的草甸已开始变黄，山腰成片的箭竹在凉气逼人的秋风中瑟瑟发抖，秋天的阳光给山梁上苍劲挺拔的巴山冷杉和古朴郁香的岩柏涂上了明亮的色彩。野兔、白鹤、金雕等走兽飞禽出没草丛，翱翔蓝天。

神枪手袁裕豪

到了半山腰，考察小组组长樊井泉决定休息一会儿。胡振林带着相机到山背后拍照去了，郭建倒在草丛里眺望蓝天白云，袁裕豪杵着步枪向四周张望。突然，黑虎兴奋地竖起耳朵，脖子上的毛也一下竖了起来，它紧张地四处张望一阵后，又边东跑西窜地嗅着，边在喉咙里发出低沉的"呜呜"声，最后，咬着袁裕豪的裤腿往前拖。

袁裕豪非常熟悉黑虎，它嗅到猎物的气息时不会像一般猎狗那样狂吠乱叫，为自己壮胆，吓走猎物，它会无声地咬着主人的衣裤报警。见黑虎如此兴奋的样子，袁裕豪警觉了起来，他告诉樊井泉，"老樊，有情况！"

樊井泉一听，马上让郭建跟他沿山脊搜索，叫袁裕豪带着黑虎向山腰穿插。

黑虎越来越兴奋，伸长舌头，喘着粗气不停地东闻西嗅。袁裕豪想，黑虎在山里打猎多年，也算是见多识广的猎狗，以前发现一般的猎物，从没有见它这样亢奋过，今天如此反常，是不是人们寻找了多年的那个家伙就在附近？想着，袁裕豪迅速返回山脊，追上樊井泉和郭建，找一个较高的位置仔细观察起来。

突然，樊井泉一惊一乍地低声叫了起来，"袁裕豪！袁裕豪！野人！快看野人！"

袁裕豪拿出望远镜顺着樊井泉手指的方向望去，只见对面半山腰那片开阔地里，一个身材高大两脚站立的人体动物正一步一颠地向山腰的箭竹林走去。在午后的太阳下，只见它长发飘飘，一身棕红色的毛发格外显眼。袁裕豪也激动得心跳加快，兴奋地叫道，"野人！真是野人！"

估计是山这边的动静惊动了野人，它进入反方向的箭竹林时已开始半走半跑。此刻，激动万分的樊井泉首先想到的是应按考察条例的规定对野人拍照取证。但当他慌慌张张地打开行囊取相机时，才想起小组唯一的那部 DF-1 海鸥牌照相机由胡振林带着，于是，他着急地朝山坡下喊道："胡振林，野人！快！快把相机拿来！"

听到有野人，500 米开外的胡振林以百米冲刺的劲头向山上跑去。樊井泉等 3 人像热锅里的蚂蚁一样在山坡上转来转去，黑虎也着急地朝对面山上咆哮着，跃跃欲试地要冲下山去。袁裕豪不停抚摸它的耳背、头顶，想使它安静下来，但黑虎仍狂吠不止……

已进入箭竹林的野人听到狗叫声大惊，吓得不断转身向山这边张望，并不断加快脚步。眼看野人再跑 500 米左右就可以到达山顶的那片松树林了，胡振林还吃力地在山坡下奔跑着，樊井泉不由急得大声问："袁裕豪，你这枪够得着它吗？"

袁裕豪答道："这段距离大约是 900 米左右，这支枪的杀伤距离是 2000 米。完全够得着！"

"有没有把握打着它！"

"放心吧，当年我在部队得神枪手称号时所打的目标比它小得多！"袁裕豪边取枪边自信地回答。

见要开枪打野人，来自中科院武汉科仪厂的郭建紧张、激动得说话都结巴起来，"樊组长，打……打，打不得哟！前几天才学……学了那个海外华裔的信！"

樊井泉迟疑了一下便又高声嚷道，"好不容易才碰上它，跑了就再也没有机会了！"

郭建建议，"老樊，还是等胡振林拿相机拍照吧！"

樊井泉朝山下一看，胡振林还在200米开外艰难地蠕动，而山对面的野人已快进入山顶。他有些不管不顾了，"来不及了，袁裕豪，准备射击！"

袁裕豪边答声"好！"，边敏捷地取下瞄准器——瞄准镜的倍数是3.5倍，只适合进行600米内的狙杀，而野人在900米外，袁裕豪决定用眼睛瞄准。他哗地将子弹上膛后保险打开，按三点一线的要领瞄准目标。

7.62的子弹初速是每秒840米，只要扣动扳机，用不了两秒钟，山那边仓皇逃窜的野人就会轰然倒下。

想到此，袁裕豪激动不已。

他想立姿射击。但由于激动，腿有点抖，手也不由自主地晃了起来。

袁裕豪马上决定打跪姿，跪姿瞄了两下，他的手仍抖得厉害，便赶紧顺势卧倒向野人瞄准。这时，他耳边似乎有一个声音在说：袁裕豪，你这一枪非同小可，打准了也许就能填补人类发展史链条上的那个"缺环"，但同时也可能会成为扼杀世界濒危物种的罪人而遗恨终生！

应不应该打这一枪？在枪口和山那边逃跑的野人之间，是不是也存在一种"最高良知准则"？如果不"把枪口抬高一厘米"，也像守墙卫兵格·亨里奇在德国柏林墙倒塌前射杀翻墙逃跑青年那样射杀野人，是不是也会像亨里奇那样被押上良心和刑事审判的法庭？

一连串的追问如雷贯耳，震得袁裕豪心跳加快，注意力分散，眼前也变得迷离起来。他心烦意乱，在脸上使劲抹了一把，心里暗暗骂自己：遇上鬼了，瞎想什么呀！神枪手的素质哪里去了！

在填补人类发展史链条上那个"缺环"和同时也可能是扼杀世界濒危物

种的选项上，神枪手对前者的欲望似乎更为清晰、强烈，这种强烈的期盼瞬间就将后一种畏惧掩盖。袁裕豪深深吸一口气努力使自己平静下来，然后重新瞄准目标，屏住气，将食指搭上扳机。

正要扣动时，郭建再次阻止道："袁裕豪，千万不能开枪！弄不好是要坐牢的！划不来……"

樊井泉犹豫了。他向袁裕豪做了个暂停的手势。就在几人迟疑时，山对面的野人已经翻越山脊消逝在松树林之中。

这时，胡振林提着相机气喘吁吁地赶到了。樊井泉气恼地指着山对面大声吼道："拍吧！今后，照片的说明就说：一个野人从四个野考队员的眼皮下逃进了山对面的这片松树林！"

胡振林喘着粗气委屈地问："埋怨……我……干啥呀！袁裕豪……你，你手里的……枪，枪是烧火棍？是摆设呀？"

郭建这时有些后悔阻止开枪了，"唉，真该撂倒它！"

袁裕豪白郭建一眼，"捉鬼放鬼都有你！世上有后悔药吗？"郭建辩解说："我也是一片好心，免得大家犯错误嘛。坐牢划不来……"

樊井泉懊恼地抓起行囊说："为了不犯错误，我们还是到山那边去查查这位朋友的行踪吧。"

4人迅速赶往目击现场搜索。在离发现野人右侧约500米的地方，樊井泉等人遇上了一个采药人。胡振林大吃一惊，"幸好没有开枪，你们刚才看到的野人会不会就是这个采药人？"

袁裕豪把头摇得像个拨浪鼓，"怎么可能？我在望远镜里看得清清楚楚是个野人！那野人至少有2米，这采药人身高还没有1.7米呢。"

樊井泉也想起，"采药人穿的是黑衣服，那野人一身的棕红色毛。"

郭建则认为："那野人朝山顶的松树林跑了，这位采药人是在半山腰的500米外遇上的。刚才看到的不可能是他。"

没有见到野人的胡振林再次质疑，"会不会是采药人到了山顶后又返回到半山腰？"

为了搞清实情，樊井泉等人又返回去问采药人是否到过山顶。采药人说，自己是从山下进入到半山腰的，从未到过山顶的那片松树林。

确信刚才看到的不是采药人后，樊井泉带大家赶到现场仔细观察。最初，他们试图找到脚印来印证野人的存在。但一进入现场，他们就觉得这一想法很不现实——山坡上和箭竹林根本就没有路，脚下全是一层多年堆积的树叶枯草，走在上边像行走在棉花堆里，刚一松脚，那些树叶枯草便又弹了起来，根本看不到痕迹。

樊井泉又让郭建回到刚才大家看到野人的山梁，然后让身高1.8米的袁裕豪走进野人刚才曾经走过的一段箭竹林。山梁上的郭建高声道："袁裕豪的整个身体都完全被箭竹淹没了，看不见。"

在箭竹林里的袁裕豪听后嚷道，"我们刚才看到那野人在经过这片箭竹林时，它的整个头一直都高出箭竹林！"

樊井泉据此判断："这野人的身高至少在2.2米左右！"

第二天，孟庆宝率领目击者们再次到现场核实情况。当天，他们在那份"现场勘查记录"上写道：

（1）奇异动物比樊井泉、孟庆宝高大得多。奇异动物穿越箭竹林时，露出头部，繁井泉（身高1.73米，比采药人稍高）、孟庆宝两人沿同一路线行走，头部全被竹丛掩盖。由此可以断定，出现在箭竹林的不是采药人。

（2）奇异动物行走速度比人快很多。奇异动物从被发现到消失所走的路程（约700米）比胡振林跑到山顶的路程远，但胡未跑完300米，奇异动物就消失在了山顶的松树林里。更重要的是，野人所走的700米地上全是树叶枯草，行走在上边非常吃力，现场勘查时，樊井泉用20多分钟才走过了这700米路程，而野人通过这段箭竹林时只用了三四分钟。

（3）奇异动物是直立行走的，由此也可以排除樊井泉等人看到的是熊或其它动物。

（4）在樊井泉等人目击奇异动物的附近，发现两个可疑的窝。窝长2米多，宽1.5米左右，全是用竹子纵向铺成，比较整齐，厚20至30厘米。竹子是从6米外的地方咬断后搬来的，断处离地面50至70厘米。这与常见的野猪窝、熊窝有很大区别：野猪做窝竹子无一定方向，很凌乱，且竹子常常是从根部咬断，并会留下猪嘴拱地的痕迹。熊做窝不会咬断竹子而是就地把竹子扭成圆形……

48

响水河上游无名峰下那个野人从袁裕豪的枪下溜走后，神农架再也没有野人的消息。似乎，它们已意识到危险来临，全都在 1982 年那个严冬来临之前销声匿迹了。

按计划，这次野考是要从 1980 年 5 月初至 1982 年的 5 月结束，但因经费、设备不足等问题的困扰，武装部又多次催交武器，故，1982 年 3 月初，曾被李建、刘民壮等人非常看好的这次国家野考，在轰轰烈烈了一阵子后再次在神农架遭遇"水土不服"，不得不告一段落，降下大幕。

与一线野考的萧条冷落形成强烈反差的是野考会频繁的活动和权力更迭：

1981 年 8 月 20 日，以湖北省省长韩宁夫为名誉主席，以裴文中、贾兰坡、吴汝康、周国兴、王善才、黄万波、袁振新、李建、刘民壮等 20 多位人类学家、生物学家为主席团成员的"中国野人考察研究会"在房县成立，同时召开了第一次野考全国代表大会。李建任执行主席。

1981 年 8 月，野考会在房县成立

1982 年 2 月，中国野人考察研究会在武汉中山公园首次举办"野人考察成果展览"，观众近 10 万人次。

同年 8 月，中国野人考察研究会在四川成都召开第一届学术交流会。

1984 年，中国野人考察研究会在广西三江召开第二次野考全国代表大会和学术研讨会。

1988 年 12 月 15 日至 17 日，中国野人考察研究会第三次野考全国代表大会在武当山召开。

1993 年 10 月，原中国野考会挂靠到中国探险协会，更名为"中国科学探险协会奇异珍稀动物探险考察专业委员会"（下称奇考会）。

1994 年 10 月 26 日至 28 日，奇考会在北京召开第四次（前三次召开的为野考会）代表大会。贾兰坡、刘东森等科学家到会。当时，原中国野考会主要负责人李建、刘民壮因病住院，中国奇考会选举中科院原中国野考会执行主席袁振新为主任，原野考会副秘书长王方辰为秘书长……

野考会一大代表合影

第四章　寻找野人的"野人"们

　　为那个素昧平生的"人类近亲"和也许"仅仅只是一个远古的记忆"，野人的"皈依"者们走上了艰难悲苦的"朝圣"之路，在大山里"流亡"，在神农架那片莽莽荒野里数十年如一日地寻寻觅觅。他们在寻觅中渐渐变老，他们在寻觅中变得一穷二白，他们甚至在寻觅中魂飘野考路……

　　不管是否能够寻找到野人，从踏上神农架那一刻起，他们的灵魂就得到了洗涤、超度和升华——最终，他们也许会像那个逐日的夸父一样带着遗憾渴死在半路上，但他们的坚韧与执着，会使寻找野人的故事变得更加厚重和悲壮……

第十八节　"野人"的疯狂

49

在奇考会第四次代表大会上听神农架林区宣传部长戴铭讲"1993年9月3日原铁道部高级工程师钟美秦、关礼杰等10人在神农架燕子垭目击到3个野人的事情"时,后来成为知名野考队员的张金星当时的感觉是"神奇和震撼"。接着,这种神奇和震撼当即就把他"引诱"上了野考的征途。

张金星的老家在"葡乡醋乡鱼米之乡,泉城湖城文化古城"的山西清徐县。因家庭成分有点高,张金星13岁就被弄到镇里做临时工,15岁那年,与19个初中还未毕业的"知识青年"到太谷东庄公社涧沟大队插队改造。几年后,返城到晋中建筑公司当了泥瓦工。他心灵手巧,很快被评为二级工。见张金星表现不错,领导让他搞工会工作,一干就是十年⋯⋯

张金星很满足也很感恩,认为党和政府对自己不薄,应该回报国家。但在那样的岗位上,他只能空怀一腔报国志。直到1992年底,中国向国际奥委会提交举办2000年奥运会申请报告时,张金星报效国家的心愿才得以展示——他要自费以自行车单骑宣传的实际行动在全国奔走呼号,支持北京申办2000年奥运会。

张金星的此举赢得了国人的欢呼,却遭到了妻子的强烈反对。但他觉得,老婆孩子事小,忠孝国家事大。于是,当年3月,他怀揣妻子离婚的"休书",肩披"支持北京申办奥运会"的红色绶带,饮一杯晋中政府官员和父老乡亲送行的烈酒,骑着崭新的永久牌自行车,高擎一面9.6平方米的金黄色签名彩旗,从晋中榆次市出发,一路北上,离太原,经大同,进内蒙古大草原,接着向西进甘肃,从宝鸡过秦岭入川,七跨长江,八跨黄河,五过长城脚下⋯⋯

经过一年风餐露宿的跋涉,当张金星自筹的两万余元全部"弹尽粮绝"之时,他的自行车车轮终于印在了28个省、市、自治区600余县的版图上,整个行程2.6万千米,收集记录了12本全国各地支持北京申办奥运的签名资料……

张金星以独特的方式把一件具有特殊意义的事情做在山川江河之上的同时，国家体委、山西有关方面也把"中国工人阶级的壮举"、"建设者的伟大创造"、"山西民间单骑环国第一骑"，"山西省五一劳动表彰特等功"等殊荣给予了他。

这些荣誉对于一个普通的建筑工人来说，已算功名显赫，卓尔不凡。但掌声和欢呼声刚停，张金星却想在不惑之年远离故土去续写自己生命的传奇。

他要报名去北极考察。被拒绝后正在郁闷，1993年9月21日，《人民日报》曾采访过张金星的一位记者把神农架找野人的消息透露给了他。

张金星再次热血沸腾，立刻认为这就是自己此生应该办的一件大事。为了争取到办这件"大事"的机会，他孤注一掷，带着几万元的筹款，背着行李，从晋中一路找到太原再找到北京。

当时，他单骑走全国支持奥运的壮举正被宣传学习，山西省科委领导自然也为之油然起敬，盖着公章给国家科委写了一封介绍信，说，张金星同志欲前往神农架进行野人考察，鉴于我委尚不了解国家这方面的政策和办法，请国家科委研究予以支持和帮助。

对以单骑环国这种形式支持北京办奥运的张金星，国家科委当然也欢迎其参与野考。一位处长把他介绍给了中科院袁振新。当时，野考会刚挂靠到中国科学探险协会，准备于1994年10月26日至28日在北京召开全国奇考会第四次代表大会（实际是原野考会的四大）。因是国家科委介绍来的，又听说过张金星支持北京办奥运的事情，袁振新同意了张金星列席参加这次会议并支持他于10月底进入神农架考察。

50

当张金星背着100多斤重的行李义无反顾地进入神农架天门垭时，层峦叠嶂的山峰，纵横交错的沟壑，郁郁葱葱、苍莽悲凉的原始森林一下使他强烈感觉到了人类的渺小。望着那些辽阔、神秘得令人觉得有些阴森恐怖的茫茫山林，他有点不自信了：我能在这大山里坚持下来吗？我能在这样的地方找到野人吗？但他告诫自己，张金星，绝不能当逃兵，要勇敢地在山上扎下根来，找不到野人绝不下山！

那之后，他真的一连数月都没有下山，完全消失在茫茫山林之中。

张金星的"消失"引起了神农架林区领导的惊慌。宣传部长戴铭在他的《神农架野人全纪实》中写道：

> "10月份，山上已开始下雪了。1994年的雪下得格外大。张金星一去3个月杳无音信。春节过完，仍没有消息，这下，我可急了，长坊乡的电话线路早被积雪压断，电话不通，我只好托人给长坊乡政府带去一封信，要求乡政府组织民兵上山寻找，强调生要见人，死要见尸。"

那次，张金星差点就真的落得个"尸横荒野"的结局。

出发前，奇考会有人告诉张金星，野人经常出现在马家山、千家坪、老虎顶一带，去那里看看吧。他在天门垭经过半个多月的适应性锻炼后，便开赴马家山，接着又去了千家坪。

捕捉

结果，在马家山、千家坪转悠了几个月，张金星连野人毛也没有发现一根，仅看到了些熊豹豺狼之类。虽无收获，但他并不灰心。他想，马家山、千家坪没有，那野人肯定在老虎顶。这样一想，张金星不由信心十足，准备向老虎顶进发。

但就在这时，他的营地遭到了袭扰：野猪拱翻了他的帐篷，老鼠分享他的食品，伐木者将他所带食品和生活用品悉数盗走。害得他一个多星期只能靠打松果，捡拾雪中的板栗野果充饥。

这样一来，老虎顶是去不成了。张金星郁闷不已。

更令他郁闷和难以忍受的是脱离人类的孤独。在日复一日，月复一月的孤独和艰难中，白天，他独自在荒无人烟的原始森林中钻山沟，攀悬崖。晚上，朔风凛冽，他与冷月做伴，体味着脱离人群后被孤独追逐的痛苦与折磨。

孤独像有毒的雾霾一点点地渗透进张金星的身心，让他有了"飘"在太空的那种恐惧。长期没有语言交流的后遗症更让他有一种向动物蜕化的感觉：结巴，言不达意，说话口齿不清！几个月后，下山补充食物的张金星到戴铭的办公室刚交谈几句，宣传部长就吃惊地问：老张，你说话怎么了？

"我……我，我也……不……不知道……"张金星本想解释点什么，但急得涨红了脸，结结巴巴了半天也没有能说出一句完整的话来。

困扰张金星野考的还有经费问题。进山时自筹的几万元钱很快告罄。为了继续野考，他给农民打工，在神农顶给人守瞭望塔，干些森林巡护，防火报警之类的工作，每月领70元的工钱。有时，他还协助神农架林区义务导游，救助旅游者，以此换取保护区接济粮物度日。实在揭不开锅时，他就去与游客合影，并在旁边放一个捐款箱，任凭合影者放进10元、几十元或者几百元的"野考资助"……

长期的营养不良使他骨瘦如柴，布满血丝的双眼总是又红又肿，加上"蓄发明志"留起来的头发、胡子一尺多长，形同乞丐，活脱脱一个"神农架野人"。

他觉得这样的形象很符合自己进行的野考工作。那时，他认为，野人的嗅觉应该是很灵敏的，它老远就能闻到人的气味，没等人靠近，它早就跑了。所以，张金星说：想要接近野人，野考者身上首先就不要有人的气味。于是，他在山里长年累月地不洗澡不洗衣服不洗脸刷牙……

每隔一段时间，张金星都会下山买粮、油，他那一身又脏又旧的迷彩服内散发出的难闻怪味会使小镇上的人们唯恐避之不及。

大城市的人更不能容忍他。一次，张金星到武汉湖北饭店参加野考会议，被门卫当成无业游民控制在保卫室蹲了一夜。第二天，披肩长发被剪掉，大胡子刮光，才允许其进入住宿。

张金星作诗自嘲说：不觉离世一年半，人语未变面目惨。世间疑是野人到，毫不留情把我拦。

更惨的是张金星常被山里的野蜂、竹虱子、旱蚂蟥、毒蛇伤害。一次，他不小心踏翻了箭竹林里一锅盖大的野蜂窝，被惹恼的蜂群轰的一声冲天而起，追得张金星落荒而逃，最后，一头扎进刺骨的冰窟窿里才逃过一劫。

竹虱子也非等闲之辈，它们会不声不响地钻进人的身体，等发现时，身上已经起了包。这时，只能用镊子抠。一次，钻进张金星体内的竹虱子只被抠出了屁股，头和身子却断在肉里边再也抠不出。

神农架的旱蚂蟥更使张金星苦不堪言，夏天里，他腿和手上的蚂蟥伤从来就没有好过。被咬过半年后，伤口还会发痒，张金星只有使劲抠，直到抓破皮流了血才能舒服点。所以，他每天只能用盐把旱蚂蟥咬过的伤口涂抹一番……

51

大山里，还有许多比这些小东西更危险的动物。

神农架银杏树坪住着徐家庄林场基建队8个守场的人。张金星去老虎顶时听这些守场的人说，西边山垭上有个大岩屋，经常有野羊跑进洞里。张金星准备在那洞里建一个野考点，便将行李存放在基建队，带着望远镜、手电筒，拿根棍子去探洞。

到一条山沟里，看到一个圆形洞口，张金星以为就是守场人所说的大岩屋，便钻了进去。洞中黑咕隆咚，一片寂静。张金星正往里钻，忽听有哼哧哼哧的声音，用手电筒一照，原来是一只大黑熊！

张金星不敢掉头就跑。猎人告诉过他，与黑熊相遇不能跑，否则，定会被其追上撕成碎片。

他就曾经有过差点被撕碎的经历。

那天，他看到山坡下有一黑红色的动物在草丛里晒太阳，以为遇上了红毛野人，就悄悄爬到陡坎上观察，谁知不小心滑到了岩下。刚一落地，就听一声嚎叫，一头很大的黑熊扑了过来，张金星本能地一闪，躲过了黑熊那凶猛的一扑，但头顶却被黑熊的利爪抓出了3条半厘米宽的伤痕……

眼下，又与这种家伙狭路相逢，张金星不由两腿发软，侧身向后慢慢退却，想以这样的姿势稳住黑熊。但黑熊不耐烦了，嗷的一声嚎叫，一耸一耸地冲了过来。吓得张金星不得不仓促应战，他边乱晃木棍边高声吼叫："你干啥！你要干啥！要干啥子嘛……"

喊叫间，张金星已退到山崖边，一脚踩空，身体朝后一仰，掉下崖去。

幸亏崖下是灌木丛，又被厚厚的积雪覆盖，张金星才没有摔伤。他一骨碌爬起，往山下狂奔而去，跑到河边回头看时，只见一对黑熊站在岩顶嗷嗷怒吼。

张金星不敢停留，沿河边急行，走了很久也不见徐家庄林场基建队那些板壁屋。原来，从熊窝逃出后就吓得慌不择路的张金星南辕北辙，已经离基建队的板壁屋越来越远。当时，这位不知道在大山里迷路有多么危险的山西人还在想：管他的，遇到有人时问问路就可以找到基建队的板壁屋了。他没有想到，等遇到人时，自己已经快进入阴曹地府了。

不过，刚迷路的张金星还没有意识到死神正在悄悄逼近，当时，他只是感到有点不妙：天黑了，一摸身后，望远镜摔成两半，手电筒也不见了！一想，估计都是从崖上摔下时的结果。

望远镜摔坏后，望远镜上的指北针也失灵了，皑皑白雪遮盖了一大片形状相似的山岭，不管怎么走都看不到人家。丢了手电筒，黑夜无法赶路，张金星只好胡乱找个小山洞歇息。

洞里黑咕隆咚，黑暗中，恐怖笼罩着张金星。身上连火柴也没带，冻得他蹲也不是，坐也不是，只好从洞外扒些枯草堆在一起，然后钻进去避寒。但他不敢睡，怕被冻死……

天还未亮，张金星就又开始赶路。冰天雪地，肚子饿得咕咕叫，一路上，看到橡子、松子之类的野果，他就不断往嘴里填，吃饱了，就又走。

这一带的山势很奇怪，全是层层叠叠的山峰，且这些山峰的大小高矮都十分相似，相似的山峰有序地排列后更像一个诸葛亮的八卦阵迷宫。张金星当时没有意识到这迷宫的可怕，只是怀疑是不是上天复制出了这么多相似的山峰整齐地摆在了神农架大山里。整整一天，他都在层层叠叠的相似山岭里转来转去，走得精疲力竭时，他惊喜地发现不远处有一串人的脚印，但跑过去一看，又觉得不对劲，把自己的脚套进脚印里一比，张金星一下泄气地瘫坐在雪地上——那是他自己不知什么时候踏出来的脚印！

第4天，还在层层叠叠的山岭里转不出去，张金星的体力几乎耗到了极限，精神也几近崩溃。他急了，索性听天由命，闭上眼睛，沿着一个长满灌木的深沟滑了下去。

已经有些神志不清时，张金星终于听到狗的叫声，他腿一软，坐在了雪地上。一只大黄狗狂吠着扑了过来，他迎上去一把搂住龇牙咧嘴的狗头。狗在他怀里挣扎着，继而哼哼，然后不知所措。

少顷，十分通人性的大黄狗开始救助这个落难之人，它衔着张金星的衣服往朝有人家的地方拖。张金星感动不已，拼尽全身力气跟着它爬行，到了一栋被大雪覆盖的房子前，狗哀鸣着替他拱开门。屋里出来两个山民把张金星拖了进去，割开他已冻成冰疙瘩的鞋，3个脚指甲盖和鞋一起被脱了下来。手也不能弯曲了，山民父子用雪给他搓手搓脚，手脚能动弹了，才从火塘里拨弄出几个烤土豆，端来一碗水。

吃饱喝足，张金星倒头就睡，直到第二天上午才醒了过来。

救张金星的山民叫曹本发，曹本发家距银杏树坪的林场基建队40多千米。在曹家休息3天后，张金星才一拐一蹶地用一整天时间回到了银杏树坪的林场基建队。

后来，张金星在日记中写道：累坏了。冻坏了。饿坏了。困坏了。损坏了。

他的确冻坏了。进屋时，他全身已完全冰冻，基建队的8个工人手慌脚乱地用剪刀把他的衣服鞋袜"脱"掉。只见他全身上下没一处好皮肤，脚冻得比大萝卜还粗，亮晶晶的。工人们端雪帮张金星搓手脚，折腾到大半夜，他才有了知觉。几位工人给他涂上冻创膏，用布包好，钻进暖烘烘的被褥中躺10多天后，张金星又活了过来……

第十九节　魂飘野考路

52

在神农架比张金星走得更远的当数于家兄弟。

于家三兄弟属红二代。

不过，他们的父亲解放战争未扛枪（在北方联合大学工作），朝鲜战争未过江（在援朝的丹东空军机场政治部工作），新中国成立后连个校官级别都没有评上。

老大于军在北京二七车辆厂干车工。老二于工 1971 年初中毕业到北京郊区的大兴当知青，1976 年才返城在中建一局二公司当了工人。老三于建 1975 年高中毕业，本可到北京郊区当知青，但为了响应领袖年轻人应该到艰苦地方锻炼的号召，他去了延安。

1979 年回城时，于建无业可就，到照相馆去拍照片办待业证。照相时，一组收费价格信息让他发现了阿里巴巴的山洞：相馆洗 1 寸的照片收 4 毛钱，2 寸的收 6 毛，4 寸的收 1 元钱。而他了解到，一张 4 寸照片的成本不过几分钱！

这可是一个本小利大的生意！于建干脆不办待业证了，那时北京已经时兴个体户，他要和两个哥哥搞个私人相馆。

想干个体户却没有本钱，于建唯一的资产是从延安带回的一个大衣柜。他一咬牙，卖！于是，兄弟三人用三轮拉着衣柜沿长安街叫卖。

衣柜卖了 20 元，于军把自己的 100 元积蓄全部投资。这些钱从二道贩子那里买来了放相机、上光机、相纸、显影、定影等设备，再到街道办开一张证明，买一本发票，便到朝阳区东八里庄南里的国棉二厂门口摆一张桌子开张了。

开张大吉。他们微利多洗，4 寸的一毛五一张，6 寸的两角一张。这价格还不到相馆价格的六分之一。喜得国棉二厂和周围的美女俊男们纷纷排起长队加洗照片，忙得兄弟仨连吃饭的时间都没有。晚上回家，用一个多小时把一大桌子的一分二分五分一角二角五角一元二元五元十元的票子和硬币数清楚后，兄弟仨欢呼雀跃——头一天就净赚100多元！父亲是教育部的一个处长，一月的工资也不过这个数！

好景不长。干了两个月刚有3000多元积蓄，政策变了，介绍信、发票被街道办收回。不能当洗照片的个体户了，正处在一种要实现自我价值的狂热之中的于氏兄弟又瞄上了另一个后来为之奋斗终生的事情。

一天中午，于军吃完饭到厂阅览室找报纸看时无意间翻到《化石》杂志上一篇《野人之谜》的文章。文章作者是当时还在中科院工作的周国兴，他在文章中介绍了神农架找野人的事情。

当晚，渴望干大事实现自我价值的哥儿仨围绕野人进行了广泛而热烈的讨论。他们甚至还探讨了找到野人是不是就解答了从猿到人的千古之谜，能不能代表中国到世界的领奖台上去领诺贝尔奖，是否可以名垂青史等胸臆高远的问题。

只是后来，于工提出的那个严峻的问题让他们一下没有了底气：我们连初中高中都没有认真读完，干完这活儿能算科学家吗？

于建直摇头，"没有文凭，算哪门子科学家？"

平时爱看书的于军觉得成名成家不在文凭高低，他旁征博引地举例说："大画家齐白石没有文凭。近代文学巨匠沈从文只有小学文化。国学大师梁漱溟、数学家华罗庚早先只念过初中……"

于工也突然想起，在非洲找黑猩猩的珍妮·古道尔原来不过是一个女招待，但在森林里观察38年黑猩猩后，她就一鸣惊人，获得了英国剑桥大学的博士学位。中科院贾兰坡院士不过也才是北京汇文中学的毕业生，在周口店挖出了"北京人"头盖骨，再主持几次考古，"考古学家""古人类学家""美国国家科学院外籍院士"这些头衔照样也就有了……

这些先例让于家兄弟们坚信：坚持在某一领域深挖，任何人都能得到可观的回报。只要找到野人，解答了从猿到人的千古之谜，在科学界的地位肯定比古道尔、贾兰坡高，完全可以算科学家！

搞明白了学历与成名的关系后，兄弟三人当场拍板：干！到神农架找野人去！

　　从此，北京二七车辆厂少了一个车工，中建一局二公司少了一个工人，南城街道办少了一个待业青年，神农架里却多了3个痴迷的野考队员。

　　也就是从那时起，于氏三兄弟一朝入梦，终生不醒，以"用我三生烟火，睹野人一世真容"的执着把自己"奉献"给了神农架。

野考队的于氏三兄弟

　　要梦想成真，决心固然重要，但找野人是个技术活，需要运气，需要经济的支撑，需要科学知识，更需要内行的指导。于是，于军和两个弟弟去了趟中国科学院古脊椎动物研究所。书记李泉港和中科院前两年曾参与野考的黄万波、袁振新接待了于氏兄弟。大家很谈得来，一直聊到下班还意犹未尽。

　　此后，于氏兄弟隔三岔五打电话或到中科院询问找野人之事。碰巧的是，1980年初，中科院湖北分院拨款7万元，组织考察队重进神农架。

　　得知这一消息，兄弟三个央求袁振新给他们争取野考名额。

　　从武汉开预备会回京后，袁振新告诉于氏兄弟，会上没有通过让他们三兄弟参加野考的提议。见于家三兄弟仍不死心，袁振新提供信息说，5月20日，野考队在房县培训，你们自己去找找野考队长杜永林吧。

　　杜永林是神农架林区的副区长。之前，于家兄弟接触过的最高级别不过生产队长、车间主任这种官员，没有和副区长这种"高官"打过交道，担心他架子大打官腔，就没有去找杜永林。

　　他们决定自己干。带着当个体户时买下的那台长城牌照相机，买一只小钢精锅，从家里拿一床线毯，自制一个装干粮的布袋，于工、于建就去了神农架。

后来，杜永林回忆说：5月21日，有民兵报告，送郎山有两个形迹可疑的年轻人在四处逛游，说他们要找野人。于是，我让民兵将这两个人带到了我的办公室。

这两个在送郎山逛游的年轻人是于工、于建。被带到野考队后，杜永林说山里野兽多，很危险，劝他们回北京，不想二人却缠着杜永林收留自己。杜永林没劝走兄弟俩，反倒被于家兄弟的精神所感动，便问他们有什么能证明自己的身份。于工掏出户口簿，怯怯地问，这个行吗？杜永林担心两兄弟是背着家里偷偷跑出来的，便说，户口本不行，要你父亲单位写证明。

这个要求并不难，留在北京照顾父母的于军很快去父亲所在的国家教委写证明寄到了神农架。就这样，于工、于建有了野考队员的身份。

野考队员一个月可领30元的生活费。但在大山里爬上跑下，30元不够吃，还得挖野菜补贴。于是，他们像神农一样遍尝百草，吃坏了牙，吃肿了脸，身子也越发虚弱了。更糟糕的是，一天，于建从悬崖上跌落，摔得头破血流昏死了过去。于工把弟弟背到石岩下为他包扎伤口，用最后一点炒面喂于建，然后彻夜坐在弟弟身边，为他遮挡冰冷的夜雨。

久在山里野考，于工兄弟俩感到最难的是宿营。山风刺骨，冻得火柴都划不着，他们常常把所有衣物都裹在身上蜷缩在山洞里，但那样仍抵御不了大山里夜间的寒冷。一个风雪交加的傍晚，遇上一户人家时，他们想在山民家中借宿。

不料，一听他们想住宿，老乡伸着手问，想住宿？手术？

"手术？"兄弟俩摸头不脑。

山民点头说，"对，要手术！"

"住一宿还要手术？"于氏兄弟面面相觑，有点呆若木鸡。

山民语气坚定地说："对，住宿必须要手术！"

"老乡，手术可以免了吗？"于建实在不愿住那犹如冰窟的山洞，他想"收买"山民，"通融一下，我们住了给钱！"

"不行，非要手术不可！"山民毫不通融，"否则，给再多的钱也不能住！"

住一下还非手术不可！于氏兄弟不知道山民要做什么样的"手术"，但他们实在不敢让看上去恐怕连医院长什么样都不知道的人给自己"手术"，吓得赶紧去找山洞过夜……

回到松柏镇，于工把这件事当作"险情"汇报到了杜永林那里。野考队长听后乐了，"傻小子，哪里是你住宿别人要给你们做手术嘛！老乡是问你们要住宿的手续——也就是问你们要介绍信工作证之类的东西！"

兄弟俩这才恍然大悟：原来是不会普通话却又想在外人面前"装洋蒜"的山民把住宿需要的证明手续说成了手术！

于建觉得挺搞笑，也学着"装洋蒜"。进山前，他一本正经地提醒大家，"别忘了带手术！"想到山民家借宿时，他会首先声明，"我们有手术。"

山里常有熊豹豺狼之类的猛兽出现，但于氏兄弟不怕——他们有枪——那是来神农架前，他们那个四级车工的哥哥于军用无缝钢管制造的。野考队政委孟庆宝问：你们那枪能用吗？于工说，能啊。轰死一头野猪肯定没问题！孟庆宝让他打一枪试试，于工躲到一块石头后放了一枪，"轰"的一声，枪管飞出了七八米，于工也被火药熏成了"黑脸包公"。孟政委说，别再用了，小心伤了自己。但他们仍把剩下那支土枪带上壮胆。不想这支土枪在关键时刻还真救了他们。

那是在对罗圈套至猪拱坪一带的原始森林进行考察时，于工、于建自告奋勇为野考队探路。那天，正走着，寂静的林子前方突然传来响声，于家兄弟觉得前方来的就是野人。于建立即占据有利位置，敏捷地用土枪瞄向前方，于工则打开相机对准有响动的方向。响声越来越近时，亢奋的兄弟俩失望了：原来是一只大黑熊！

当时，失望的兄弟俩也意识到危险正在逼近——黑熊照直向于工藏身的地方冲去，只有几米时，"砰"的一声，于建手中的枪响了。硝烟弥漫，呛得于建紧闭双眼直咳嗽。等他睁开眼时才发现，黑熊跑了，土枪的枪管也被炸得不知飞到了哪里……

到神农架的前两年，于家俩兄弟运气不是很好，最大的收获不过是发现过野人毛发、野人粪便。

运气不行他俩就拼勇气试毅力，经常在人迹罕至的林子里钻进钻出，不分白昼地在果林溪沟旁蹲守，后来，终于在离大垮不远处的猴子石主峰东侧发现了一个直径 90 厘米、高约 100 厘米，形如沙发的野人睡窝。这个睡窝是把七八根 2 厘米粗的箭竹拧成一束一束之后编制而成的。在睡窝附近，他们还找到了几堆野人拉下不久的粪便。兄弟俩兴奋不已，在箭竹林里顺着痕迹四下搜索，没找到野人，兄弟俩又回到睡窝附近冒雨守株待兔 10 多个小时……

后来，于军也加入了野考的行列，哥儿仨被分在一个野考小组，他们有了更多的发现。一次，于军、于建兄弟俩在房县台口村牛目沟发现很多树枝都被折断，特别是一根直径 3 厘米粗的黄粱树在高 2.9 米的地方被折断并被扭了一把。兄弟俩认定是野人扭的——他们找来几个大力士试过，四五个人都根本无法扭断那么粗的黄粱树。更何况，人在近 3 米高的地方根本无法使力去扭那黄粱树。

兄弟俩把扭断的黄粱树砍下来拿到公安局做指纹鉴定，公安局的人说，树皮太粗糙做不了。于是，于军把那节黄粱树当成"文物"保存在北京家中，有客人来访，他都会拿出来让人参观。

于建断定：在近 3 米处扭断黄粱树的一定是野人

1981 年，中科院湖北分院和神农架联合组织的野考结束后，官方停止拨款野考，野考从此只能由民间的散兵游勇们以单打独斗的方式进行。

那时，于军兄弟仨为找野人已欠了一屁股账，有人劝他们就此打住，回单位上班。但他们矢志不移，为了赚钱应对接下来的野考，1982 年回京后，他们到长辛店一个山西人开的厂里承包了一个炼铁车间。在那里苦干几个月，兄弟仨挣了 6 万元。本来可以继续干下去挣更多钱，但他们放不下山里的野人，很快又赶到了神农架。

6 万元很快用完，从 1992 年起，于军让两个弟弟继续在神农架找野人，他自己则到天安门广场历史博物馆北门摆冰棍儿摊。为了多攒点钱，自己也早点进山，他一个人摆了三个摊，直到新中国成立 50 周年大庆整顿天安门广场的秩序时，他才收起了冷饮摊。

于军说："那三个冰棍儿摊还真赚了些钱。1994 年，奇考会在北京开会，来的都是一些有胆没钱的主儿，连吃饭都成问题，我出了 3000 元钱，开会的人都有了饭吃。"

53

为了野考，于军三兄弟舍得花钱。他们先后投入 100 万左右，在保康县的大山沟村、樟木沟村，房县青峰镇的抬头村、桥上乡垭里村和神农架建起了自己的 5 个野考据点。在这些据点，他们安监控器，投放诱饵，制造标本，买齐了摄像机、照相机、卫星定位仪、帐篷、睡袋等野外考察的必备物品，还花 700 元买一狼狗去神农架找野人。但那大狼狗只是与同类咬架时特厉害，能把其他狗都咬得四下逃窜。到神农架后却胆小如鼠，任凭于军怎么拽也不敢上山，死命地往回跑……

于军把钱都砸进了野考，家里的开销和女儿的学习费用全靠他妻子姚建华的工资。姚建华说："我从不指望于军能拿钱回家。但对他老把家里的东西往神农架的山上搬也感到很恼火。那辆用于做生意的拉达牌车成了野考专车，家里的冰箱、发电机被搬走了，一辆摩托车也被带进了山里……"

于军的野考专车已经伤痕累累

令姚建华最不能容忍的是，只要神农架一有风吹草动，余家三兄弟就倾巢出动，一去数月不归。

1995年11月，神农架有人说见到了野人在田里吃玉米。奇考会秘书长王方辰打电话给于军，让他一起去看看。

那次去神农架还有件事需要办：十堰的东风汽车公司赞助给考察队一辆车，需要人去开回北京。

本来是找另一个人去开那辆东风车，但那人临时变卦，于军就让于工去开。于工有驾驶证，但平时开车时间较少，技术不行。

在神农架把野人吃玉米等事情调查完已是1996年1月初，王方辰因事先离开了十堰，让于氏兄弟把车开回北京。于军开着去时的那辆松花江牌小车在前，于工开着东风货车在后。一路上，于军都会时不时地从反光镜里看看于工的车。

两天后，他们到了河南新乡市的牧野大桥。过桥前，于军还看见弟弟的车跟在后边100米左右，过桥后再看，看不到了。停车等了一会儿，仍不见来。于军觉得不正常，心里一阵发慌，赶紧掉转车头往回跑。

找到那辆东风货车时，它斜停在公路上，一辆拉石灰的拖拉机斜插进了它的驾驶室。于军脑子嗡的一声后成了一片空白，只是机械地跑过去拉开车门，看见于工闭着眼静静地坐在车里，扶着已被挤弯的方向盘。再一看，拖拉机的头角钻进车内，挤断了于工的左腿，鲜血喷满了驾驶室。

开拖拉机的小伙子说，他开着拖拉机准备下桥时，于工的车正好从对面开来，上桥时，路上有个坑一挡，东风车咣当一下跳起，斜刺着冲向拖拉机……

费很大劲，于军才把于工抱了下来，用电线缠住弟弟还在汩汩流血的腿，然后让拖拉机司机帮忙抱着，他开车飞快向医院开去。车上，于军一手开车，一手把兄弟的断腿抱在怀里，一路都没松开。在让拖拉机手给弟弟喂水时，于军从反光镜里看到他微微睁开了眼睛。于军砰砰乱跳的心稍稍静了下来，心想，只要知道睁眼，就应该问题不大。

于军生怕于工"出问题"。公路上的悲剧发生后，他痛哭流涕地对人讲：野考十多年，于工是他最得力的助手，默契到不用说话就能心领神会，自动就把活儿接上了。在山里时，有时吃完晚饭，于工会说，我觉得今天应该去蹲守，穿上衣服自己就去了，直到凌晨时才披着寒月冷霜回来。于工内秀，做得一手漂亮标本，做的锦鸡标本像活的一样。他曾用煤油灯孵出过锦鸡仔。他还懂周易，没事时给考察队员算命玩儿，都说他算得准……

在去医院的路上，于军在想，那东西还没找到，兄弟绝不会死！也绝不能死！

然而，他的兄弟和最得力的助手没有能被抢救过来。太阳西下时，39岁的于工离开了这个世界，魂飘野考路……

于军彻底崩溃了，在车里呆坐两天。他不敢给家里讲，只让人给王方辰打了个电话。回家后，妻子姚建华问：于工怎么没有回来？

于军抱出骨灰盒，失声痛哭道：弟弟回来了！

姚建华也哇的一声哭了起来，揪着丈夫的衣服问："于军，你怎么给父母交代！你怎么给他老婆孩子交代呀！"

于军一屁股瘫坐在椅子上哭道，"我也不知道该怎么交代，我无法交代！于工，你回来呀！"

当晚，于军梦到了于工，他希望弟弟能与自己再谈谈野考，或者是指责他几句，但弟弟不跟他谈野考，也不指责，挥挥手就消失得无踪无影。醒来，于军泪流满面，唏嘘不已。之后的几十年间，弟弟老在他的梦里挥着手走向远方，余军一直为此耿耿于怀。

于工的突然离去使野考队陷入悲痛之中。奇考会主任袁振新闻讯后悲痛无语，怀揣1000元钱，扛起一袋大米，直奔于工家……

在于工的追悼会上，队员们播放的哀乐是悲壮激昂的《送战友》。令人感动的是，当队员们前去慰问于工的爱人贾美菊时，她强忍悲痛，首先询问同行队员的安全。于工年迈的母亲泣不成声地告诫大家："你们可别因为老二去了就散伙呀！"

但老人心中的伤痛再也无法痊愈。2012年冬天，本书作者到京城南边的于家采访时想跟老人聊聊。但她一直把自己关在屋里，任怎么叫门都不肯出来。

于军说，自出事之后，在她面前，谁都不敢再提于工……

54

野考队没有散伙。

袁振新、王方辰等人又制定了从高空追寻野人行踪的计划。按他们的设想，用定位热气球装置和高科技望远镜、夜视仪及红外线设备跟踪摄像，居高临下日夜监视固定区域，对行动迅速敏捷的野人进行追踪，如此，对野人是否存在能得出一个初步的结论……

他们计算过，只需3至5个热气球即可覆盖神农架野人出没的林区。

但一个热气球的费用要15万左右，这笔费用对野考队来说无异于一个天文数字。

就在袁振新、王方辰为热气球的事情烦心之时，于军、于建却开始行动了。

1998年11月，于军开始自行设计制造500立方米的氢气球。凭着有限的数学知识，他计算出，一立升氢气能提重1.2千克。500立方米的氢提升两个人在高空飞行完全没有问题。考虑到安全，于军去找空军六所帮助制造。六所开了一个制造清单：一个球体8万元。球体充一次气4万元，这还不算装置、吊篮什么的。

当时，于军已经拿不出这12万。没有钱就自己做吧。他和于建找小秦等几个朋友采购来PVC材料做底，加一层尼龙网膜当球皮，做成了一个直径14

米，高10米，氢气容量500余立方米的蓝色钻石形大气球。

然后，自造调整升降和方向的木螺旋桨，用铝合金角铁做了一个坐人的大筐子，再装上发动机，经过十多次试验，气球居然飘了起来！

那时，别说于军有多高兴：球体、吊篮和充气等费用才8万多元也就成了！那天，在卢沟桥的一个大沙坑里做实验时，于军还告诉于建等人，这次如果能够飞起来，下次就从这儿直接飞神农架。说着，几人喜上眉梢，击掌相庆。

但乐极生悲，他们又出事了。

对那次事故，中国科协党组成员沈爱民在他的一篇报告文学中作过细致的记录：

美丽的蓝色气球竖起来了，连吊篮足有20多米高，竖立在蓝天中阳光里，还真像颗闪闪发光的钻石。他们把球放在一个三轮车上，几个人坐到筐里。发动机打着后，几个小伙子推着三轮车就跑，有了推力，球真的慢慢飞起来了。飘了一会儿，感觉不错就着了陆，大家乐呵呵地开始放气收球。

放气靠一个自制的放气阀，原来想做成铁的，后来怕铁的产生静电，打出火花。试验用的是氢气，500多立方米的氢气碰上火花，谁都知道会有什么结果，于是就改用尼龙做成放气阀。没人想到尼龙更容易产生静电。

这一改用材料铸成了大错。

原来说好，要注意安全，放气的时候离球远点。可这次，鬼催似的，4个人一个不落，齐齐聚在球下待着。等于军回过味儿来，已经来不及了。

眼前红光一闪，跑都来不及，轰地就炸了。

500多立方米的氢气成了一大团烟雾。一个巨大的蓝宝石，瞬间化为乌有。

于军从火堆里跑出来，看见了于建正在火里打滚，赶紧拍灭他身上的火，问：怎么样？

于建说，没什么事。

于军再一看，心一沉，于建那张始终带着明朗微笑的脸已烧成了团"黑炭"。

再一看华子和小秦，都活着，只是脸都已烧得不成样子，看不出表情。头发全都烧得卷卷地贴在头皮上，像非洲人。于军还清醒，居然找到相机拍了张现场照片。然后开车，送几个人去电力医院，一摸方向盘，才看到满手都是鸡蛋大的水泡。

万幸的是，几个人都治好了。用他们的话，七八万块钱没了，可没死，捡了个便宜……

第二十节　混编野考队

55

第二任野考队长杜永林对野考队员的分工编组很人性化——为照顾亲情，他把于氏三兄弟编为一个组；考虑同乡之谊，袁裕豪、甘明华、黎国华、胡振林等当地野考队员常被分在同一个考察小组；考虑性格合得来，上海来的刘民壮、李孜等人常为搭档。

"当然，不是所有时候都能照顾方方面面的关系。"杜永林说，"实在无法照顾时，我们就将队员们合并成混编野考队。"

之所以叫混编野考队，是因为1980年后的两次野考，除30个男人之外，还先后有两位女性参加。杜永林解释说：真拿那些女同志没办法，她们软泡硬磨地挤进了野考队。

第一个"挤"进野考队的女性是个军人，名叫罗爱华。

野考队政委孟庆宝记得：那是1981年7月，他被大水冲走负伤，在松柏养伤时，一个20多岁的女军人找到他，啪地立正，再敬一个军礼，然后大声说：报告政委，青岛×××部队医院护士罗爱华前来报到参加野考！

打量着眼前这个端庄秀美的女军人，孟庆宝大惑不解地问："参加野考？你一个军人，能随便离开部队跑到山里来？"

罗爱华解释说，"这段时间，我正在休假疗养。想乘此机会参加野考。"

孟庆宝说，那也不行，哪有几十号老爷儿们带着一个丫头片子在大山里转悠的？

罗爱华纠正道：政委，你说错了，《林海雪原》中，就有一个名叫白茹的护士跟小分队的战士们在深山老林剿匪！

孟庆宝语塞。但仍嘟哝说，那是他们的小分队，我们这个野考队反正不要女的。罗爱华仍不死心地自我推荐说，在山里野考，难免磕磕碰碰受点小伤，我是护士，可以包扎护理……

罗爱华还说了自己可以照顾大家生活等方面的理由。但最终，她没有能够说服孟庆宝，不由失望至极。离开之时，动了恻隐之心孟庆宝才说："小罗你大老远从山东来一趟神农架也不容易，去野考队参观一下还是可以的。"

那时，考察队的营地已从大湾移到了海拔 2500 米的韭菜垭，这里山高林密，交通不便，条件十分艰苦。获准前去参观的罗爱华看到的所谓野考营地不过是一间约 30 平方米的木屋，这间既是考察队员们的寝室，又是他们取暖的火笼和厨房的小木屋里，没有桌椅板凳，只有一长溜大通铺，一个简易的灶台。地上杂乱地堆着土豆、玉米等食物，蜘蛛网一样横七竖八的绳索上晾着队员们衣服和洗脸毛巾，大通铺上那些乱七八糟的被子和扔得满地都是的鞋、袜散发着难闻的臭味……

在小木屋和周围东看看西瞧瞧之后，罗爱华什么也没说就回青岛去了。几天后，有人从青岛给野考队寄来了几个有行李、书籍和一些生活用品的包裹。因包裹来路不明，野考队没有人去取。一天，野考队领导杜永林、孟庆宝和刘民壮正开会商量如何退回这些来路不明的包裹，罗爱华来了。见面又是一个标准的立正和军礼，然后报告说：罗爱华正式参加野考，请领导分配任务！

对这种先斩后奏的做法，队领导十分为难甚至有点反感，便耐心地解释劝告，并要派人送她下山。而罗爱华态度坚决，就是不走。还软磨硬缠说：我是当兵的，为揭开神农架野人的千古之谜做一点力所能及的事情，也是我一个军人的义务。杜永林、孟庆宝等人无可奈何，只好妥协，同意她进驻韭菜垭。

于是，罗爱华终于以"编外队员"的身份"挤"进了野考队，在韭菜垭那个只有 30 平方米的小木屋里有了一席之地——队员们在那一溜通铺后的厨房边腾出一块 5 平方米的地盘，罗爱华挡上一块布帘，便有了属于自己的"闺房"。

在野考队员黎国华的野考日记里，俊俏的罗爱华有一双聪慧、清澈有神的眼睛，有一头飘逸的披肩短发。她性格开朗，大胆泼辣，待人处事落落大方。到达考察队的第二天，就主动担负起野考队的内务。她从林子里弄来枯树锯成木墩，使大家有了坐的地方；她把屋子里蜘蛛网一样横七竖八的绳索有序地排列成几行，并把晾衣服与晾毛巾的区域分开，使整个房间一下变得整洁；她从行李中拿出高压锅做饭，使队员们第一次在海拔2500米的高山吃上了熟透的米饭。大家边吃、边笑，庆幸自己终于结束了吃夹生饭的日子。

队员们更开心的是，他们还结束了长期以玉米棒子为食，炒土豆片当菜的历史。队员们外出考察，罗爱华就钻进山林，寻找竹笋、野葱、野韭菜之类的植物，每天变着花样给大家做几样味道鲜美的小菜，有时，她会做顿北方水饺，改善队员们的生活，让南方的小伙子们品尝北方的风味。

罗爱华偶尔也会与队员们一起到山里考察。每当此时，罗爱华才体会到了山里的艰险与严酷：大家背着行李、武器、炊具、粮食，在猎狗的引导下，沿着无路的陡坡朝山顶攀爬，在密林里向周围作辐射状搜索。一连攀山五六天，早已是人困狗乏。因没有能为几条猎狗带足食物，到后来，猎狗们挨饿时，只有在山林里啃些野果充饥，或者到猎人们曾经宿营过的周围寻找被扔下的各种动物的残骨啃食咀嚼。有时，队员们还会爬上树，取下挂在枝干上那些飞鸟的干尸让猎狗们撕扯啃食。不久，几条猎狗便饿得瘦骨伶仃。

尽管如此，这些人类的忠诚朋友还是默默地在队员们身边发挥着作用。孟庆宝给作者讲过这样一个故事：由于长时间在酷寒的山野里受冻，引起黎国华血管痉挛，四肢冰凉，像打摆子一样不停颤抖。为给其保暖，樊井泉把长着一身金色丝毛的牧羊犬莎莎抱上床依偎在黎国华身边。见莎莎不能入睡，樊井泉就拿出几粒掏去了核填装满高效安眠药粉的红枣塞在它的嘴里。莎莎吃完红枣，很快就呼呼地睡在了黎国华的鸭绒睡袋上。

在韭菜垭的小木屋里堆放了不少这样的红枣，队员们进出小木屋总是要关好房门。一次，樊井泉忘了关门，莎莎因偷吃了太多红枣而丧了命。

一条名叫欧妮的牧羊犬也在帮助野考的路上失去了生命。进山后，罗爱华很多时候都一个人留守在韭菜垭大本营。当时，常有采药人在山里窜来窜去，让一名女孩子看守营地，考察队的领导和队员们有些放心不下，便将那条凶猛而训练有素的英国牧羊犬欧妮和一条刚退役的警犬玛莉留下来做罗爱华的"警卫"。

开初与狗接触，罗爱华很害怕，她就用可口的食物去与它们套近乎。时间一长，狗们成了她的忠实伙伴，没有她的允许，除考察队以外的任何人都休想靠近小木屋。罗爱华也常带她的伙伴们到林子里去追逐那些小动物，到山沟里去采竹笋、野葱、野韭菜之类的食物。

因不具备在高山雪地中进行冬季考察的条件，1981年底，野考队下山总结工作。罗爱华也随队下山准备回青岛。临行前，罗爱华提着竹篮，带着欧妮等几条猎狗准备到河边去寻些野菜最后再给队员们做一顿水饺。正在这时，悲剧发生了——欧妮带着一群猎狗欢蹦乱跳地跟在罗爱华身后，一个警察以为欧妮要攻击他，拔出手枪"砰砰"就是几枪……

欧妮倒在血泊里，半晌才回过神的罗爱华一声尖叫扑上前抓住开枪的警察扭打在了一起，接着和警察争论着、拉扯着走进了公安局值班室……

解决问题时，警察要罗爱华出示身份证件，并要求告诉部队电话号码。电话一打通，才知道对方是某海军司令部值班室。对方证明罗爱华是某老将军的女儿，希望神农架警察能保证她的安全。

警察为自己草率开枪的行为登门道歉时，悲伤的罗爱华无心接受这种无用的歉意，她和野考队员们在小河边安葬好欧妮后含泪回青岛去了。

56

罗爱华离开一年多后，另一个名叫高云的女人又以罗爱华那样的执着进入了神农架野考队。

据资料记载，身高1.7米的高云祖籍东北，出身于知识分子家庭，是一个篮球运动员兼文学爱好青年。在李孜、黎国华等几个当时还是光棍的野考队员眼里，这个很漂亮且颇有才气和灵气的女子禀赋了北方女性爽朗热情如烈焰般的个性，也不失南方女人的娇柔温婉和柔媚可人。

那时，世界上的影迷都在追捧一个叫奥黛丽·赫本的英国女演员。

赫本有句名言：优雅是唯一不会褪色的美。

李孜说："高云身上就具备这样的美。甚至，连她的名字都很容易让人联想起那透着生命的气质跳跃在天地之间的云朵。不管是言谈举止还是接人待物，她都总是既落落大方而又不失优雅。"

女人大方优雅的气质大多是文学滋养出来的。

长期浸染于知识家庭的氛围中，高云苦心修炼于文学泥土的深处，把古时那些诗化了的才女们楔进了自己最深刻的记忆里：博学广识，被誉为儒林女圣的班昭，将自己被匈奴掳掠塞外十二载的苦难镌刻成《胡笳十八拍》那首千古绝唱的乱世才女蔡文姬，还有那个"生当作人杰，死亦为鬼雄"的南宋婉约词人李清照都是高云的偶像。感情丰富、多愁善感的高云常在偶像们的诗文里感伤时事，哀悼穷途，为那些古代才女也为自己的命运怅然心伤……

古代的"伤痕文学"中似乎也有"伥鬼"，总是把人生的悲剧带给钟情于它的世间男女——那情形有点像陈晓旭太投入地表演林黛玉，最后却不幸染上了林黛玉那种"态生两靥之愁，娇袭一身之病"，年纪轻轻就命丧黄泉。而那个唐朝的薛涛 8 岁便留下了"枝迎南北鸟，叶送往来风"的千古佳句，却不料，这佳句一语成截，不幸成了她多年后"迎南北鸟""送往来风"的悲惨生活……

高云的命运中的确有明星和古代才女们那种悲情的"文学背景"，她的确没能绕过文学描写的那种悲剧。

悲剧发生前，高云总以为自己读过很多诗文今后就一定可以成为诗人或者小说家去讴歌、报效国家。

但造物弄人，富于幻想的高云最终没有能成为诗人或小说家而只是在十堰第二汽车制造厂的水厂医务室当了一名医生，后来经历了一段失败的婚姻。

挺过婚姻之灾的高云没有一直坐落在自己的伤痕里，她很快就振作了起来。在报纸上看到野人在人类科学中的价值时，高云马上想到，"这也许是我人生最应该做的事情！"她几乎没有多想就决定去神农架野考。

高云听说女性很难进野考队，多年来，只有一个叫罗爱华的女军人硬挤进野考队找了一阵野人。有前车之鉴，高云觉得自己没有把握像罗爱华那样"硬挤"进去——自己脸皮薄，不可能像罗爱华那样以军人的勇敢去向野考队领导求情。自己也没有将军的女儿罗爱华那样的胆气，领导不同意就先斩后奏，把"生米煮成熟饭"。

但她有女人的娇柔温婉并且还具备一点运用智慧去实现目的的"谋略家"潜质。说白了，她走的是一条"曲线野考"之路：先单枪匹马到神农架山里去转悠了十多天，让野考队的人看看自己野考的决心和胆量。然后，再给野考队领导宣传自己作为医生在野考中的优势，最后终于进了野考队……

对这段经过，刘民壮的《神农架林区 1983 年 9 月野人考察报告》、高云的《神农架野人考察日记》及野考会的第 45 期《通讯》都曾讲述过，黎国华、李孜也有过详细的叙说。综合起来，大致可以"复原"成这个样子：

1983 年 8 月中旬，高云自费到神农架野考，林区的熟人让她去红坪林场。熟人说，红坪林场那边经常闹野人，去看看吧，说不准你还真能碰上一个。

到红坪林场后，红花朵公社的妇女主任要陪高云进山，但她坚持"自己到附近看看就回来"。

高云走进原始森林后有点身不由己了。当时正值秋季，漫山遍野的野百合、野棉花艳丽如云。在林中穿行，累累野果不时在她头上磕碰得梆梆响，灌木丛中不断飞出拖着一米多长尾羽的锦鸡。高云像小学课本中那个钓鱼的小猫，一会儿吃野果，一会儿追锦鸡，不知不觉跑了很远。

接下来，麻烦来了。先是在小溪边遇上两只壮实的野猪，吓得她在密林中乱闯乱逃，结果很快逃得分不清东南西北。扯着嗓子呼救了半天，幸好遇上一采药的大姐，大姐说："你们城里人真生猛，胆子硬是大，要是被野人抓住，它会把你弄去当婆娘的！"

高云似乎不怕"当野人的婆娘"，又到山里转悠了半个多月，但除了危险，她什么也没有遇上。

没有收获的高云意识到应该尽快和专业的野考队一起野考才行。8 月 26 日至 29 日，湖北和神农架林区在松柏镇林区宾馆召开湖北野人考察研究会成立大会。会前，野考队长杜永林提供信息说，前不久，区长徐少杰率干部在塔坪的三宝洞查洞时发现有一尺多长的大脚印。于是，和李建等人一商议，决定散会后组织一个小分队前去三宝洞探察。

高云从熟人那里打听到了这一消息。野考会议刚开始那天早上，她找到了正准备先进会场检查会议准备情况的李建和杜永林。

后来，接受采访时，杜永林告诉作者："一开始，我和李建都坚决不同意高云参加探察活动。"

野考队长记得，一见面，高云就笑意吟吟地说，她想参加野考。刚讲完来意，李建就首先质疑："你是厂里的医生，不上班吗？哪有时间野考？"

"有时间！一年有 50 多天的节假日，我都集中到这次野考用。"见野考队长杜永林在一边不表态，高云强调说："如果时间不够我还可以请假，单位领导都已经同意了！"

杜永林摇头说："野考队不要女的！"

为了进野考队，高云只好当面揭底，"罗爱华在你们野考队干过，她就是女的！"

罗爱华在野考队的经历已经证明女性参加野考的确存在诸多不便，于是，李建、杜永林边往会场里走，边一脸肃容地讲些不同意高云进野考队的理由："单位虽然给你批了假，但你的孩子谁照顾？可不能为了野考而不管孩子。不行不行！""从来没有听说过女的能野考出什么名堂来，你何必来搞这种难成正果的事情？"杜永林甚至还想了个后来连他自己都觉得十分好笑的理由，"你太年轻了，不适合野考，等两年再来吧！"

李、杜二人满以为自己的搪塞之词可以让女医生知难而退，不料，高云挡在会议室门口说："两位领导，你们可以不同意我进野考队，但我要对你们的几个错误说法提出申诉。"

"申诉？"李、杜二人一愣。

高云一本正经地说："是的，我要申诉。第一，我已把孩子托付给了我母亲，不存在因为野考而不管孩子的问题。第二，英国的珍·古道尔在非洲原始森林里考察黑猩猩 38 年，终于成了世界上拥有极高声誉的动物学家，这证明女性野考也能成正果……"

讲到这里，高云发现李、杜二人相视一笑，似乎还在用眼神交换着意见。生怕二人再想出其他什么理由拒绝自己，她赶紧接着"申诉"说："第三，古道尔 1960 年到冈比河畔的热带雨林去野考时 26 岁，我今年 28，已经很不年轻了，用不着等两年再来……"

高云的"申诉"把李、杜二人逗得忍俊不禁。见其不再那么严肃了，高云趁机把自己进野考队的优势宣传了一通。拗不过这个倔强的女人，野考队长只好同意她"先到去三宝洞考察的小分队试试"。

在当天的日记里，高云兴奋地写道："我们的小分队虽小，但精干。教授刘民壮、文工团演员黎国华、眼镜儿李孜都已找了好几年野人。我要好好向他们学习！"

高云首先学习的是进山前的准备工作：买尼龙绳、矿灯、电筒和蜡烛，准备馒头、饼干、玉米面等吃食，检查睡袋、枪支和药品……

一切弄妥帖后，8月31日，一行人乘坐便车赶到三宝洞山下夜宿塔坪大队。

三宝洞在燕子垭东北方向小黄龙垭附近的峭壁间。黎国华说，他曾经去过那里，于是，9月1日一早，就带着大家顺一条羊肠小路朝山上行进。可走了不到一千米，小路完全被茅草和灌木淹没，找不到路的刘民壮等人只好"沿着陡崖和竹丛翻过四、五道山梁，一路跌跌撞撞，手上、脸上被刺得血迹斑斑，下午3点多才找到了三宝洞"。

洞很不好进。事后，刘民壮在总结中说："洞口不大，要顺着陡坡爬下去，虽有矿灯、手电，但派不上用场，好长一段路都得在黑暗中摸索。"

第一次长时间被这种静悄悄的黑暗笼罩，高云很紧张，拉住黎国华不让贸然进洞，怕有野兽突然冲出来伤人。刘民壮让黎国华把枪上膛，说如果遇上野兽就打死，遇上野人就开枪打腿。

进到洞的深处，地势逐渐平坦宽敞。四个人开亮矿灯、手电一看，只见洞中有洞，四通八达，每个洞都是忽大忽小，小的只能通过一人，主洞则能容纳千人。刘民壮一行在进洞的沿途不停用锤子、锄头敲打挖掘，试图发现点野人的蛛丝马迹。忙活了两三个小时，他们看到了似宝塔，似猴子，似莲花等千姿百态的钟乳石，还挖出了两具疑似黑熊的尸骨，唯独没有发现野人的脚印、化石之类。

探洞

　　再往洞穴深处走，空气越发稀薄。刘民壮觉得大脑供血不足，头昏得厉害。害怕出现危险，一行人赶紧出洞。

　　这时，洞外已是暴雨如注。在密林里，又找不到路了！天色渐晚，急得大家在荒草坪里一路乱窜。不料，越乱走山势越险峻，路也越来越窄。刘民壮在总结中描述说：脚下是万丈深渊，头顶是绝壁，再向前去是一片陡崖区，真是上下不得，进退维谷。黎国华爬到一棵高树上，看到不远处有一条小路，大家这才攀着树藤顺崖而下……

　　穿过几道山崖后，终于发现了一条公路。见路边有一个被筑路工人放炮炸出来的偏崖根，李孜就想到山崖下去躲一阵雨，快到崖根时，猛听"哗"的一声巨响，那被炸松的山崖因受暴雨的浸泡全部坍塌，李孜差点被数千立方岩石泥土活埋！

　　高度近视的李孜正吓得待在那里不知所措，突然，山顶又轰隆隆地滚下数块巨石，巨石在滚动中不断碰撞，声音犹如雷鸣。黎国华挥着手高喊："眼镜儿，快过来，快跑呀！"李孜这才如梦方醒，快步向前冲去。刚冲出山沟，巨石呼啸而下，在李孜刚才站立的地方砸得水花四溅……

　　在9月2日的日记中，高云记录了一顿不同寻常的午餐：从塔坪至松柏要翻越一座大山，中午时还没能达到山顶。一行人饿得走不动了，但可吃的东西只剩下几个生玉米棒子。饥不择食，从未吃过生食的几人竟狼吞虎咽地啃起了生玉米棒子。当大家啃得嘴上都沾满白色的玉米浆时，刘民壮抹抹嘴说："今天是我的 50 生日，吃生玉米棒子有特殊的纪念意义！"

可小组的三个年轻人觉得没意义，都为不能给刘民壮弄点庆寿的食物而深感遗憾。

不过，祝寿仪式还是要举行的。高云等人树起手中是生玉米棒子做喝酒状，齐声"祝刘教授生日快乐，野考事业早日成功！"大家说着闹着笑成一团，饥饿和疲劳早忘得一干二净。

后来，刘民壮也曾向朋友提起过 50 岁生日啃生玉米棒子的事。他说："那时，我想家了，如果在家里，爱人怎么也会弄些好吃的给我庆祝一番。"他还设想，"女儿也一定会祝我生日快乐！那该多么幸福……"

听刘民壮这样说，朋友们感物伤怀，说："你本来可以很幸福，但是，幸福来敲门时，你不在家。你到神农架找野人去了……"

妻子、女儿和家对刘民壮都来之不易。而立之年，刘民壮才结婚。一位与刘民壮走得较近的教授说，"在他杂乱无章的卧室里，挂着一副描绘他年轻时带学生野外实习时的水彩画，画面上，他的自画像年轻英俊：身背采集箱，手持一支实物，正在对扎着两只小辫的女学生讲授植物学知识。看上去，这位女学生很像他的夫人吴雪瑜。那画中的寓意恐怕只有他们夫妻俩才知道……"

画中那个扎着两只小辫的吴雪瑜后来曾对人说，其实，那画的寓意不会是浪漫，夫子那人只知道做学问搞研究，从不会浪漫。

吴雪瑜非常敬重只会做学问搞研究而不会浪漫的丈夫，人前人后都称他"夫子"。

熟悉刘民壮的黎国华则伤感地透露：刘民壮这"夫子"当得很不称职，在妻子需要丈夫支撑，年幼的女儿需要父爱的时候，他却带着本该用于家庭的工资，连续 9 年利用寒、暑假到神农架野考。

浓缩事业必定会稀释生活和淡化亲情。吴雪瑜说："似乎神农架才是他人生的归宿，而家不过是他野考路上的临时驿站。"

对这个"驿站"，刘民壮的经营和关心实在太少，在家人需要时，他总是

"迟到和缺席"：从粮店往家里运一家三口的几十斤供应粮，扛煤气罐这些男人干都很吃力的活全都落到了吴雪瑜羸弱的肩头；女儿生病住院，吴雪瑜一个人照顾，忙得连吃饭的时间都没有。

有人说，在孩子心中，父亲就是上帝的名字。可刘民壮的女儿说："我的'上帝'完全是个熟悉的陌生人。小时候，学校开家长会，晚上辅导作业，陪我去公园的全都是妈妈……"

对此，刘民壮非常内疚。每次从神农架回家后，他都像还债一样卖力地做家务，并挤出时间陪妻子和孩子，还很"文艺"地向吴雪瑜表示：自己要做家庭的归人，不再当亲人生命中的过客。后来，听到这种总是不能兑现的表白时，吴雪瑜会幽默地问："夫子，狼又来了？"

"我从不相信他的那些信誓旦旦，神农架一有风吹草动，他的魂就会立即被那里的野人给勾走！"吴雪瑜说，刘民壮的魂被勾走前的样子很好笑："像士兵听到号声一样激动亢奋，急不可耐地在房间里转来转去，还会对家人有一些讨好的言行。"

每当此时，熟悉丈夫"德行"的吴雪瑜会说："夫子，别憋着了，还是去当你的过客吧。"刘民壮立即如获大赦，兴奋地说声"遵命"，背着行李便匆匆地奔火车站而去……

老是这样把"驿站"留给妻子，刘民壮的内心也很自责和不安。但他又实在难以拒绝来自神农架的诱惑，对此，他矛盾苦恼，常坐在窗前闷闷不乐地发呆。

吴雪瑜不忍心看丈夫发呆的样子，调侃说："夫子，千万别郁闷出毛病像屈原那样去跳汨罗江啊，我带孩子做家务都忙不过来，可没有时间包粽子祭奠你……"

对妻子的调侃，刘民壮付之一笑。是苦笑。

他的苦笑里包含了太多的无奈。在50岁生日"宴"上啃生玉米棒子时，刘民壮说了句充满佛学意味的话：亏欠妻子，怪我修行缺感觉；妻子善待我，是上天赏赐我寻找野人的因果。

李孜、黎国华听后直摇头，"刘教授，这话是啥意思？"

刘民壮笑而不答。高云断定：当时，刘教授是在表达内心的悔意。

但那时，有悔意的刘民壮已没有时间去多想怎么弥补一直隐藏在心中的那份疚愧——他遇到麻烦了。

在三宝洞没有找到大脚印，黎国华又提供了一条线索：不久前，一老农去老君山挖药时想在老君寨下的一个山洞里宿夜，可进洞一看，有红毛和许多大脚印，吓得赶忙跑下山去。于是，刘民壮决定从木城上老君山去找那个洞。

找向导时，木城西沟 4 队的穆队长介绍说：老君山主峰海拔 2700 米，很少有人去过，只有 85 岁的李志昆对老君山的山洞熟悉。但他年纪大了不能上山，他的儿子李永清常在老君山挖药，便推荐其带路。

但李永清病了。

原来，狗熊、野猪在他家的玉米地里折腾得厉害，他在地里守护 8 天 8 夜累病了。刘民壮一行与其见面时，他无精打采、昏昏欲睡。高云在 9 月 12 日的日记中写道："刘教授让我尽快给向导治好病，让他带我们进老君山去找山洞。

"到李永清家，我给他做推拿后他睡着了。我和黎国华沿山路到 3 里外的大队医务室去给他抓药。半路上，一条 3 米多长的蛇突然从山坡滚下，黎国华扑上去抓，可惜蛇蹿到山下去了！这些天，大家一直吃土豆、玉米，很想吃点肉。前几天，在摩天岭打了条 1 斤重的蛇，扒皮去头后，烧了点蛇肉汤，但被黎国华碰翻了锅。当时，气得我真想揍他！没办法，只好从柴灰里把那些蛇肉捡起来，洗一洗再放点水煮。那一顿，大家就着蛇肉汤吃玉米饭，好香！

"可惜，眼下，3 米多长的蛇竟然给跑了！拿回药已是中午，我煮好药让向导吃后，晚上，他病情好转。"

13 日上午，大病初愈的李永清带刘民壮一行向老君寨进发。

一出门就沿着陡峭的山路一直往上爬，大家都很累，但沿途的奇花异草却转移了野考队员们对疲乏的感受。

常在山里转，刘民壮对神农架这个"物种基因库"了如指掌。他指着悬崖上生有七片叶子顶部开黄花的药材说，那是七叶一只花，对治疗毒蛇咬伤有特殊疗效；他说溪沟旁那些茎秆上长着两片叶子开小红花的叫江边一碗水；有3片桃形叶片开黄色小花的叫头顶一颗珠……

李孜觉得给小黄花起头顶一颗珠这么个名字很奇怪。靠挖药为生的向导李永清解释说：秋天，小黄花落后会结出一粒红色透明的小果，恰似一颗红色的宝珠，所以它叫头顶一颗珠。是治头痛并有多种疗效的名药……

爬上一个山头，漫山遍野的杜鹃引得高云等人一阵尖叫。

山外，杜鹃四五月份便花开花谢，但在老君寨这海拔2000多米的大山里，到了9月，还能看到紫红色的杜鹃迎着初秋的微寒怒放，远远看去，一团团、一簇簇的杜鹃像一片燃烧的火焰染红了山峦，绮丽多姿，热烈奔放。行走其间，淡淡的清香飘入肺腑，让人陶醉……

走出杜鹃林，沿途的野果更吸引人：猕猴桃压弯了树枝，金红色的樱桃如透明的宝石挂满枝头，肥大的八月炸果（又名野香蕉），味道比广东的香蕉更好，还有猫儿屎、野核桃……

成天吃土豆玉米的刘民壮等人胃口大开，先尝猕猴桃，有点酸，扔掉再尝樱桃。最后觉得还是野香蕉最好吃。没时间停下摘着吃，大家就把整枝的野香蕉砍下抱在怀里边走边吃。

野香蕉虽然味美，但毕竟没有肉食好吃。高云吃野香蕉时不禁又想起昨天跑掉的那条大蛇。她突发异想：那么大的蛇，它见过野人吗？

仰望莽莽起伏，茂密葱翠的群山，关于大蛇是否见到过野人那个奇怪的问题使高云浮想联翩。她不由想起8月初在山里迷路时那位药农大姐的话，"要是被野人抓住，它会把你弄去当婆娘的！"此时，她想：如果遇上野人，我真会作出牺牲去同野人生活，去想法驯化野人，揭开这世界之谜！

没有野人来抓想入非非的高云，旱蚂蟥倒是不断"光顾"她。听到响动，树枝上的旱蚂蟥都蠕动起来，等待机会掉到匆匆赶路人的身上。在半路休息时，背包放在地下，蚂蟥会立刻爬了上去。没有办法，大家只好站着，靠在树上休息片刻。刘民壮突然发现高云头上在流血，一看，从头发里捉到了一只旱蚂蟥。原来，她跌跤时，旱蚂蟥乘机爬到了头上。

再往上走便到了令人胆寒的陡坡"阎王鼻子"。阎王鼻子上没有路，大家只有顺着阎王鼻子的山梁攀藤而上。上了高崖，只见一片高高低低的悬崖峭壁，犹如刀砍斧切，崖上岩下，古木参天，云雾吞吐。刘民壮不由扼腕长叹："天啊，即使野人就在下面，恐怕也难以捉到！"

李永清说，各位，这里是鬼门关，大家留意脚下，过了这道关口再说抓野人！

李永清一提醒，高云更害怕了，不断惊叹惊叫，生怕稍不留神会从那只有一脚宽的山崖小路滚下深不见底的峡谷。

过鬼门关时，"眼镜儿"李孜步履维艰，黎国华在前连拉带拽，李孜身体贴着悬崖一寸寸地移动，总算过了鬼门关。见大家安全过关，刘民壮诗兴大发，操着徐州普通话动情地高声吟道："今朝进驻老君寨，阎王鼻子来拍照，奈河桥上采标本，鬼门关前探野人！"

后来，聊到这首诗，李孜叹息说：可惜，豪气冲天的诗人终归没有能摆脱死神的纠缠。

1991年底，刘民壮到浙江庆元参加由中科院植物研究所主办的纪念邮票发布会。邮票为五种珍稀杉树，其中一枚来自神农架的百杉祖冷杉，此树现已濒临灭绝，刘民壮建议把浙江4个雷同的冷杉保护区合并起来，有人指责他浪费国家土地。面对这种不分青红皂白的攻击，他激动愤怒，突发脑溢血，倒在了会场上。

此后，他余下的生命都是在上海宝山县富锦路的老年康复医院僵卧病榻。一度，他也曾恢复得能站起来了，可不幸碰上一位自称善推拿却医术拙劣的大夫把他"推拿"得骨折。之后，刘民壮的病情每况愈下，长期只能仰卧在床，右手右脚全部僵硬，口齿日渐不清，老是气喘吁吁。

护士说："他的身旁是一些并不理解他的病友，因他不停地向来客讲述野人，说神农架的野人比金丝猴还多而被视为不正常的人。最后，他因此被隔离在单独病房……"

孤独的刘民壮更觉伤心。护士说：死前，很长时间里他都一句话也不说，只是默默地流泪。死的时候，脸上的泪花还没干。

一位对刘民壮满怀敬意的记者用悲伤的笔调写道：寂寞的晚上，一个英雄哭泣长久，然后默默死去……

黎国华记得，1997年元月28日，刘民壮去世后的第16天，他收到了吴雪瑜告诉刘民壮临终遗嘱的信："保存好野考资料。希望死后把骨灰撒在神农架的山林里。"

黎国华不解地问：他为什么要以这样的方式再回神农架？是忘不了神农架的野人？是想十上神农架继续野考？或者是想再看看老君寨山下邱家坪的那一排被他定为"野考基地"的破房子？

邱家坪的破房子后来被改造成药材场。老君山划为自然保护区后，药材场搬迁，几十间破房子空无一人。刘民壮在鬼门关作诗那天，一行人越过一条摇摇晃晃的木桥进驻破房子后，刘民壮决定把这里作为小分队这次野考的基地。

被大雪覆盖的野考营地

那天到"基地"后，大家都饿得不想动了，但刘民壮找一间有锅灶的屋，又帮大家架起旧门板，铺上鸭绒睡套，接着一边帮着做饭一边整理他的标本。土豆玉米饭做好已是晚上10点钟，没有碗筷，刘民壮就砍些木棍当筷子，把竹子砍成几段，破开给大家当碗盛饭。高云说："我们也有点像野人了……"

野人般的进餐方式很原始古老，也很容易复苏人的野性。在当天的日记中，高云写道："夜深了，大家睡在鸭绒睡袋里很快都进入了梦乡。我睡的地方靠着窗户——所谓窗户，只不过是一个方形的洞口罢了。窗外，群山如墨，瀑布声震耳，萤火虫漫山遍野地在黑暗中飞舞。"

"这样的美景令人兴奋得难以入眠。我从窗户的洞口爬出，漫步在萤火虫的'灯火辉煌'之中。"

"来到山溪边，四周空无一人。真想扑入溪中痛快地洗个澡，但又觉得漫山遍野飞舞的萤火虫像无数眼睛在盯着，我有点不好意思在'众目睽睽'之下脱光衣服。犹豫时，那位药农大姐的话又在耳边响起：'被野人抓住，它会把你弄去当婆娘的！'我突发异想：真当了野人的婆娘，是不是每顿吃饭都会像晚上那样木棍当筷，竹子作碗？没有澡盆，是不是只有在这样的溪中洗澡？到那时，还怕被谁盯着？还会难为情吗？"

"今晚就'实习'一次野人婆娘洗澡吧！黑暗中，我边胡思乱想边脱下衣服跳进寒冷的溪水里。老君山流下的瀑布打在我身上有些微微生痛，我仰卧水中，只露出头，尽情欣赏着这美妙的神农架夜景。山上山下，无以数计的萤火虫犹如山城重庆夜晚的万家灯火。我兴奋，我激动，忘记了冰冷的溪水已使我浑身发抖……"

57

9月14日的路途愈加凶险。

按刘民壮的计划，第二天要探邱家坪下面的大洞，第三天探望天龙反背的燕子洞，第四天探冲坪方向的大洞或尼汉河方向的煤炭洞……

但第二天发生的意外事故却打乱了所有的计划。

高云在日记中写道："……一路上，茅草一人多深，原始森林里夹杂着大片的箭竹林，山上没有路。"

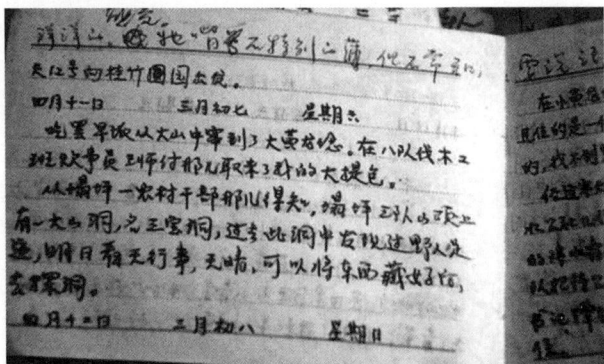

野考日记

　　在向导李永清的带领下，刘民壮一行披荆斩棘，缓慢前行。衣服裤子已被露水湿透。上到阴坡时，林中的植被、苔藓、腐叶使人一走三滑，大家只能在密林中连滚带爬。黎国华说，这种行进方式连野人都不如，野人是直立行走的，连滚带爬地前行顶多只能算是黑熊或猴子。

　　山路上，这群"黑熊或猴子"翻过几座山，越过十几道奔腾咆哮的急流和瀑布后，李孜的风湿性肩关节痛症发作，右臂不能抬起。高云为其做按摩治疗，疼痛消除后大家继续前进。下午4点多，山洞还没有找到，向导李永清焦急万分，带着大家发疯似的在灌木丛中乱钻乱窜，什么衣服和皮肉都全然不顾了。

　　记录这一情节时，高云的日记似乎也充满了难抑的焦躁和懊丧。"黎国华和向导李永清沿着岩脚寻找一个多小时，还是没有找到药农所说的有大脚印的那个山洞，李永清说他还是20多年前到过此洞，记不清了，感到过意不去。"

　　高云的日记说："过意不去也无济于事 —— 真是令人生气、丧气和泄气！"

　　下午5点，一行人只好向基地返回。在翻越一道山崖时，只有崖上的一条树藤和周围的几块山石可抓，我们都翻过去了。李孜最后一个翻越时，树藤断掉，他滚下了山坡。崖上滚下的山石把李孜头上的安全帽打了一个大洞，脸也被划破。万幸的是身体无大碍。晚上8点，我们才回到邱家坪的基地。"

　　高云在日记里说，那时，大家已在密林中穿行了10多个小时，回到基地都累得快散架了。尽管都有点动弹不得，但大家仍坚持"生产自救"，打着手电到野外捡柴、打水、洗土豆做饭，并在屋中生一堆火烤衣服。

　　刚脱掉上衣，几人不由惊叫起来：只见大家身上都爬满了被胀得滚圆的蚂蟥，每条蚂蟥旁都汩汩地流着鲜血！一阵噼噼啪啪的拍打后，蚂蟥们都从人体内退了出来。但刘民壮还是觉得有些不太对劲，把湿透的衣服脱下翻过来细细寻找，在衣缝里又找出了几条蚂蟥。李孜脱下裤子一看，几条蚂蟥已把大半个身子钻进了他的体内……

9月15日，灾难降临了。早晨起来，外面已下起了小雨，本想等雨小点再走，但等到9点，雨更大了，几人只好冒雨向老君山的望天龙山洞出发——改去望天龙山洞考察是因向导李永清说，野人曾经在那个山洞出现过。

走了一阵，浓雾把群山严严实实地罩了起来，弄得李永清也分不清东南西北。黎国华上树探察行进的方向时，树枝突然折断，从8米高的树上掉了下来，脸被划破，眼眉处呈丁字形的破口流血不止。更糟糕的是，他不但不能行走，连站立一下都会痛得虚汗直冒。

刘民壮决定立刻返回邱家坪基地对其救治。回撤基地的路上可苦了李孜——向导李永清有病，刘民壮要背他采集的标本，高云是个女的，根本背不动黎国华，所以，这背伤员的差事自然落到了李孜身上。他背着黎国华一路跌跌撞撞、气喘吁吁，回到邱家坪时，已跌得伤痕累累，满身是泥，眼镜片也被跌破。

当晚已没有粮食煮饭了，大家只好吃些玉米粉糊糊。大雨还在下个不停，破屋里到处漏雨，夜间，睡袋全都让雨水淋湿，大家连着搬了几个地方都没有用。

在那天的日记中，高云写道："早上5点钟，刘民壮老师就起来了。外面还在下雨，刘老师冒雨到山里为黎国华采草药治腿伤。9点钟，刘老师回来了，采了吉祥草、和血丹、土三七、接骨草等。我立刻把这几种草药切碎捣成药泥，敷在黎国华腿上。刘老师让李孜和向导下山找人来接我们。"

"老君山真会开玩笑，我们要下山了，天气就晴了。木城四生产队的穆队长带4个农民来接我们。他们绑了一个担架，一切准备就绪，却找不到黎国华。到门口一看，不愿让别人抬着走的黎国华已经爬过了溪沟上的独木桥，正艰难地在山间小路上爬行。大家忙赶上去，刘教授逼着他躺在担架上……"

九曲十八弯的山路很难走，走到坡陡弯急的地方，担架几乎呈直立状态，黎国华几次要求下来自己走，可大家坚决不同意。担架到了阎王鼻子鬼门关的地方，因为塌方，原来的小路没有了。山民们砍树搭桥，刘民壮、李孜等人站在沟底，小心翼翼地扶着担架从桥上过去。

9月25日，野考小组遭遇经济危机。高云在日记中写道："早上坐车到达兴山时，小分队的钱已所剩无几，每顿只能吃一角钱一碗的面条……"

"李孜块头大，饭量大，一碗面条还不够他垫底，吃完后还眼巴巴的。下一顿开饭前，刘民壮、高云和黎国华都从自己的碗中给他挑一些面条，都说自己吃不了。李孜居然信了，还说，那我就助人为乐了。"

高云在日记里娇嗔地写道："这个傻子！"

第二十一节　勇士多灾

58

"傻子"李孜出身于书香门第，如果照着人生轨道直行，他本来可以在上海轻松安逸地过一辈子城市生活。可他却鬼使神差地迷上了大山里的野人。因在神农架"骗"黑熊、斗恶狼和用尖刀在自己腿上剐肉排毒等故事，"傻子"李孜被公认为野考队的勇士。

李孜祖籍江西九江市，祖辈也曾显赫。他的祖父李胜铎是个在百度上还能找到名字的清末状元。

但李胜铎的名字犯忌。清末的一次殿试"高考"时，有官员告诉皇帝：李胜铎这人不可录用——事业胜，就会夺位。考试成绩本上了状元线的李胜铎因此被万岁爷降格录为探花。此后历任清末农商总长、水利总长等职。辛亥革命时，天下大乱，有人准备将800袋明清档案卖掉，李胜铎卖掉自己的房子筹款将其买下，为国家保住了这些珍贵的历史档案。此外，在保护敦煌石窟、修建南行铁路等重大事件中都有李胜铎的身影。

李胜铎的孙子李孜没有祖父那样的辉煌，1978年与刘民壮认识时，这个29岁的单身汉还只是上海静安区红专进修学院的一名非骨干教师。因不是教学骨干，他被学院派到了一所中学蹲点。那年上半年，刘民壮到学校讲野人，讲1977年的野考一下迷住了李孜。他不由想起了自己在四川万县一家兵工厂当工程师的舅公讲的一个故事：1938年，万县地区巫山县有个妇女被野人抓去，后来生下一个猴娃。

听这个故事时，舅公刚开了个头，不相信世上有这等事情的李孜竟忘记了长幼尊卑，嚷道，"胡说！这不是违反进化论吗？如果是这样，人和青蛙也可以生孩子了！"

但舅公言之凿凿，那时还年轻的李孜也就信了。于是，猴娃的传说，改变了李孜的兴趣和人生。那个巫山的猴娃老在他脑海萦绕。大学时，他读的是中文系，毕业后，甚至没有搞清猴娃姓甚名谁，是巫山县哪个公社哪个大队的人，他就觉得自己与那里的野人一定有缘，于是，他又进生物系学习。他立志要揭开神秘的野人之谜。

读完生物系，李孜却被分配到了与野人和生物学八竿子打不到的上海静安区红专进修学院。那时，李孜心灰意冷：我的野人梦完了！

在上课、批改作业这种单调而枯燥的教学工作将李孜探索野人之谜的雄心壮志消磨殆尽之时，刘民壮却鬼使神差地出现在静安区红专进修学院的礼堂里滔滔不绝地宣讲野考的事情，李孜那几近沉睡的野考梦想再次被唤醒，且一下进入亢奋状态。此后，他帮着刘民壮四处宣传野考，他捐出存款让刘民壮去神农架，他同西郊动物园的热心者一起研究制造了夜间在 100 米左右就能发现和拍摄野人照片的红外线摄影仪……

1979 年 9 月，去神农架"打前站"的刘民壮打来电话让他前去神农架时，李孜却为难起来：钱都买设备了，自己每月只有 36 元的工资，即使不吃不喝也难以凑齐去神农架的费用。万般无奈，他只好冒名在母亲的学校领走了 130 元工资。

接下来，他去给蹲点的那所中学的校长请假。校长很豁达，知道李孜想野考，不但给了他假，还将学校的录音机和一部漏光的照相机借给了他。

想象此去神农架凶多吉少，在离开上海的头天晚上，李孜满怀悲壮地给"尊敬的学校领导"和在某校当教授的父母写遗书。他热血豪情而又很实在地写道：

"我独自去了。我到湖北神农架寻找野人去了。"

"二老都是大学教授，自然懂得，一旦揭开神农架野人之谜，对研究人类起源和发展将是一个重大突破。到原始森林探险，肯定没有在外滩散步轻松。

但是，我们不能坐等外国人抢先发布野考成果！"

"假如我倒在了神农架，你们千万不要过于悲伤。你们应该为儿骄傲……"

在遗书最后，李孜特意交代："假如我不在了，请你们变卖我所有的遗物，将钱寄给神农架的野考队员……"

本来，李孜还准备把自己对现状不服的愤怒和豪情也写进遗书里："不能够成为红专进修学院的骨干教师，那么，就去当野考领域里最出色的人！"但一想，等到野考功成名就之时，自然会有记者来挖掘这方面的素材，权且把这种很豪迈也很激励人的心灵鸡汤"存"着到时再讲吧。

不过，很可惜，那之后的几十年间，野考工作一路跌跌撞撞，诸事不顺，李孜也就一直没有机会给记者讲那些能够使人热血沸腾的励志名言，以至于让他留下了一个永远的遗憾。

当时，李孜把有遗憾的"遗书"抄写了两份，一份揣在自己身上，另一份藏在上海家中。

办完这件重要的事情后，李孜昂首挺胸地出发了，完全是一副"我来野考，就没打算活着回去"那种极酷极悲壮的样子。

样子虽酷虽悲壮，李孜却出师未捷便麻烦连连——因为买仪器的钱有一部分是某大学生物系动物组出的，李孜辛辛苦苦研制出来的摄影仪在他出发打包时被扣下了，为此，1.8 米的大汉李孜挥泪别上海；接着，从母亲工资中所取的 130 元钱只买了张从上海到武汉的车票，余下的 110 多元刚到武汉就被小偷洗劫一空。

这下，不畏生死的李孜却因身无分文而欲哭无泪了。10 月的武汉已有了些凉意，但困在武汉的他却急得满头大汗。幸好一大学同学救助，他才得以借款到了神农架。

野考队进入神农架后，听不到收音机，看不到报纸，每进一次山，基本上也就要与世隔绝数个月，李孜因此还多次被人误会。

最早的"误会"发生 1983 年 9 月初，李孜和黎国华去山里野考时走累了想搭车，但到公路上向过往客车招手时，竟没有一辆肯停。他们又拦货车，可那些司机也都像见到鬼一样拼命逃窜。二人只好赶到房县汽车站，但等车时，二人突然被一群人包围并缴了枪。在查看过介绍信和持枪证后，李孜和黎国华才被告知，前一段时间，东北沈阳的王宗伟、王宗舫兄弟二人抢枪杀人后逃窜，一路打死了不少人。现在已经逃到了南方，全国各地都在抓二王。

检查的人说，不要找野人了，先回去吧。否则，你们会遇到麻烦的。

李孜、黎国华不信，还是坚持找野人，于是，他们一路上真的也就免不了屡屡遇到麻烦。在山里走，他们多次被山民报案举报；在几个乡场上，他们多次被人突然包围缴械；到房县沙河公社东方大队时，听说地里的玉米被野人糟蹋，李孜、黎国华组织村民们蹲守。但老乡们把二人当成逃犯，纷纷神色慌张地东躲西藏，一个猎人还朝李、黎开了一枪；后来，他们竟然连饭都吃不上了。好不容易找到一个同意帮他们煮饭吃的村妇，但她谎称到地里弄菜，然后一去再不来……

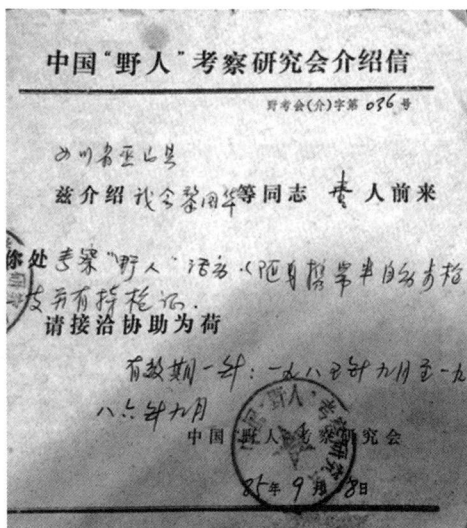

野考介绍信

事后，李孜才搞清楚，那二王一个 1.85 米，一个 1.65 米——李孜、黎国华正好符合这个特征。于是，他们陷入了"人民战争的汪洋大海"。

为了不再被举报、枪击和缴械，李孜和黎国华只好撤回大垭野考基地。

59

野考路上的危险和麻烦并不仅仅只是这次。到神农架后，很多时候李孜都是独自一人进山考察，这时，他首先面临的危险是睡觉。

最先，他是钻进睡袋睡觉，但有一次半夜醒来时，发现一群眼里绿光闪闪的恶狼包围了自己。惊恐之中，李孜猛地开亮矿灯，用强光去刺激群狼的眼睛，使它们迷失了方向，那群狼才四下逃窜。

这之后，他就爬到树上睡觉，在大枝丫上躺下后，再用绳子把自己绑着固定好。这样，即使遭遇恶狼也能平安无事。

他还把声、电和生石灰作为自卫武器——用录音机到动物园录狼的嗥叫声。那恐怖的叫声连狼听着都非常害怕；为了防备豹子之类的野兽爬上树，他在树上吊着充足电的电瓶，以备野兽上树时用短路的方法去对其电击；食物中拌入"速可眠"的食饵，可迅速使食用的动物进入睡眠状态；紧急情况发生时，他会用石灰灼伤野兽的眼睛……

凭着这些"武器"，孤身进入原始森林时，李孜毫无惧色。

但遇上黑熊这样的猛兽，李孜还是不敢与之硬拼。此时，他就使用"骗术"。

在一篇《进入无人区探索野人之谜》的文章中，李孜记述了这样一段惊心动魄的经历：

"一个大雪纷飞的早晨，我只身来到茫茫无边的林海之中。林海静极了，静得让人瘆得慌。我艰难地跋涉到一座山峰的斜坡时，突然发现了一行奇异的脚印，它拇指外叉，脚底无足弓，足足有 42 厘米长。按计算，踩下这个脚印的动物不会低于 3 米！"

"我循着脚印沿山坡追踪，也不知走了多远，突然，远处的灌木林里一个黑影正朝我迅速移动，我忙躲在树后观察。大约在 10 米远的地方，那黑影突然像人一样站立了起来！我一阵兴奋，在心底呼喊，'啊，野人！是野人！'"

"可再仔细一看，我泄气了。那家伙、那对怕人的黑眼睛和那双黑黑的手掌及随风飘来的一股强烈的腥膻味使我意识到，自己遇上了黑熊！"

事后，李孜承认，对这个被山民称作"熊瞎子"的家伙，自己早就知道它的厉害。所以，狭路相逢时，他的脑袋嗡的一声成了一片空白。

盯着黑熊呆了几秒钟，思想的空白空间又恢复意识时，本能让李孜作出了"快跑"的第一反应。

不过，他没敢跑——就在本能地要撒腿逃跑时，他也意识到了在雪地里尤其是森林的雪地里和对面这位黑老兄赛跑，自己肯定不是它的对手……

他慢慢收回已经抬起的右腿，决定使用自己那些防身武器对其发起攻击或者在它攻击时自卫。可是，一想：不行，武器都放在包里，要拿出这些东西至少需要 20 秒，而大摇大摆而来的黑熊距自己不过五六米远，"它完全可以在几秒钟内用锋利的前爪将我的脸皮撕破！"

作出这样的判断后，求生的本能怂恿李孜勇从胆边生：拼了！

但几乎就在勇气产生的同时他又严重底气不足了——李孜虽身材高大，还练过拳脚。但在恐惧万分的状态下，赤手空拳地与这黑老兄比试他觉得自己实在没有什么胜算！

绝望得准备受死之时，李孜突然想起一位老猎人的叮嘱：碰到黑瞎子，不要与它硬来。一，原地站立，不逃不溜；二，微微弯腰，脸上装笑；三，俯身慢慢伸出双手，做'献哈达'的姿势……

在极度的恐惧中，李孜颤抖着机械地做完了老猎人传授的几套动作。

这几招还真神，黑熊傻头傻脑地张望一番，竟摇头晃脑地走了！

李孜能"骗"黑熊，却没有能躲过毒蛇的攻击。1983 年 8 月进神农架那次，李孜单独一人去后河公社了解一个名叫谢明高的山民与野人搏斗的事情，在回野考队大本营韭菜垭的途中，草丛里突然蹿出一条毒蛇在他的大腿上狠狠地咬了一口，鲜血直流。

惊惶中，李孜从包里掏出 1980 年野考集训时发的那本《野考须知》哗哗地翻了起来。那上边的说法让人毛骨悚然：被毒蛇咬伤后，毒液在 3 至 5 分钟内就能随淋巴循环进入体内，渐渐出现肿胀、剧痛、麻木，并伴有恶寒、发热、发渴、胸闷心悸、倦怠乏力和头晕眼花等症状。

李孜吸口气，动了动身子。还好，教材里说的那些症状都还没有出现。

但那上边说：蛇毒若直接入血，会引起溶血、出血、凝血及心脏衰竭，致死率极高！

李孜不由再次紧张起来，赶紧再往下看，想在书里找出一条生路。书中说，毒蛇咬伤后现场急救很重要，应采取绑扎法、冰敷法、伤肢制动等措施，然后，到医院接受专业治疗，内服、外敷有效的蛇药片，输入抗蛇毒血清液体……

李孜觉得书中这些方法全都是废话。眼下，前不着村后不着店，距最近的韭菜垭野考大本营至少也还有四五小时的路程，身上连根绷带也没有，只有半瓶没有喝完的烈酒，怎么实施绑扎法？到哪里去找用来冰敷的冰块？哪里又有内服、外敷的蛇药片和抗蛇毒血清？

李孜痛苦地闭上了眼睛：看来，自己这170多斤今天只有扔在这深山老林里了！

对于死，学生物的李孜历来就看得很开：不管他是显赫的权贵，还是享尽荣华的富人，只要是人，谁都无法万寿无疆，早晚都会走上通往极乐世界的那座奈何桥。而自己，一个贫寒的百姓更不能逃脱这样的归宿。

更何况，如果没有阎王的眷顾，自己的小命早就被勾魂的黑白无常索去。

1979年之后的十多年间，他九进神农架。野考途中，他差点被山上滚下的乱石砸死。他险遭泥石流掩埋。他误食毒菌几乎失去生命。特别是有一次，他从山上坠落谷底，苏醒时，不能动弹，只觉唇干舌燥，气喘吁吁。想喝水，可是，附近根本没有水源。他只好趴在一块凹形岩石上撒尿，然后喝干自己的小便。

还有一次，他想从一个高点的山头跳到下边的另一个小山头，但他低估了两山间的距离，坠入了云遮雾障的谷底。如果不是掉在一棵树上摔昏死过去被山民所救，那次他就把小命交代给神农架了。

虽然每次都化险为夷，但李孜最终没有能逃脱伤害。在广西龙胜县那次特大翻车事故中，本已受伤的李孜救出30多个旅客后，过度的负重使他脊椎断裂，从此落下终身残疾……

这些历险的经历成了李孜炫耀的资本，他常对人宣称，我这条命早就赚好多次了，不怕阎王把它索去。

眼下，被毒蛇咬伤，阎王再次变脸向他索命之时，绝望中的李孜仰望大山蓝天，他的思维变得有点古怪：他感谢后河公社的谢明高给自己提供了野人的消息，也感谢与谢明高搏斗的那个野人给了自己展现人生价值的机会，他甚至庆幸自己留下了遗书，否则，突然在这深山老林里成了孤魂野鬼，谁也无法了解自己的心迹，谁也不能理解一个野考队员的理想和情怀。

一封遗书，足以告慰远在上海的父母和在野考基地的伙伴们了！

想到父母和野考队员，李孜的情绪一下悲壮起来：爸爸妈妈，野考的伙伴们，永别了！

这个念头刚一浮现，"永别"二字却使得李孜一个激灵：不能永别！我永别了年迈的父母该有多么伤心！神农架里的伙伴们又会多么难过！

不能死！不能让父母伤心，不能让神农架里的野考伙伴们难过。我要活着，我还要去找野人，还要去链接上人类进化史上缺失的那一环……

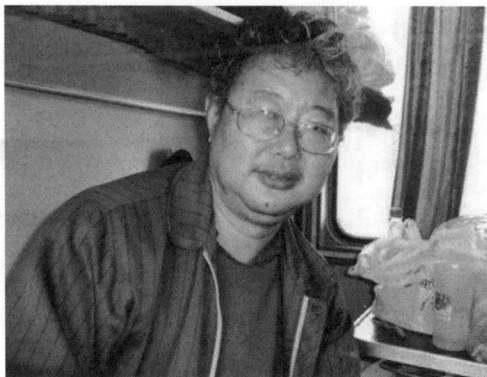

野考队员李孜

求生的强烈欲望调动起了李孜战胜死神的勇敢。生死攸关之时，他想起一个老猎人传授的办法：清创吸毒，促进蛇毒排出。

李孜把一条毛巾塞入口中咬住，然后拔出尖刀朝伤口处狠狠剜去。剧烈的疼痛使他哇地嚎叫起来，浑身颤抖抽缩，额上汗珠直冒，但毒肉还是没有割下——刀太钝了！于是，他再次将刀尖插入腿上的伤口，把被毒蛇咬伤的腿肉一小块一小块地剜下来。再用双手使劲挤出毒血。最后，把那喝剩的半瓶烈酒倒向创伤时，李孜休克了。

但是，他最终还是再次挣脱了死神，活着回到了韭菜垭野考大本营……

60

野考的 20 多年间，李孜记不清自己在神农架爬了多少山，蹚过多少河，但他记得在山里吃野果、住山洞和卧冰雪的情景，记得那些出生入死的危险。也记得自己曾多次发现了疑似野人的毛发、粪便、脚印和睡窝。还记得自己做过一件重要的事情：对疑似野人的毛发进行了测定。

当年，对野人毛发做鉴定的除李孜所在的上海外，还有北京和武汉。北京主要是由中科院负责。上海是华东师范大学和部队医院一同检测的。武汉检测野人毛发的是同济医科大学。

各地的检测方法是：北京将毛发作了压模制片及组织切片，对毛发的外部形态及内部结构进行了镜检观察；上海用"灵敏而可靠的实验手段"对毛发进行了质子 X 荧光分析；武汉对野人毛发作了光学显微镜观察，毛发横切面及毛小皮印痕的对比观察。

三地检测的结果得出的结论惊人一致：那些毛发既不属于猩猩、长臂猿、金丝猴等灵长类动物，也不属于狗熊等哺乳类动物；毛发中的元素含量比值（Fe／Zn）约为正常人的 50 倍，是普通动物的 7 倍左右，远比任何已知灵长类动物的高；与现代人头发相比较，除了外观红色这一特征外，其他毛小皮、皮质髓质特征均接近于现代人……

对那次测定的结果，李孜写了《野人毛发中微量元素的质子 X 荧光分析》的论文。对这篇论文，李孜常引以为豪，说这是有野派在国内媒体唯一得到承认和宣传的论文。

中科院研究员袁振新则对上海等三地的测定发表自己的观点：通过我们的调查以及对这一物种毛发的科学分析，可以肯定地认为，这是一种未知的灵长类动物，所以，在神农架很可能存在巨猿这一物种。

袁振新还用已故的贾兰坡院士生前的推断来证明自己的观点：从猿到人的进化过程中缺了一个环节，那个环节极有可能就是神农架的人形动物……

武汉的王善才研究员也发表了类似的观点。并高调宣称"要找野人扬国威",还成立了一个 50 人的野考队。

媒体对这次的毛发测定一片欢呼，认为可以就此认定野人的存在。《人民日报》《文汇报》等报刊都报道了李孜论文中的内容。1987 年 10 月 15 日，新华社的通稿则称：《野人毛发中微量元素的质子 X 荧光分析》一文表明，自然界中确实存在野人，因为 6 个毛发样品中的元素组成既不同于正常人，也不同于一般动物……

但是，很遗憾，这些测定结果不仅没能给李孜、袁振新等人带来什么好运，相反，袁振新、王善才等人发表自己观点后还引发了新一轮的争论。有人讽刺说，野人存在于"目击"之中，很不靠谱；有人说王善才"找野人扬国威"的背后经济利益才是真；有人觉得："实在难以想象毛发可以鉴定出动物的进化程度，再者，深山老林里捡到的毛发，就一定出自野人身体吗？"

对王善才计划在山林中安装摄像、窃听装置捕获野人踪迹的想法，有人说，即使拍摄到了野人出没的录音录像，也不能证明野人确实存在——找几个"姚明"装扮成野人并不是什么难事。更有记者当面质问：国家宣布没有野人，你们为什么要偏说有？国家组织了 3 次野考都没有找到野人，你们为什么还要继续去找？

对这样的质疑和问题，袁振新、王善才哭笑不得。

李孜也哭笑不得——但他很快陷入了愤怒之中——在广西龙胜县那次特大翻车事故中，他见义勇为受伤却连医药费也无处报销。接着，在从上海调入北京中国科协的一个单位时，批给他的名额又被人给"活动"走了，使得他的档案一直"挂"在北京的人才交流中心……

从此，他"前不巴村，后不着店"，游离于"人类灵魂工程师"的队伍之外，真正成了现行体制的"野人"。

第二十二节　"那一拜，金丝猴打动我的心"

61

退休前，胡振林是神农架自然保护区科研所副所长。

与黎国华、袁裕豪等人一样，胡振林之前也是个野人迷。不同的是，他野考的历史更早，可追溯到 1972 年他看到那一串大脚印之时。

那是一个大雪初晴的下午，胡振林和工友小马在一个叫巴东垭的山里打猎时发现了一行令他们恐惧的大脚印。据胡振林讲："那脚印是赤脚在雪地里踩出的，我把穿着鞋的脚放进那脚印里，只有它的一半大！"再目测步幅，一步至少有两米……

阶级斗争觉悟和警惕性都很高的小马猜测是美蒋特务装神弄鬼伪造出来的。17 岁就进神农架修路伐木的胡振林常利用节假日进山打猎，对能踩出这种大脚印的动物并不陌生，他判断说："这不是美蒋特务弄的，是野人的脚印！"

胡振林一直想见识一下被人们传说得神乎其神的野人，便提着猎枪循大脚印向密林深处追去。后来，一片箭竹林挡住了去路，天快黑时，胡振林才无可奈何地停下，朝着箭竹林喊道："野人，听着，总有一天我会找到你！

1980 年，中科院湖北省分院牵头的第三次野考开始，之前利用空闲寻找野人的胡振林成了一名正式的野考队员。他更加热血豪情，决心找到野人，揭开千古之谜。在营地的篝火旁，他创作了《考察队员之歌》：

> 穿岩越壑登山顶，
> 举目瞭望觅野人。
> 为揭人间谜，
> 林海度青春。
> 渴饮甘泉水，
> 饥餐野山珍。
> 雨露为我勤洗衣，
> 风雪扫我浑身尘。
> 玉兔伴我树下眠，
> 朝霞催我上征程。
> ……

虽然豪情壮志，但胡振林和他的队友们最终没能抓住野人，甚至连野人的照片也没拍到一张。于是，野考日渐受到冷落，1983 年，野考队解散。

胡振林却无法撤出野考的阵地。他对野考队长杜永林说："就是所有人都不干了，我也要找到这家伙！"

大龙潭山坳里那条早年用来运木材的简易公路旁，有三排伐木队住过的平房。全面禁伐后，伐木队下山了，胡振林就把自己的野考据点设在了那里。为了显得正式，他把"神农架野人考察站"的牌子钉在了门口，还把关于野人的图片、毛发、脚印等成果布置到他的"野考展览室"。

野考队员胡振林

从此，大龙潭那个偏僻的山坳渐渐有了人气，当地人进山，游客旅游到此都会到他的考察站和"野考展览室"去看看。于是，胡振林在神农架就成了人们最熟悉的人，他的故事也成了神农架的传奇。

不过，单打独斗地野考，日子更加艰难了。

胡振林的妻子刘翠华春节进山探亲时无意间在丈夫的日记里看到了这样一段扎心的话："被大雨淋透，高烧 39 度。五六天起不了床，做不了饭，连口开水也喝不上，衣服泡一星期，臭了……"

刘翠华心头像被人狠狠攥了一把似的涌起难以名状的疼痛，日记还没看完，一行热泪便从她眼中涌出，"苦行僧的日子也没有过成这个样子啊！"

野考队长杜永林曾经告诉本书作者：胡振林完全可以不过这种苦行僧生活——刘翠华托人在老家的县城给他找好了工作。这本是一次难得的全家团聚的机会，但迷上野人的胡振林不肯回去。

刘翠华急了，决定上山好好劝劝丈夫。

她永远忘不了自己进山那天的情景："老胡坐在房前发呆，一身衣衫褴褛，头发老长，满脸胡须，见我突然到来非常惊喜却半天讲不出一句话来。"刘翠华知道，长期离群索居，无人交流，丈夫已经生疏了人类的语言。本是上山劝丈夫下山的刘翠华不由心中一酸，哽咽着说："老胡，今后我陪你一起找野人！"

刘翠华放弃了服装厂的工作，从长江边那个热闹喧嚣的小城搬到了万籁俱寂的神农架大山里。她依然心系两地，照顾着山里的丈夫却牵挂着上小学五年级就被迫长期住校的儿子。好在儿子争气，长大后到了北京，在父母的影响下成了一个坚定的环保主义者。

胡振林和刘翠华终于可以放心地坚守在神农架了，夫妻做伴，一起钻密林爬雪地找野人，一起在房前屋后刨地种菜种土豆，再养数桶蜜蜂……

胡振林说：以后，即使是只有土豆吃，我还是要找野人！

然而，那曾经多次与人不期而遇的野人似乎都意识到了日渐逼近的危险，全躲得无踪无影。胡振林也和其他野人迷一样，蹲守多年，只发现了一些野人毛发、睡窝、脚印和粪便。他绝望地想：我们可能再也见不到野人了！

就在胡振林犹豫是下山还是继续留守神农架时，一次猎杀的枪声强烈地震撼了他。

那是一次人们早已司空见惯的猎杀：砰的一声枪响，猎人射出的子弹穿过一只母金丝猴的右前脚掌并击中了它的胸部。母金丝猴怀中的小金丝猴吓得与其他猴群惊惶逃窜。猎人举枪准备再次猎杀时，他却被眼前的一幕惊得呆若木鸡：只见那受伤的母猴泪流满面地挣扎着爬起来跪倒在地，强撑着直起身，弯曲着受伤的前蹄，哀鸣着不停地朝猎人作揖拜首。

很明显，母金丝猴是在用它的肢体语言和眼泪向猎人求饶，希望猎人不要再向它的家族开枪！

猎人的手开始颤抖，猎枪无力地垂了下来。母金丝猴拼尽全力向猎人做出最后一拜后倒地死去……

后来，在讲述自己要坚守神农架的原因时，胡振林说："那一拜，金丝猴打动了我的心。"

　　野考队长杜永林则认为："那一拜，也动摇了胡振林要下山的决定。不久后，狼、猴之间发生的那场惊心动魄的搏斗更坚定了胡振林坚守神农架的决心。"

　　据杜永林讲，那是一个冬日的中午，胡振林到一个山垭考察时，突然听到山坡下有"嘎嘎"的尖叫，声音愤怒而凄厉。他判断，一定是金丝猴遇上了什么危险的动物。于是，赶紧向山坡下跑去。

　　在一转弯处，胡振林发现100多只金丝猴正惊恐万状地在树林里奔逃，猴群的身后，金丝猴王和一只大灰狼正在激烈地交战撕咬，现场草丛灌木乱晃，金丝猴王和大灰狼追逐搏斗的身影时隐时现。原来，金丝猴经过的那面山坡是被砍伐过的森林，大树之间没有连成片，猴群经过时必须从树上下来在地上行走。这时，一只等候多时的大灰狼乘机向猴群发起攻击。危机之时，金丝猴王冲过去与大灰狼殊死搏斗，掩护猴群逃离——这是金丝猴的一种"规则"：睡觉时，母猴总是将幼儿搂在怀里，公猴守卫一旁；群猴统一行动时，猴王会统筹行进路线，部署安全警戒等事务；遭遇侵扰或危险时，成年母猴或公猴会马上将小猴隐蔽，或抱着小猴迅速逃走，猴王则会挺身而出，带头抵抗拼杀。

　　胡振林知道，眼前的这只金丝猴王就是在用生命拼死履行自己的职责。它边一声一节，高亢短促地"嘎嘎"尖叫着边奋力反击，以护卫猴群脱离险境。但金丝猴王毕竟不是大灰狼的对手，一阵搏斗，它被大灰狼撕咬得遍体鳞伤，危在旦夕。胡振林大声吆喝着冲进搏杀现场举枪瞄准大灰狼，吓得那个强势的猎杀者慌忙弃猴而逃。

　　恶狼被赶跑后，伤痕累累的金丝猴王跌跌撞撞扑了过来，胡振林吓了一跳，正准备躲避时，却发现金丝猴王疲惫的眼神里流露着温顺友善，全无攻击的意图。胡振林猜想：是不是自己刚才为它赶走了恶狼，这猴王想表达感激之情？果不出所料，金丝猴王扑到胡振林面前一下抱住他的腿，瘫软倒地时，还强支身体去舔他的手。

　　胡振林心头一热，忙轻轻将金丝猴抱到怀里坐在雪地上，细心帮它清理、擦拭伤口，并把一块糖塞进它的嘴中。那猴王已无力吃糖，耷拉着脑袋绝望地望着胡振林，嘴巴不断一张一合，似乎是想诉说什么。

它想说些什么？胡振林突然想起一位动物学家的话，"人类和兽类的沟通蕴藏着许多看不见的密码，但并非完全不可破解。一切生命都是大自然的产物，爱是沟通和融洽相处的最好媒介。"

眼下，对这只可怜的金丝猴，最大的爱就是抢救它的生命。就在胡振林准备将其背下山救治时，猴王的嘴唇渐渐变白，腹部开始慢慢鼓胀增大，口中还不断喘着粗气，呼吸越来越困难。胡振林忙把它抱到一个无雪的石岩下作人工呼吸，但没有效果。他只得又把猴王弯曲着抱在怀中，想让它呼吸畅通些，可仍无济于事，猴王的嘴唇愈加发白，身子也颤抖抽缩得越来越厉害，最后渐渐变得僵硬。但就在猴王的眼神有些迷离恍惚时，它还在艰难地一会儿朝猴群逃窜的方向张望，一会儿又望着胡振林。

胡振林一阵心痛。他不明白，"这猴王是在担心它的族群，还是要把它的族群托付给我？"

没等胡振林想明白这些问题，他怀中的猴王已渐渐没有了呼吸。他发现，双目合上时，一串冷泪从猴王眼中流出……

62

金丝猴王为群体的安全勇斗恶狼的责任和担当令胡振林肃然起敬。胡振林决定留在山里一边继续寻找野人，一边呵护这些大山的精灵。

从此，在大龙潭的密林中，胡振林默默地观察着金丝猴族群的迁徙范围，四季活动规律以及对食物的选择等生活习性。他在日记中写道："神农架的金丝猴具有非凡的跳跃、攀缘平衡能力和地面奔逃能力。它们长年生活在海拔2000至3100米的大小神农架主峰周边，东起鸡心尖，西止箬箕垭，南到核桃树湾、太子岩一带是它们主要的活动范围。"

"它们主要在树上生活，也在地面找东西吃。主食有竹笋、苔藓植物、树叶、嫩树枝、花、果，也吃树皮和树根，特别爱吃昆虫、鸟和鸟蛋……"

这种细致的观察使胡振林逐渐成了神农架对金丝猴最了解的行家。武汉大学的动物学家常上山来与他"探讨猴事"。而北京来的那个叫严康慧的金丝猴迷更是住进了大龙潭，经常向胡振林了解金丝猴在山里的动态和去向。

对这个后来成为好朋友的严康慧，胡振林非常敬重佩服。1994 年初，她为了自己北京大学的老师任仁眉教授那个"金丝猴生态习性研究"课题，毅然决然中止了已在德国读了 4 年的学业和即将拿到的学位，回国在北京大学的科研小组当了一名既无工作单位，也无国家正式编制，既无学历职称，也无固定工资收入的"科考个体户"，忍受着孤独寂寞，独自深入人迹罕至的密林深处考察金丝猴 10 多年。

想到一个家境优越的城市知识女性为了金丝猴都能做出这种沉重而痛苦的选择，胡振林对那些可爱的金丝猴就更加上心了。

他经常守在猴群周围，观察是否有狼豹之类的猛兽威胁金丝猴的安全。他在猴群旁边为其弹琴。他帮那些掉队的小猴寻找"家长"……

猴子们对友善的胡振林逐渐熟悉起来，它们常常到胡振林的住处周围探头探脑地观察，胆大的居然敢坐到他的腿上嬉闹……

野考队员与金丝猴分享食物

同猴子们的和睦相处成了胡振林引以为傲的谈资。在湖北省召开的那次野人考察研讨会上，野人迷们却被胡振林讲述的金丝猴所吸引。

"金丝猴聪明机警，多疑好奇，稍通人性。人只身潜入猴群，只要不对其怀有歹意，慢慢走近它们，可接近到 7 至 8 米左右。再慢慢停住或坐下，猴群就可任你观赏了。"

"它们坐在树枝上机警好奇地望着你。你若吹口哨，学它们叫，用脸部表情逗它，它们反觉新奇而毫无畏逃之意。小猴往往分不清人学猴叫的真伪而争相回答。这时，有经验的成年老猴会'咯呷咯呷'地斥责，禁止它们回答。"

"你若伸臂弄腿，动作过大，它们就会立即跳到与你距离远些的地方警惕地观察你。你应稳下来停止动作，过一会儿再慢慢地接近到原先的距离。你若想逼近它们或抓获它们，那你就将失去近距离观赏的机会，只会在你的耳边留下一片折断树枝喧叫奔跳之声，猴群顷刻间就无影无踪……"

后来，胡振林把他讲述的内容写成了论文。一位动物学家读过后说：从专业的角度看，论文是稚嫩的。但是这篇报告中有一种震撼心灵的东西：作者笔下充满了自己对金丝猴的爱——像一个慈父在描述自己的孩子，让那些猴儿们跃然纸上。

胡振林的确非常爱并非常熟悉神农架的金丝猴。他掌握了神农架金丝猴时分时合的规律，"分时或100只10只或数只一群，合时，600多只聚在一起。"

他发现，森林里，狼、豹是金丝猴的主要天敌。狼偷袭下地的金丝猴个体，豹在地面或树上都可偷袭金丝猴。他看到，金丝猴在迁徙或者休息进食时，都有强壮的成年雄性充当哨兵和保镖。

他还熟悉金丝猴传递信号的几种声音。

母猴唤子猴、子猴寻母猴时，常发出"呕——"这种呼唤的声音；有异常情况或出现敌害，最先发现的金丝猴会立即发出"咯呷"声，引起猴群的警惕。这种警诫声一响，猴群立即会发出一片"咯呷"声，全体停止觅食和嬉戏，直至危险消除；与敌害搏斗或威胁对方时，金丝猴会"呷、呷"地发出声音尖细，一声一节的怒吼，为搏斗助威壮胆；金丝猴泰然自得时，常发出"噫——唔——"的嬉戏声，音调低沉，"噫"短"唔"长，悠然缓慢……

胡振林曾给一只使用这种"语言"的小猴制造过一场误会。

据《南方周末》报道，那是一个秋天的下午，在漆树沟的密林里潜伏观察时，一只放哨的金丝猴发现胡振林后，立即"咯呷、咯呷"地发出报警声并冲到恹恹欲睡的猴群中焦急地抓腮挠耳。几只猴探头观察一通，没有发现什么。于是，它们便责怪哨兵"谎报军情"，几双爪子在哨兵头上一通乱敲。

极其负责的哨兵返回探察后再次火急火燎地报警，又被责打。

为了帮哨兵洗清冤屈，胡振林在隐蔽处站了起来，猴儿们面面相觑。立即有猴子去安慰被冤枉的哨兵，为它理毛。然后全体撤退。

胡振林觉得，"这些金丝猴才真正是山中的精灵"。他要拍摄这些精灵，用相机记录下"精灵"们的生存状况。他筹钱买了相机，还弄来一台红旗牌16毫米摄影机，拍下了神农架金丝猴野生状态的珍贵影片。

1985年，胡振林的一张金丝猴凌空飞跃的照片在全国野生动物摄影展中获二等奖，奖金300元。他非常高兴，想请猴子们的客，用这笔奖金买来花生、苹果、桃子等食物投放到野外。但金丝猴不吃。胡振林又将苹果包在金丝猴爱吃的云雾草中。几天后，一只饥饿的金丝猴忍不住吃了一颗苹果，其他金丝猴在一旁观察。第二天，见同伴没有问题，其他金丝猴也跟着吃起来。

从此，金丝猴们知道胡振林不会伤害它们，胆子越来越大，它们不高兴时，会肆无忌惮地去挠胡振林，或者在树上给胡振林拉一头猴粪。

胡振林只是一笑了之。他视这些金丝猴为"邻居和亲戚"，是自己在山里的知音——朋友、亲戚和知音的任何行为都是可以原谅的。

他觉得应该把自己的这些"邻居和亲戚"介绍给山外的人们，于是，他撰写了《金丝猴生态的初步观察》《神农架林区保护动物》等几十万字的论文和材料。

他还曾"琴酬知音"。

那是1986年夏的一天，百余只金丝猴来到了大龙潭胡振林木屋外的树林里，胡振林兴奋不已。他拿出馒头招待这些贵宾。但猴儿们一阵探头探脑后不感兴趣。他又拿出一把三弦琴，在院子里叮叮咚咚弹奏起来。弹完《微山湖边》，又弹《洪湖水浪打浪》，一曲又一曲，深深吸引了树上的猴群，满树的金丝猴们都眼睛贼亮地盯着胡振林，嘴里"吱吱"有声，有的猴子还单臂挂在树上朝下观看。

这场"音乐会"持续了1小时，直到胡振林被厉害的蚊子咬跑。

在神农架里，并不是所有人都能像胡振林那样善待猴儿们。那些贪得无厌之人就是金丝猴最可怕的"天敌"。

胡振林曾听说过几组令他震惊的数据：仅在 1980 年冬天，由猎人从神农架偷猎盗卖到北京、武汉、广州等动物园的金丝猴就有 34 只，被他们弄死的则多达上百只……

胡振林自发加入到了打击盗卖金丝猴等珍稀动物的队伍之中。他在山中清除掉了数百根偷猎者捕猎金丝猴的钢丝圈。他捣毁偷猎者设下的机关 40 多个。他抓获非法进山的乱采滥挖、乱捕滥猎者 20 多人。他对盗猎者怒吼：再不滚老子就开枪了！

更多的时候，他会及时把举报盗猎的电话打给公安。经林区、十堰和房县公安侦破，有三个震惊全国的偷猎盗捕金丝猴的大案告破，40 多个偷猎盗捕金丝猴的罪犯落入法网……

神农架打击盗猎成果

2012 年 2 月 23 日，国家林业局为"国家林业局（神农架）金丝猴研究基地"授牌，这是继四川大熊猫研究基地后国家林业局授予的第 2 个野生动物研究基地。这也是对胡振林等从事金丝猴保护和研究人员的工作肯定。

第五章　"找它到地老天荒"

2003 年 6 月 29 日，天门垭公路南侧发现一人形动物的消息传来之时，人们满以为又看到了野考成功的曙光。但无野派们不屑地讥笑道：算了吧，那都不过是些捕风捉影的天方夜谭。

神农架里的"朝圣者"们不再理会针对野考的那些口舌之争，在原始森林里执着地寻寻觅觅，坚称："决不放弃，要找它到地老天荒！"

第二十三节　长阳猴娃

63

1986 年，当时还不是奇考会秘书长的王方辰在湖北长阳拍摄了曾一度被认为是野人之后的猴娃。但这段本可以引起举世震惊的录像当时并没有对外公布，它似乎在等待一个时机，似乎在等待 10 年后中国野考发起者之一的李建走完 72 岁人生旅程这一时刻的出现。

李建去世后，那盘在箱底压了 10 年的录像终于重见天日。袁振新曾告诉本书作者："猴娃的那个录像带拍完后王方辰给了我一盘，他自己保存一盘，还给了李建一盘。李建去世后，他女儿在整理遗物时看到这盘录像带，做了一个光盘，对外宣称野人跟人杂交的后代还活着……"

这样的消息令 1992 年 5 月就住进上海市民政老年医院的另一个野考元老刘民壮兴奋不已。他给自己的野考死党李孜打电话说，准备一下，等我能走动时，我们再进神农架去看看这猴娃的事还有没有其他线索！

刘民壮最终没有能再进神农架，生命的时间表已经给他排定，1997 年 1 月 12 日，他的人生定格在了花甲之年……

李建、刘民壮相继去世，野考的中心开始从武汉和上海移向北京，新任奇考会的执行主席袁振新和秘书长王方辰成了这个中心的中心人物。

从迷上野考到成为野考的领军人物，王方辰用了 8 年。

1985 年，李建在广州文化公园搞野人考察成果展览时，27 岁的王方辰对野人还只是有着一种强烈的好奇和朦胧的兴趣。他走进展室之后就像进了迷宫，他很纳闷，野人这种身形高大、直立行走的人形动物，会不会如展览里说的那样，真和我们的祖先有着某种神秘的纽带关系？

奇考会秘书长王方辰（右二）与队员们在野考途中

这个问题像一个巨大而强劲的磁场把王方辰的人生轨迹吸引到了野考领域的纵深。

1986 年初春，作为环保宣传影视部的摄像师，王方辰在湖北宜昌的工作结束后，他又惦记起了野人的事情，便决定到神农架去看一下，为自己今后的拍摄工作探探路子。

进山后的第一夜，神农架用惊心动魄的雷声和闪电让王方辰领教了这座大山的神秘和神奇。中国科协党组成员沈爱民在他的文章中写道："王方辰从没见过这样近的雷电，就在身边，每道闪电似乎就落在窗外，木板屋的每个角落都是一片青白，纤毫毕现。每个雷似乎都正正地打在屋顶上，伴着雷的咣咣声，窗子和木架子上的两个脸盆都在嗡嗡作响。他觉得这屋子肯定就要塌了！

"这时又来了一个闪电，似乎更近，头发和衣服一下子起来了。搞电出身的他安慰自己这是静电效应，为了扩大接地面，连忙贴着墙趴在了地上。雷电们闹了一个晚上，才在拂晓时意犹未尽地走了。

"他收回魂魄，定定神，这个地方还真是不得了，小区域气候变化竟然这么强烈，看来是个有名堂的地方。

出山那天，又遇上冰雹送行。高粱米大小的冰雹铺天盖地。王方辰硬着头皮出门去赶车，一路踉踉跄跄地出了山。"

那下马威般的惊雷闪电和吓人的冰雹激起了王方辰更加强烈的兴趣，这年 10 月，他和朋友孙福来结伴再进神农架。

这次，王方辰想透彻地研究一下野人。到神农架以后，他用摄像机采访了当地的野考队员，采访了见到过野人的干部和一些目击者。采访快结束时，他认识了《神农架报》一个叫明权的编辑。聊天时，明权无意间告诉他，湖北长阳有一个猴娃。

王方辰一个激灵，大声问："真的？"

明权说："怎么会不是真的？我们的报纸还报道过这一消息呢。"

把报纸找来一看，那则消息说："公安局的警察到长阳去抓罪犯，看到有个貌似古猿，身高2米的人赤身裸体地佝偻着腰在林子里跑。那"古猿"喜欢吃生食，力量特大，不费劲就把一棵小树折断。警察大惊失色，以为自己遇上了野人，找人一问，才知道，据说那'古猿'的母亲当年进山给丈夫送饭，途中被野人掳去，逃回几个月后生下了这'古猿'。"

"那'古猿'没有羞耻感，常年不穿衣服，冬季里下雪天也不穿衣服，睡觉也不盖被子。虽不知冷热，但是他从来没有生过病。他一生什么事情也没有干过，主要是一天到晚都在林子里赤身裸体地游来荡去，家里人呼唤他吃饭的时候，才会回到家中。就这样，他从6岁开始走路时就这么晃晃悠悠地在林子里长到了30多岁……"

报纸上描述的情景让王方辰想起刘民壮在一篇文章中介绍的那个姓涂的巫山猴娃，觉得报纸上说的那个猴娃与刘民壮研究过已经死掉的"涂姓猴娃"有些类似。

王方辰兴奋地想，"涂姓猴娃"已经死了，很多东西都无从考证。眼前的"古猿"同与"涂姓猴娃"有太多相似的地方："古猿"的母亲跟"涂姓猴娃"的母亲一样，也有过被野人掳去的经历；"古猿"同"涂姓猴娃"的行为、习性也有着类似的状态。更重要的是"古猿"现在还活着，如果他真是野人的后代，一鉴定，野人之谜不是就揭开了吗！

王方辰认为能从猴娃身上揭开野人之谜还有另外的重要根据——猴娃生活的地方是旧石器时代"长阳人"化石的发现地，而且，离"建始巨猿"化石出土地也不过百十千米。

王方辰的思维活跃起来——"长阳人"和"建始巨猿"的部落是不是还残存于此？

或者是在介于猿人和现代人之间的"长阳人"周边，在有"建始人"生活过的远古地缘环境里，还生活着"人类的近亲"野人？

长阳出现的那个"古猿"莫非真是野人将现代人掳去后结合的"产物"？

这个大胆的假设令王方辰激动不已，他当即改变回京的行程，与同行的孙志勇立马向神农架南部的土家族聚集地长阳出发。

但出师不利。尽管"古猿"的故事充满传奇，可当地人大多说不出子丑寅卯。加之又没有"古猿"的具体地址，王方辰一行在山里转悠了好几天却没有"古猿的"任何消息。

64

沮丧的王方辰、孙志勇准备打道回府时，柳暗花明又一村的奇迹出现了——在一小饭店吃饭时，女老板说，这个事我知道，你们要找的那个"古猿"在离我老家不远的长阳县曾家坡栗子坪村。女老板告诉王方辰：你们之所以找不到那"古猿"，是因为你们说错了，当地人不叫他古猿，而是叫他猴娃。

王方辰这才搞清楚：猴娃的小名叫犬子，大名叫曾繁胜。他的母亲叫杨大福。猴娃一共有6个兄弟姐妹，他排行老四。这曾家除了猴娃畸形异常之外，其他几姊妹都很正常，也很聪明能干，他大哥曾繁龙当过村里的党支书，在村民中声望极高。他三哥是电影放映员，一表人才，妹妹也聪明漂亮……

女老板的介绍使王方辰等人兴奋不已，当即要求女老板带路去找猴娃曾繁胜。但女老板一口拒绝，说那曾繁胜特别流氓，一年四季都光着身子，见女人就抱，尤其是外边去的女人，他更是肆无忌惮地耍流氓。王方辰、孙志勇苦苦相求，要求只是送到猴娃所在的村口，还答应回来时仍然在她的饭店吃饭，女老板这才带着王方辰一行上了路。

一路上，不断有村民对王方辰等人证实：野人曾经把曾繁胜的母亲杨大福背到山里，很久，杨大福才跑回来，之后，杨的行为举止发生很大变化：害怕见人，不敢出门，好长时间都不讲话，几个月后就生了猴娃曾繁胜。村民们断定：这曾繁胜肯定是杨大福和野人的后代。

这样的证实越多，王方辰心里也就越充满了期盼，以至于见到曾繁胜时，王方辰的心理和生理反应都变得异常起来。

他多次对人说："一看到他，我的第一反应是：我们肯定是有大发现了，我们遇上古猿了！他那赤裸的身子，佝偻的腰，走路时奇特的姿态让我心里怦怦直跳，扛在肩上的摄像机都有点抖。"

更令王方辰惊奇的是，已经 33 岁的曾繁胜还不会说话，只能啊啊呀呀地喊出几种简单的声音。高兴时，叉着巴掌乱拍，生气时，像猩猩一样跳着并使劲拍自己的胸脯。

猴娃对王方辰等人的到来充满了愤怒和敌意，一见面就大声尖叫，还从地上抓起石头乱砸。

就在那一刻，王方辰看到了一个滑稽的动作：猴娃扔石块砸人是从下往上丢，而正常人扔石头砸人是从上往下投掷。

为了表示友好，孙志勇把香蕉递了过去。接过香蕉，猴娃立即安静地溜到一边吃起来。

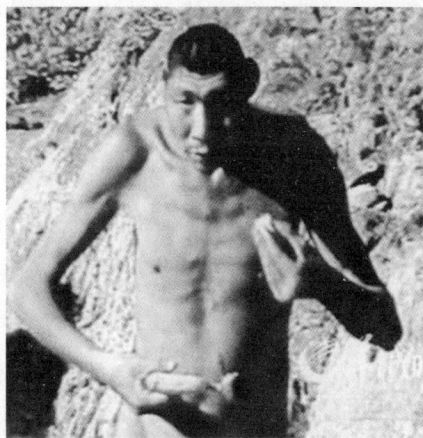

猴娃接过香蕉独自到一边吃了起来

猴娃的父母对王方辰等人的到来极不友好，先是躲在屋里，隔着门说话，王方辰送上礼物后被曾家人允许坐在院子里，但杨大福很不高兴地站在远处不拿正眼看人。

曾家对猴娃身世的讳莫如深更增加了王、孙二人的好奇心，他们开始仔细打量猴娃与现代人的区别：小眼阔鼻，两撇八字胡，表情诡异；头比正常人小一些；脑袋上有三条棱；肩胛骨比较高，两个胳膊比较长，手明显长于常人；走路时双肩耸着，还总半弯着腰，晃晃悠悠的，但步子还是挺快。

猴娃还有很多特别之处。他的哥哥告诉王方辰,猴娃生下来的时候手掌、胸前、屁股上都有毛。猴娃上厕所不用纸,很少洗澡,但是一点都不臭……

曾繁龙说:"他的这个猴娃弟弟6岁才学会摇摇晃晃地直立行走,见人便"嘿嘿嘿"地笑个不停,不会说话,偶尔"呷、呷、哦、哦"地叫唤几声。随着年龄的增长,野性愈加明显:常年不穿衣服,不盖被子,经常把衣、被撕得粉碎。别看他两米的个子,行动起来却像猴子一样敏捷,喜欢爬梯子,上上下下,钻来钻去,有时还头朝下倒着滑下来……

猴娃的种种迹象使他信心大增:这猴娃肯定是人猿杂交的结果!他在心里一遍遍激动地呼喊:"苍天有眼,野考史上终于有了野人活体!野人终于可以揭秘了!"

只顾高兴的王方辰后来后悔了,"当时真应该问一问猴娃的母亲,一切就真相大白了。"但杨大福极不友好的态度使他当时一次次失去了提问的勇气。他知道,对有强烈对抗情绪的人提这样的问题,不仅问不出什么,还会引发更加强烈的反感。

王方辰当时倒是想过采集猴娃的血液做有关鉴定,要是他的血液中有猿的成分,那么,猴娃是猿跟人杂交的后代这一结论也就能定下来了。

但他计算过,把血采下来,最多也就只能保鲜几个小时,而在路上走两天才能到县城,再赶到能做检测的武汉,少说也得4天。没有冷冻设备,那血液早就变质腐败了。

因此,他没有这样做,曾家人——尤其是曾家母亲杨大福的态度也使王方辰无法这样做。

不管怎么说,成功地拍摄到猴娃,王方辰还是特别兴奋,他觉得自己从猴娃的身上已经找到了与野人直接相关的信息。一回到北京,他就迫不及待地把录像交给了中科院的古人类学家们。

看了录像,袁振新感到很惊奇:除了个子高,手臂长以外,猴娃的手脚也都很大,且在他的头骨上方,还有三条明显突起的肉疙瘩,矢状脊就是这个样——矢状脊是大猩猩、黑猩猩、猩猩以及长臂猿区别于人类的特征之一。

人的头颅经过进化,矢状脊早就已经消失了。而猴娃的脑袋上却有三个棱子,这是不是猿向现代人进化那个过程里留下的棱子?抑或是猿遗传给猴娃的一个印记?

还有一个让人无法解释的现象:人的锁骨是一字型,横的。而猴娃曾繁胜的锁骨却跟猿一样,是一个 V 字形,特别突出。这 V 字形锁骨是不是猴娃区别于人类的又一个骨骼特征?

看来,猴娃曾繁胜是野人和现代人产生的"混血儿"完全可能!

在史料中,长阳曾有野人出现的记载,并有人与野人杂交的古籍记述。据此,这个猴娃也可能是一个人猿杂交的实证!

在中科院的专家中,大家并不都这么认为,有人在了解曾家坡一带的情况后发现,猴娃母亲怀孕是 1956 年,当时,正闹高级社,那个地方周围已经没有原始森林。而且村跟村之间很近也很有人气,没有闹过野人。杨大福的活动范围就在这附近,她娘家离得也很近,所以,杨大福被野人抓走后生下猴娃的可能性很小。于是,有人怀疑这曾繁胜可能是一个小脑症患者。

王方辰辩解,"小脑症也可能有多种原因,人猿杂交也可能出现小脑症。"

黄万波认为,"人猿能不能杂交,没有先例。"

周国兴的结论为,"猴娃有可能是近亲结婚的产物……"

鉴于争论较大,袁振新建议说,曾繁胜的事情先不要外传,今后进一步调查研究以后再说。

65

后来,王方辰因为忙别的事情,就把有争议的曾繁胜搁下了。直到李建的女儿李爱萍将王方辰当年寄给她父亲的录像复制向外宣称野人的后代还活着时,袁振新、王方辰才意识到,该给曾繁胜一个说法了。

可是,他们去晚了一步。1997 年底,当袁振新、王方辰再次去长阳县曾家坡栗子坪村进行调查时得知,曾家父母早已相继去世。1989 年,曾繁胜食物中毒,上吐下泻,因其从未生过病,家里人就没有当回事。结果,这次食物中毒夺去了猴娃 33 岁的性命。

原定采集猴娃曾繁胜一家人血液样本进行 DNA 鉴定的计划落空了。虽有些措手不及,袁振新、王方辰还是想方设法地排除猴娃身上的种种可能,比如是不是近亲结婚造成这样一个畸形后代的结果。

　　这种可能被否定。从村民那里了解到，猴娃的父母不是近亲结婚，他的兄弟姐妹都很正常。这个可能排除之后，怀疑又回到了原点：难道他真的是野人的后代？

　　但眼下猴娃和他的父母都已去世，唯一能揭示真相的办法只有调查猴娃的骨骼，骨骼可以做 DNA，还可以测量。

　　于是，王方辰、袁振新苦口婆心地动员曾家兄妹：对于猴娃的身份界定，不仅仅是科学上的证明，而且也是对这个家庭的声誉负责，有人说是你们的母亲被野人掳去生了曾繁胜，这对家属的名誉很不好，应该通过一个科学调查研究来澄清此事。

　　曾繁胜的兄弟姊妹终于同意把猴娃的尸骨贡献出来进行科研。

　　因为曾家是土家族，有些忌讳，说挖猴娃的尸骨不能让村里人知道，故1997 年 12 月 19 日凌晨 3 点，王方辰、袁振新等人便来到了埋葬猴娃的小山坡上。

　　打开棺椁，一具仰卧的尸骨很完整，猴娃的头别扭地挤靠在棺材的一角。从摄像机的镜框里，王方辰清楚地看到，猴娃的头骨像椰子瓢那么大，上面有好多碎细的菌丝，颜色发黑。

　　王方辰很奇怪：当年看到猴娃脑袋上三道隆起的棱子好像是硬的，里边似乎如黑猩猩、猩猩头上都有矢状脊之类的那种骨头，但棺材里的尸骨没有了矢状脊，就是脑袋很小，上边什么也没有！

　　袁振新把挖出来的 206 块猴娃遗骨一块一块地"拼装"、标号运回北京，经过清洗消毒后送到了中国科学院古脊椎动物与古人类研究所。

　　很快有了结果：公安部物证鉴定中心通过 DNA 鉴定后，确定猴娃为人属。

　　而贾兰坡、张振标等古人类学家却认为猴娃曾繁胜是小脑症患者——他的肢骨跟人类一样很正常，面骨也很正常，行动能力很好，行动很正常。

　　但头骨不正常——大脑是人的身体控制中枢，也是人智慧的所在。正常人的脑容量一般为 1400 至 1450 毫升之间，而猴娃的脑容量只有 671.97 毫升，连正常人的一半都不到。几位专家告诉对此大感不解的王方辰：猴娃属骨缝早期愈合，脑量不到 700 毫升就愈合长牢，不能再长了。所以他丧失了语言功能，显然，猴娃属小脑症。即人们常说的白痴。

对猴娃脑袋上那三条隆起的棱子，专家们说，正因为他的囟门闭合得非常早，骨头虽然不再长了，但是皮肤和肌肉组织还在不停地生长和发育，这样，一堆肉、一堆皮肤组织就挤在一起，形成了褶皱，上面长满毛发后，看起来就给了人一种是矢状脊的错觉。

但猴娃身上有很多奇特之处还是让专家们有些不解：他 V 型的锁骨和正常人发育不一样。他的牙齿排列也不一样——正常人的牙齿应该是第一颗大于第二颗，第二颗大于第三颗。但猴娃跟正常人正好相反，和猿的牙却一模一样。

这些现象令古人类学家贾兰坡非常不解，将头骨反复观察后，他感叹说，"这东西还真是有点邪门了！"他认为这个头骨很值得继续研究下去。建议如实把所有奇特之处都描述清楚，给将来的研究留个参考。

时至如今，贾兰坡认为"邪乎"的那些情况依然没有结果。于是，长阳猴娃把无解的困惑留给了人们。

有人在反复观看 CCTV 播放的《神农架猴娃之谜》后认为，如果猴娃确实是现代人类和野人杂交的后代的话，也许 700 毫升的脑容量就是从野人父本那里继承来的特征，根本谈不上什么不正常。如果野人的脑容量也能达到现代人类 1450 毫升左右的脑容量，那他们就不是比我们现代人类进化落后一截的所谓野人了。

有人问：猴娃的手臂长度和身体的比例明显比现代人类的正常长度长许多，和猴子、猿类的手臂比例倒是极为相似，这又作何解释？

对这个问题，专家教授们也不能解释。

此外，猴娃的肩胛骨、牙齿排列和现代人类也明显不同，这也不是用小脑症就能解释清楚的。

还有两点质疑似乎也很有道理：

1. 猴娃如果是先天基因突变导致小脑症，那么，按照物竞天择，适者生存的自然法则，这样的畸形儿是应该无法适应严酷的自然生存竞争的，应该很早就夭折，这才符合自然界的规律。可猴娃却一直存活了 30 多年，和原始人类茹毛饮血时的平均寿命几乎差不多。而且猴娃不论严冬酷暑都光着身体却从不生病，这又作何解释？他是从哪里得到如此能适应自然界严酷生存环境的遗传基因？普通人能做到他那样的生存状态吗？

2. 如果说 1997 年时进行 DNA 检测比较困难，但到了 21 世纪，还有什么困难呢？在全国闹得沸沸扬扬的曹操墓都能在 2000 年后进行 DNA 鉴定，猴娃不过是二三十年前的事情，而且猴娃的骨骼就存放在中科院，将猴娃的 DNA 和其已经去世的父亲的骨骼进行 DNA 鉴定对比，猴娃到底是不是其父亲的亲生儿子不就真相大白了吗？如果不是，那意味着什么不也就清楚了吗？即使家属不同意对其父母的坟墓开棺检验，那么猴娃的众多兄弟姐妹都还在，和他们进行 DNA 鉴定，看猴娃和他们是否是同一父亲，这个应该也不是什么大难题吧？为何没有下文，还是另有隐情？

质疑者的结论是：发生在人身上，可以认为是小脑症，发生在野人身上，就是正常情况……

第二十四节　狼又来了？

66

2003 年 7 月初，国内的报刊、网站都在转载一条消息：6 月 29 日，在神农架天门垭公路南侧发现一人形动物。

与此同时，几个目击者也在武汉召开新闻发布会，言之凿凿地说他们见到的人形动物是野人。

然而，神农架人关于野人的目击故事早已使人腻烦和逆反，有人对他们的新闻发布嗤之以鼻，"狼又来了？是神农架林区旅游局策划的这次野人目击事件吧……"

于是，国内外又是一阵轩然大波。

所有怀疑的焦点都集中在目击现场那个记者和那个神农架林区宣传部干部的身上——很多人都坚信：这两个目击证人肯定是神农架旅游局的"托儿"。

武汉某校动物学权威甚至说：6 月 29 日目击到的动物是一个身着灰装挖

药的农民，见到汽车就慌忙逃窜。

有人更为大胆地揣测：那并非什么野人，他们看到的可能是一个涉案逃跑的流窜犯……

一个在全国轰动且争议较大的野人目击事件，中国奇考会是不能不搞个明白的。于是，该会秘书长王方辰带着中国环境报记者杨西虎和具有10多年刑侦经验的野考队员徐晓光到了神农架。

本来，王方辰还邀请了北京和武汉的"无野派"动物学家和古人类学家，但专家们说，别瞎折腾了，报纸和网上都说是旅游局炒作，哪有什么野人！

被那些"无野派"专家们诘问指责时，王方辰本想解释，但他知道，这种解释不但无济于事，相反还会适得其反，于是，话到嘴边又咽下。

对"6.29野人目击事件"的调查，他还得以质疑者的思维方式并带着质疑者们的问题去进行。

他首先对人们普遍怀疑的两个"旅游局的托儿"进行了调查。

当天，从神农架木鱼镇到林区政府所在地松柏镇的那辆五十铃皮卡邮车上共有6人。两人在睡觉，4人自称看见了野人。他们分别是：罗永斌，时任神农架林区政府新闻办公室副主任；向旭，神农架林区个体户；刘杰，林区邮车班司机；周江，林区一中初二学生。

目击事件发生时，正在打瞌睡的另两人是林区劳动就业局职工刘爱琼和湖北电台驻神农架记者站站长尚政民——尚政民历来就认为神农架野人之说是炒作，目击事件发生时他在打瞌睡，事后也没有发表"目击证言"，可他仍被人们认定是"林区炒作野人的托儿"。

有人暗示王方辰：尚政民是省里的记者，他不发表"目击证言"是一种策略，是在玩欲擒故纵的鬼把戏。也许，他才是故意混上车的幕后策划呢！

于是，此6人是否是有人刻意"策划"到一个车上去"目击野人"，抑或是人们普遍怀疑的"托儿"罗永斌、尚政民是否是故意混上这辆车的问题成了王方辰调查的重点。

在有当事人罗永斌、刘杰和林区领导等人参加的座谈会上，这样的问题当然不能直截了当地问——王方辰装作无意的样子问道：罗永斌同志，你们是怎么上了同一辆车的？

"天意！"罗永斌强调说，"完全是一种天意。"

他告诉王方辰，29 日上午，他和尚政民在木鱼镇采访生态移民问题。因省电台催着要稿子，两人决定租车返回松柏。下午 1 点半，他们到木鱼街上找车时拒绝了黑车没完没了的招徕，直奔木鱼到松柏的"面的"候车处。这时，那个罗永斌面熟却又叫不出名字的向旭和刘杰开着一辆五十铃皮卡邮车拉着几个人从后面跟了上来，不停地嚷嚷，"松柏，松柏，上车啰，到松柏！"

罗永斌不愿上车。这种既帮邮局拉邮件又顺带拉客的车客货混装不说，还总是绕着木鱼镇转悠，不把人塞得像沙丁鱼一样他们绝不会开走。故，罗永斌坚决地说，不坐！我们包出租车。

向旭仍开车跟着，觍着脸动员罗、尚二人上车。说他开车稳当、安全。车主刘杰也说坐他的车比租车便宜。还保证说上了车就走，绝不兜圈子揽客。

架不住二人的轮番缠磨，罗、尚勉强上车。

车从木鱼启程时连司机一共 7 人，一人在红坪下了车。这人下车时，刘杰换向旭开车。

车出红坪，天门垭一带沟壑纵横，峰峦叠嶂，路况更加弯多坡陡。刘杰一刻不停地将方向盘左旋右转，努力让车稳当安全地盘旋在沟壑间那些险象环生的急弯陡坡上。坐在后座中间的罗永斌两手扶着前座靠背，提心吊胆地观察着前方。坐在罗永斌右边的向旭却不合时宜而又没完没了地讲述着他表弟前几天出车祸时的惨状，还把他表弟进火葬场时那些令人发怵的事儿当故事讲。这令罗永斌左边的尚政民和副驾驶室位置上的刘爱琼都十分不快和反感，干脆闭上眼睡觉。坐在母亲刘爱琼怀里的中学生周江倒是初生牛犊不怕虎，他一边饶有兴趣地听向旭的车祸与火葬场故事，一边向前张望。

进入 209 国道 1558 千米里程碑附近时，罗永斌突然看到，车前 60 米处的弯道上，一个身高约 1.7 米左右，浑身灰麻偏白，手臂下垂，背明显佝偻的"人"从公路中间急急忙忙跑向左边。当时，罗永斌并没有什么明显反应，直到车开到"人"刚才出现的地方却没有"人"在路上时，他才觉得"情况不对头"，便大声问："人呢！路上刚才那个人呢？"

其实，最早发现这个"人"的还不是罗永斌。后来，接受王方辰、徐晓光等人调查时，初中生周江说：我坐副驾驶室，处在视角最佳的目击位置，车一进入弯道，还在60多米的地方，我就看到了那个灰白色的“人”弯着腰，就像一个老人一样在路的右边走。发现我们的车后，它一惊，接着快步朝路中央跑去（罗永斌是“老人”到了路中间受惊后朝左跑动时才看见的）。周江强调，它跑得很快，跑了几步，又停下站在那里，头往左一甩，然后，唰一下就窜到路边的树林里去了。它出现在我视线里的时间最多也就五六秒钟左右……

周江讲述“老人”站在路中间把“头往左一甩”的情节让王方辰突然想起他在野考简报里曾看到过的相关介绍：甩头和用嘴一噘是野人在给同伴指逃跑方向——1976年5月28日，房县红塔公社双溪三队小学的于立华和孙正杰就曾看到大野人用把头朝右一甩，用嘴往山上一噘这样的动作给小野人指路。

王方辰十分不解：那灰白色“老人”站在公路中间把“头往左一甩”是在给谁指路？同伴？奔跑的五十铃皮卡邮车？或者是给它自己……

他把疑惑的目光转向驾驶员刘杰。

刘杰误以为王方辰要他谈谈当时的情况，便说：我也是在60米的地方就看到了车前那个“灰白色的老人”，第一时间里，我也同样出现了目击误判——误将“老人”一身灰白色的毛发当成了一身灰白色的服装。当时，我还在想：这老头儿也真是的，都弯腰驼背了还穿得那么怪异。不过，还算自觉，见到车还知道主动让路。这样想着，几秒钟后，车绕过那个小弯道到达“老头儿”刚才让车的位置时，我忍不住往路旁看了一眼。这一看，我不由一阵毛骨悚然：公路边的“老头儿”不见了！

刘杰告诉王方辰，“当时，有一种大白天撞着鬼一样的感觉！”

那时，也看到车前“灰白色老人”的向旭也觉得“有些不大对头”，在罗永斌大声问“人呢”时，他也惊叫了起来，“哎，哎，人呢？人呢！”接着，向旭连连高呼：“快，快，快停车！白色动物！白色动物！”

刘杰急踩刹车，五十铃皮卡邮车带着一股巨大惯性冲出20米后吱的一声停住。

"6.29"野人目击者

一行人匆匆下车。出于职业习惯，罗永斌麻利地从行李中找出相机时看了一下表：3点40分。接着，他和大家一起向那"老头儿"刚才消失的地方跑去。

路旁的林子一片寂静。刘杰对着树林高声问，"喂，有人吗？你到哪里去了！"叫了几声没有回应。向旭说："别喊了，肯定是野人！"

因睡觉什么也没看到的尚政民平时最不喜欢别人拿野人搞"炒作"，他想教训一下刚才在车上讲车祸讲火葬场现在又说野人的向旭，但刚说了句"你胡扯"就住了嘴——他看到了柏油路外侧一堆碎石旁的沙石路上，有一个被蹚开的湿脚印。路中有一大摊液体正在流向路外！

显然，是"人"或动物刚刚留下了这些痕迹！尚政民不由疑惑地嚷了起来，"看，看！这是不是那家伙刚才撒的尿？"

尚政民的发现使大家更加兴奋，都相信自己看到了野人。还是出于职业的习惯和对新闻的敏感，罗永斌拿出记录本，对看到"灰白色人"的人进行调查登记，并询问各人所见情景。接着，他用手机向区领导汇报。然后，组织大家下坡搜索。

"灰白色人"逃进的山坡是一大片灌木丛，坡度最陡处为55至60度，坡缓处为40至45度。顺山坡而下的是一片茂密的针阔叶混交林，地表以蕨类植物为主，腐质土壤松软，虽属次生林但长势良好，这无疑给搜索带来了极大不便。几人在坡下排成一字队形，慢行细找。

很快，罗永斌就发现一个明显的脚印正踩在一片碎石上的腐质枝叶上，后面的青草杆被绊倒，脚印有明显压陷，最显眼的是脚掌部位下有一根被踩断的直径约 3 厘米的枯枝，断面很新，且断面吻合。

这一发现使大家兴趣大增，连从不相信有野人的尚政民也跑到坡下搜寻。结果，在 30 米的范围内，几人陆续找到六、七个脚印。一测量，脚印长 33 厘米。

对这些脚印，尚政民还是有些拿不准："是不是当地农民踩的？"

中学生周江马上反问：尚记者，哪个农民的脚有三十几厘米长？

"不管是谁，都不会光着脚到林子里来跑的。"刘杰说："这林子里到处都是荆棘刺草，光着脚寸步难行！"

罗永斌也认为这脚印绝非人为。他分析："灰白色人"逃跑的时候脚把林子里的藤条踢断了，断口是新的。这个藤非常结实，没有很大的冲击力不可能出现这种情况。

67

对 6 月 29 日那个灰白色动物留下的这些脚印和痕迹，人们做出了种种判断和猜测。

中科院动物研究所研究员冯祚建告诉某电视台记者："根据群众的描述，我认为很可能是什么动物缺乏了酪氨酸酶，酶的缺乏会造成黑色素的减少，所以，他们看到的很可能就是神农架白化了的黑熊或者棕熊。"

对此，他表示出了一贯的不屑，"可遗憾的是，白化了的黑熊或者棕熊被人说成是野人……"

白化了的熊周身白色，基本符合目击证人描述的那个不明动物的颜色。有人据此假设：一只正在路中穿越的白熊，突然发现了急速开来的汽车，于是受到惊吓，转身跑进了密林之中。

王方辰、徐晓光等调查的人想在密林中找到"白熊"或"灰白色老人"留下的蛛丝马迹。

在"白熊"或"灰白色老人"逃跑经过的一棵小树上，他们发现了一处 6 月 29 日当天没有发现的抓痕。

经测量，抓痕离地约 1.68 米，痕宽约 0.1 米，拇指抓握部位宽 0.026 米；树干表层苔藓、树皮从右向左被拧开、脱落。显然这是 6 月 29 日 "白熊"或

"灰白色老人"在逃奔时为保持身体平衡抓扶过的。

擅长现场勘查的徐晓光认为："抓扶树干的这个手掌绝对比我们人的要粗糙，它旋转时把小树一圈的表皮全都旋脱落了！"

王方辰分析说："有些动物学家总认为是熊，熊是爪子印，指甲爪钩，它一挠，留在树上的痕迹是竖的。另外，只有灵长类动物才能把手指握起来抓住一个东西旋转，这里的痕迹就是用手握住树干向前奔跑过程中手旋转的方向发生变化时留下的。"

东北林业大学动物学研究者王文也认同王方辰的说法："熊主要选择荆棘密布的灌丛地栖息。发现痕迹的地方荆棘密布，林木丛生，很像是熊所习惯的生活环境。同时，熊不仅善于奔跑，能够爬树，有的时候它还可以站起来，甚至直立行走。"

但是，王文认为，在林中留下脚印和在树上留下抓痕的不可能是熊。首先是熊的脚掌不可能大到33厘米。其次，熊掌上长着长长的爪勾，如果树上的这个抓痕是熊留下的，那么，熊掌上的爪勾会留下痕迹。但是，无论是现场录像，还是后来拍摄的照片，都未发现相关的信息⋯⋯

"灰白色人"的身份成谜之后，武汉某校那位动物学权威再次强调："6月29日目击到的动物是一个身着灰装挖药的农民，见到过往汽车就慌忙逃窜⋯⋯"

"动物学权威"的推断立即遭到质疑："这人是在信口开河吧，你又不在现场，你又没有找到那个跑了的人形动物，怎么知道那是一个身着灰装挖药的农民？"

"挖药的农民为什么要见到车就慌忙逃窜？没有理由呀！"

为了搞清那"灰白色人"是否是药农，王方辰进行了实地考察。

当地人告诉王方辰：药农进山不会赤身裸体，也不会赤手空拳，起码要背着背筐或篓箕并携带镰刀、挖铲之类的挖掘工具，手里一定持有采集不久的药用植物。然而，周江、罗永斌等人看到的是一个赤身裸体，两手空空的"人"。

当地人还告诉王方辰，药农并不惧怕过往车辆，没有见车即落荒而逃的理由。神农架虽是保护区，但事发区域远离禁止入内打猎采药的保护区，这一点当地人是熟知的。更重要的是，保护区从未禁止过人们在公路上行走，不会有人因为害怕而见车就逃。再退一步讲，假设那就是一个害怕被抓才落荒而逃的药农，为了逃脱追赶，在林况复杂、草深坡陡的密林中，丢弃手中和身上的东西更有利于逃跑。但在目击现场未发现任何与药农有关的物品。

据此，2003年7月23日，王方辰在调查报告中写道：可以排除是药农出现在目击现场的可能性。

王方辰在调查报告中分析："这次目击人形动物地点位于209国道天门垭南侧，是神农架北部海拔较高的燕天风景区，塔坪村就在公路下方的山谷里。自新中国成立以来，这里曾发生过几次典型人形动物目击事件。1993年，在本次目击现场以北5千米处，就是10人集体目击人形动物的现场，再往北则是1976年6人集体目击人形动物的地点。"

"地点集中，目击频繁，目击者总数20余人。而且，前两次是非常明确的典型事件。"

由此，王方辰推测：这一带有可能是人形动物的活动区和异地迁徙通道。

他的理由是：首先，这一带有大面积次生阔叶林，食物充足，人烟稀少。翻过这里的高山即可到达房县、保康县的中低山地，那里有几万亩板栗林，榛子、橡子随处可见。眼下虽是旅游季节，但受SARS影响，两个多月来冷冷清清，几乎没有外地旅游者光顾这里，因此出现了外来人员活动的低谷期。

其二，神农架西南部已成为热点旅游线，仅门票收入每年就达500多万元，游客之多足以构成对所有野生动物的重大影响，野生动物发生迁徙是必然的。根据历史和现在的具体情况，发生人形动物目击事件是有可能的，从时间与地点来分析本次目击事件也不是孤立事件。

中国奇考会经会商后认为：由于此次的目击事件存在目击时间过短，又未看到正面，没有获得更翔实的证据等遗憾，本次目击事件是一次"不具有典型意义的目击事件"。

但奇考会的调查报告强调：这仍是一次难得的多人同时目击人形动物事件。具有一定的参考价值……

第二十五节　"绝不放弃！"

68

当人们把对大山里那个野人的争论带进大都市的报刊和电视时，北京城里的野人迷们正背着行囊战战兢兢地地向神农架出发。

望着两股双向逆反的队伍，中国奇考会秘书长王方辰站在野考的阴影里黯然神伤。他叮嘱费九牛二虎之力才保存下来的野考骨干们：此去神农架，一是有了什么野人线索不要急着宣传，二是不要主动找人拉赞助。

他忘不了那些"嗟来之食"的屈辱。

他曾募集过野考经费。但很多人不仅觉得他是个以野考之名圈钱的骗子，还觉得找野人的人都是疯子。十堰有个老板说，只要你证明了野人存在，我就给野考队 100 万。但王方辰没有签这个协议，他说，一则，野考不是奔钱去的。二则，你这 100 万的给法就如同说，你先上月球，我再给你拿钱造飞船……

那时，中国奇考会已经陷入经济的困境而无法开展更多的活动。尽管如此，袁振新、王方辰等人还是害怕野考队存留下来那些为数不多的残兵败将们再度陷入舆论的漩涡，更害怕接受采访后一些记者和无野派联合起来对野考攻击——前不久，王善才高调野考后遭到攻击这样的教训使他们不得不小心翼翼。

面对攻击，20 世纪 80 年代就在神农架自费寻找野人的于军气定神闲、坦然自若。他说："你要追求阳光，就必须接受阳光投下的阴影。"

他不想把野考的事情藏着掖着，也毫不隐晦自己的野考观，"如果有野人，那一定是找出来的，绝对不会是争论或研究出来的，更不会是袖手旁观出来的"。

他说，野考如果成功，自会青史垂名。若是失败，就默默地活着，悄悄地死去。

但他不愿默默地活着，总想给人一些惊喜。一次，他深夜给本书作者打电话，"我梦到抓住了野人，天亮后就要去神农架……"

野考因那些无休无止的论战经常风云骤起，变幻莫测，但于军不大理会那些论战背后的"狼烟",从来就没有离开过神农架。1999 年,当专家和林业部门纷纷宣布没有野人时,于军却在与神农架毗邻的襄阳市保康县大山沟村、樟木沟村和房县清风镇的台头村新建数个野考据点。

之所以要在保康新建野考据点,是因为于军发现,近年来保康多次发生野人目击事件。他觉得,野人肯定看中了保康这地方的什么东西。找出地图一看,他明白了:原来,这里是野兽和野人的宜居之地。

保康县地处鄂西北,位于襄阳市西南部。东依襄樊,南接宜昌,西连神农架和房县,北交武当山,是襄阳市唯一的全山区县。

于军和于建决定去这个山区县看看。一进保康,兄弟俩就被这里的山川河流吸引了:境内山峦重叠,沟壑纵横。荆山主脉自西向东横贯县境中部,将保康分成了南北两部:保南山势平缓,河谷较宽;保北山势高突,河谷较窄。沿着狭窄的河谷和 3300 多条大小山沟,林立着 3100 多个大小山头,山地平均海拔 910 米,森林覆盖率近 80%。在与神农架、房县毗邻的原始森林里,几万亩的板栗、榛子、核桃、橡子林及林中那些前来觅食的小动物像一座取之不尽的巨大粮仓和肉库可供野人食用。而那地貌复杂,高低悬殊,山头和山头之间差异较大的气候,则形成了"高一丈,不一样。阴阳坡,差得多"的空调式环境。

这样的环境使林中包括野人在内的生灵们有了应时的选择空间:冷时下河谷,热时进大山。饿吃林中果,渴饮溪沟水。

于军兴奋地想:北京的市区面积才 700 多平方千米,而保康的一个村就有三五十平方千米。这些地方山高林密,人烟稀少,有吃有喝,自然条件优于神农架南天门、老虎顶那种高海拔地带,难怪野人喜欢隐藏其间……

于军往保康跑得更勤了。开初几乎是常驻保康,有 3 年都未在家过春节。2011 年,他妻子姚建华在电话中埋怨,他才回家过了个春节;后来,因资金不允许,他和弟弟于建一年会去保康 3、4 次;再后来,买了监控器,有监控器代劳在山里盯着,他们只需过一段时间去查看一下监控器都拍摄到了什么,换换监控器的储存卡和电池,检查一下线路和机器。这样,每年去两趟即可。第一次春节一过就去,五一左右回北京。第二次安排在秋天,7 月左右去,国庆节前后回京。

他们同王方辰探讨过：这两个季节野人出没更加频繁，春天，野人们在山里困了一冬，天气暖和了，它们需在林子里寻些栗子、核桃之类的坚果补补身子。秋天，山民们的玉米、土豆都成熟了，它们可以敞开肚皮饱餐。在这个季节进山，运气好说不准真能碰上野人。

于军的爱人姚建华不大相信这样的运气会降临丈夫的头上，这些年，尽管于军总是隐瞒或者轻描淡写地透露在山里的艰难，但姚建华还是从他的只言片语中知道了在野考路上的种种凶险——

一次，于军开一辆中巴拉着价值两万多元的野考物资去保康的野考据点，过一条浅水河时，车轮陷进了河道中的一堆乱石里，四周没有人烟，他只有守在车内等路过的车辆救援。晚上，没有等到救援的车辆却遇到上游的水库放水发电，河道里的水越来越深，渐渐漫进了车内。但他不肯弃车而去，把那些野考物资一件件转移到车顶后仍在河水里继续守着。他认为，自己守住这些物资也就守住了一个野考基地，更守住了寻找野人的希望。

一次，在野考路上，于军从山上摔下，快掉下山谷时，他抱住一棵树才捡了一条命。

还有一次，被马蜂蜇后，没有钱医治，于军只好回到北京。见丈夫鼻青脸肿的样子，姚建华心疼得失声痛哭。"今后你就别到山里乱转悠了，我给你攒钱买监控器，用监控器帮你找野人！"

转眼 30 年，"野人"老矣

姚建华把自己好不容易攒下的几万元钱从银行取出让于军去买了 8 套

6210红外线触发相机，安装在他的野考基地。

这些监控器在原始森林里替于氏兄弟盯着。效果不错，它们不仅录下了猴子野猪羚羊等动物在镜头前往来的情况，2013年夏天，还录下了一个身高2米左右的人形动物背影，虽然图像不太清楚，虽然还只能说那背影疑似野人，但这种"疑似"的图像对于氏兄弟却是一个莫大的鼓舞。他们相信，只要坚持下去，必定会有收获。

果然，2015年夏天，又一个"毛茸茸的家伙"出现在他们保康山里的监控器里。于军说："那家伙似乎是要气煞我一样，它出现在一个被树枝遮住了头和脚的空当处，只露出一段毛茸茸的身子！"

但在那"毛茸茸的家伙"把胳膊抬起将手放到树干上时，于军还是看到了它1.8米处的肩头上那缕长长的毛发在风中飘飞！

这段长19秒的影像更加坚定了于氏兄弟的信心，也更加刺激着兄弟二人加大投入，那之后，他们连攒带借又买了100多套监控器。到2019年初，于氏兄弟那200多套监控器在大山深处静静地帮助他们寻找着野人的踪迹，成了他们不可多得的宝贝。

遗憾的是，于军的宝贝经常遭到破坏。老鼠啃坏监控器的盒子，把机器上的线路咬断。风雪雨霜侵蚀机器。人也加入破坏的行列。一台价值数千的监控器被人偷走。公安费好大劲才查清是当地一个哑巴干的。"一个残疾人，你把他怎么办？"无可奈何的于军原谅了哑巴。

那个村主任的行为却让于军有些忍无可忍——他把监控器的电路全部切断，致使3台监控器潮湿受损，于军修了好几次都无法正常运转。修一次就要好几百，于军朝村主任怒吼，"你让我到哪里找这么多钱来修理呀！"

但受了损失的于军最终还得给村主任说对不起，说自己不该发火。他拦住想去找村主任说理的于建说：忍了吧！这是别人的地盘，我们今后还要在这里野考……

据说，村主任的老婆动了疚愧恻隐之心，把一篮鸡蛋和几十斤土豆悄悄放在了于家兄弟居住的被村主任称为"狗窝不如"的门外，想以此弥补一些丈夫给这两个"北京野人"带来的损失。

她知道，这两个"野人"着实不易：十多年一直都穿着几件破旧过时的迷彩服，没见他们添过什么新衣；在山里的十多年，他们舍不得买肉吃，甚至舍不得买点鸡蛋那样的营养品，采些野菜把自己吃得病快快的；生了病舍不得上医院，连几片西药也舍不得买，总是在山里挖些草药去治病；兄弟俩还舍不得买生活必需品，一个牙刷只剩下"一撮毛"了还舍不得换，冬天，手冻裂了口也舍不得买瓶护肤膏……

即使是山里人，也没有谁把日子过得如此清苦不堪。

可于氏兄弟觉得自己不得不过苦日子。每次去神农架都需要带很多的野考器材，要转很多次车才能弄进山，所以，他们无法坐火车到宜昌再坐汽车到保康，只有等节假日高速公路免费时，他们那辆装得满满当当的三手面包车才能哐哐哐地上路。从北京到保康，一个单边的汽油费就得五六百元。到山下，还得雇人背器材。在那里一住几个月，再怎么节约，但那一日两餐的柴油米盐还得买……

所以，于军不敢乱花一分钱。他老爱计算：吃几斤肉，又可买一块监控器电池了。

他实在没有多余的钱去开支自己身体所需的肉食、蛋类或药品。

为野考，于军和弟弟投进去了100多万元，野考使他们一穷二白。姚建华每月3000多元的退休金，除维持一家的生活，一年内要抠出1万元，这节约出的1万元，她分两次给进山的丈夫。母亲有3500元的退休金，与于建一家一起生活，余下的钱在两个儿子进山时每次给四五千。两兄弟就拿着这1万多元进山考察。

于工命丧野考路时，他的爱人才37岁，几十年过去了，她至今都未改嫁。她接受不了这个现实，她怕找不到比于工更好的人，他更不愿让其他男人占据了于工在她心中的位置。她单独地守望着，等待着，希望两个大小叔子能早点找到野人以安慰丈夫的在天之灵。

经济和情感的压力使于军不敢把找到野人的希望全寄托在监控器上。他牢牢记着弟弟于工遇难前的那番话，"野人是有，但是，咱们不能只用一种方式去找，那样，可能会把咱们自己找垮，要想别的办法……"

多年来，于军想过不少"别的办法"。于建说，我们差不多是在以"多种经营"的方式进行着野考——

每年秋天，兄弟俩就弄一些夹子埋在山里——想夹住野人的毛发，或者把野人的皮弄破，让其留下些血迹进行 DNA 研究。

2014 年，于军把自己那辆"趴窝"的汽车拆了开始研制直升机，说要用直升机揭开野人之谜。要不是王方辰要他吸取当年制造气球的教训并一个劲地阻止，还真不知他又会鼓捣出什么来。

2018 年，于氏兄弟又开始向神农架深处运动了——于军说，这两年山里到处都在修路修房子，野人们肯定不敢到修路修房子的地方来，"那我们就到山里更清净的地方去陪它们吧！"

在大山深处的寂静里，于军的内心世界却激情澎湃，喧嚣奔腾，属于二弟于工的那一方圣洁的领地一刻也不曾静止。他时时提醒自己：你兄弟于工把命都丢在了野考路上，你要坚持，要竭尽全力找到野人……

于军、于建义无反顾地寻找野人引起了媒体关注。央视的《东方时空》给他们做了 5 期节目。做最后一期时，记者问于军和于建："周国兴研究员说，你们三兄弟是看他的文章后才参加野考的，于工还死在了找野人的路上。当初，如果是他遇上了你们于家兄弟，他会劝你们千万别踏上野考这条不归路。现在，是你们最困难的时期，想与周研究员聊一聊吗？我帮你们联系。"

于建笑问："值得麻烦您吗？"

于军则用玄妙的禅语直接作答："江湖路远，不必相见。"

于氏兄弟的态度令记者很是不解。于军解释说："周国兴研究员那篇说中国有野人的文章改变了我们兄弟三人的人生，现在，我们通过野考认为野人存在时，他却说没有野人。见面后，我们能谈些什么呢？无共同的语言就会话不投机半句多，无话可说就不用见面了吧……"

据说，此话传到周国兴那里，老研究员叹息道："走了错路，是可以掉头的。可这三兄弟，上错了车，却因为已投了币而不肯下车，他们只会错过更多的站！"

于军回应说："如果有找到野人的那一天，我们会坐着这趟上错的车沿着走错的路去登门感谢周研究员……"

为了能早日登门感谢周国兴，于军一点也不敢懈怠。2019 年 2 月，北京欢庆春节的鞭炮还在炸响，于氏兄弟便又进山了。

他们这是要去查证一件"野人吓傻猎人"的目击事件。

春节前，在回北京高速公路的一个服务区休息时，听几个保康籍民工正在议论"野人吓傻猎人"，于军、于建立即凑过去刨根问底。

那民工问："山里人'赶仗'的事，你们能听懂吗？"

于建说："我们懂！"他本想告诉那民工，在神农架，野考队就曾采用狩猎的方法去"赶仗"围猎野人，但因急于打听"野人吓傻猎人"的事情，话到嘴边又咽了回去。只是说："我听说过'赶仗'，就是你们湖北一些地方的猎人三五个或十几人邀约进山狩猎，叫作'赶仗'或叫'赶山'嘛。"

民工见于氏兄弟很内行，这才告诉他们：大前年，保康县马桥镇古泉沟村红崖沟七八个山民进山"赶仗"，他们分成了三组，有的负责寻找猎物踪迹，有的以半包围的队形一边"哦嗬哦嗬"地吆喝，一边用木棒乱打乱敲，还时不时捡起石头乱扔乱砸，以便将猎物驱赶到枪手可以射杀的"点口"。

时年 61 岁的刘道贵因枪法好胆子大经验丰富，被分去埋伏在一个大山的垭口担任了守"点口"的枪手。他的任务就是把"赶仗"到垭口的猎物开枪打死。

民工强调："赶仗"的枪手最重要，瓜分猎物时，他不但可以比其他人多分，还有权先选猎物身上最好的部位。

可是，那天，本可多分猎物的枪手刘道贵不但没有能分到猎物，反倒被野人给吓傻了。至于是怎么被吓傻的，那几个保康民工也说不出个子丑寅卯。

回北京后，于军、于建老惦记这事，春节过得牵肠挂肚的，才正月初八，兄弟二人就心急火燎地赶到保康去调查。

但他们去晚了一点：春节前，在病床上"傻"躺了 3 年多的刘道贵已经撒手人寰。

不过，访问过 3 年前参加"赶仗"的那些人后，于氏兄弟还是查清了令人惊悚的一幕。

那天，被分到"赶仗"那一组的刘军感觉他们"把一个大家伙给赶出来了，那家伙弄出的动静好大哦！"

"赶仗"的另一个小伙子张亦民也证实,"那家伙太厉害了,跑起来咚咚直响,还把沿途小孩手那么粗的树折断了不少!"

于军问:"这么厉害的家伙是个什么?"

"野人,肯定是野人嘛!"刘军分析,"否则,什么动物能把那么粗的小树折断!"

"你们看见野人了吗?"于军直奔主题,"是谁看见的?"

二人摇摇头,"我俩都没有看见,可参加'赶仗'的吴志华看到了。"

50多岁吴志华回忆说:"林子里树木太密,我也没有看清,只隐隐约约地看到一个很高的黑影一闪而过,朝'点口'去了。"

当时,参加"赶仗"的吴志华、张亦民等人朝垭口喊:"刘道贵,准备好了没有?大家伙过来了!"

按惯例,刘道贵此时不会吱声应答。但他会开枪射杀那"大家伙"。

吴志华等人一边朝垭口奔跑一边等待刘道贵射杀猎物的枪声。但枪声一直都未响起。

吴志华一行很奇怪:那么大的"东西"过去了刘道贵怎么不开枪?难道是枪瞎火了?

赶到垭口一看,刘道贵已经昏死在地,猎枪没有开过,被扔在一边。身上虽无伤痕,他却呼吸急促困难,几人忙七手八脚地为其掐人中和做人工呼吸。好不容易被弄醒的刘道贵惊惧万状,眼神迷离,手无力地指指垭口上方,啊啊啊地说不出话。抬回家后,刘道贵从此一直植物人一样躺在床上,直到离世,他也没能说出那天究竟是什么把他吓得昏死了过去。

事后,参加"赶仗"的一伙人作了很多揣测。"会不会是谁把刘道贵打昏的?"

"不是打昏的!若是被打昏的,他身上怎么会一点伤痕也没有?"

"并且,谁见过一般动物会打人?"

"对,动物不会打人,只有野人会打人!"

"野人也没有打过他,看来,刘道贵一定是被吓昏的。"

"刘道贵一生打过那么多豺狼虎豹,从没有见他害怕过。只有野人这种大东西才可能把他吓昏死过去……"

于氏兄弟也同意这种推测。

这种推测更加坚定了他们大山里有野人的信心。

69

野考如同一场戏，演得再好，所有"演员"最后都还是要以各自的方式谢幕。

"野人部长"李建、"野人教授"刘民壮、野考副队长樊井泉等人都已带着野人梦和人生的遗憾离去。

那位王高升副师长当年指挥56名侦察兵和54位科学家、教授、野人迷在神农架以剿匪的方式进行了一场声势浩大的野考后，又指挥了一场战果辉煌的自卫反击战。随后，他所在的部队改编为武警队伍的一个师，王副师长到某市的军分区当司令员直至离休。

如今，李孜、黎国华、张金星、袁裕豪、胡振林等几十名野考骨干队员差不多都已进入古稀之年。这些在野考路上的风风雨雨中奔走了大半生的野人迷们大多患有风湿病、关节炎、腰痛、头痛、肝痛等毛病，没有很好医治条件的他们成了一群随时都可能从生命出局的人。

但他们很看得开，说，死亡是一笔人人都必须偿还的债务，死就死吧！

不怕死的他们却无法释怀神农架。张金星打电话告诉作者，"把几十年的时光都花在了神农架却没能抓住野人，死不瞑目！"

大多数野考队员一生中，除短暂从事过其他职业外，他们用情最深、坚持最久、付出最多的就是神农架野考。

有人说，人生是一张单程票，无法回头，但可以转弯。

很多时候，前面"山重水复疑无路"时，转个弯也许就是"柳明花暗又一村"。由此看来，转弯就是一种转机。

可野考队员们不愿转弯，甚至不肯为神农架的野考谢幕散场。他们挪用养家糊口的费用，放弃当儿子、丈夫和父亲的职责，挺着羸弱的身躯，靠着双腿和简陋的设备在茫茫林海坚定、坚强地"皈依"野人，用他们人生最美好的几十年时光去坚守希望渺茫的野考，最后，在漫长的岁月里把自己找成了无法回归家庭和社会的"野人"。

如今，当寻找野人的事业和热情被静静流淌的岁月一并带走之后，他们已走不出野考岁月那段苦涩的记忆。黎国华在他的诗中悲愤地写道："黎庶空怀鸿鹄志，国宝深藏少人知，华中寻梦定归宿，迷恋野人心太痴。"

痴迷的野考队员们的心还徘徊在神农架密林里的野考路上，他们还在虚渺地追寻着那个若隐若现的野人。

这些走不出昨天的野人迷们境况都很糟糕。在人们千方百计发家致富那些年里，他们却把脱贫的机会和几十年时光都奉献给了"大山的精灵"，致使他们晚年一穷二白、生活拮据。历经沧桑之后，他们厌倦生活、远离凡尘。如今，他们大多已经"失联"，拨打他们的电话，总是传来电脑小姐热情而遗憾的声音：你拨打的手机已停机……

上海教师李孜在寻找野人路上的那种贫困潦倒更有几分悲壮、几分辛酸。

7年前，笔者前去采访最后一次上神农架的李孜时，他住在武汉一间散发着浓烈臭味的廉价宾馆里，房间的桌上摆着煮饭的煤油炉和锅碗，一把挂面，一个地瓜，三个已放干了还舍不得吃的橘子将是他一天的全部食物。

当晚，本书作者请他吃饭，他竟将吃剩的汤汤水水全部打包带走。

交谈中，李孜不说他在北京拿着低保生活的拮据，不说他无依无靠晚景凄凉，只说他目前最犯愁的是没有前往神农架进行野考的车船费。

他表示，他还是要到神农架去，哪怕是爬着去也要去……

在广西龙胜县的那次车祸事故中，李孜见义勇为，一次次把车祸中的伤员搜出车背到山坡上。30多个伤员抢救完，过度的负重致使他脊椎断裂，事故责任方却拒绝出资对他救治，说，出资救治见义勇为者没有先例。住院的钱只好由他的父母垫支。后来，他所在的进修学院倒是解决了一些费用，但别人说：李孜，你不能因见义勇为而占了学校其他人的医疗费用。再后来，调到北京时，有人说，李孜，你不是在北京见义勇为受的伤，并且还是30多年前见义勇为受的伤，所以，你不能享受见义勇为的有关资金治病。

李孜的伤更痛了——那伤痛不只在身上，更在心里！

在神农架单打独斗了 18 年的张金星也踽踽独行在回家的路上。

张金星打退堂鼓的原因之一是一笔他不能承受的房租。2012 年底，需要重新签订租房合同时，原来每年 8000 元的房租被房老板涨到了 6 万。张金星拿不出 6 万，所以，他必须离开神农架。那一刻，他心灰意冷，产生了强烈的回家欲望。

采访时，提到回家的话题，张金星的讲述一度中断，并开始流泪，接着是长时间的沉默。

有人在读日本"宇宙诗人"谷川俊太郎那首充满禅意与空灵的《沉默是金》后有句评论说："很多时候，沉默并非无话可说，是因为绝望而产生的一言难尽。"

张金星的眼泪和沉默也是"一言难尽"的绝望，作者能够听到他沉默的声音。

于是，关掉录音笔，静静地等了许久。张金星终于恢复平静。他擦擦脸，微笑着说："算了吧，没关系！"

一看就知道，那微笑是装的。

他的一生，风雨多，晴天少，还总想悄无声息地坚强，于是，习惯了说"算了吧，没关系"。但上神农架时那"不揭开野人之谜绝不剃须，绝不走出神农架"的诺言如今已碎了一地，他这种曾无数次被镁光灯照射，曾被无数人审视的人能"没关系"？能"算了"吗？

张金星承认：自从动了"思凡"之心，最难的是把自己的过去清零。

接受作者采访时，"张野人"已动了思凡之心

他说，这是一个看脸的社会。我更是把脸面看得比什么都重要的人。回家时，我张金星已不敢奢望十多年前市府领导带着几千榆林人为我送行的情景能够重新出现，但我也不愿看人脸色——更不想让人看到我从神农架败北时的狼狈。

于是，他选择一个更深夜静之时悄悄回到了榆林，回到了实实在在的人间。

"归去，也无风雨也无晴。"收到张金星这条群发的短信后，朋友们都庆幸地松了口气："张野人"终于平安着陆了！

张金星的第一任妻子齐丽丽收留了他这个找野人已找得一穷二白的"野人"。

但漂泊了近20年的"张野人"已经野性难改，不久后，他说自己找野人多年已看破红尘，要到五台山削发为僧当和尚。

五台山的僧人不肯为他剃度。说，你凡根未除，凡念未清，嘴上说要遁入空门，心里却难忘野人，无法摆脱尘事的纷扰。在庙里休养一下身心也许可以，但若真要吃斋念佛恐难成正果。

一听庙里允许暂住，张金星想马上剃掉胡须。庙里的师父阻止说，你十多年留下尺余的胡须实属不易，还是留着吧。你现在只是暂住，不能一时冲动剃了它。

从此，张金星在庙里成天举目梵宫僧寮，抬头苍松翠柏，在木鱼清磬之间、黄卷青灯之际怀惊世之志而颂出世之经，似乎进入了无欲无念的佛家境地，曾经有过太多的悲喜交加，几乎再也激不起一丝涟漪。对那18年苦涩的往事，他好像也都在佛的点拨下禅机般地大彻大悟，顿生脱俗之思。

然而，几个月后，肃然危坐、诵经论道的日子让张金星有些烦了。特别是想到自己坚守深山18载却无果而终，不由日渐心烦意乱……

张金星又动了凡心。

庙里的师父看出了张金星的心思。说，你虽信佛，但佛缘未到。还惦记凡尘之事。你还是先去了断你的那些凡根再来庙里吧……

但张金星犹豫不决。他还在等待。他听说王善才仍在通过各种渠道筹集野考资金，准备重新启动神农架野考。他说："王研究员重新启动考察那一天，我会第一个重上神农架……"

至今，他那尺余的白胡须仍未剃掉。

在野考路上归隐或者说皈依的还有胡振林。

很想采访这位有些传奇色彩的野考队员，但作者数次寻找都无缘相见。关于他的故事，作者大多是在他的野考队长、野考政委和野考战友们哪里知道的。听说，2003年，胡振林应该退休了，但他不想离开大龙潭，仍想守护山里的猴子，想寻找野人，想养他的蜜蜂，想在他那五间野生动物展览室与光顾的游客一起回顾野考岁月那些苦涩的记忆。

但2003年底，"山下来了5个人，给胡振林和刘翠华夫妇开了30分钟的会。8天后，老胡和妻子开始默默地收拾行李。"有记者写道：要走了，老胡有些哽咽地向在山间树梢上和他遥望的猴儿们喊话，"你们要乖些，要注意安全啊，随时警惕豺狼虎豹，不要接近那些想伤害你们的人哟……"

12月15日，胡振林带着没有找到野人的遗憾和对金丝猴无限的怜爱与牵挂，在神农架留下了最后一行脚印。

40多天后，胡振林送给公路道班的那条名叫"巧巧"的白狗又逃回到大龙潭，在主人和它曾经居住的房前跑来走去，大叫不已。据说，胡振林知道后老泪纵横却长久地默默无语……

离开神农架的胡振林在三峡库区茅坪镇女儿的家中住了一阵。那里的长江风光很好，但他没有"明朝散发弄扁舟"的矫情，相反，还很不习惯那里的风光，便又回到了神农架。在一无人无手机信号的山坳里，他铺一溜青石小路，盖一间栖身的木屋，默默守护着这座大山，守护自己曾经魂牵梦绕的那个千古之谜。

黎国华也像胡振林那样无法"矫情"。

有记者问：常年在野外生活，是否让你也萌生过访道求仙、隐居山林的想法？

黎国华毫不隐讳地承认："老了，现在隐居山林已不现实。"他最现实的想法是渴望摆脱贫困的纠缠。

记得2012年在木鱼镇采访黎国华的那几天，他沮丧地告诉作者，在没有什么进项的家庭财政中，他却有不少"巨额"的赤字透支记录：野考时腿受伤欠了近千元公款；调入神农架自然保护区科研所时拖欠文工团的公款已近两千元；还有，调新单位后，为还欠款，他每月只能领二三十元的生活费……

书稿完成后，传给黎国华核实事实时，他回复的内容也是关于经济危机给他带来的心酸：写《我的野人生涯》没挣到钱，"我老婆精神受到巨大刺激，我的台式电脑、笔记本电脑被她砸毁了好几台，我的手机也先后被她毁了五六部。"

黎国华强调："我买不起电脑和手机，都是我弟弟妹妹、侄儿侄女、外孙给我寄来的。我在家不敢使用电脑，妻子随时都可能将电脑砸毁，将电脑的连接线扔到街上的垃圾箱中。我的七八个U盘都被她扔到了河里。"

尽管如此，但黎国华"对追踪野人仍感兴趣"。

有时，他会大醉一回，聊发"我有一杯酒，足以慰风尘"的狂放……

70

按照中国野考界的区分法，"足以慰风尘"的黎国华应该算是第二代野考人。

这代野考人包括已经逝世的李建、刘民壮、樊井泉、孟庆宝，还包括袁振新、王善才、于军、胡振林、袁裕豪、李孜、张金星等人。他们最辉煌的野考岁月为1974年至1981年，此后至1993年野考逐渐步入低迷，中国野考会被迫在袁振新、王方辰的带领下改组为奇考会。之后加入的奇考会成员为中国的第三代野考人。

与此同时，王善才另起炉灶，在武汉成立了湖北省野考会，与京城的奇考会南北呼应，两支野考队伍至今仍顽强地坚持在神农架等地的广大区域。

在第二代、第三代野考队伍的前边，可以看到再早些时候贾兰坡、裴文中、吴汝康等科学魁首带领的第一代中国科考团队。

引发这些科考开拓者聚焦野考的原因是20世纪30年代，美籍德国古人类学家魏敦瑞、荷兰古人类学家柯尼斯瓦尔在香港的中药铺里获得了几颗被认为是巨大的灵长类牙齿的化石，研究后，他们于1945年发表专著，认为这种巨灵长类动物具有明显的人类特征，应该属于人类早期祖先，从而提出人类是由巨猿起源的新说，进一步推论巨猿是爪哇猿人和中国猿人的直接祖先。

·288

根据牙齿比例复原的巨猿模型

　　这一推论引发了人类学家贾兰坡、吴汝康、裴文中等科学魁首的新一轮科考热潮。20世纪五六十年代，他们在广西柳城、湖北建始、重庆巫山、贵州毕节等地掘地三尺，在众多山洞里发现了大量的巨猿化石，其地质年代涉及200万至10万年之间。

　　巨猿化石年代早于古人类化石的年代，牙齿又比人类牙齿大3至4倍，根据这一情况，裴文中1960年就提出："北京猿人是我们的老祖宗，那么北京猿人的老祖宗又在哪里？种种迹象表明，它们应在长江三峡一带。"

　　中科院院士、著名人类学家吴汝康则从同样的角度呼应着裴文中的推断：鄂西的建始和巴东发现过巨猿化石——神农架离建始、巴东不远，应该把野人同长江岸边发现的巨猿化石联系起来进行考虑。以前，人们都以为巨猿在50万至100万年前就绝迹了。但实际上并没有绝迹，还有那么一支顽强地生存了下来。

　　1985年，黄万波率领的考古队在长阳发掘到一枚古人类门牙化石和一段古人类下颌骨化石，据国内外权威机构鉴定，它们是距今约204万年前的古人类化石。

　　贾兰坡把它命名为长阳人。他在鉴定报告中写道："长阳人"的发现，给人类自身的分布与演化提供了新的研究资料，说明长江流域以南的广阔地带同黄河流域一样，也是我国古文化的发祥地，是中华民族诞生的摇篮……"

达尔文论述人类最初的特征是两足行走、使用和制造石器以及社会特征的"一揽子"理论，影响了人类学界几乎一个世纪。但是，猿与人的界限是始于直立行走，还是始于制造工具？对此，吴汝康提出了"过渡说"。他认为，这一过渡时期开始的标志是直立行走，完成的标志是制造工具。

20世纪80年代，国际人类学界普遍接受了吴的观点，一致承认，人类最初的特征是直立行走。至于其他特征的先后顺序和相互关系，还有待于新的发现来论证。

科考先驱们的推论让中国的第二代野考人浮想联翩：神农架里出现的那些人形动物是顽强生存下来的巨猿后裔？还是"巫山人"或"建始人"的堂兄堂弟？

每当这样的念头闪过脑际，他们都会兴奋地想：如果能够找到这些"巨猿的后裔"或者"巫山人""建始人"的堂兄堂弟，那将是人类进化史上一件轰动世界的大事！

为了做好这件大事，不同时代不同层次的野考人都背负着特殊的使命——第一代的野考开拓者找到了巨猿化石，第二代野考人极力想找到野人活体。目前还坚持在野考一线的第三代野考人一面寻找野人活体，一面研究巨猿与野人的关系……

第三代野考代表人物之一的王方辰一直想搞清这种关系。为此，他还专门到外面的世界看了看。

经中、俄、美、意4国的空间科学家及前沿科学研究者联合倡议，2018年10月16日至18日，俄罗斯航空航天技术管理局、莫斯科工商会共同主办了第一届五洲国际论坛。世界五大洲30个国家及地区研究地外文明的代表与俄罗斯有关组织、学校近500人在莫斯科太空纪念博物馆附近的宇宙酒店参会。

在有20多人组成的中国代表团中，王方辰是以北京UFO研究会理事长的身份参会的，但会务组发现了他中科院奇异动物专业委员会秘书长的身份，于是，会务组提议：让王方辰在会上讲讲中国的野考。

17日的会议安排是专题发言，参会的各国专家学者分别就航空航天空间研究、地球外文明探索等学术性问题发表演讲。

唯独王方辰的发言重点是《中国野人研究概况与新认识》。

王方辰在莫斯科五洲论坛上介绍中国野考

会议规定，每个人只能发言 20 分钟，超过时间，主持会议的美国教授就会敲响那面悬在会场上的铜锣终止演讲者的发言。但王方辰的发言直到 36 分钟结束时锣声都未响起。美国教授耸耸肩，双手一摊说，"各位，很遗憾，我破例了。但来自中国的王先生讲的是一个比外星人更有意义的问题——还有什么比人类自己对自己的起源和生命的演化过程更重要、更值得探究的呢？所以，我们不应该吝啬他多占用的那十多分钟！"

会议用于终止发言时间的铜锣

没有人吝啬王方辰多占用的演讲时间，与会者用热烈的掌声回应了超时发言的王方辰。

更有人意犹未尽，以逃会的方式与王方辰"切磋"野人问题。

王方辰发言后已是上午 10 点多，莫斯科电视台的清晨板块栏目《好心情》马上对王方辰进行了采访。接着，20 多个来自美、俄、澳等国的野考专家脱离主会场，将王方辰邀请到宇宙酒店外的一小会议室，向其了解中国的野考。

因第一个翻译不能准确翻译野考术语，讲的和听的人都非常吃力，最后只好改由香港英语翻译方仲满翻译，大家的交流才变得顺畅轻松起来，交流的话题也更加广泛：从中外对野人的称呼到中国典型的野人目击事件，再到中国的巨猿和《野人就是现代巨猿》的理论……

俄罗斯大脚怪研究会主席切尔尼亚克（音译）告诉王方辰，他知道中国进行的几次大型野考，知道中科院的贾兰坡、袁振新，知道中国野考会的"野人教授"刘民壮，还说他对周国兴也很了解，问他们这些年怎么没有消息？当得知贾兰坡、刘民壮等人已经逝世，切尔尼亚克沉默片刻后说："太可惜了……"

一群对野人着迷的人没有顾得着吃午饭，啃几块饼干后，各国的野考专家又纷纷提问或交流本国的野考情况。从各国专家学者欣赏的目光和赞许的口气里，王方辰感觉到中国有关野人与巨猿相关联的理论研究具有一定的科学性和先进性，有关野人的研究成果已经广泛获得了国际同行的认同。

同俄罗斯大脚怪研究会主席切尔尼亚克的交谈时，王方辰进一步了解到俄罗斯人否定达尔文的进化论，很多年前就已进行过人猿杂交实验。美、英、澳等国的专家还介绍：他们的国家里，对大脚怪的考察研究都是国家行为，有专门的组织和考察研究经费。听得王方辰羡慕不已、百感交集。

交流时，多国专家建议在中国开一次会，专题研讨人是不是从巨猿发展而来这个问题。王方辰不敢接招，推说回国汇报后再给予回复。

连续交流 10 多小时，王方辰毫无倦意。回到酒店已是晚上 10 点。

晚饭是一盒方便面。

艰难困苦的野考路上，方便面是王方辰和他那些奇考会队员们的家常便饭。

不过还好，这群人早习惯了冬无愆阳、夏无伏阴、春常凄风、秋多苦雨的日子，方便面对于他们已算是不错的美味佳肴了。

王方辰（左二）在介绍中国野考后与俄国"大脚怪"研究会主席（左一）
及部分外国代表合影

如今，奇考会常年坚持野考一线的有 20 多人，有几个骨干——如记者税晓杰、前铁警教官徐晓光、北京的于军等人常驻神农架大山里，他们无法联系外界，只有利用下山到小镇购买粮油食物的机会才能找个有信号的地方跟家人通个电话和跟"组织"联系一下。

其余不常进山的队员们日子好过些，他们建了一个"野考讨论组"的群，北京农科院的教授廖全生是被他那个野人迷儿子拉进奇考会的，如今成了"野考讨论组"群主，"野人考察者"王宪利是部队下来的军官，"汩罗江上"李根是位记者，还有王方辰等人都是这个群最活跃的成员。

这个群的人最显著的特点是不大关心他们摸不着管不了的所有大事，他们的群只讨论野人的事，讨论的话题也大多只是野考。

新冠肺炎疫情期间无法进山，他们有更多的时间在群里琢磨野人和野考的事情。

2020 年 5 月初的一天，廖全生突发感慨：有幸能借鉴一、二代野考前辈们数十年探索的经验，使得我们能窥彼之一斑，能照着前辈们的经验干，这样，看着干就比摸着干强！

这位群主对野考的重点区域很有研究，"以巨猿理论推断，应该锁定城口县这个目标位置——这里与现代曾经获得足印模型证据的地区在经纬度上具有一定的关联性：同经度南侧是发现 48 厘米脚印的巫溪县枪刀山，同纬度东侧是野人经常出没的神农架，本地还有'大脚板坡'的历史名称，加之地形地貌植被环境都相互印证，可靠性大为提升！"

"野人考察者"王宪利觉得,"我们已经筋疲力尽,应该采取先易后难的策略,先全力以赴地寻找足印证据……"

在信心百倍地"找足印证据"的同时,"野考讨论组"的成员们也有很多忧虑,"目前制约取得突破的关键因素,一是本组织人员严重老化,缺少具有战斗力的新生力量。二是缺少经费的支持,今后应该何去何从?"

有人建议:"请示方辰秘书长,是否考虑与人合作,交出接力棒?"

王方辰回复:目前情况下,这棒能交给谁呢?只有坚持下去!

"坚持下去,并不是我们真的足够坚强,而是我们别无选择!""野人考察者"的附帖充满了哲理和"足够坚强"。

廖庆生还另有打算:"我想写一本《从远古巨猿到野人之谜》的探索性专著,也算是对野考的历史有个交代。"

"汨罗江上"竖起点赞的大拇指,"盼能早日拜读大作!"

然而,一场关于"冰河时代是否有剑齿象、披毛犀""野人'宜居'洞穴的条件是什么"等问题的争论让廖庆生没有时间和心情去完成自己的"大作"。

更糟糕的是,为那场争论正烦着,又传来令王方辰、廖庆生等人着急的消息——于军在保康的大山里病得起不了床还舍不得下山看医生。几人发去短信警告:于军,你若对自己的健康一毛不拔,医院会把你拔得一毛不剩!

因新冠肺炎疫情,队员们都憋得太久了,纷纷在群里要求进山考察。

廖庆生回复说:"从气象资料看,2020年9月下旬没有暴雨,也许是我们今年进山考察野人足印的唯一最佳时机。况且,猕猴桃9月下旬已经成熟了。可考虑9月下旬进山考察并安放监控相机,然后,在10月上中旬进行长住的精细考察,最后回收相机。

徐晓光从山里传出消息:监控点的相机又被人偷走好几部,9月进山之前一定要筹款补齐被盗的相机,否则,监控点会有漏洞!

王方辰拍板:"好。筹款买相机,9月之后进山考察……"

尾声：野人，我们还能不能再相见？

在野考队伍苦苦挣扎前行之时，否定野人的声浪也越来越高。

在一片"无野"声中，王善才还在"捂住自己的耳朵"四处奔走呼号，他说，等筹到野考资金，自己会带着新招募的50名野考队员重上神农架。

他甚至连上神农架要唱的《野人考察之歌》都写好了：

> 野人，野人，一个美丽的传说，千年的传说，传说归传说，弄清真相是科学；
>
> 野人，野人，一种神秘的生灵，隐秘的生活，行踪诡秘多，科学考察来探索；
>
> 野人，野人，疑似人类的近亲，人猿的同伙，究竟是什么？考察揭秘来定夺……

年迈的黄万波不相信自己的体力还能重上神农架，他只能把过去几十年的野考资料整理一下，以供后来者参考。但他不能像王善才那样"捂住自己的耳朵"去工作，在否定野人的声浪中，传来了他微弱而倔强的反驳，"我国地大物博，有很多生物物种都是我们不知道的，你不知道的东西，并不等于它就没有！"

中科院的另一位科学家袁振新在反思几十年的野考历程后说了一段耐人寻味的话："野考中，大家真抓实干，成果显著。但不可否认，也有人捕风捉影，甚至出现过虚假荒唐之事。不过，这种捕风捉影和虚假荒唐并不能淹没抵销野人的真实存在。"

这位奇考会主任说："其实，野人的事情早有定论。"

袁振新讲了这样一件事情："2003年，我代表奇考会给国家林业局野生动物鉴定中心送去28根野人毛进行鉴定。这个中心设在黑龙江林业大学，张伟院士是主任。鉴定前，我们还签订了合同。根据合同，鉴定后如果需要发表鉴定结果，署名时他们是第一作者，我们奇异珍稀动物考察研究会是第二作者。"

"把野人毛送去不久，张伟院士打电话给我说，鉴定结果出来了，其中的线粒体DNA特别接近人。张伟强调：比所有灵长类动物都要接近人。我问：那会不会就是人？张伟说，不是，与人又有区别。我很高兴，说，好！那就按照合同发表这个结果吧！张伟说，他给国家林业局汇报一下就可以发表鉴定结果。不久，我又问什么时候发表，张伟有些语焉不详了，说参加做这个鉴定的某人在进修，等他进修结束再说吧。过了一段时间又问，张伟说参加鉴定的那个人到英国进修去了。等他回来了再说。"

一等数年。袁振新不失幽默地说："在年复一年的等待中，发生的事情只是把我变得更老了。"

鉴定野人毛一事虽不了了之，但袁振新认为，其实，他们不公布鉴定结果原因很简单，国家林业局不同意，担心公布鉴定结果会招来更多的人去神农架探险，会破坏那里的生态环境……

对这样的结果，袁振新、王方辰这两位中国奇考会的"光杆司令"非常淡定，"他们不让公布结果，我们就再找证据来证实野人的存在"。

在那份《2011年夏季神农架红坪镇老林湾地区考察报告》中，王方辰透露：至2011年，神农架还有野人目击事件发生。基于此，当年7至8月，他们曾在老林湾附近的红举村、百草冲安设15台红外相机，拍摄到了野猪、獐子、豹猫及疑似大型猫科动物与苏门羚搏斗的场景。

但没有拍摄到野人的踪迹。

这下，连那些铁杆的野人迷也沉不住气了，"能找到野人吗？我们与野人还能不能再相见？"

王方辰对早晚都会与野人相见的结果深信不疑。因为，他总觉得野人离自己很近，只是这家伙很狡猾，很多时候都爱跟人开玩笑，故意与人躲猫猫，让人难以发现。

一次，王方辰在神农架的雪地里发现了一串野人的脚印，他顺着脚印跟踪下去。奇怪的是，在别无其他痕迹的雪地当中，野人脚印一下不见了，似乎像一下子飞上了天空似的，脚印突然就消失得无影无踪！

有时，野人也会把自己的生活习性和吃相甚至把它进餐时坐下的大屁股印留给人们。

一次，在房县大山里的同一块玉米地里，于军有机会见识了熊、野猪、野人进餐后留下的不同情景。

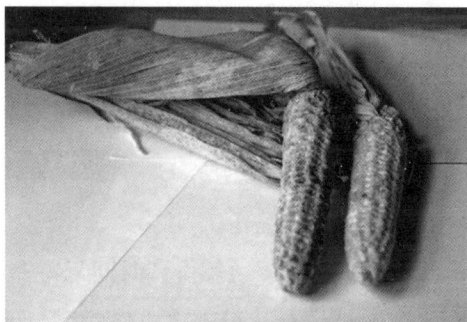

被野人啃食的玉米棒子

野猪"进餐"的区域里，蹄印凌乱，一片狼藉。玉米秆被成片扑倒在地，玉米棒子大多还连在玉米秆上就被乱啃一气。被啃过的全都是连皮带玉米棒子被生吞活剥，有的被拦腰咬断，有的玉米芯被啃去一半，有的只啃掉了几排玉米，大部分玉米粒还残留在玉米棒子的皮内。

在熊吃玉米的现场，于军发现，这家伙的吃相跟野猪大体相似而又略有区别：熊似乎没有多少见识，或者是比野猪更贪心，进入玉米地后马上大啃大嚼不说，似乎还想把地里所有的玉米棒子全都据为己有，但它又不知怎样管理掰下的那些玉米棒子，急吼吼地掰一个扔一个，弄得"胜利果实"满地都是。

这家伙还有比野猪更加恶心的地方：它边吃边拉，将屎尿糊得玉米秆和玉米棒子上到处都是，脏乱差令人作呕。

相比之下，野人的吃相就"文明"了许多。到现场后，于军一眼就看出了它和野猪与熊的区别：它既不像野猪那样把玉米秆扑倒一通乱啃，也不像熊那样不珍惜农民劳动成果把玉米棒子扔得满地都是，更不随地大小便。从它来来去去的那一串串大脚印和它在松软的田垄上坐下的那个类似人又比人大许多的屁股印深坑看，它是先把20多个玉米棒子从玉米秆上摘下，运到田边堆好，在田埂上坐下，然后，撕开玉米棒子的外皮，再将玉米棒子啃得干干净净。它知道玉米棒子上哪些部位可以食用，哪些部位不可"消受"，玉米芯上的牙齿痕迹非常整齐，绝不伤及丁点玉米芯。每啃一个，它都会较为整齐地把玉米芯堆放一旁，然后再啃吃另一个玉米棒子。

吃得太多，野人也会大小便，但它是把进餐区域和"方便"地严格区分开的——在啃吃玉米数米远的地方，它像人那样蹲下拉了一堆状似人的大便的排泄物。从粪便排泄物中可以看到，它吃的东西有鸟蛋、蚕蛹、竹笋、青蛙、蛇等。

于军认为，"由此可知，它是一种杂食动物，和已知的灵长类动物，和熊比较接近。活动区域与现代人类活动场所有所交叉。从其类似的习性和食谱比较，它离我们并不是很远……"

这位"野考朝圣者"把一些名字、年份和时间记得非常清楚：从 1613 年西班牙士兵巴特尔在非洲安哥拉森林看到"小怪物"，到 1835 年科学家获得实物正式肯定它是黑猩猩，经过了 222 年；同样，从巴特尔 1613 年同时在同一森林中见到"大怪物"，到 1847 年科学家获得实物正式肯定它是大猩猩，经过了 234 年；亚洲印度尼西亚的猩猩，从 1744 年史密斯记载到 1835 年科学家获得实物正式肯定它是猩猩，也经过了 91 年。

由此，他认为，执着可以产生一种让神灵都畏惧的力量。科考路上，唯一不能缺少的东西就是满怀希望的执着。

他说，在野考的路上，寻找了不一定成功，但放弃寻找肯定失败。所以，我们野考要有愚公移山的精神。

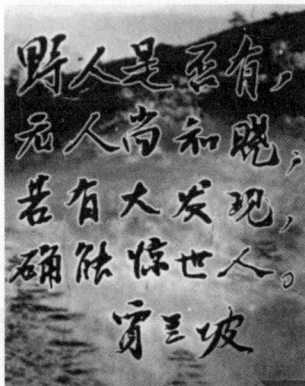

贾兰坡院士为野考题词

于是，愿为"人类的近亲"做出奉献和牺牲的于军、于建不肯停下脚步，他们仍一如既往地把野考当作一种事业来追求，这两个野人的"朝圣者"仍形单影只，踽踽独行在神农架的深山老林里。

他们记住了一句当下很流行的话，"身后空无一人，我怎敢倒下？"

他们也始终牢记着贾兰坡院士为野考的题词："野人是否有，无人尚知晓，若有大发现，确能惊世人"……

（书中使用的图片，袁振新、周国兴、王善才、胡鸿兴、孟庆宝、黎国华、杜永林、于军、于建、张金星等人的照片系谢朝平拍摄，其余系黎国华、周国兴、王善才、罗万斌、于军、张金星、王方辰等人提供，还有一些来自于媒体。作者在此一并致谢，并请与作者联系使用图片的稿费。）

2013 年 5 月初稿于北京
2014 年 10 月二稿于北京
2015 年 12 月三稿于成都
2017 年 9 月四稿于成都
2020 年 8 月定稿于成都

参考文献

1. 鄂西北奇异动物科考会简报、总结、会议记录、调查笔录等档案材料共 63 份。

2. 中科院北京动物研究所野人调查小组:《关于湖北房县发现野人情况的调查》。

3. 黄万波:《揭开野人之谜》,1977 年 12 月资料汇编。

4. 《神农架志》《房县志》。

5. 刘民壮:《我对神农架野人的历史考证》,神农架野考档案材料。

6. 刘民壮:《1979 年鄂西北野人科学考察总结》,神农架野考档案材料。

7. 刘民壮:《沿着奇异的脚印 —— 鄂西北山区野人考察》,神农架野考档案资料。

8. 刘民壮:《关于围捕八个野人的调查》,神农架野考档案资料。

9. 刘民壮:《被遗忘了的科学研究对象》,神农架野考档案资料。

10. 刘民壮:《湘西南"毛公"》,神农架野考档案资料。

11. 刘民壮:《神农架林区野人考察报告》,神农架野考档案资料。

12. 钱国桢:《从动物生态进化原则分析野人的存在》,神农架野考档案资料。

13. 袁振新:《关于 1977 年粪便的初步观察》,神农架野考档案资料。

14. 袁振新、黄万波:《野人之谜向科学挑战》,《自然杂志》1994—2010 年 10 卷。

15. 李建:《关于野人问题与谭邦杰商榷》,神农架林区档案馆资料。

16. 李建:《神农架"野人"之谜》,神农架林区档案馆资料。

17. 李建:《关于 1977 年鄂西北野人考察资料综述》,神农架野考档案材料。

18. 李建:《试论野人的生活习性》,神农架野考档案材料。

19. 孟庆宝:《神农架再次发现 48 厘米大脚印》,神农架野考档案资料。

20. 武汉医学院法医组:《关于 1981 年野人毛发的初步鉴定》,神农架野考档案材料。

21. 周国兴:《野人之谜 —— 一部惊人的影片》,载《科学实验》1978 年 10 月。

22. 周国兴:《对帕特森 —— 吉姆里影片的初步印象》,腾讯网,2010 年 1 月 8 日。

23. 周国兴:《中国的野人》,载《宇宙探索》,科学普及出版社广州分社,1984 年版。

24. 周国兴:《追踪野人四十年》,载《科学实验》,1978 年 10 月。

25. 周国兴:《我们在追踪一个事实上并不存在的动物吗》,载《待揭之谜》,河南人民出版社,1980 年版。

26. 徐永庆、周国兴:《关于 1977 年足印的观测》,神农架野考档案材料。

27. 胡振林:《神农架金丝猴的研究》,荆楚网,1997 年 3 月 6 日。

28. 高云:《神农架野人考察日记》,《自然杂志》1994 年第 10 卷。

29. 王善才:《神农架野人考察的艰难历程》。

30. 王善才:《野人考察资料》。

31. 杜永林:《神农架野人及其考察方法探讨》,神农架林区档案馆资料。

32. 杜永林:《野人》,长江文艺出版社,1982 年版。

33. 蒋廷瑜:《元宝山"人熊"之谜》,《神农架野考资料汇编》(1979 年)。

34. 马贤:《元宝山"人熊"》,《神农架野考资料汇编》(1978 年)。

35. 湘西南"毛公"专题介绍,《深圳商报》,1985 年 3 月 18 日。

36. 罗永斌:《"6.29"神农架人形动物目击现场考察报告》,2003 年 7 月 3 日。

37. 罗永斌:《神农架 11.28 野人目击事件调查及宣传情况报告》

38. 罗永斌《神农架"6.29"野人遭遇事件全记录》,新浪网,2003 年 7 月 5 日。

39. 张金星:《野人魅惑》,解放军出版社,1980 年版。

40. 沈爱民:《寻找野人》,报告文学网。

41. 税晓洁:《农架神野考30年特别报道》,《十堰晚报》,2007年9月17日版。

42. 翟明磊:《刘民壮男儿到死心如铁》,荆楚网,2010年10月12日。

43. 戴铭:《神农架野人客观存在的再次证明》,南方新闻网,1993年3月9日。

44. 戴铭:《探秘神农架野人全纪实》。

45. 孟庆宝:《野人考察队政治工作体会》,神农架林区档案馆资料。

46. 贾文治:《神农架探察报告》,北京林业大学学报(社会科学版)2007年6卷。

47. 潘堂林:《神农架原始林区成旅游热点,让我们换个思路看野人》,中广网,2009年10月11日。

48. 李孜:《野人毛发中微量元素的质子X荧光分析》,《自然杂志》,1994年至2010年10卷7期。